伴虎小书童 著

苍穹之盾

浙江文艺出版社
Zhejiang Literature & Art Publishing House

图书在版编目(CIP)数据

苍穹之盾 / 伴虎小书童著. -- 杭州:浙江文艺出版社,2024.11

ISBN 978-7-5339-7431-2

Ⅰ.①苍… Ⅱ.①伴… Ⅲ.①长篇小说 – 中国 – 当代 Ⅳ.①I247.5

中国国家版本馆 CIP 数据核字(2023)第 231330 号

图书策划　柳明晔　许龙桃
责任编辑　张　可
营销编辑　宋佳音
装帧设计　仙境 WONDERLAND Book design
责任印制　吴春娟

苍穹之盾

伴虎小书童 著

出版发行	浙江文艺出版社	
地　址	杭州市环城北路 177 号	
邮　编	310003	
电　话	0571-85176953(总编办)	
	0571-85152727(市场部)	
制　版	浙江新华图文制作有限公司	
印　刷	浙江新华印刷技术有限公司	
开　本	710毫米×1000毫米　1/16	
字　数	447千字	
印　张	24.75	
插　页	1	
版　次	2024年11月第1版	
印　次	2024年11月第1次印刷	
书　号	ISBN 978-7-5339-7431-2	
定　价	59.80元	

目录

第 1 章

事与愿违

夏日,蝉鸣。

热浪配合着声浪,一浪高过一浪,炙烤着人的肌肤,鼓动着人的耳膜,让心不得安宁。

绿树掩映下,一座红墙绿瓦、砖墙斑驳的教学楼里,一个铿锵有力的声音,正满怀激情地讲解着什么。

"发动机壳体材料技术,与一个国家的复合材料、高分子化学材料工业的发展水平密切相关。新技术的运用,将使发动机重量明显减轻,容积特性系数却是第一代材料的3倍!

"比如采用高性能纤维和树脂材料建造的发动机壳体,拥有更高的比强度、比模量,即使发动机燃烧室压力不断提高,发动机的结构重量也能进一步减轻。

"目前,导弹的发展存在速度、射程等技术上的瓶颈。美国、苏联从20世纪50年代就开始探索、研究超燃冲压发动机,率先开发出了吸气式高超声速技术。这是军事高科技的大势所趋,所以,我们也要研发自己的超燃冲压发动机,发展高超声速导弹武器,进一步突破现有导弹的射程和速度。

"其实,我们的导弹新型动力装置研发战略,从目前来看,已经非常清晰了,就是要围绕这些壳体技术、推进剂技术、绝热层技术、喷管技术、推力矢量控制技术等,展开艰苦卓绝的研究,争取用最短的时间,开发出拥有自主知识产权的核心技术。"

讲台上,一个年轻人就着投影屏幕上的各种图表和数据,阐述着他的观点。

这些内容出自他的博士毕业论文《一款新型国产导弹发动机的设计构想》，充满了前瞻性和创新性。

这个年轻人叫宋小兵，浙江绍兴人，国防技术大学航天动力学专业首位在读博士生。

校方十分重视这场博士毕业论文答辩，航天学院院长、博士生导师胡奋虎教授亲自挂帅，和学院航空航天专业的4位教授一起作为专家评审团，共同评审这次答辩。

宋小兵讲完后，敬了一个军礼，镇定地在台前站好，并用自信的目光注视着台下的5位专家，等待他们的提问。

这时，他注意到，在教室的第三排正中央，还坐着一位须发皆白的老人。老人穿着一件灰色的麻布小开襟衬衫，精神矍铄，目光炯炯有神，正面带微笑地看着自己。

他的身旁，坐着一名女军官，面容严肃，神色冷峻，眉宇间透出的一股英气让人不敢轻易直视。

"这也许是其他院校的某位教授吧。"宋小兵从来没见过这位老人，心里暗暗想道。

邀请本领域富有声望的其他院校的教授参加答辩，也是常规操作，所以宋小兵并不在意。

5位专家还在相互交流、准备提问的时候，一个洪亮的声音从第三排响起。

"你对反导怎么看？"

那位老人竟平地一声雷，反客为主，率先发问。

这个问题，问得有些奇怪。

宋小兵的课题讲的明明是矛要如何锐利，老人问的却是盾应该如何防御。

这个矛盾问题问得……太矛盾了。

所以，这不是发问，应该是发难。

看来要踩雷了。

宋小兵的脑子里，迅速闪现出每个江湖大哥都非常关心的问题："莫不是来砸场子的？"

他有些不知所措地看了看台下的胡奋虎教授。

胡教授微微一笑，点了点头，并用目光鼓励他认真回答。

虽说宋小兵的专业是研究航空发动机技术，但这项技术也广泛运用在导弹上。

如何快速精准突防，少不了对防御技术做一番深入研究。

只有知己知彼，才能找出漏洞，有的放矢。

矛与盾、攻与防,向来就是既生瑜,必生亮。

宋小兵恢复了镇定,稍微整理了一下思路,清了清嗓子,开始讲道:"战争武器的作用首先是为了提升军事威慑力,唯独两种武器例外,战略核导弹和反导武器。反导武器首先是为政治服务的,它的政治威慑力,等同于战略核导弹。这两种终极大杀器的存在,并不是为了在实战中运用,而是为了在口水战中,让别人闭嘴。"

台下发出了一阵轻轻的笑声。

"我们恐惧于它们恐怖的战斗力,而这种恐惧,就叫威慑力。与战斗力相比,威慑力才是目的,是这两种武器存在的意义。毕竟,战斗力只是杀人,威慑力却是诛心,心理防线崩溃了,就能达到不战而屈人之兵的兵法最高境界。

"反导武器就是用来对战略核导弹进行反威慑的,它能有效抵消战略核导弹使用方的信心和意志。不过,一旦拥有导弹和反导武器的冲突双方同时使用核武器,作战行动必将升级到完全不可控的地步,核战之下,没有胜利者。所以,通常情况下,这两种武器都不会轻易使用。

"研发反导武器对国家科技和经济实力的要求极高,这也就决定了只有极少数国家能拥有它。科技实力不用多说,比如精确制导技术,掌握它的国家寥寥无几。而对于经济,恩格斯有个经典说法,离开经济力量做后盾,暴力就不成其为暴力。经济既是发动战争的根本原因,又是进行战争的物质基础。

"所以,反导服务于政治,成长于科技,依赖于经济! 这就是我对反导的理解。"

这时,老人又开口了:"那你觉得我们有必要发展反导系统吗?"

宋小兵不假思索地说:"那是大国之盾、苍穹之盾,就算现在不具备发展条件,以后条件成熟了,也是必须要发展的。"

老人说:"那你对反导系统有什么认识?"

宋小兵接着说:"导弹防御系统按照来袭导弹的不同运行阶段,主要分为三种类型:上升段防御系统、中段防御系统和末段防御系统。

"它们都由三个部分组成:预警探测、指挥控制、拦截。到目前为止,国外反导体系的结构发展已历经三代:第一代,单一火力单元;第二代,多层重叠覆盖;第三代,分层集中控制。

"即便发展到了第三代,依然还存在很多无法克服的弱点,所以,我认为,一体化反导体系将成为未来反导系统发展的主要方向。它是通过先进的信息、网络技术,把反导系统的三个部分构成一个整体,形成一套高度智能化、集成化的作战体系,能够完成防空、反巡航导弹、反弹道导弹等一系列反导作战任务。"

老人问:"那你认为,我们应该首先发展哪个类型的反导系统?"

宋小兵说:"上升段拦截难度最大,拦截点一般都在敌国境内,除非用无人或有人载弹机挂载超高速动能拦截弹、激光武器进行打击,不过深入敌境风险太大。要避免这种风险,就得发展卫星武器,对于我们现有实力来说,这无疑是天方夜谭。

"中段拦截,导弹一般在大气层外惯性飞行,弹道相对平稳和固定,如果拦截及时,掉落的残骸不会进入本国领土,保护区域大。

"而到了末段拦截的时候,导弹已经处于再入大气层的俯冲阶段,弹头轨迹倾角大,速度通常在7~8倍声速,截获较为困难,保护的区域最小。"

宋小兵顿了顿,得出结论:"所以,从拦截实效性来看,我觉得,首先应该发展中段反导系统,其次是末段。"

老人笑了笑,点点头,接着问:"根据我国的现实情况,你觉得反导系统从开发到验证成功,需要多久?"

听到这个问题,不仅宋小兵愣住了,坐在前排的专家们也一起齐刷刷地回过头去,看看这位老头儿究竟是何方神圣,竟敢提出如此不切实际的问题。

宋小兵想了想,回答道:"别说一个系统了,光是三个组成部分的其中之一,以我们现有的技术水平和装备,现阶段根本无法形成作战能力,全部都要从零开始! 时间真没法估算,可能十年、二十年,甚至更长!"

专家们听完宋小兵的回答,有的沉重地点点头,有的开始交头接耳,交流意见。

之前井然有序的场面,此时显得有些混乱。

燥热的天气都没能让大家心烦意乱,老人一个天马行空的问题,却有如投石入水,搅得大家有些心神不宁。

大家本以为揭短亮丑之后,老人会适可而止,谁知老人不依不饶,掷地有声的声音再度响起:"搞原子弹的时候,我们用了多少年?!"

雷神之锤,一锤压制众声,所有的声音瞬间戛然而止。

大家顿时安静了下来,纷纷在脑海里思索着那段尘封的历史。

沉寂之中,老人长身而起,对身旁的女军官说道:"小刘,差不多了,我们走!"

女军官闻言,立刻起身跟在老人身后,两人一前一后出了教室门。

老人出门前,似是无意地回头朝胡奋虎微微点了点头,算是告别。

阳光倾泻而下,洒在两人的身上,勾勒出耀眼的轮廓,夺目而又刺眼。

专家们窃窃私语,有人小声地问道:"老胡,那老头儿是谁啊?"

胡奋虎笑了笑,说:"李立长。"

有人惊呼道:"啊,原来是他!"

有人说:"难怪看起来眼熟,是李老啊。"

"李老看起来身体很好,国之幸事。"

李立长,中国科学院院士,"两弹一星"功勋科学家,我国大推力火箭发动机的奠基人之一。

他领导的研究小组,为我国的各型火箭和弹道导弹,装上了稳定而又安全的飞毛腿。

"想不到看起来如此普通的老人,竟然是李立长院士!"宋小兵激动得再一次望向门外。

门外,微风拂过,树影婆娑,除了知了的聒噪,好像什么事都不曾发生过。

当太平洋吹来暖湿的季风时,离愁开始在军校里疯长,又到了学员们最忙碌的季节——毕业季。

毕业学员小张,今天起得特别早,他知道,学校早就给他买好了火车票。

如今,毕业的方法仍然遵循古老的历法和方式。每年的6月25日这天,点燃送行的鞭炮,放着离别的歌曲,抱在一起伤心地哭泣。

在送别的法则里,伤感重于一切。

中国人从来没有把自己束缚在一张乏味的毕业名单上,学员们怀着对送行的理解,在不断尝试中寻求毕业的灵感。

一朵恰到好处挂在胸前的大红花,是表明毕业身份的关键;几个装满了行李,并用大号毛笔写上寄往城市名字的大麻袋,是表明毕业去向的标签;在火车站追着速度不断加快的火车,用力拍打车厢窗户并如愿被渐渐抛下,是送君千里终有一别的无奈。

祖先的智慧、现代人的适时创新,有机地结合在了一起,让悲伤逆流成河。

小张流下了热泪,他知道,这是给辛勤学习4年的毕业学员们最好的馈赠。

就在小张刚刚踏上回家的列车时,学校的礼堂里,宋小兵刚刚套上宽袖长袍博士服。

毕业的场景,他已看过太多。

每次,他都会被战友深情感染。

从本科到硕士,他总是那个送走最后一个战友的人,把无数的悲伤留给自己。

而今天,当终于轮到自己的时候,他才发现,身边竟空无一人。

"我命运多舛哪,看来到最后只有'白发人送黑发人'了。"看到台上自己白发如雪的导师胡奋虎教授,宋小兵摸了摸头上乌黑亮丽的短发,戏谑地想道。

国防技术大学航天动力学专业第一位毕业的博士是他。

高处不胜寒,是因为没人可以相拥取暖。

穿惯了笔挺的军装,当穿上宽大的博士服的时候,宋小兵有些不适,感觉自己像一个装在袋子里的人。

"怎么有种'请君入袋'的感觉? 不会一毕业就被人卖了吧?"宋小兵惊叹自己扑通乱跳的小心脏,在心潮澎湃的正经工作之余,还能有一点心绪不宁。

院长兼导师胡奋虎教授笑容可掬地递给他一卷精致的毕业卷轴,说道:"小兵,博士毕业啦,恭喜你。"

这标志着,象牙塔已推塔成功。

他,该下山了。

宋小兵赶紧伸手接过这卷出城卷轴,对着敬爱的导师深深地鞠了一躬:"谢谢老师多年的栽培,您辛苦了!"

师徒俩握手,转身,迎接台下汹涌而至的热烈掌声,并按照宣传干事的要求,让笑容在脸上绽放、僵住、僵硬,最后变成院报上稍显模糊并注定泛黄的新闻图片。

简短而热烈的博士毕业典礼就此结束。

换上军装的宋小兵,在礼堂门口焦急地等待着胡教授。

出城卷轴是到手了,可空投地点到现在也没个着落。

军校就是这样,不到最后一刻,你根本不知道自己会去往何处。

每次宣布分配命令,就像拆盲盒一样刺激。

一线城市是稀缺款,得之者无不激动得热泪盈眶;荒郊野外是普通款,得之者难掩失落神色。

领导嘴里念出的每一个字,都像一个个催泪瓦斯,催人泪下。

有惊喜,有伤悲,有骄傲,有不甘。

毕竟,起点在哪儿,就注定了终点的成色。

宋小兵讨厌这种飘在空中的感觉。

看见老师过来,他赶紧凑上去,跟上老师的脚步:"老师,把我分哪儿了?"

"小兵,来得正好,走,到我办公室去。别急,到了就知道了。"胡奋虎故作神秘地说道。

对于未知,人都有恐惧,更有期待。

胡教授办公室宽大柔软的沙发坐起来很舒服,而此时坐在上面的宋小兵却有点如坐针毡。

胡奋虎笑着给他泡了一杯茶,递到他手里,然后坐到他身旁:"先喝杯茶,好饭不怕晚嘛。对了,李立长知道吧?"

宋小兵纳闷,这个时候,为何谈起一个毫不相关的人。

李立长的大名如雷贯耳,他现在是军事科学院航天器研究所所长。

那天答辩的时候,他铿锵有力的话语还如芒在背。

于是,他回答道:"当然知道,不请自来的雷神老人,您的师兄嘛。"

胡奋虎这才起身,从办公桌上拿起几页纸,递给宋小兵。

红头文件。

宋小兵翻了两页才找到自己的名字:"宋小兵,军事科学院航天器研究所。"

对于大多数人求之不得的单位,在宋小兵的眼睛里,看不到一丝惊喜,且满含失望。

胡奋虎看着他,没有说话,从桌上拿起一个红色的小盒子,放到宋小兵面前:"这个送给你,留作纪念。你也赶紧回去,收拾收拾行李,要求3天内报到。"

宋小兵接过盒子,也没打开,只是机械地起立,向老师敬了个礼,转身离开。

胡奋虎看着宋小兵有些落寞的背影,起身关上办公室的门,拿起桌上的电话,拨了几个数字:"都按照你说的做了……"

然后他走到窗前,看着宋小兵心事重重地从办公楼前缓缓踱出,自言自语道:"但愿你以后别怪老师。"

回到宿舍,宋小兵失魂落魄地坐在书桌旁发呆。

"终究还是事与愿违啊。"他重重地叹了口气。

关于宋小兵毕业后的去向,一个月前,胡教授就找他谈过。

那天,胡教授把自己最欣赏的这个爱徒叫到了家里。

师母做了满满一桌菜,有她拿手的双椒鱼头,也有宋小兵最爱吃的土豆烧牛肉,胡教授还从酒柜的角落里,翻出了一瓶10年陈的茅台酒。

宋小兵接过老师递过来的酒,攥在手里翻来覆去地看,像要看出什么破绽似的。

胡奋虎打趣道:"你看什么呢? 研究做多了,什么都要辨个真伪?"

宋小兵也不客气:"老师,您藏得够深哪。平时在您家都喝二锅头,您的酒柜我也没少翻,想不到别有洞天哪。今天是什么风,把您的出土文物给吹出来了?"

胡教授哈哈大笑,意味深长地说:"西北风! 今天是提前给你饯行,送你去喝西北风。"

"老师,既然是送行酒,就该'劝君更尽一杯酒,西出阳关无故人'。重点在'更'字,一瓶不够。"

胡教授笑着拧开瓶盖,把两个杯子倒满:"反正就一瓶,爱喝不喝。"

酒过三巡,胡奋虎首先放下酒杯,一字一句地问道:"小兵,你毕业后,想好去哪儿了吗? 其实,毕业分配,由不得你做主,你的想法只是参考,一切都是组织说了算。学校的意思,还是想让你留校任教。"

很早以前,胡教授就透露了这个意思,他很想把这个聪明好学、做事严谨细致的爱徒留在身边,自己负责的国家航天器重点实验室需要这样的人才。

学校的意思,其实就是他的意思。

宋小兵也斟酌了很久,迟迟下不了决心,倒不是因为犹豫不决,只是他不知道该如何委婉又不失礼貌地拒绝这位德高望重的恩师。

留校是很多毕业学员梦寐以求的结果,毕竟相较于管理严格的部队来说,学校的大环境是非常宽松的,还少了部队的很多条条框框。

而且,教书育人,岗位尊崇,受人敬仰。

不过,他志不在此,他还是想遵从自己考入军校的初心,去部队摸爬滚打,去基层建功立业。

初心经过岁月的打磨,现在看起来有些幼稚,却更加坚韧、执着。

这一刻,不能再逃避老师千万次的询问了。

于是,宋小兵仰头又喝下一杯酒,郑重地说:"老师,我知道您是为了我的前途着想,谢谢您的美意,我考虑了很久,还是想先去部队锻炼一下……"

说完,他顿了顿,留心观察着胡奋虎的脸色,感觉老师面色如常,于是接着说:"不过,我服从组织的安排。老师有任何用得着我、需要我效力的地方,我依然是老师的马前卒!"

胡奋虎往宋小兵的碗里夹了一筷子菜,说:"小兵,其实,科研院所是最适合你的地方。你的专业能力在一线部队毫无用武之地,而且部队的领导也不太欢迎我们学校的毕业生,他们喜欢军事素质过硬、服从管理的学员。我们学校的毕业生太喜欢……"

他停下来掂酌了一下自己的措辞:"太喜欢据理硬杠!我们觉得学术有争论是好事,但部队对于这种行径,只有一个定义:顶撞领导。部队没有学术,只有战术。服从,拥有最高优先级,这不太利于学术研究,也会束缚住你的手脚。"

宋小兵说:"这个我知道。部队作为最终端的用户,他们对任何配发下来的先进武器装备,是最有发言权的,却没有话语权。他们知道哪里不好用,哪里需要改进,却说不清门道。他们只有感官上模糊的描述,缺乏专业上精准的定位。理论总是为实践服务的,我们做科研,不就是为了实战需要吗?所以,我觉得部队更需要我。"

双方在友好微醺的气氛中深入热烈地交换了意见,没有达成共识。

话已至此,胡奋虎也知道他决心已下,多说无益。

于是,胡奋虎举起酒杯:"小兵,今天我可不代表组织。最终的去向,我也一概不知。我的能力范围也就是把留校的名额分配给你。至于去部队,去哪里的部队,去干什么具体的工作,就只有等毕业的时候见分晓了。不过,我相信,你只要心中有光,到哪里都能发光。来,干了这杯。"

那一晚,去留问题的分歧,并没有影响这对师生对饮的情绪。

杯酒下肚,烈火灼心,什么话都说开了,彼此也都释然了。

坐在书桌前发了一会儿呆,宋小兵这才注意到胡教授送给他的红色小盒子。

他缓缓地打开盒盖,一枚铜钱大小的纪念章镶嵌在其中。

这是一枚黄铜制作的纪念章，几条简约流畅的线条，生动刻画了一只尚在巢中的雏鹰，正奋力扇动着翅膀。

雏鹰的头骄傲地昂起，坚毅的目光盯着划过头顶的火箭，仿佛要追随火箭而去。

寥寥几笔，就栩栩如生地勾勒出了雏鹰对天空的向往。

整个纪念章简洁凝练，除了底部"2005—2013"这两个数字，就再也没有其他任何多余的字。

宋小兵用手摩挲着这枚泛着金属光泽的厚重纪念章，翻来覆去地看了几遍，有些纳闷。

这枚奇怪的纪念章，既没有学校的标志，也没有校训之类的文字，只有两个应该是代表年份的数字，也不知道是为了纪念什么。

2005是今年，代表毕业的年份。

那2013呢？

不过，寓意倒是深刻明了。

今年的毕业纪念章，宋小兵在学弟那儿见过，根本不是这样的。

莫非老师给了自己一个独家限量版的？

想了半天，也想不出个所以然来，宋小兵干脆把纪念章放回到盒子里，开始收拾行李。

他大部分的行李都是书。

宋小兵小心翼翼地把它们装进了几个大箱子，仔细地用胶带封好口。

各季的军装，则被整整齐齐地叠好，装进了一个大麻袋。

刚做完这些，放在桌上的手机就响了起来。

是母亲的电话。

"小兵，分配命令下来了吗？你分到哪里了？"手机里传来母亲略显焦急的声音。

"妈，分到了北京，军事科学院。"

电话那头略微停顿了一下，随即传来了母亲欣喜的声音："好啊好啊，这可是好单位啊！你在北京可要好好工作，我这边不用你挂念，把心思放在工作上就行了。什么时候起程呢？"

"妈，我明天就动身去北京。时间比较紧，可能来不及回去看您一眼了。"

这个时候，宋小兵的心里涌动起一丝酸楚。

母亲一个人含辛茹苦把他拉扯大,什么重担都是自己一肩挑,从来没有在他面前抱怨过生活的艰辛。给他的,都是鼓励、慈爱和笑容。

母亲的坚强,在他年幼的心灵深处,种下了一颗种子,影响了他往后的人生,一直激励着他在前进路上,勇敢地面对和克服一切艰难险阻。

他从小就没见过父亲,每次问到父亲的情况,母亲总是眼神闪躲,避而不答。

小时候,他只要看到母亲即使生病了,也要挣扎着爬起来给他做饭的情景,都会大骂一声:"那个坏爸爸呢?"

恨,已成深渊。

但母亲每次都是抚摸着他的头,坚定地告诉他:"你爸爸不是坏人! 他是好人,只不过身不由己,不能陪伴我们而已……"

爸爸的去向,是他至今难以破解的谜。

第二天,宋小兵拖着行李箱,缓步走在校园的路上。

这里的一砖一瓦,一草一木,他都非常熟悉。

不过平时学习忙,他根本无暇留意校园里景致的变化、草木的枯荣,直到要离开了,他才有些伤感地停下脚步,端详起这个他生活了快十个年头的校园,就像端详自己十年最美好的青春。

这是个不太大的校园,校门装点得很朴实,没有显山露水的大气磅礴。

校园里的道路笔直通达、纵横交错,没有曲径通幽的玄妙,也没有蜿蜒环绕的秀丽,只有朴实无华的坦荡。

在这座具有悠久历史、灿烂文化的城市里,它就如同斑驳城墙上一块普通的青砖,毫不起眼地、安静地坐落在城市的西北角上,藏尽锋芒,孕育力量,磐石般地傲视风吹雨打。

部队永远都是那么低调,让人觉察不到它的存在,就如同宝石永远都是被粗陋的岩石包裹,但神在其内,韧在其中。

此时,一队学员从他身边走过,"一二三四"的口号声经过胸腔的共鸣迸发而出,如支支破空而出的利箭,具有无与伦比的穿透力,声贯长空。

齐步行进这个简简单单的动作在他们走来仿佛也被赋予了神韵,整齐、威武、雄壮。

宋小兵有些艳羡地看着他们年轻的脸庞,仿佛看到了刚入校时的自己。

　　这所军校很特别，它不像其他军校以严格管理为立校之本，却反其道而行，将松散式管理融于血脉。

　　"这真的是一所军校？"

　　很多新入校的学员，本来已经做好了被严酷蹂躏的身体准备，却发出了喜出望外的灵魂拷问。

　　与管理相比，它更加重视学员科学探索精神和人文精神的培养，鼓励大家不要被自己的一身戎装束缚，要勇于在科技的天空自由翱翔。

　　"记住，你们不是投笔从戎，是携笔从戎！牢记自己的军人身份很重要，牢记为国防科技现代化做贡献更重要！"入校第一天，胡奋虎教授掷地有声的话语就被还是新学员的宋小兵刻在了心里。

　　其实，军人天生就与自由绝缘，绝对服从命令，就意味着失去身心的绝对自由。

　　但这里，不仅为你虚掩了一道封闭的校门，还开了一扇自由的窗。窗户上写着两个字：学术。

　　国有界，家有别，军人也有上下级之分，而学术什么都没有！

　　百家争鸣，人人平等。

　　正是这种崇尚学术自由的精神，让学员们忽视了身体所受到的一些限制，更加珍惜和享受学习与研究的快乐。

　　这种自由，不是散漫，而是敢于钻研、敢于向学术权威挑战。

　　形散而神不散，这也许算得上是管理的至高境界，也使这所军校成了军界的一朵奇葩。

　　这所军校培养的人才，崇尚形神不散的部队领导不怎么喜欢，因为想法太多，不好管；科研院所倒很欢迎，因为敢于打破常规。

　　所以，这里成了立志投身军营、立愿在国防科技领域建功立业的学子们心驰神往的一方圣土。

　　和圣土相匹配的，就是高不可攀的分数。

　　只有真正的天之骄子，才能在这所学校里绿装加身。

　　"再见了，母校！"

　　宋小兵最后一次回眸看了一眼学校，走出校门，打开停在路旁的出租车的车门，坐了进去。

第2章

奇怪的等待

经过十多个小时的颠簸,宋小兵来到了北京。

北京的天空灰蒙蒙的,看不见明媚的阳光,人的心情也随之变得阴郁起来。

他招手打了个车,直奔军科院。

军科院他来过几次,以前和胡教授到这里开过会,主要是一些学术方面的研讨和交流。

在大门口的警卫班登记完,警卫拿起电话:"你好,是干部处吗？有个新学员过来报到,请你们出来接一下。"

等了一会儿,一个少校军衔的女干事走了过来。

她看了看同样戴着少校肩章的宋小兵,问道:"你就是新毕业的学员?"

宋小兵连忙站起来,敬了个礼,回答道:"是的。"

女干事只说了一句:"拿上行李,跟我走吧。"然后,就转身走出了接待室。

宋小兵赶紧提上行李,跟在后面。

到了干部处的办公室,女干事让宋小兵在沙发上稍坐,她自己从文件柜里找出一份文件,不停翻看。

过了几分钟,她用疑惑的声音喃喃自语道:"奇怪,怎么分配命令上没有宋小兵这个名字?"

宋小兵闻言，赶紧站起来："不可能吧？您再仔细找找。"

于是他走到女干事身旁，和她一同在那份文件上找寻自己的名字。

他们从头到尾仔细找了几遍，的确没有！

宋小兵从自己的背包里拿出学校开具的行政介绍信，上面清楚地写道："军事科学院干部处：兹介绍我校博士毕业生宋小兵到你处报到，请接洽为盼。"

女干事说："别着急，学校有没有告诉你，具体被分到哪里了？"

宋小兵说："军事科学院航天器研究所。"

"哦。"女干事停下了手上的动作，想了想，说，"按常理说，所有毕业分配的学员，首先到我们干部处报到，再进行二次分配。你这个挺特殊的，直接在学校里就被明确分到了航天器研究所。这样，你到沙发上稍坐一下，我给研究所那边打个电话问问。"

看着宋小兵又忐忑不安地坐到了沙发上，女干事这才拿起电话，小声地说着话。

挂上电话，女干事走到宋小兵身旁，笑着说道："宋同志，联系好了，一会儿航天器研究所那边会派人把你接过去，你稍等一下。我这边还有点事，就不陪你了。"

宋小兵赶紧答道："好的，麻烦你了。"

女干事回到自己的办公桌，在电脑前忙碌起来。

"艾姐，艾姐。"不一会儿，门口响起了银铃般的声音，清脆得就像撒落在玉盘上的珍珠。

一个女人风风火火地跨进办公室的门，一看办公室的沙发上，还坐着一个拘谨的陌生人，赶紧下意识地捂住嘴，顿住了脚步。

宋小兵抬眼一看，这个女人有一双明媚的大眼睛，两道弯眉挂在眼睛上，像两片柳叶浮于一泓清潭上，浓黑的头发盘在头顶，覆以军帽，上身着浅绿色短袖夏常服，下身着深绿色短裙，在军装的映衬下，身材婀娜，气质高雅。

宋小兵一阵心惊："怎么看起来如此面熟？好像在哪里见过？"

迎着宋小兵的目光，她倒丝毫不惧，仿佛已看出宋小兵心中的疑问，脱口而出："你好，宋小兵同志，我们见过。"

宋小兵有些受宠若惊，这是哪来的"艳福"，才出校门，就有美女登门相认。

他还未来得及起身相迎，女干事已闻声而至："小刘，来，这就是分到你们所的宋小兵，交给你了。"

小刘上尉大大方方地伸出手："你好,我叫刘玲,李所长的学生,也是他的助理,他让我来接你过去。上次在你的毕业论文答辩上听过你的陈述,很精彩。想不到几个月后还能在此相遇,以后还要一起共事。请多多指教哦。"

握着美女柔若无骨的手,宋小兵的舌根倒变得僵硬了："你……你好,刘助理,谢谢你来……接我……"

眼前热情洋溢的小刘,和当初坐在教室里面容冷峻的女军官,简直判若两人。

都说女人如水,果然水无常形,变幻莫测。

看着瞬间变得语无伦次的钢铁直男,小刘微微一笑。

宋小兵拘束地坐在宽大的所长办公室里,有些不自在。

和美女独处一室,让他感到身边的空气似乎已停止流动,身体里的血液倒是流动得很欢快。

随之而来的典型症状就是:面红耳赤,口干舌燥。

"来,喝杯水。""老中医"刘玲光凭"望""闻",还没"问""切"就给宋小兵确诊了,然后给他倒了一杯解药——白开水,坐在了他的对面。

这下,宋小兵的目光更不知道该停留在哪儿了,只好望向所长办公桌后面那一排硕大的书架。

书架的左侧,整整齐齐摆放着各种技术类书籍,厚薄不一的书脊上那些诱人的书名,仿佛散发着诱惑的芳香,简直是对宋小兵的精确刺激。

他的眼睛瞬间亮了起来,闪动着如获至宝的光芒。

"天哪,这是全球最顶尖的飞行器发动机设计局——E国红色雷电发动机设计局——编撰的文献?!

"这一套资料,竟然是鼎鼎大名的T国旗帜武器集团空气流体力学研究院的学术研讨汇编?!"

书架上,还有很多盖着"内部资料,禁止外传"印章的军事科学院航天器研究所和中国科学院、航天研究院等国内相关院所的学报和最新研究成果期刊。

这些珍贵的专著、文献和资料,即使在国防技术大学这种顶尖的技术类军事名校里,也难得一见。

琳琅满目的著作和资料，让宋小兵的眼睛应接不暇，完全不够用了。

"刘助理，我可以把这些书取下来看看吗？"他回过头，小心翼翼地试探着询问依然坐在沙发上稳如泰山的刘玲。

他心里很清楚，有的资料不是他这个级别能随便翻阅的，但他还是忍不住开了口。

"你要有兴趣就随便看看吧。不过，所长不喜欢别人动他的书籍，很多老书都是跟随他一起打过天下的'重臣'和'老师'，那些书，你别动它们。"

刘玲用手指了指书架的最顶层。

顺着刘玲的手指，宋小兵这才看到，在书架的最顶层，还放着一排早已泛黄、显得有些破旧的书籍。

《导弹制导原理》《航空发动机设计与制造》《飞行控制论》《系统控制论》……

厚重的字体、简陋的装订，扑面而来的历史气息，无不在述说着主人那段惊世骇俗的青春往事。

这些科学专著，凝聚着老一辈科学家的心血和智慧，他们一边编撰一边实践，让几代人踩在自己的肩膀上，托着他们攀上了军事科技的高峰，让中国人挺起了脊梁和胸膛。

宋小兵肃然起敬。

在得到刘玲的同意后，他这才用衣角使劲擦了擦手，朝圣一般把手伸向了那一排书架。

他一会儿看看这本，一会儿翻翻那本，像饥饿的人扑在面包上。

右侧的书架上，没有一本书。

右上方的格子里，放着国产东箭系列1∶30的弹道导弹模型，从"东箭-1"到最新发射成功并定型装备部队的"东箭-11"型导弹一应俱全，在外可实现有效"斩首"的整个东箭系列家族，在这里完成了聚首。

"东箭-11"旁边，还放着一个没有任何名称的导弹模型，它的形状与前面的导弹完全不一样。

它的助推器更加庞大，看样子应该是新型的高效火箭发动机，能够提供更强的推力，达到更快的速度。

气动布局也和以往的导弹不同，宋小兵根据自己的经验，猜测这种创造性的布局，应该能够提供更大的可用过载和更强的机动性能。

他不由自主地在模型前驻足，一再地端详着。

一碰到和自己专业相关的新鲜事物，他心里的美女过载明显减小了很多，甚至还惊喜地转头问刘玲："这是什么导弹？怎么从来没有见过？"

刘玲正饶有兴致地注视着宋小兵的一举一动，闻言赶紧慌乱地收回目光，恢复冷峻的面容，冷冷地说了一句："不该问的别问！你们学校的保密教育有没有开展过？保密意识有没有真正入脑入心？"

女人哪，刚才还热情似火，一转眼就冰冷如霜。

宋小兵接过这盆冷水，把自己浇了个透心凉。

他刚想拿起导弹细细打量，刘玲一声"别动！"，吓得他赶紧后退两步，伸在半空中的手，也尴尬地顺势挠了挠头。

这时，他还注意到书架右下方的格子里，放着"征途"运载火箭大家族的模型，同样蔚为壮观。

而整个书架的正中央，和左右两侧相比，却显得异常空旷。

只有几个擦拭得异常干净的相框整齐地放在架上。

相框里都是泛黄的老照片。

宋小兵被其中的三张照片吸引。

一张是李老年轻时的单人照，他一身戎装，在灼灼的烈日之下，意气风发地眺望远方，目光显得坚定而自信。背景是茫茫戈壁滩，应该是在罗布泊无人区。

另一张是几个年轻人的合照，背景是巨大的导弹发射架，几个年轻人笑得很灿烂。

最后一张是李老和一个病人的合影，背景应该是在病房，病人半躺着，李老斜靠在病床旁，右手搭在病人的肩膀上。

病人看起来已是瘦骨嶙峋，手腕上还打着吊针，深陷的眼窝、无力的眼神、憔悴的面容，病容尽显。

两人年纪应该相差不大，但病人看上去更显苍老。

两人虽然都在笑，但明显都是勉强挤出的笑容。

"这人对李老来说，一定是一位十分重要的人物。可能是他并肩战斗的战友，也可能是他的亲人，不然不会把这样一张照片，放在一个回头就能看见的地方。"宋小兵心想。

李老的办公桌上，整齐地叠放着一摞文件。

宋小兵一开始并没有留意这摞文件,当他的余光不经意扫过那些文件时,最上面的一个红头文件的醒目标题,让他的心跳骤然加速。

文件上的赫然大字——《关于研发反导系统的可行性报告》,像一道光迅速在他脑子里一闪,真相好像突然在电光石火间现出了身影,随即又迅速悄无声息地被更大的黑暗吞噬。

他突然想起,那天在他的毕业答辩现场,李老提出的那些和他的专业方向毫无关系的问题。

按照李老的身份地位,他根本没必要在那样的时机降尊出现在那样的场合,去参加一个博士的毕业论文答辩。

他问的那些问题,显然是有备而来且暗含深意。

而他中途不辞而别,是不满,是气愤,还是失望?

为什么军事科学院干部处根本就没有自己的分配命令? 这完全不符合部队正常的调动手续。

现在在这里半个多小时了,刘玲压根就没有开始正常的报到流程,比如,带他去办理行政和组织关系的接转,安排宿舍,确定岗位和交代工作。

现如今的状态,不像是报到,倒更像是……等待。

等待分配!

宋小兵有种不好的预感,他转头盯着刘玲的眼睛,一字一句地问道:"我们在这里等什么?"

刘玲拍拍沙发,笑着对他说:"等你过来坐。"

宋小兵走过去,在她对面缓缓坐下。

刘玲的第一个问题,就让他怀疑走错了片场:"你结婚没有?"

这是报到现场还是相亲现场?

这和他的工作有什么关系!

刘玲突如其来的问题,像一根针,刺破了宋小兵早已结疤的伤口。

他甚至已经快忘记曾经还有一道疤,特别醒目又刺眼地长久存在于内心深处。

他以为时间会抚平一切伤痛,磨灭人生中不愿回首的记忆片段。

但时间对每个人来说,每次总是差一点就做到了"如你所愿"。

"结婚……呵呵，差一点。"宋小兵梦呓一般自言自语道。

时间回到高三。

在这样一个应该在"高考、模拟"里低头拉车的年级，宋小兵却独自溜进了爱情的小路，并开始抬头看路。

学霸嘛，总是无所不能，可以轻松自如、毫无影响地变换赛道。

他深思的第一个肤浅问题，便是：一见钟情，才是获得爱情的最佳方式吗？

作为一名新赛道上的落后者，在回首了自己几年来苍白的感情经历、研究了周围早恋先驱者的内在驱动力和外在优势后，他盯着镜中的自己，找到了答案。

……是的，脸上写满了爱情荒漠的评语——丑！

书上说，美好的爱情，始于颜值，陷于才华，终于人品。

这条金规铁律，重要的不是内容，而是排列的先后顺序！

"我的爱情，莫非就死在了第一关？"宋小兵心有不甘。

在他看来，始于颜值的爱情，如果没有才华和人品的加持，就只能是空中楼阁，终将会死于颜值。

而从才华或人品开始的爱情，即便缺失颜值的保证，也能生命长青。

但他又不得不承认：没有致命吸引，哪来深入了解；没有深入了解，又何谈死心忠诚？

就在宋小兵在爱情的排列组合问题上相持不下的时候，王雪翎来了个雪中送蛋，破解了这个难题。

她递给宋小兵一个鸡蛋，盯着他的眼睛问道："你喜欢我吗？"

宋小兵简直不敢相信自己的耳朵，这爱情来得也太突然了，毫无征兆啊！

一个位列校花排行榜榜首的美女，是怎样做到对一个在校园杂草排行榜……都无法上榜的年轻人问出这样一个难以启齿的问题的？！

居心……不，羞耻心何在？

这到底是人性的扭曲还是颜值的沦丧？

爱情，就真的这么不讲科学吗？

"只不过，这定情信物，是不是也有点太草率了？"宋小兵默默想道。

看着眼前还带着王雪翎体温的鸡蛋，宋小兵来不及犹豫，毕竟爱情来得太快就像龙卷风,要是不赶紧抓住她,就吹走了。

于是,宋小兵迅速伸出手,抓住了"它"。

是的,他抓住了鸡蛋!

然后,拒绝了她!

颜值上的巨大落差,让他无法分辨王雪翎的举动是真心表白还是刻意调戏。

经验告诉他:"能吃到嘴里的才算!"

从这一点上看,宋小兵其实对获取爱情已经有了一个倾向性的答案,依旧没有跳出世俗的标准,虽然他知道也许这并不正确。

当然,他的自卑,是有道理的。

当他和王雪翎坐同桌的时候,宋小兵的内心其实是抗拒的。

王雪翎没有他那么丰富的内心戏,动作戏的尺度倒是很大。

比如:在桌面上画"三八线"分割疆域,领土面积极不平等,他三她七,还不可越边界半指;冷暴力,完全不和他说一句话;冷眼相加,常以一种鄙夷且冷漠的斜眼看他;冷语相向,常为一点小事找他吵架,甚至突施冷箭,用与生俱来的夺命连环掐对他巧施毒手。

原来,她连身体都是抗拒的!

宋小兵很纳闷,为何王雪翎如此针对他。

后来他才发现,她对班里每个人都一视同仁,都是如此冷若冰霜。

在一次橡皮擦过界引发的边界纠纷中,常忍气吞声的宋小兵,终于选择不再沉默,和王雪翎吵了起来。

宋小兵的针锋相对,完全打乱了王雪翎的进攻节奏,她没有料到,宋小兵竟然会对她这个女神之辈进行升维打击!

不过,久经沙场的她迅速镇定下来,毫不犹豫地选择了大规模杀伤性武器:掐他!

慌乱之中,宋小兵闭眼狠推了王雪翎一把。

王雪翎趴在桌上哭了:"你们都欺负我!"

宋小兵不知所措地呆立在原地,不知如何是好。

"对不起……"宋小兵小声说道。

道歉并没有止住王雪翎的哭声。

"要不你也推我一把?"

"谁想推你啊。"

"太极推手就讲究个推来推去,推完之后,娘娘这命数定比大吉还吉祥!"

王雪翎破涕为笑:"还想挨打?"

大家战斗后的紧张神经终于松弛了下来。

宋小兵瞥眼看到王雪翎洁白的手臂上,竟有道道乌青的瘀痕,很是触目惊心。

"你手臂……受伤了?"宋小兵轻声问道。

王雪翎刚刚止住的泪水,再次滑落。

原来,王雪翎的父母常常吵架,气不过的父亲就拿王雪翎出气。

这一次,受尽委屈的王雪翎,就把气撒在了宋小兵身上。

原来,出气筒也是可以击鼓传花向下传递的,可怜的宋小兵接下了最后一棒。

不过,在宋小兵眼里,美丽的王雪翎才是可怜的。

王雪翎身上的瘀青,在以后的日子里,时不时就会出现,像雪白的绸缎被人用焦炭歪歪扭扭地画上了粗鲁的印记。

每当看到这些时,宋小兵的心都会疼。

好几次,他都冲动地想要告诉老师,就算老师不出面,他也要自己提着棍,找王雪翎的父亲拼命,让他也尝尝棍棒落在身上的滋味。

"我没事,你别做傻事。"王雪翎的眼里,没有埋怨,只有满满的柔情。

有一天,王雪翎递给他一个鸡蛋:"这玩意儿我最讨厌吃了,来,便宜你了。"

那年月,宋小兵家里穷,鸡蛋对他来说可是奢侈品。

宋小兵毫不犹豫地接过鸡蛋,并流下了感动的口水。

没想到,鸡蛋上还有狗毛。

"狗嘴里夺下来的?"宋小兵嬉皮笑脸地问道。

"狗嘴里果然吐不出象牙! 还真不如拿去喂狗。"

说完,王雪翎假装要抢蛋。

宋小兵拽紧鸡蛋:"汪汪,喂我。"

王雪翎捂着嘴笑了。

王雪翎养了一只小狗,叫小强。当她害怕、被打的时候,都会抱着它睡觉。

小狗会轻轻舔着她的伤口，像是在抚慰她的伤痛。

小狗是家里她唯一愿意与之说话的生灵。

王雪翎在说这些故事的时候，没有一丝波澜，像是在说别人的事。

宋小兵却很难过。

王雪翎看出他的难过，还反过来安慰他说："别担心，我早就习惯啦。我也是只打不死的小强呢，比你想象的要坚强得多。"

有的美丽，承受着不为人知的丑恶；有的冷漠，只是被迫生出的保护自己的坚硬外壳。

从此以后，宋小兵每天早上都会得到一颗鸡蛋。

他吃得心安理得，吃出的是助人为乐的快感。

后来，王雪翎发展到连猪蹄、鸡腿都不喜欢吃了。

家里有钱就能为所欲为？

宋小兵渐渐发现了她的小心思。

终于有一天，他严肃地告诉她："别装了！我明白你的心思了！"

王雪翎的脸唰的一下就红了。

"最毒妇人心哪，老实交代，你是不是想让我长肥，然后在体育考试时超过我？"

王雪翎的脸又唰的一下白了，然后恨铁不成钢地捶了他一拳，跑开了。

宋小兵暗自得意："切，雕虫小技，当我傻呀。"

紧张而充实的高中时光转瞬即逝，高考结束后，宋小兵考上了国防技术大学，从此迈入军营。王雪翎只考取了本省的一所普通院校。

离别前一天，王雪翎像往常一样，递给宋小兵一个鸡蛋，问了第一次送蛋时的同一个问题："你喜欢我吗？"

宋小兵没有说话，也如同往常一样，默默地拿走了鸡蛋。

蛋打鸡飞，天各一方。

大学的时光过得很快，转眼就到了大三。

那个时候的宋小兵，生出了很多想法，开始有点厌烦军校的枯燥生活。

他努力过、迷茫过、快乐过、颓废过，看不见远方，也不知道想到哪去。

深夜失眠的时候，他也会偶尔想起王雪翎。

"她讨厌吃的鸡蛋,又会给了谁?

"她身上再也不会出现那些伤痕了吧。

"没我在身旁,她还会像以前那般冷漠忧伤吗?"

学校放假回家,他也碰不到王雪翎,因为她家早已搬离小镇,去了省城。

大三那年春节,宋小兵回到家中。

无所事事的他,整天在网吧里昏然度日,直到一个QQ声音响起:"你是宋小兵吗?"

一个陌生美女的头像闪动。

宋小兵精神一振:"你是?"

"你还记得我吗? 我是王雪翎。"

三年了,宋小兵的内心如一潭死水,那个突然在屏幕上闪现的名字,就像一粒石子,激起了水花,模糊了双眼。

他原以为,已经忘记她了,那一刻才发现,想念早已深入骨髓。

他们俩相约出来见了一面。

见面的那天,宋小兵更害羞了,因为王雪翎更美了。

久别重逢的巨大喜悦之下,两人却不知该从何说起。

沉默让空气愈加凝固,宋小兵也甚觉尴尬,唯独王雪翎身上的气息却渐渐熟悉起来。

王雪翎先开的口,她低着头,纤细的手指摆弄着衣角,小声说道:"你……还好吗?"

"挺好的啊。"

"为什么不联系我?"

"军校训练太忙,还不允许谈恋爱。再说,你那么美,应该追你的人不少吧?"

王雪翎突然抬起头来,眼波流动:"你还没有……女朋友?"

宋小兵也不知道哪儿来的勇气,脱口而出:"你可以做我女朋友吗?"

说完,他就后悔了。

牛粪只需要化作春泥,默默注视并滋养着鲜花就好了,美丽的花注定只属于帅气的王子。

果然,宋小兵为他的鲁莽付出了代价。

王雪翎的脸红了,不好意思地轻轻点了点头。

此时的牛粪一阵狂喜:"二十多年了,第一次得到了鲜花的垂青!"

宋小兵最后一年的大学生活，因为王雪翎的突然出现，增添了许多颜色。

他们每周都会写两三封长长的信，彼此看着信傻笑；宿舍里的公用电话整晚被他们搂在怀里，每月津贴变成了无数张IC电话卡；他们约定一起考国防技术大学的研究生，这样就可以一直在一起。

王雪翎甚至还亲手做了很多稀奇古怪的东西送给宋小兵。

比如她苦心制作了一款名为"似苦还甜"的茶饮，不仅极具创意，而且用料考究：学校地摊上买的苦丁茶、小花园里捡来的梅花、教师公寓旁桂花树上摇下来的桂花，经七七四十九天晾晒，然后混合而成。

果然非常用心。

"尝尝吧，你应该能尝到恋爱的味道。"王雪翎在随物附赠的信里写道。

宋小兵小心翼翼地尝了尝，皱了皱眉头。

的确是异地恋的味道——苦涩。

可是，名字后面不是有"还甜"吗？怎么感觉"似苦还苦"呢……

理想的美好爱情，总是会有遗憾。

宋小兵顺利保研国防技术大学，王雪翎却没有考上。

宋小兵很失落，王雪翎却依然快乐，甚至还安慰他："身虽在天涯，心若在咫尺，不管人在哪里，只要心在一起，就够了。"

快毕业的时候，王雪翎说："小兵，我想带你去个地方，算是我们的毕业旅行。"

于是，她带他去了稻城。

宋小兵第一次见到了湛蓝的天空，嫩绿的草原，五彩的山花，清透的湖水，圣洁的雪山，如童话世界一般。

宋小兵也第一次看到王雪翎津津有味地吃下了她最不喜欢吃的鸡蛋。

宋小兵愣住了："你不是最讨厌吃鸡蛋吗？"

王雪翎笑得直不起腰："谁说我讨厌吃鸡蛋啦！骗你的！以前看你学习辛苦，所以想了这个法子给你补补。我要是不这么说，你会吃得那么心安理得？"

泪水在宋小兵的眼里打转，他为她什么都做不了，只能把她抱得更紧。

他们一起跪在冲古寺的佛像前许下心愿，要一生相爱。

在森林边上，王雪翎看见一棵笔直挺立的大树，嬉笑着跑过去，在树上刻下了几个字：

宋小兵要永远爱着王雪翎。

然后她高兴地告诉宋小兵："这棵树一定会长得又高又大,然后把我的心愿送上云端。"

夜晚,他们手拉手躺在草地上,仰望满天明亮的繁星。

王雪翎轻轻地说："我死了,会上天吗?"

宋小兵说："在我眼里,你本来就是天上的仙女,看,就是那颗最亮的星!"

王雪翎很久都没有说一句话,只是把宋小兵的手抓得更紧。

宋小兵隐约听见了她小声的啜泣。

宋小兵也没在意,他只道是"也许人都会在寂静的黑夜里,生出一些莫名的感伤吧"。

那次旅行很快乐。

回来后,宋小兵的高兴劲还没过去,就接到了王雪翎的电话。

"我们分手吧。"

王雪翎的语气,冰冷得就像宋小兵高中时第一次遇见的那个"三八线"外的同桌的你。

人生若只如初见,何必兜兜转转这么一大圈。

为什么? 连分手都不给理由?

宋小兵疯狂地给她打电话,一直打到电话从忙音变成空号。

王雪翎的室友告诉宋小兵,王雪翎还没毕业就走了,没人知道她去了哪里。

室友一听他就是宋小兵,还告诉了他一个秘密。

原来,当初为了找到宋小兵的QQ号码,王雪翎几乎问遍了高中班里所有的同学,才有了那场看似偶然的网上相遇。

爱情里,所有看似无心的偶然,都是爱得更深的那个人,用尽全力的必然。

那一刻,宋小兵突然明白,他也许真的永远失去她了。

幸运地相遇,又意外地失去,人生真是猜不到开头,也想不到结局。

初恋就这样匆匆谢幕,恋爱的味道果然只有苦涩。

宋小兵喝醉了酒,又抽上了烟,被宿舍兄弟狠狠抢过香烟,扔在了地上："不会抽烟装什么痛苦,睡一觉就好了。"

真的就好了,却好像过了几个世纪。

时间孕育了感情,而摧毁感情的,也是时间。

忘掉一段恋情最好的办法，就是开始一段新的恋情。

宋小兵也努力试过，但心中总是有个挥之不去的影子，所以他的第二段恋情也草草收场。

"也许真的没法再爱了。"宋小兵认命了。

于是，他把所有的时间和精力都投入学习中，感情世界再未泛起过一丝涟漪。

直到现在。

刘玲看见宋小兵的脸色阴晴不定，知道一定是触碰到了他心中最柔软的禁区。

于是，她清了清嗓子，接着说道："第二个问题，听说你一开始不太愿意来军科院？这里可是军事科研领域的集大成者，很多高精尖的重大军事科研项目，从孕育到成长到最终的成熟，都离不开军科院最深厚最肥沃的土壤。这里可是所有技术类军校优秀毕业生梦想的地方。梦从这里开始，比其他地方更能圆梦。你到底是怎么想的？"

一聊到工作，宋小兵马上就从感情的远古旋涡里挣脱了出来，神色恢复如常。

他不假思索地说道："的确，你说得很有道理。不过，有一个幽灵，一个理想主义的幽灵，在科研院所上空飘荡。所有科研院所都有一个难以克服的东西：理想化。"

宋小兵整理了一下思路，接着说："所有的新技术，都是朝着最完美的方向去构想和设计的。科研院所的优势，就是竭尽所能赋予它最充足的养分和最优秀的基因。就如同一位望子成龙的家长，不想让孩子输在起跑线上，给他设计了一条自认为最完美的成长路径。

"然而，所有一厢情愿的成长，最终都是苦不堪言的收场。成长的路向来都是不可控、不确定，甚至是不稳定的，很难按照理想轨道顺利发展。这就要求我们不断地修正前进的方向，还要把路上未曾留意的一块块绊脚石统统搬走。这样，才能不断迂回到正路上，苟且着到达诗与远方。

"军事高科技，不仅仅是实验品，更是实用品，一定要经过部队的实战检验。我们曾经有很多看上去很好的装备，由于闭门造车，脱离了实际运用，部队维护难，用起来更难。想得很美，用起来哪儿都不美。所以，一线部队一定要有一线科研人员，这样才能架好科研院所和部队之间这座交流沟通的桥梁。有句诗写得好：'不知细叶谁裁出，二月春风似剪刀。'春风无言，剪不断理还乱。而我，就是想做有声的春风，告诉大家应该怎么剪、怎么修。"

宋小兵越说越激动，因为曾经的想法，已经随着一纸调令，完全破灭了。

总得有些墓志铭,留给梦想的坟场吧。

"如果能先去部队,再回到军科院,我认为,这是我最好的发展路径。"宋小兵抬起头,目光炯炯地盯着刘玲。

刘玲认真地听着,她承认,宋小兵讲的,的确是科研院所现阶段所面临的尴尬局面。

想接仙气,腾空一跃,又变得不接地气,最后飘在云端,不上不下。

刘玲心里暗想:"这个宋博士,还是太孩子气,可能院校待久了吧。明明自己周身上下都充斥着理想主义,还排斥科研院所的理想主义。部队岂能你想来就来,想走就走?"

不过,她说出来的话却是:"你这个想法很好,不过,军令如山,服从命令听指挥吧。"

宋小兵眼中刚蹿出的小火苗,又被刘玲的一句话无情浇灭了。

刘玲赶紧转移话题:"那么,第三个问题……"

"报告!"

门口一声突如其来的报告声,打断了两人的谈话。

刘玲冲着门口喊道:"请进!"

门被推开了,一个戴着高度近视眼镜的年轻人出现在门口。

他手里拿着一个厚厚的牛皮纸袋,一头短发迎风矗立,显得精神抖擞。

他的眼睛迅速在屋里扫描了一遍,目光在宋小兵的脸上停留了两秒钟,随即望向刘玲:"刘助理,所长不在?"

刘玲点点头:"所长有事出去了。张工,有什么事吗?"

张文斌看了看宋小兵,犹豫了一下,说道:"所长打电话交代我,有一份机密的资料和一台设备要送到航天城去。所以我过来问问,派谁和我一同前往?"

刘玲说:"你们室没人了吗?"

张文斌点点头,说:"是啊,出差的,下部队的,开会的,只剩我一个孤家寡人独守空房。"

机密文件,必须两人护送。

刘玲想了想,眼睛瞟了一眼对面的宋小兵,对着门口的张文斌说道:"张工,这位是我们单位新来的宋小兵博士,他现在没什么任务,要不跟着你跑一趟航天城?"

张文斌皱了一下眉头,毕竟和一个只有一面之交的陌生人一起执行任务,心里总还是有些忐忑。

他试探地问道:"要不你请示一下所长?"

刘玲点点头,站起来走到宽人的办公桌旁,拿起电话,拨了几个数字,听筒里传来一阵忙音。

"喂,所长您好。您交代张工带走的文件和设备,没有其他人结伴而行啦。您看能不能让宋博士……对,就是新来报到的宋博士。让他们一起去可以吗?"

"是,是,好的,明白。"

刘玲放下电话,对张文斌说:"刚刚请示了所长,他同意了,让你们俩路上注意安全。"

张文斌长舒一口气,走过来握了宋小兵的手:"宋博士你好,我叫张文斌,飞控室的,那我们明天出发。这会儿我回去准备一下,把设备和资料都准备好。你也把身份信息发我,我帮你订机票。明早八点半,在办公楼前碰头。"

宋小兵木然地和张文斌握完手,还没回过神来,这个年轻人踩着风火轮,又风风火火地飘出门去了。

宋小兵在新单位的第一天,板凳还没坐热,就被搬走了,顺带还领了一张飞机票。

"那,第三个问题是什么?"宋小兵无奈地笑笑,想着回答完问题,就好领盒饭了。

刘玲微微一笑:"第三个问题就是……你还有什么问题?"

宋小兵一愣,随即说道:"我的问题不多,也就这几个:我被分到哪个岗位? 具体从事什么工作? 宿舍在哪儿? ……"

刘玲还没等他说完,就不容置疑说出了具体安排:"今晚你就先住院里的招待所,明天一早还要和张工出差呢。现在也就是一些随身物品吧,等你的大件行李托运过来以后,你打电话告诉我一声,我派人去车站取回来。至于安排宿舍,现在看来也没那么急,等你出差回来后再说吧。"

这哪里是安排栖身之所,听起来倒像是安排临时中转站。

刘玲随即安排勤务员,帮宋小兵拿上行李,带他去招待所。

出门前,宋小兵回过身,张了张嘴,想要说点什么,最后也没有发出任何声音,便转身跟随勤务员出了门,并把门随手带上。

刘玲立刻起身,走到电话机旁,拨了几个与之前不同的数字。

电话里,一个略显苍老的声音传来:"小刘,都安排好了?"

刘玲放低声音,说:"都按照您的要求安排好了,明天他和张工一起去航天城。另外,果然不出您所料,他对您精心布置的办公室,产生了浓厚的兴趣……"

她顿了顿,说出了心中的疑问:"有些事为什么不直接对他讲呢?非要绕这么大一个圈子?"

电话里传来一阵爽朗的笑声:"有的人,必须要让他身体力行,才能真心实意地信服。对于这种人,任何语言都是苍白无力的,只有用无可辩驳的事实,才能真正打动他。宋小兵,就是这种人!"

刘玲不由得点点头:"老师,您的良苦用心,希望他能体会得到。对了,老师,您凭什么认为他就是反导工程最合适的人选?"

"执着!脚踏实地!只要他认准的事,我相信,就算是天堑,他也会竭尽所能,使之变成通途!"

第3章

西北"37号"站点

舷窗外，大地的颜色已经由碧绿变得浑黄，直到全部被暗褐色占领。

大地不断展示着它的各种形态，如数家珍般在机舱下摆弄着秀美的山川河流和城市村庄，最后，却只能无奈地用连绵不绝的远山和单调乏味的戈壁，来结束这段波澜壮阔的旅程。

一路上，张文斌都在自顾自地看着书，没有和身旁的宋小兵有过多的交流。

他把装着设备的拉杆箱，置于两腿之间，像整个人骑在箱子上似的。

他夹紧双腿，用身体护卫着设备，确保万无一失之后，就心无旁骛地看起书来。

虽说张文斌骑着马，但宋小兵也挑着担，毕竟护送设备的重担，是落在他们两人肩上的。

所以，尽管机上的旅客早已睡意沉沉，但两人都强打十二分的精神，不敢轻易闭眼。

百无聊赖的宋小兵，也掏出随身携带的书籍。

两个年轻人齐头并看，在天上聚精会神地读起"天书"来。

飞机在嘉峪关机场稳稳落地。

一出舱门，苍茫的大地上，狂风卷积着尘土，热情地招呼着初来乍到的人们。

大家都用衣领挡住眼睛和嘴巴，快速向前跑动。

宋小兵第一次来到大西北，满眼单调的黄色，让他的心情变得烦躁起来。

　　而凛冽的西北风夹着微小的尘土,就像一双无形的手,舞动着十八般兵器,翻滚腾挪,以各种刁钻的角度,无死角地呼啸着钻进衣服的空隙,侵犯着每个人的身体。

　　沙随风行,风助沙威,当头给了宋小兵一个杀威棒。

　　他皱皱眉,刚想张嘴叫张文斌的名字,却发现身边早已空无一人。

　　风沙就像一把天然的发令枪,西北赛场新人宋小兵,毫无经验地输在了起跑线上。

　　沙影婆娑,朦胧中,他发现张文斌已经跑在了前面,宋小兵大声叫道:"张……"

　　盘旋在他周围伺机而动的风沙,欣喜若狂地发现了这个突破口,蜂拥而至。

　　一大口风沙争先恐后地灌进来,把这一味西北著名特产毫无保留地喂进了宋小兵的嘴里,呛得他眼泪都要掉落下来。

　　满嘴的土腥味,瞬间让他品尝到了传说中吃土的味道。

　　他赶紧闭上嘴,在风沙中寻觅那个若隐若现的身影,朝着那个方向拔足狂奔。

　　终于在机场的大厅相会了。

　　张文斌看着宋小兵狼狈的模样,惊诧地问道:"你是第一次来西北?"

　　宋小兵拍拍身上的尘土,点点头。

　　张文斌看他满嘴的沙,关切地询问:"要不你先去卫生间漱漱口吧。我第一次来也是这样。西北的风沙可是祖宗,比北京这孙子厉害多了。"

　　这时,张文斌的手机响了,他接起电话:"你好……对,是的,我们已经到了,马上出来,麻烦你稍等一下。"

　　挂掉电话,张文斌催促道:"小兵,王主任派来接我们的车已经到了,你赶紧去洗漱,还要坐三个多小时的汽车呢。"

　　宋小兵闻言,赶紧洗漱了一下就出来了。

　　他本想接过张文斌手上的拉杆箱,替他拉一会儿,谁知张文斌紧紧拽住不放,客气地摆摆手:"不要客气,我来拉就行了,不算太重。"

　　宋小兵心想:"张工这工作作风的确谨小慎微,对革命同志依然保持足够的不信任。"

　　两人一出机场的大厅,就看见一辆挂着军牌的猎豹车停在大门口。

　　他们走到车旁,和司机确认身份以后,上了车。

　　猎豹车随即在路上飞驰起来。

当嘉峪关古老的城墙被渐渐抛在车后时，窗外的景色便开始变得单调起来。

风沙也渐渐停歇，露出大地本来的轮廓。

西北戈壁，广袤无垠，古老神秘。

在这片人迹罕至的地方，只有随处可见的大片骆驼刺，才能让人嗅到一丝生命的气息。

蜿蜒曲折的公路，在碎石沙砾中宛如一条玉带，与天边相连。

看惯了这些单调乏味的景观，张文斌一上车就和衣而眠。

但对于宋小兵来说，兴奋、憧憬、向往，是他此刻所有的情绪。

因为这里，是他从未涉足过的秘境。

他兴致勃勃地观赏着夏日里依然积雪的祁连远山，惊讶地赞叹戈壁上气势磅礴的嶙峋怪石，由衷地感叹大自然是何等的鬼斧神工，才能将这里雕琢出如此神鬼莫测的千姿百态。

不过，兴奋劲并没持续多久，他就决定调低座椅，仰头躺下，静静地感受鼻孔间的流血无情。

刚进入戈壁滩的腹地，他的鼻血就响应干燥气流的召唤，倾巢而出。

宋小兵赶紧回头，叫醒张文斌："张工，带纸了吗？"

张文斌抽出几张纸巾扔给他，关切地问道："见红了？第一次都会这样，多来几次就习惯了……"

宋小兵拿起纸巾，擦拭血迹，摊开一看，像一朵红艳的花。

两个小时以后，远方出现了一大片绿色的防风林，在戈壁上显得突兀而又生机勃勃。

防风林后，能隐约看见一片低矮的建筑，色泽暗淡，与戈壁浑然一体。

而在公路的另一边，远远就能看见一个高大的铁架子屹立在戈壁之上，随着距离越近，显得越发雄伟。

宋小兵周身的血液沸腾了，他指着那个大铁架，兴奋地问司机："兄弟，那就是酒泉卫星发射中心的火箭发射架吧？"

司机骄傲地说："是啊，那里完成了我国数次重要的火箭发射任务。而远处那片建筑，就是航天城，我们叫它1号。在这里，所有的站点都只有一个代号。"

宋小兵注视着航天城越来越近，心跳也越来越快。

猎豹车穿过一片树林,司机长久地按下喇叭,汽车发出一声长鸣。

宋小兵疑惑地问:"路上没有人也没有车,按喇叭干吗?"

司机松开喇叭,这才解释道:"这里是烈士陵园。当年为了'两弹一星'的宏伟工程和航天科技事业,711位英烈献出了宝贵的生命。如今,他们就长眠于此,陪伴他们的,还有聂荣臻元帅。聂帅在世时,曾亲自题写了'东风革命烈士纪念碑'碑名,纪念国防科技战士扎根戈壁、志在航天的丰功伟绩。于是,这里便有了不成文的规定:所有经过这里的车辆都要鸣笛,向烈士致敬!"

最贫瘠的土地上,生发着最宏伟的事业,一群最可爱的人,坚守着已被物欲社会冲击得支离破碎的理想和传统。

宋小兵回过头,发现张文斌早已坐直身体,脸色庄重严肃。

宋小兵也不由得坐直身体,肃然起敬。

汽车都快穿过航天城的外围了,却丝毫没有减速的意思。

宋小兵疑惑地问道:"我们不是要去航天城吗?"

"谁说的?!"张文斌不容置疑的语气,不像是在开玩笑。

车内顿时安静下来。

张文斌再次闭上眼睛,继续闭目养神。

"那我们要去哪里?"宋小兵感觉从报到到现在,全程都是蒙圈状态,仿佛被一双无形的手操控着,身不由己。

司机说道:"37号。"

宋小兵问:"37号是哪里啊?"

司机说:"37号就是37号。"

这话题是没法继续了。

宋小兵索性也不去探究了,身子往后一靠,做出一副随便你们把我带到哪儿去的姿态。

他现在对窗外千篇一律的景色也失去了刚来时的兴趣,他甚至想道:"那些扎根戈壁几十年的前辈,在这样恶劣枯燥的环境中,是靠着什么度过每个日日夜夜的?"

也许只有信念,一个建设强大祖国的信念,才能支撑着一代代科技工作者,在极短的时间内,克服环境恶劣、物资匮乏和科技空白的三重考验,翻越一座座横在面前的高山,达到了让世界顶尖军事大国都难以置信的高度和速度。

很多容易被人忽视的伟大,仅仅是平凡的每一天,被重复了上万遍。

又经过一个多小时的颠簸,眼前再次出现了一片树林。

宋小兵现在也有了一些经验,只要出现树林,那就一定是一个军事站点。

这个站点比1号要小很多。

如果说1号是地级市,那这里,充其量只能算一个偏僻小镇。

一座三层楼的建筑物,就是这里最大的建筑。

车停在了这栋建筑物的门口。

"这里就是37号?"宋小兵问。

司机点点头。

宋小兵和张文斌下车,这次,张文斌把拖箱子的任务,放心地交给了宋小兵。

到目的地了,也没什么需要防范的了。

宋小兵打量了一下周围的环境。

这里,没有任何标识性的东西,连司机口中说的37号,在这里也无法找到与之对应的数字。

在整个航天城,所有的站点都不需要名字,它们看似只是毫无意义的代号,但每一个数字后面,却意义非凡。

37号三层楼的房子,不仅建设年代久远,而且常年经受风沙的摧残,已经显得异常陈旧。

张文斌带着宋小兵,走到二楼,在一个办公室门口停下了脚步。

张文斌敲敲门,喊了声"报告",门里传出一个略显疲惫的声音:"进来。"

张文斌轻轻推开门,一个简陋的办公室便出现在两人的眼前。

堆满各种资料的办公桌前,一个头发花白的中年人抬起了头。

他长着一张标准的国字脸,瘦削却刚毅,眼睛里布满了血丝,显示他已多日没有好好合眼。

他嘴里还叼着一根烟,小半截烟灰没有掉落,估计工作正在兴头上,都忘记了抽烟。

看着张文斌进来,他这才放下手里的笔,深吸一口,把烟从嘴边取下来,掐灭。

"小张,你又来给我们传经送宝啦。"中年人起身,和张文斌握了握手。

这时,他才看到张文斌后面跟着的宋小兵:"这位是? 以前怎么没见过?"

张文斌介绍道:"王主任,这是我们所新分过来的博士,国防技术大学航天动力学专业毕业,叫宋小兵。小兵,这是反导系统总体室主任王剑秋。"

王剑秋伸出手:"小宋同志,第一次见面,欢迎欢迎。"

"反导系统?!"宋小兵的心里着实被震撼了一下。

"我们真的已经在着手研制反导系统了?

"李所长那天的讲话,真的不是空穴来风?

"地处偏僻的不毛之地,其貌不扬的37号站点,竟然是反导系统研究中心?

"这项工程到底开展多久了? 现在进行到哪一步了? 取得了什么成果?"

一连串的问题,电光石火般地在宋小兵的大脑里源源不断地涌现。

李立长在他心里种下的那颗种子,好像一下子就找到了属于自己的土壤。

"小兵,想什么呢?"张文斌的话,打断了他的思路。

看着王剑秋悬在半空多时的手,宋小兵也赶紧伸出手,和他握了握。

他的手宽厚有力,粗糙,应该是在西北长期生活留下的印记。

王剑秋接着说:"国防技术大学什么时候有了航天动力学这个博士点啊?"

宋小兵说:"三年前吧,我是第一个毕业生。"

王剑秋喃喃自语:"难怪以前没听说过。第一个博士,难得的人才啊,如果能分到我们这里就好了。"

说者无心,听者有意。

宋小兵笑了笑,没有说话。

张文斌拿出牛皮纸袋,递给王剑秋,说道:"主任,这是所长特意交代给你带过来的资料。说按照你提供的清单,找到了一部分,其他的,所长还在想办法。这次带过来的设备,作为之前那台设备的备份,这玩意儿太金贵,干工作经常撂挑子,还是互为备份的好。"

王剑秋接过密封的资料,打电话让保密员把所有资料拿去保密室盖章建档,把设备编号抄下来,打一份设备交接清单。

安排好这些以后,王剑秋说:"小张,那晚上我给你们俩在宿舍安排两张床铺,这里条件比较艰苦,只能凑合一下。"

张文斌赶紧说道："主任，你不用考虑我，我一会儿还要去1号办点事，今晚就住那边。"

说完，他立刻想到宋小兵还在身旁，说这话仿佛有些不妥，有点始乱终弃的味道。

于是，他马上扭过头，探询地问道："小兵，你是在这里等我，还是跟我一起过去？"

宋小兵突然有一种感觉，好像所有人都在让他做选择题，但不管他怎么选择，其实，只有一个选项。

张工那边要办的事，之前从未听他提起过，想必也是保密级别的，他不好一直跟随。

宋小兵心里非常清楚，自己的主要任务，就是为了符合保密规定的要求，做一个充数的陪伴者。

现在任务完成了，最好的选择就是原地待命。

"那我留在这里等你好了。"宋小兵说道。

张文斌明显松了一口气，高兴地说："那好，等我忙完那边的事，就过来和你会合，到时候一起回北京。"

说完，张文斌就迈出办公室的门，匆匆下楼了。

"小宋同志，请坐。"王剑秋热情地招呼宋小兵坐下。

宋小兵刚坐下没多久，保密员就把已经盖了章的资料送了过来。

王剑秋看了宋小兵一眼，笑着说道："小宋同志，抱歉，麻烦你出去等我一下，我看看资料。"

宋小兵连忙起身出门，门随即在他身后轻轻反锁上了。

宋小兵在门外一等就是两个多小时。

王剑秋开门出来的时候，见门口有个人，倒把自己吓了一跳。

看清是宋小兵后，王剑秋不好意思地挠挠头，笑道："抱歉，看得太入神，忘了你这门外汉了，哈哈哈。"

宋小兵见王剑秋一脸和善，踌躇了半天，终于还是问出了藏在心中很久的问题："王主任，反导工程莫非早已上马？"

王剑秋闻言，脸色立刻变得冷峻起来，没有说话，锐利的目光像两只搜身的手，从上到下仔细打量着宋小兵。

即便是宋小兵这样一个理工科的钢铁直男，在面对这样的目光的时候，也只能不好意思地低下了头。

王剑秋开口了,不过不是回答宋小兵刚才的问题,而是直接转移了话题:"你胸口上别的那个胸章,一进门我就看见了,挺别致的啊,谁送你的?"

那枚别在宋小兵左胸口上、泛着金光的雏鹰纪念章,在绿军装的映衬下,显得特别耀眼。

那是胡奋虎送给他的。

老师在他临走前,还特意嘱咐过他:"外出可以戴上,一来表明国防技术大学的身份,二来也许会给你带来意想不到的好运。限量版,你值得拥有!"

所以,一出校门,宋小兵就把它别在了胸口上,一直到出差,都忘了取下来。

于是,宋小兵说道:"这是我的导师胡奋虎教授在我博士毕业后送给我的礼物。"

语气中,充满了骄傲和自豪。

王剑秋的脸色这才缓和下来,笑了笑:"这胸章代表什么意思呢?"

宋小兵想了想,说:"说实话,我也不知道是什么意思,应该是祝福和希冀吧,希望我们能像雄鹰展翅般,在科技的天空翱翔。据说,这还是一枚不可多得的吉祥物,因为老师悄悄告诉我,这胸章可能会给我带来一些好运。"

王剑秋听完,发出了爽朗的笑声:"党员还迷信,哪有什么好运加持? 不过,看你对反导如此有兴趣,我就破个例,给你稍微透露点内情,这也算是种好运吧,哈哈。这项工程,现在还处于严格保密阶段,由航天器研究所的李所长牵头组织,研发进展情况的知情权,控制在最小范围,除了我这个总体室的负责人大致知道一些整体情况,其他各室的负责人都不清楚我们的具体计划。"

他顿了顿,继续说道:"我们对外都是宣称升级改进'东箭-9'弹道导弹,连航天城很多部门都还以为我们37号和以前一样,是在做老款导弹的升级设计呢。"

宋小兵兴奋地问道:"那我们现在进展到哪一步了呢?"

王剑秋摇摇头,说道:"无可奉告。不过,你只要知道,大部分专家教授听说我们搞反导,动作要领都是出奇一致:重重地摇一摇头,然后让嘴角挂上一丝无奈的笑……"

宋小兵叹了一口气,说道:"我之前也是这么认为的,直到李所长的灵魂一击,我才真正受到了触动和启发。也许因为我们身处和平太久,早就忘了没有永远的和平,只有永远的危险。如果停滞于所谓的困难和差距,丧失了拼搏和进取的勇气,四伏的危机总有一天会以意想不到的狰狞面目突然出现,打我们一个措手不及。"

　　"军人只有两种状态:战斗和准备战斗。居安思危、枕戈待旦,才是军人的常态。"宋小兵最后重重地说道。

　　王剑秋点点头:"现阶段,我军的战略目标是攻防皆备,而不是攻防皆强。所以,不能等我们进攻的方式多了、力量强了,才去发展防守的力量。虽然进攻是最好的防守,但我们国家热爱和平,从未想过称霸世界,所以,我军的军事战略方针,一直是以积极防御为主。导弹防御系统就是最好的防御。所以,我们必须要搞,还要搞好!"

　　王剑秋的话坚定有力。

　　宋小兵也受到了鼓舞,激动得有些忘乎所以:"王主任,那这次我们送过来的资料一定是有关反导工程的吧,让我看看呗。"

　　王剑秋刚刚指点完江山,宋小兵就要看文字。

　　王剑秋瞬间也从激动的情绪中挣脱出来,恢复了一贯的冷静,笑道:"你小子,属猴的啊?鬼精鬼精的。这儿有一份探讨资料,密级不高,给你看一眼吧,其实,也没什么特别重要的内容,我只是从中寻找一些参考和思路而已。"

　　说完,王剑秋摊开手,几个字映入眼帘:《中段拦截系统的一些设想》。

　　宋小兵激动地说:"看来,我们已经确定了首先研制中段反导系统?"

　　王剑秋点点头,说:"上升段拦截,现阶段其实是很难实施的,因为导弹发射伊始,都飞行在对方国土上,以我们现有的战略目标和科技手段,想要实现将导弹扼杀在摇篮里,几乎不可能完成。

　　"而末段拦截,因为到了飞行末段,弹道导弹的速度非常快,锁定拦截的时间窗口不足2分钟!要在如此短暂的时间内拦截,非常容易失败。

　　"因此,最好的拦截就是中段。弹道导弹90%以上的时间都在亚轨道做惯性飞行,这个时候发射反导拦截弹,有足够的时间和空间进行拦截,成功率最高。"

　　王剑秋进一步解释道:"弹道导弹进入外大气层后,沿着椭圆轨道做亚轨道飞行。亚轨道是距地面20~100千米的空域,位于飞机的最高飞行高度和卫星的最低轨道高度之间,既不属于航空空域,也不属于航天空域,只用于弹道导弹飞行。

　　"在这个空域飞行的弹道导弹不再加速,完全依靠惯性飞行,这就是导弹的飞行中段。只需要25分钟,弹道导弹就可飞抵目标上空,进行打击。

　　"由于外太空没有空气,导弹在这个飞行阶段,也就完全没有阻力,飞行速度非常快。

能有多快？你应该十分清楚。用发达国家现有的超级弹道导弹举例，E国的SS-25'白杨'洲际弹道导弹最高速度为20马赫，M国'和平保卫者'洲际导弹最高速度甚至能达到25马赫，是世界上最先进的现役战斗机最高飞行速度的10倍以上！"

宋小兵点点头，这些常识性的问题，他都非常清楚。

不过，王剑秋把他当小白科普，他也不忍打断，继续聆听。

王剑秋喝了一口茶，看见宋小兵眼神中那股"你慢慢讲，吾将上下而求索"的目光，非常满足。

于是，他继续说道："其实，中段反导流程很简单：我方预警雷达捕获敌方进入亚轨道的弹道导弹后，计算机根据导弹飞行参数，迅速推算出飞行轨道，并立即对所有伴飞物进行真假弹头识别，找准真弹头。进而通过C4I系统，把目标指示快速分发到反导部队。反导部队接收目标指示后，听令打开制导雷达，搜索发现目标，锁定目标后，立即发射反导导弹，在外太空摧毁来袭导弹。

"来袭导弹和拦截弹的相对飞行速度可以轻松超过30马赫，拦截的时间窗口非常短暂，而在这样的高速状态下，导弹的大小完全可以忽略不计，相当于用子弹撞子弹。所以，要求拦截弹必须具有超高的精确度。

"精准度还不是最要命的，最为要命的是，对方也不是等着你去拦截啊。

"一枚洲际弹道导弹可以装载数枚弹头，比如E国的SS-18'撒旦'导弹，最多可以携带10个分弹头，升空后，弹头各行其是，分头打击各自的目标，一枚导弹可完成10枚导弹的任务，相当于以一当十。所以，每个分弹头都要去拦截。

"而且，洲际弹道导弹升空后，还会同时释放出几十个诱饵假弹头，在雷达屏幕上，假弹头的回波信号、飞行参数和真弹头完全一致。拦截弹必须在极短的时间内迅速从一堆弹头中找到真的那个……

"而弹道导弹发射后抛洒的电子干扰云，让难度更上一层楼……"

说到这里，王剑秋和宋小兵同时叹了口气，别说去做，光想一想都觉得难于上青天。

如果要给中段反导定一个难度系数，应该是：地狱级难度。

"不过，反导是一项世界性难题，不光对我们来说很难，就算对于最早开展反导系统研究的世界军事第一强国M国来说，这一路走来，也并非一帆风顺！"宋小兵眼神又变得自信而镇定，"M国从20世纪50年代中期就开始研究反导系统，先后研制出了'奈基-宙斯'、

'奈基-X'、'哨兵'和'卫兵'反导系统。到了80年代,里根政府提出了星球大战计划,开始研制先进的非核防御武器,包括动能武器和定向能武器。90年代克林顿时期,终止了星球大战计划,转而将战区导弹防御系统(TMD)和国家导弹防御系统(NMD)合并组成了弹道导弹防御系统(BMD)。

"布什上台后,将导弹防御系统扩展为由陆基、海基和空基拦截导弹组成的多层次防御体系,TMD和NMD合二为一,统称导弹防御系统(MD)。其中,'爱国者-3'、海军区域防御系统、陆军战区高空区域防御系统(THAAD)、海军全战区防御系统构成了MD的核心。

"比如THAAD,由拦截弹、拦截弹发射车、作战雷达以及作战管理/指挥、控制、通信和情报系统(BM/C3I)四个部分组成,能够防御射程3500千米的导弹,最大拦截距离200千米,采用先进的动能碰撞拦截技术,号称'当今世界唯一能在大气层内外拦截弹道导弹的陆基反导系统'。

"它的雷达系统也特别先进,X波段相控阵固态多功能雷达,具有全面的监视、目标探测、跟踪、威胁分类、导弹落点估算、火控功能和杀伤评估功能,作用距离也达到了惊人的1000千米。"

听王剑秋列举了一大堆国外先进反导系统的技战术参数后,宋小兵笑了笑,说:"王主任,据说THAAD拦截成功率达到了恐怖的100%!"

王剑秋哈哈一笑:"这个你也信? 有几次靶试他们是公开进行的? 再说了,导弹状态、战场态势的设置,达到实战要求了吗? 说好听点,这是战略欺骗;难听点,就是战略忽悠。"

"如果是真的呢? 你怕不怕?"

王剑秋拍案而起:"怕个球啊! 干就完了!"

这个时候,宋小兵觉得这个王主任,一身的孩子气和豪气。

"那,从哪儿开始干?"

其实,博士毕业论文答辩半路杀出的李老,挥舞着粗犷的三板斧一番精雕细琢后,被当场砍得人仰马翻的宋小兵便一边舔舐着伤口,一边深入地研究了反导系统。

他想根据现有的资料,寻找反导系统研制的切入点和突破口。

反导系统大体上分为三个部分:预警探测系统、指挥控制系统和拦截系统。

宋小兵欣喜地看到,三个系统,我们都发展得很均衡,几乎是齐头并进;却也十分悲伤地感到,三个系统,我们都还在底部运行,几乎是从零开始。

那么,先从哪个系统入手呢?

宋小兵觉得,不管从哪一个系统入手,都非常棘手。

比如,预警探测系统,首先要建设X波段雷达。只有高分辨率的X波段雷达,才能分辨出真正的弹头和伴飞的假目标,提高目标识别的精准度。

指挥控制系统,也就是C4IRS指挥自动化系统,首先要解决组网问题和武器装备入网问题。我们现阶段只实现了非常简单的一些空情态势实时显示,武器平台根本还没纳入进来。

拦截系统,首先要发展专业的拦截导弹。而我们现役的导弹,根本没有哪一个型号是专门用作反导的。

所以,宋小兵提出这个问题,就是想看看,王剑秋到底想从哪里下手。

想不到,王剑秋不假思索地答道:"反导是个整体,需要各个系统的密切协作,绝不可能允许有短板的存在,整齐划一、步调一致才是最重要的。你要问我从哪儿开始干,我永远就是一个答案,同时一起干!"

果然,成年人从来都不做选择题,要问,就是全部都要。

宋小兵心想:"是这道理,不过口气是很大,但是实力不允许啊。"

王剑秋见他一脸的不信,笑着问他:"那换作是你,打算先从哪个系统入手?"

"拦截系统! 先研发专门的拦截弹,这是现阶段最容易也能最快实现的。我们有'东箭'系列的弹道导弹,有多年研发导弹积累的丰富经验,燃料技术、材料技术、电子技术都是十分成熟的,只需要根据反导任务特点和世界上最先进的洲际弹道导弹的技术参数,就能大致确定拦截弹的技战术指标。以我们现有的弹道导弹为原型,大刀阔斧地改进一下,我认为不算难题。"

宋小兵语速很快,仿佛这个问题,他已经在心中酝酿过很多次了。

王剑秋赞赏地点点头。

宋小兵的回答,的确让他有些意外。

本以为是过来送快递的,想不到,是研究快递的,对"东箭"快递竟有如此深刻的思考。

王剑秋说:"来,你过来看看。"

王剑秋把桌上那份宋小兵他们送过来的资料,往后翻了几页,一枚导弹的设计图跃然纸上。

宋小兵凑近图纸，认真看了起来。

这一看，直接把他看得呼吸急促、血脉偾张了。

这枚导弹采用复合材料制作的蚌式头锥，拥有作用距离更远的双色红外导引头、先进的动能战斗部和拦截器，可以跟踪拦截更复杂、更致命的目标。而直径达到0.534米的第二级和第三级火箭发动机，可以提供超强的推力和有效载荷，设计的新型"轨控推进器"，也将机动性能和变轨能力提高到了一个全新的层级。

宋小兵惊呼道："这……这就是新款的拦截弹?!"

王剑秋从宋小兵的手中抢过资料，说道："怎样？虽然这份图纸还只是根据当今世界最先进的技术和发展趋势，模拟设计的最理想化的模型，可你现在还认为，我们真的是一穷二白、白手起家吗？"

宋小兵仔细推敲着王剑秋的用词，小心地询问："莫不是已经秘密开展多年?"

王剑秋走到窗前，自顾自地点燃一支烟，望向窗外，目光变得深邃而凝重。

"你可知道我在这窗前，看四季如一、黄沙漫漫的景象，看了多少年吗?"王剑秋重重地吐出一口烟圈，不知是在问宋小兵，还是在问这苍天。

"在这里，你根本无法辨认时间的脚步，它也许健步如飞，也许步履蹒跚。对时间的感知，完全取决于个人的心情。当工程进展顺利的时候，我就觉得时光如飞，当工程遇到极难解决的困难时，我就感觉度日如年。也许我在这里十年了？二十年？二十五年？每天看到窗外的景致依旧，我就在想，我的工程不能始终依旧啊。时日无多，我必须快马加鞭。当我能够欣然地离开这里，去看不一样的风景的时候，我想，心中的那个愿望，应该就快实现了吧。"

窗外，落日屡弱的余晖从云层中透出，染红了天边的云朵。

戈壁一马平川，无尽地往天边延伸，最终和天空交会成一条界线明朗的线条。

梦想，驰骋在这片平坦的戈壁之上，却在意想不到的万千沟壑中，艰难地向前无限延伸。

"大漠孤烟直，长河落日圆。"余生寄吾志，却忧梦难全。

宋小兵看着面前这个魁梧的背影，心中突然生出些苍凉之感。

王剑秋掐灭烟头，转身对宋小兵说："走，下班了，今天我就不加班了，带你这个年轻人去尝尝西北的特产。"

宋小兵连忙摆手："主任，你忙你的，不用管我，我就在食堂随便吃点就行。"

王剑秋已经收拾好办公桌,拉着宋小兵的胳膊就出了门:"这里地大物薄,是厚薄的薄哦,想吃份新鲜蔬菜都难。不过,有一种食材,却是哪儿都比不上的。走吧,别客气啦,你别嫌地方小、环境简陋就行。你们这些大都市来的高才生,对我们这里的警惕性都特别高。"

宋小兵很纳闷,这里又不是龙潭虎穴,需要时刻提高警惕吗?

于是,他说道:"主任,像37号这么重要的地位,警惕性高点是必需的。"

王剑秋哈哈大笑:"我说的警惕性高,是因为你们觉得'此地不宜久留',哈哈。"

想不到,王剑秋这个老革命,开起玩笑来一点儿也不含糊。

宋小兵知道,他说的是实情。

贫瘠的土壤,很难让一颗空心无梦的种子扎下深深的根。

第4章

迷茫

王剑秋带着宋小兵，走出37号的大门。

这个站点太小，没走几步，就来到了一处平房前。房门口上，一块破旧的匾额，写着几个大字：老徐羊肉汤。

大门口一口大铁锅，架在炭炉上，殷红的火苗吐着火舌，舔舐着漆黑的锅底。

大锅里成块的羊肉、羊杂碎冒着滚滚热气，在已熬成乳白色的羊肉汤里浮浮沉沉，发出"咕嘟咕嘟"的声音，散发出诱人的香气，诱惑着每一个靠近它的味蕾。

宋小兵忍不住咽了口唾沫，情不自禁地说道："好香啊。"

王剑秋说："老板在这里开店已经十多年了，用的都是西北最好的羊肉。西北的羊本来就没什么膻味，而且羊肉鲜美可口，甚至有一股奶香味和若有似无的淡淡甜味。这羊肉只要出了西北的地界，任你在哪儿都吃不到。"

一个50多岁的中年人正在门口的案板上，娴熟地切着羊肉，看见王剑秋走过来，热情地招呼道："王主任，您来啦，里边请，今天想吃点啥？"

王剑秋笑着和他说："老徐，还是老样子，老四样。"

老徐说："好的，您里面找个位子先坐下，稍候片刻，马上给您上菜。"

王剑秋点点头，带着宋小兵走进屋里。

屋子里只有6张小桌子，每张桌子只能坐4个人。

这会儿，一张桌前，已经围坐着3个身着军装的人，正热烈地说着话，面前的一盘白切羊肉已经见底。

他们见王剑秋进来，赶紧起立问了声好，王剑秋笑着点点头，挥挥手示意他们坐下继续吃，不用管他。

王剑秋和宋小兵刚找了一张最靠里的桌子坐下，老徐就端了一盘凉拌羊杂、一盘老虎菜快步走过来，放在桌上。

"王主任，要喝点啥？"

"来一瓶二锅头吧。"

老徐转身就从货架上，拿了一瓶半斤装的二锅头，放在他们的面前。

宋小兵连忙摆手拒绝："主任，我不喝酒。"

王剑秋不由分说地把宋小兵面前的酒杯斟满，说道："你第一次来西北，没有什么好招待的，歌里都唱，朋友来了有好酒。这虽然算不上什么好酒，不过，战友情谊就是最好的酒。"

随即，他又把自己的酒杯满上，端起来，说道："来，首先，恭喜小宋博士军校毕业！也非常开心，你毕业后的第一站，就来到了我们这里，冥冥中自有定数，祝愿你以后能在自己的工作岗位上大展宏图。另外，也希望你有机会，多到我们这里来走走。虽然这里贫瘠、艰苦，但军人的职责，不就是驻守在文明的最边缘，让人民生活在文明的最中央吗？"

宋小兵赶紧起立，恭恭敬敬地端起酒杯，和王剑秋碰了碰。

两人一饮而尽。

宋小兵想道："王主任为人真诚谦逊，对我这样一个送快递的都礼遇有加。如果我以后也有这样的好领导，简直是人生幸事啊。"

他不觉对王剑秋有了更多好感，淡忘了当初被晾在一边的不快。

这时，老徐端上一盘热气腾腾、切成大块的羊肉，异香扑鼻。

王剑秋指着羊肉，对宋小兵说："来，这是这里最有名的手抓羊肉，只放花椒等几味最基础的调味料，用清水慢炖而成。好的食材，总是以最原始的状态出现，你只需要蘸一点食盐，嚼几片大蒜，就能最大限度地激发出羊肉最诱人的美味。"

王剑秋夹起最大的一块羊肉，放进了宋小兵碗里："快，趁热尝尝。"

宋小兵夹起羊肉，蘸了蘸盐，放进嘴里。牙齿只是轻轻一咬，肥嫩的羊肉瞬间爆出丰富的汁水来。汁水充盈着口腔,鲜美直冲味蕾。

宋小兵忍不住闭上眼睛,细细品味齿尖的美味。

"想不到这里的羊肉,这么好吃。"宋小兵啧啧赞叹道。

"好吃就多吃点儿,这在北京可不容易吃上。"王剑秋满意地笑了。

"可惜张文斌走了,这么好吃的羊肉都错过了。"宋小兵不由得对张文斌与美味的完美错过深表遗憾。

"你不会真以为他去航天城有什么重要的事情吧? 他那点儿小心思我还是清楚的,就是觉得这里各方面的条件比较艰苦,不愿意在这里驻足罢了。"王剑秋喝下一口酒,说道。

宋小兵惊讶地睁大眼睛:"啊,还有这回事儿?"

王剑秋说:"别忘了我之前对你说的,此地对于年轻人不宜久留。哪怕只是短暂的停留,对他们来说,也许都是一种煎熬。"

老徐端着最后一盘菜走了过来,盘里装着刚切的白切羊肉。

他放下盘子,打量了一会儿宋小兵,对着王剑秋说:"主任,小李没和您一起过来啊? 这年轻人是您新来的部下?"

王剑秋说:"这位可是国防技术大学刚刚毕业的博士,一颗冉冉升起的新星,我还没那手段,把这样一位高才生招至麾下。"

老徐呵呵一笑,转身走开了。

宋小兵好奇地问:"小李是谁啊?"

王剑秋嘴角的笑容消失了,叹了口气,说道:"和你一样,也是博士,龙华大学的,两年前毕业特招入伍,分到了我们这里。不过,明天就要离开了。"

龙华大学是国内最顶级的理工科院校,它的毕业生,在各行各业都是最抢手的人才。

屋子太小,王剑秋的话也飘到了锅边老徐的耳朵里,他用西北特有的大嗓门冲着王剑秋说:"小李要走啊,这才来了多久? 主任,每次加完班,您总会带着他来我这儿吃盘羊肉,喝碗热气腾腾的羊肉汤,对他是真心的好。这怎么说走就走?"

王剑秋一仰脖,喝光了面前的一杯酒,幽幽地说:"人各有志,每个人都有自己的想法,人家也许志不在此。就如同老徐你再好的羊肉,没有遇到知音,还不是会觉得寡淡无味?"

宋小兵沉默不语,夹了一块羊肉放进嘴里,浓郁的羊肉本味撞击着唇齿,让他确信自己天生就是羊肉的知音。

王剑秋酒意渐浓，冲着老徐喊道："老徐，再弄点羊蝎子来，这玩意儿就是要在酒过三巡、饮酒正酣之时，登上桌台。"

老徐答应了一声，从锅里捞起一段羊蝎子，手起刀落，"当当当"的几声，羊蝎子就被大卸八块。

老徐再次端过来放下，对宋小兵说："小同志，我们王主任是个特别好的领导，对工作认真负责，对下属关怀备至，年年都被单位评为优秀呢。我这小店，都快成为他的关怀加油站了。可惜啊，他手下的年轻人，换了一茬又一茬，都留不住啊。"

王剑秋苦涩地笑笑："老徐，你说这些干吗？在我们这里，就算留住了男人的胃，也不一定能留住男人的心哪，哈哈。"

老徐摇摇头，走开了。

王剑秋指着刚上桌的羊蝎子，对宋小兵说："小宋，快尝尝我们这儿的羊蝎子，和你们北京的比比，哪个更好吃？"

宋小兵连忙说："王主任，我在北京只待了短短一天，别说羊蝎子，连羊骨头都没捡上。"

王剑秋哈哈一笑："这羊蝎子可是好东西啊，你别看它其貌不扬，来头可不小，还有一段历史典故呢，你可知道？"

宋小兵摇摇头。

王剑秋用手拿起一段羊蝎子，吸了一口，说道："它的开发者可是鼎鼎大名的宋代大文豪苏东坡。"

宋小兵"啊"了一声，这还真是有点出人意料。

"创意老神厨"苏东坡的创意菜流芳百世的听过不少，比如东坡肉、东坡肘子什么的，想不到这羊蝎子也归于苏门。

王剑秋接着说道："宋代，可是对穷人非常友善的朝代，有大把珍贵且廉价的食材可以享用，羊蝎子就是其中之一。苏东坡作为古代先进烹饪水平的杰出代表，最善于化腐朽为神奇，有一天，他发现了羊蝎子。

"羊蝎子就是羊脊椎骨，因形如蝎子而得名。在宋代，这玩意儿比猪肉还便宜，因为没人知道该怎么吃。这可难不倒神厨东坡，他面对羊蝎子举起了菜刀，让大家明白，在东坡的妙手之下，没有什么是不能吃的。

"他把整段的羊蝎子顺着接缝切成均匀的小段,然后倒进装满水的铁锅里,小火炖煮。炖煮时间和火候掌控非常重要,决定了最后是啃骨头还是啃肉。炖好后把羊蝎子捞出滤水,浇上黄酒,腌制半个时辰。然后支起烤架,生起炭火,放上羊蝎子烘烤,只需要撒上一点点盐,微焦即可。脆爽的羊肉混合香糯的脊髓,散发出犹如虾蟹般的诱人异香。

"东坡的吃法也很特别:蘸糖吃。虽然第一次听说烧烤羊蝎子蘸糖的,但是,我也能充分理解。别看东坡先生极具生活情趣,其实那会儿,他疾病缠身,又遭贬官,摊上这些事,谁还有胃口和心情去吃?也只有乐观的东坡,越挫越勇。所以,哪怕生活太苦,总还可以加点糖,尝一点甜蜜的味道,增加一点活下去的勇气。"

说到这,王剑秋停了下来,仿佛是在回味羊蝎子的味道,又好像是在想着什么。

两人都沉默不语。

王剑秋举起酒杯,用一种十分信任的目光看着宋小兵,缓缓地说道:"反导工程,就是我的蜜糖!"

宋小兵盯着王剑秋的眼睛,心里很纳闷:"第一次见面,他为何和我说这么多掏心窝的话?不对,感觉不像掏心窝,简直就是在掏老窝!反导是绝密工程,公开信息根本见不到,就算我身在军内,看过那么多的内部资料,也完全不知道这项工程竟然已经秘密开展了多年。对一个初次见面的人,就如此掏心掏肺,连相亲都不带这么玩的吧。王主任怎么连最基本的保密意识都抛在脑后了呢?"

他又转念一想:"不对,王剑秋作为总体室主任,绝对是小心谨慎的,不然,也不可能由他主持工作这么多年。太奇怪了,莫非是看我骨骼清奇,有研究反导的潜质?"

宋小兵百思不得其解。

而王剑秋说完那些话,也变得沉默起来,不再多说一个字,只是自顾自地啃着羊蝎子,一口一口喝着杯中的酒。

宋小兵拍拍鼓鼓囊囊的肚子,小声地询问道:"王主任,酒足饭饱,您看我们是不是该撤退了?"

王剑秋睁着猩红的双眼,有点语无伦次地说:"对……对对,走吧,今天耽误你这么长时间听我唠叨,你们明天还要上路呢,应该回去早点休息。"

他转过头,冲着老徐喊道:"老徐,来,收钱。"

老徐快步走来,数了数王剑秋给的钱,笑着说:"王主任,你的工资基本都用来请客吃饭了,你不悠着点花?"

王剑秋说:"在我们这个鸟不拉屎的地方,革命工作还真需要请客吃饭! 已经缺失了优越的自然环境,如果再没有了人情味,优秀的年轻人更留不住。"

两人互相搀扶着走出了羊肉馆。

戈壁滩昼夜温差极大,白天能让你汗流浃背,夜晚就能让你冻到发抖。

凉风一吹,宋小兵忍不住打了一个寒战,胃里一股热流上涌,他差点就吐了。

经验告诉他,必须赶紧深吸一口气,气运丹田,才能用气流稳住热流。

岂料干燥的冷风带着浓烈的土腥味,猛烈地刺激着鼻腔,让难受的感觉雪上加霜。

在错的环境里,干什么都是错。

就在宋小兵还在气息的吐纳之间顽强挣扎的时候,王剑秋就只剩下吐了。

不装了,他瘫……地上了。

宋小兵赶紧搀扶起他,一抬头,才发现头顶的那片星空,美得惊心动魄。

这是他看过的与大地最接近的星空。

浩瀚的星辰就像是谁家顽皮的孩童不经意地在天空撒下的银豆,有的地方稀稀落落,有的地方密密麻麻,挂满了整个天际。

一望无际的星空,星星变得硕大无比,连闪动的光芒都比内地更加耀眼。

仰望星空,宋小兵心中只有由衷的赞叹:"太美了。"

俯视臂弯,宋小兵心中只有由衷的哀叹:"太沉了。"

还好,37号站点黄豆点儿大的疆域,骑辆自行车使劲踩两下都容易跨界,就算是爬行,几分钟也能爬回去。

刚到站点门口,警卫室的值班警卫就看见了他们,赶紧跑了过来,和宋小兵一起把王剑秋送回二楼的宿舍。

王剑秋一沾床,就像真正粘在床上似的,一动不动,不一会儿就鼾声大作。

如释重负的宋小兵,着实出了一身冷汗。

他实在想不通,王剑秋怎么会为了一个素昧平生,才一面之缘的新毕业学员,就如此肝胆相照、互诉衷肠。

"也许是平时工作压力太大,又无法找身边人倾诉,好不容易遇到如同一张白纸的我,就干脆浓墨重彩地乱涂一番,宣泄一下烦闷的情绪吧。"这也许是对情绪垃圾桶最优雅的诠释。

好了,王主任是到家了,宋小兵这才想起,自己还没着落呢。

下午光顾着和王剑秋谈反导了,王剑秋现在是翻了,可自己这会儿没处倒了。

"怎么办?"宋小兵看见警卫正要下楼,连忙叫住他,问道:"同志,我是从北京过来出差的,王主任说给我安排了一个床位,你知道在哪儿吗?"

警卫摇摇头,说道:"我不太清楚,不过,206李博士的房间,还有一张空床,你可以去他屋里看看。"

王剑秋的宿舍在201,于是,宋小兵顺着楼道轻轻往前走,看到206房间的窗户还亮着灯。

他敲敲门,里面传出一个浑厚的声音:"谁呀?"

"是李博士吗?你好,我是从北京过来出差的小宋,主任安排我今晚在你房间里凑合一晚。"

房门开了,一个戴着金丝边眼镜,穿着体能训练服,长得文质彬彬的男人出现在门后。

透过缝隙,宋小兵看见屋子里特别凌乱,一张床上堆满了乱七八糟的衣物,两个大行李箱敞开着放在地上,像是在收拾行李。

李博士顺着宋小兵的目光回头看了看,有点不好意思地挠挠头,说:"抱歉,明天要离开单位,所以现在还在收拾行李。请进来吧,可能有点乱,你今晚就睡我对面的床上。"

李博士对面的床已经铺好,雪白的床单,雪白的被子,应该是接待专用的被褥。

想不到误打误撞,竟然闯进了提前为自己布置好的安乐窝。

宋小兵舒舒服服地躺在床上,李博士则哼着小曲,不紧不慢地收拾着行李,看起来心情很不错。

宋小兵问道:"李博士,你到这里多久了?"

李博士答道:"挺久的了,两年多了吧。"

宋小兵心想:"两年多算久?和王主任的十几年相比,也就是眼睛一闭一睁的事。"

宋小兵问:"怎么想着调走啊,这里不是挺好的吗?"

听到这话,李博士停下手中的工作,用一种近乎嘲讽的语气说道:"挺好?你可以过来试试,我保证你待不过两年!"

宋小兵看他急了,赶紧解释道:"李博士,不好意思,是我不清楚情况。其实,我是想说,这里做的研究工作非常有意义,关系到一个大国最尖端的防御武器:苍穹之盾。能够被挑选参加这项工程,本来就是对自身能力的认可。我只是单纯地认为,你过于轻率地放弃了陪伴和见证大国崛起的机会,也失去了自己人生中也许是最宝贵的一笔财富。"

李博士笑了笑,问道:"你结婚了吗?"

"怎么又是这个问题? 一谈到工作,就祭出结婚这个大招,大龄青年没结过婚就不配谈工作吗? 不管是李博士这样的过来人,还是刘玲这样过不来的人,看来都和我过不去!"宋小兵心里有些发毛。

毕竟,自己的七大姑八大姨在催婚的沙场上都还按兵不动,两个毫不相关的人,已经前仆后继地对"单身狗"举起了屠刀。

"本来我也是好意相劝,不过,你和他谈工作,他就和你谈生活,生活都还没欺骗我,他们就拿生活欺负我啊。"宋小兵带着怨气,选择沉默不语。

李博士看他脸色不悦,知道他有些恼了,拍了拍他的肩膀,笑着说:"兄弟,看来你一定还没结婚。你要是结了婚,就不会对我说这番话了。"

然后,李博士搬了张凳子,坐在宋小兵对面,接着说:"我给你讲一个故事吧。我的一个女性朋友小吴,曾经特别痴迷军人,发誓非军人不嫁。最后,她却和一个军人离婚了。我问她,当初你们那么爱,最后为什么要分开? 她摇晃着手里的红酒杯说,这杯中的酒,看上去犹如瑰丽的红宝石一般光艳夺目,但是喝下去并没有现在看到的这般美妙,会醉、会哭,即便醒来时,也让人目眩神迷。在她看来,军人就像酒,只是看上去很美,喝下去的各种难受,只有自己独自承受。曾经那些无论贫穷还是富有,疾病还是健康,不离不弃,直到死亡把我们分离的海誓山盟,等不到死亡就已经天涯陌路了。"

李博士端起桌上的水杯,喝了一口,问宋小兵:"你知道军婚到底输在哪里吗?"

宋小兵摇摇头,心想:"我层次低,还在谈婚论嫁的底部筑底,目前看来,底部深不可测,根本还没升华到论输赢的地步。我还想问,我的军婚在哪里呢。"

这时,李博士的语气变得激昂起来:"第一,输给了时间! 世上很多的感情都会输给时间。在一起的时间越长,陪伴越多,反而更容易相互厌倦,因为两个人身上那些曾经相互吸引、彼此倾心的闪光点,会随着时间逐渐黯淡。而军人的感情却输给了没时间陪伴,连闪光点都来不及也没机会去发现。这是不是有点可笑可怜? 吃饭的时候,是她一个人;睡觉的时候,还是她一个人。每一个军嫂,都在一个人的世界里孤独着,婚姻对于她们来说,就像聋子的耳朵——摆设。小吴也是这样。其实,婚前,她原以为自己已经做好了独自面对一切的准备,可是当孤立无援的感觉从四面八方奔涌而来的时候,她还是输了。好不容易等到老公休探亲假,她满心欢喜地做好了一桌子的菜,结果等来的却是老公的一个电话:有任务,休假取消。一个突如其来的任务,就能使一个小家庭期待很久的团聚和情话破碎。哪怕随军到驻地,一遇到老公值班,几个星期可能都回不了家。如果再遇到任务,这个期限可以是两三个月。小吴说,她以为结了婚,有了家,就可以长相厮守,其实,还是一个人独自坚守。这样的生活别说七年,只要一年,就心如死灰了。"

宋小兵说:"其实这些,我也有所耳闻,但工作性质使然,只能相互理解。不是不想做、不愿做,而是实在不能做。"

李博士点点头,说:"说来容易,但真正放在自己身上,就难了。输给时间不说,还输给了距离。都说距离产生美,其实,距离产生最多的,却是不解、埋怨和争吵。小吴说,因为两人相距千里,自己遇到的很多事,老公都只能袖手旁观。小吴有些骄傲又苦涩地说道,她已经从父母眼中什么都不会的'娇娇女',变成了拥有小家电维修、房屋保洁、带孩子、做饭等各项职业技能的家政从业人员。技多虽然不压身,但是重担多了会压身。重担挑久了,总有一天会压垮一个女人本就柔弱的肩。婚姻最大的不幸,就是压倒婚姻的最后一根稻草,往往只是一件鸡毛蒜皮的小事。你说可惜吗?"

李博士说完,若有所思。

宋小兵笑着说道:"没时间陪伴、远距离相伴,这些的确都是军婚很难跨越的鸿沟,但也算是军婚独有的浪漫吧。李博士,照你这么说,军婚这都棋输两着了,总不会再输点什么了吧?"

李博士露出一丝苦涩的微笑,说:"还输给了想象!就是你刚才站着说话不腰疼说的,想象中的浪漫!女人对爱情总是充满了美好的幻想:'我的盖世英雄,一定会穿着帅气的绿军装,驾着猎豹指挥车,来娶我。'结果,她坐在了自行车的后座上。'他巡逻在祖国的边防线,我守在婴儿的摇篮边。'每个军嫂婚前都有这么浪漫的幻想,觉得自己绝对能有这样的情怀驾驭军婚生活,也都希望军功章有自己的一半。但是,当这种生活真正成为现实,比普通生活更苛刻地在面前徐徐铺开的时候,她才发现,自己以前的想法,像极了不食人间烟火的仙子。人间烟火,不是几句情话、一腔热情、几个口号就能丰富多彩的,而是真的有硝烟,也有烈火。对于这种长久的分居两地的生活,有多少人是真的心甘情愿? 军人一旦穿上军装,就告别了儿女情长。身已许国,再难许卿,更难许家!"

说到这儿,李博士久久地沉默了,手里摆弄着杯盖,看得出来,是在平复激动的心情。

宋小兵小心翼翼地问:"那小吴最后怎样了?"

李博士说:"她想了很久,给了她老公一个最后复合的机会。就是想尽一切办法,离开原来的单位,调到她的城市,和她一起生活。她说,她再也不想过这种寡妇式的异地生活了。"

宋小兵叹了一口气,家事国事,真正能做到事事顺心的,也许真的是凤毛麟角。同时也庆幸自己,没有太早陷入婚姻的泥潭。

宋小兵又问:"那她老公呢?什么态度?我想,出于职业性质和素养,也不能答应这个要求吧。大不了驻地重新找一个。"

李博士苦笑着看着他,然后指指满床的衣物,说:"她老公正在收拾行李,准备明天就和她相聚了。"

宋小兵张大嘴巴,惊讶地说:"小吴是你老婆啊。"

李博士点点头。

宋小兵连忙说:"刚才我都是随口胡说,你别往心里去,你和嫂子能够再次团聚,我衷心为你们感到高兴呢。"

李博士伸出手,和宋小兵握了握,说:"没事,是我太懦弱了。这里的工作,其实真的是我上大学后的梦想,非常想把它继续下去。可惜啊……"

李博士摇摇头,语气中带着深深的自责和不甘。

宋小兵握紧他的手,说:"环境虽然容易塑造人,但是更容易改变人,而且,每个阶段都有每个阶段的想法和目标,古往今来,真正做到不忘初心的能有几人?出师未捷身先死,长使英雄泪满襟。身不由己,才是我们军人的常态。再说,有几个英雄能过美人关的?去哪里,做什么,现在看来不重要了,重要的是,都是在为国防事业做贡献嘛。"

李博士点点头,感激地看着宋小兵,真诚地说了一句:"谢谢你。"

宋小兵又坐了一会儿,看着李博士卸下了沉重,哼着小曲,继续轻快地收拾着行李。

团聚的喜悦,终将会冲淡离别的不舍和哀伤。梦想,从此将被现实的囚牢禁锢,也许,这一生都是后会无期。

这时,神出鬼没的酒精,又从身体的四面八方汹涌而出,冲击着宋小兵逐渐恢复清醒

的神经。

巨大的困意铺天盖地袭来,灯光在他眼里,变得越来越模糊,直到陷入一片无尽的黑暗中。

他往后一躺,就睡着了。

第二天清晨,和煦的阳光透过冰凉的空气,从窗户照进来。

戈壁滩早上的太阳,像一位温柔的少女,扯过天上的几丝云纱,遮住红润的脸庞,用长长的触角,轻抚着每一个人的身体。

宋小兵睁开眼睛,舒服地伸了个懒腰。

这一晚,他做了很多梦,梦到了不辞而别的王雪翎又回来了,对他说,我们在一起吧,从此不要分开;梦到了军校里自己的那张书桌,上面摆满了各种研究数据和图纸,不管他怎么凑近了看,都看不清上面写的是什么,画的是什么;梦到了自己在一个深山里旅游,突然发现了一个巨大的洞穴,他好奇地钻了进去,里面深邃又空旷,他就一直往里走啊走,走到洞穴的最深处,看到了一枚从未见过的导弹,直直地矗立在宽大而平坦的地面上,闪着银色的光……

他抬头一看,李博士已经穿戴整齐,昨晚还乱七八糟的房间,今天已经收拾得非常整洁。

两个大行李箱放在门边,随时都可以出发。

李博士看见宋小兵醒了,取了一个纸杯,给他倒了一杯白开水,说:"昨晚你说着说着就睡着了,我给你盖的被子。戈壁的晚上特别冷,你没着凉吧?"

宋小兵感激地摇摇头,说:"谢谢啦,没有,挺好的。今天你要走?"

李博士说:"是的。一会儿就出发。"

宋小兵说:"我们今天也要回单位,后会有期哦。"

李博士说:"后会有期,希望还能有机会在这个项目上贡献一点自己的力量。我主要负责整个电子系统,你以后要是在微电子方面有需要我帮忙的地方,尽管来找我。这是我的电话。"

李博士说完,在书桌上的一张便笺纸上,写了一个电话号码,撕下来交给宋小兵。

宋小兵心生诧异:"他不会把我当作他的继任者了吧?"

不过，宋小兵还是接过了那张便笺纸，放进自己的衣兜，伸出手，和李博士用力地握了握。

李博士说："我去和同事们道个别，虽然两年时光说长不长，但同事们都特别关照我，特别是王主任……唉。"

李博士说完，转身走出门去。

他挨个去办公室道了个别，最后走进王剑秋的办公室。

"主任。"他有点不太敢直视王剑秋的目光，只是盯着王剑秋的大校肩章，说，"今天我就走了，过来和您道个别，谢谢您对我的栽培和关怀。唉，我辜负了您的期望，不过，我的心和梦想始终都在这里，如果以后有用得着我的地方，请主任尽管吩咐。"

王剑秋走过来，拍了拍李博士的肩膀，张了张嘴，终究还是没有发出一点声音。

沉默，让分别的伤感更加沉重。

最后，王剑秋才缓缓说道："你刚来的时候，我看见了你眼里的那束光，炽烈而耀眼。你名校毕业，学历高，基础扎实，又善于动脑筋解决问题，攻克了好几个困扰我们很久的技术难题。你知道吗？我当时就觉得，希望的曙光终于照了进来。后来，不知道为什么，你眼里的光越来越黯淡，最后还是熄灭了，人也渐渐变得沉默寡言、憔悴。你不知道当时我有多着急，可是又帮不上忙，只能眼睁睁地看着你一天天消沉下去，心也没有在工作上了。直到你提出要离开这里，只为团聚。说实话，我挺失望。好男儿志在四方，你抛弃了自己的梦想，而我也弄丢了戈壁滩上难得一见的珍珠。"

李博士的眼眶红了，眼睛有点湿润。

王剑秋接着说："不过，我也尊重你的选择。家，可以是家，可以是国，也可以是天下。怎么选，都是对的。还是祝愿你在新的岗位能实现自己的抱负。而这里，永远是你的娘家，常回家看看。"

王剑秋说完，和李博士握了握手。

两只手紧紧地握在了一起，是不舍，是惋惜，更是祝福。

李博士的眼中，泪光闪动。他赶紧转身离开，要是再不走，他怕眼泪会掉下来，滴在破碎的梦里，溅起绝望的水花。

送走李博士，王剑秋回到办公桌前发呆。他的眼眶也红红的，毕竟，悉心培养了许久的人才，最终还是离他而去。

但王剑秋从不怨天尤人，他只是坚定地认为，李博士并不是他最终要找的那个正确的人。冥冥中，他感觉那个人已经快来了。他需要做的，就是等待，等待时间把那个最终的人送到他身边。

刚想到这里，门口响起的报告声和敲门声，就打断了王剑秋的思绪。

宋小兵从阳光里走了进来。

王剑秋迎着刺眼的阳光，有些恍惚，心想："你小子，没必要用实际行动来配合我的心理活动吧。"

宋小兵见王剑秋有些魂不守舍的样子，说道："主任，今天我就和张工回去了，谢谢你的不吝赐教和款待，我受益匪浅，以后还要多向主任学习。"

王剑秋说："别客气，大家一起学习。小宋，我看你虽然才来两天，倒还挺适应这里的环境的。没有水土不服吧？"

宋小兵高兴地说："没有呢，挺适应的。也就第一天稍微有点血洒疆场，后面简直是在驰骋疆场。"

王剑秋说："那就好，以后有机会，多过来走走。"

宋小兵嘿嘿一笑，说："当然，就算为了吃手抓羊肉，也要常过来紧跟主任的钱袋子。"

王剑秋握着宋小兵的手，露出一丝神秘的微笑，凑在他耳边，轻轻地说："我相信，要不了多久，我们还会见面。"

宋小兵微微一笑，说："主任还会未卜先知呢。人都还没走，就在为下次见面做铺垫啦。那你说说看，为什么呢？"

王剑秋下意识地盯着宋小兵胸前的徽章，说："因为你这个幸运徽章，会为你带来意想不到的好运！走，我送你们去机场！"

第 5 章

五分钟的抉择

飞机在首都机场平稳降落,已经送完快递的两人,一身轻松地走出机场大厅,钻进一辆出租车,向军科院开去。

车里,张文斌问道:"小兵,怎么样,昨晚的床板够硬、饭菜够难吃吧?"

宋小兵扭头看了他一眼,说道:"昨晚喝晕了,别说硬床板了,就算是一块搓衣板,我都能如寐平地。反正身子骨还算硬朗,不怕硬碰硬。王主任昨晚请我尝了尝西北的羊肉,人间至味啊。张工,你有所不知,我抵御了多少美酒的轮番攻击,一直珍藏在胃里,没舍得吐出来。"

张文斌哈哈大笑,笑完,用一种怨妇般的口吻喃喃地说道:"这老王,37号我也算去过几次了,每次他都不露面,只让勤务员带我去饭堂随便扒拉几口工作餐就草草了事。对待旧人,怎么能如秋风扫落叶般的残酷呢?唉,这待人的差距,咋就这么大呢?"

备份快递员宋小兵听完张文斌的话,在心里对客户的厚此薄彼给了一个五星好评和七字真言:"主任,我何德何能?"

到了所里,宋小兵问张文斌:"张工,刘玲在哪个办公室呢?"

张文斌答道:"三楼,顺着楼梯上去,左手第二间,仿真室。"

宋小兵说:"好的,谢谢张工了。"

两人在大厅相互道别,就分开了。

张文斌回自己的科室复命，宋小兵想去刘玲那儿，问问她下一步的安排。

毕竟，走了一趟镖，临时工的身份也该转正了。

宋小兵来到刘玲的办公室门口，见她正在电脑前聚精会神地工作。

她额头的一缕长发垂下，轻轻飘动，长长的睫毛微微上翘，嘴角稍稍扬起，略施粉黛的侧脸秀美精致。

宋小兵还未开口，刘玲就仿佛感受到了门口的目光，不自觉地转过头来，和宋小兵四目相对。

"回来了？"刘玲的眼中充满笑意，起身走到旁边的沙发旁，招手示意宋小兵进来坐。

两人坐下。

刘玲问："第一次去航天城，感觉怎么样？"

宋小兵笑着说："感觉挺好。不过，去的不是航天城，是下面的一个号点。"

刘玲露出惊讶的表情："哪个号点？"

宋小兵说："37号。"

刘玲轻声地念叨："37号……哦，那就对了。"

见刘玲若有所思，宋小兵问："怎么了？你去过？"

刘玲回过神来，笑着说："当然去过，王主任可是所长的得意门生，也是他扎根基层时间最长的学生。"

听完刘玲的话，宋小兵对王剑秋的好感又多了几分。

"对了，刘助理，我的工作安排……所里是怎么考虑的？"宋小兵问道。

刘玲笑而不答，说："走，我带你去所长那里，他亲自告诉你。"

宋小兵激动地说："李所长回来啦？"

刘玲点点头，起身，说："走吧。"

宋小兵赶紧起身，跟在刘玲后面。

两人来到所长办公室门前，门敞开着，一位老人正在办公桌前看着什么。

刘玲轻轻敲了敲门，老人抬头，看见了门口的两人，随即露出笑容，说道："快进来。"

两人进门，刘玲随手带上房门。

三人在沙发上落座，刘玲和李所长坐一边，宋小兵坐在他们对面。

毕业论文答辩的时候，宋小兵远远见过李立长，觉得他是个和蔼的老人。

这次近距离再相见的时候，虽然他依然笑容满面，却有一种不可名状的压迫感。

宋小兵一直搓着手，显得有些拘谨。

还是李立长先开口："小宋，你毕业论文答辩那天，是胡奋虎邀请我去的。他说他有个得意门生，喜欢钻研，不怕吃苦，还是航天动力学专业首位博士毕业生。师弟在院校教书育人那么多年，从来没有向我推荐过一个人。专业首位，推荐首次，那我得去看看。"

宋小兵心想："原来是老师邀请的啊，他这葫芦里卖的是什么药？"

李立长说："听完你的答辩，还真是不简单。不仅对本专业的建树极深，而且对延展专业的了解程度，也远胜于一般人。不过，我知道师弟的国家实验室也求贤若渴，怎么可能割爱于我？经验告诉我，其中必有诈。哈哈。"

李立长说到这儿，自己先笑了起来。

笑完之后，李立长接着说："后来我才知道，诈是没有，诈不动倒是有。因为有的人很轴，非要到最基层最艰苦的地方去。师弟手段用尽，还战损一瓶陈年茅台，也无功而返。没办法，肥水不流外人田，搬不动人，搬救兵总还行，于是把我给搬了出来。"

宋小兵一边认真听，一边在心里感慨，原来老师对自己真的是煞费苦心，不禁对拂了老师的心愿有些自责。

宋小兵说："谢谢老师和李所长的抬爱，我就是一个普通人，只想通过自己的努力，学到真本领，为国防事业做一点贡献而已。真没您说的那么高尚。不过，所长，您这里也不是基层，大城市大机关，我还不如回到老师身边去呢。"

李立长和刘玲闻言一愣，又同时笑了起来。

李立长指着宋小兵，扭头对身边的刘玲说："你看，俗话说，一鼓作气。他这一通退堂鼓敲的，真令人作气啊。"

宋小兵赶紧解释："李所长，您别生气。我发现您这儿真有一个好去处，我左思右想，觉得特别适合我。"

李立长笑着说："你是看上咱家哪块风水宝地了呢？"

刘玲也笑着说："要不我猜猜？"

宋小兵笑而不语，目光却鼓励她猜猜看。

刘玲说："莫非是看上我们仿真室那块地了？毕竟，和美女共处一室、共同奋斗，是所有情窦初开……不，情窦不开的少年郎，梦中都能笑醒的事。"

刘玲说完这话，自己先捂着嘴笑了起来。

再看对面那人，已经渐渐变成正襟危坐的红脸关公了。

宋小兵红着脸，要是现在手上有柄青龙偃月刀，他一定放下刀，朝着对面那人缴械投降。

气氛变得有些莫名的奇怪，宋小兵终于有点难为情地说："刘助理，你这玩笑开得，让我情何以堪。这会儿嘴上和身体，都得诚实地说不了。"

李立长赶紧出来打圆场："小刘，严肃点，谈正经事呢。你看把小宋同志给委屈的。"

刘玲吐吐舌头，朝着宋小兵挤了挤眼睛。

李立长说："小宋，你说吧，我听听你的想法。大胆说，没事，如果确实合情合理，又在我职权范围之内，我可以尽力安排。"

宋小兵站起来，严肃地给李立长敬了个军礼，声调高了一倍，说道："所长，我请求分配到航天城，37号！"

李立长的脸色看不出任何变化，仿佛一切都在预料之中。

他严肃地说："小宋，这是你深思熟虑的结果？你不过就是去送了一趟资料而已，你知道那里是干什么的吗？"

宋小兵点点头，说："知道，王主任都……哦，不知道。因为我出生在江南，对从未去过的新鲜地方都有浓厚的兴趣，而且我喜欢那里，不知道为什么，有种天然的亲切感。"

宋小兵心里一阵后怕，毕竟反导工程密级很高，自己言多必失，别把王主任给出卖了。

不过，话已出口，只能祈祷李所长耳旁有风了。

还好，不知是李立长没有听见，还是并不在意，只听他说道："那里正秘密进行的工程是绝密级的反导工程，研制中段导弹防御系统，工程代号823，我们称为'盾构'计划。这个工程一旦完成，将铸成我国防御力量最强、防御范围最广的苍穹之盾！"

李立长说到这儿，语气也变得激动起来。

"你去了一趟37号，应该清楚，那里工作环境很艰苦，工作任务很艰巨，工作难度超乎想象。但是，任何艰难险阻，都不能成为让任务停滞不前的借口，因为这是一项只准成功、不许失败的任务。有些霸权国家，仗着所谓的科技实力和军事技术，把导弹和反导系统都部署到我们家门口了，通俗点讲，就是人家都堵上门了，我们的一举一动全在人家雷达的眼皮底下。有人在门口筑了座山，居高临下，虎视眈眈，就算我们暂时移不掉，那我们就把自己的高山筑到太空上去,让别人也进不来。"

李立长的两手紧紧握着拳头,目光坚定,说话铿锵有力。

宋小兵和刘玲也深受感染,心潮澎湃。

李立长稍微放慢了语速,说道:"这项工程,首长们非常重视,对工程进度缓慢,迟迟没有突破的情况十分着急,几次发文询问情况,并一再表态,尽全力支持我们的工作,要人给人,要钱给钱,就一个要求:10年之内,成功反导!

"主要领导还亲自给我打电话,表示了极大的关注。说实话,虽说使命光荣,但任务艰巨,我的压力也很大。首长的嘱托时刻在心,我是位卑未敢忘忧国啊。"

宋小兵一直以为,像李立长这样德高望重的前辈,荣誉等身,应该做什么事都游刃有余、气定神闲,想不到,还有如此的烦恼。

李立长接着说:"人才是解决一切问题的关键。我们有许多优秀的人才,但干这样的事业,光优秀远远不够,还要有坚强的意志,不达目的不罢休的韧劲,更重要的是,必须要有牺牲精神。可能会奉献自己的青春年华,远离自己的亲人,失去某些所谓的自由,放弃美满的婚姻和幸福的家庭,甚至是牺牲生命。这些,你能做到吗?

"37号,不仅仅是一个数字那么简单,它背后承载的,是一个国家的脊梁、民族的危亡!"

宋小兵沉默了,他从未想过这么多的问题,他之所以急切地提出自己的愿望和请求,完全是出于满腔的热情。

他现在甚至怀疑,自己的这种与常人相悖的看似幼稚轻率的想法,到底是一腔热血,还是一时冲动。

刘玲也不说话,低头沉思不语,也许,她也是第一次听她的老师讲这么多关于反导的事情。

李立长注视着宋小兵,从他紧皱的眉头和紧闭的嘴唇,就能看出他内心的挣扎和煎熬。

这都是他预料中的事,年轻时的他,也走过这样的路,做过这样的选择。

所以,他也不催促,就这样静静地看着宋小兵,等待他的抉择,甚至想说让他回去考虑几天,毕竟,走上这条路,就是一生。

不过,他也知道,与其说是给足时间去考虑,不如说是给足时间去犹豫。

很多人在面对艰难选择的时候，都会说：给我几天时间，我认真考虑一下。

看似非常慎重，其实，他们不是在取舍优劣，而是在权衡利弊；不是在斟酌前进的路有几条，而是在思考退路在哪里。

如今，两条迥异的路就显而易见地摆在这里，一条一马平川，一条荆棘丛生，大部分自认为聪明的人都知道该怎么选，毫无悬念。

只有很少很少的人，会义无反顾地踏上那条最艰难的路，一路披荆斩棘，哪怕倒在黎明前的黑暗中，也在所不惜。

因为蹚过荆棘，就有很多人此生都无法仰望的灿烂风景。

总会有一些人，永不回头，向死而生。这些人，叫作英雄。

李立长知道，如果他说出让宋小兵再多考虑几天的话，他也就不用再考虑这个小宋了。

坐在对面的宋小兵，突然想起了王阳明的话：心外无物。

遵从自己的内心去选择，良知会告诉你应该怎么走。

他知道自己心的选择，因为自从上了硕士，他心里的想法从未改变过，而现在更加坚定。

于是，就在这一刻，他毅然地抬起头，目光变得异常坚定。

他一字一句地说："所长，我想好了，就去37号！"

"不后悔？"

"绝不后悔，不破楼兰终不还！"

李立长的脸上，露出了欣慰的笑容。他的一切努力，没有白费，他赌……不，选对了。

他习惯性地低头看了看表，5分钟，比他当年踌躇的时间还要少3分钟。

后生可畏。

李立长站起身来，拍了拍宋小兵的肩膀，说："好！年轻人，有股子锐气和冲劲。虽然去37号需要经过层层审批，手续繁多，不过，让你过去，我还是办得到的。"

说完，他走回到办公桌前，拿起电话："喂，干部处吗？我是李立长。把前几天那份拟定的关于国防技术大学宋小兵的调令，发航天城吧。对，现在就盖章正式发文。政干令47号？哦，好的，你们办好就行了。"

宋小兵看着李所长这番骚……不，少操作，这就是他口中说的手续繁多？

一个电话就解决了？

关键是,听起来好像连去 37 号的正式发文都已经提前拟好了!

都说准备工作要做到前头,以免事到临头手忙脚乱。而李所长这准备工作已经做到了猜不到开头,却猜到了结尾……完全是步步为营,按部就班地请君入瓮。

一句话,万事俱备,只欠上钩。

一部由著名悬疑片导演李立长主导,初登舞台涉世未深的理工男主角宋小兵本色出演、制服美女刘玲友情客串的悬疑大片《改命快递》,正式杀青。

彩蛋就是,刘玲在影片结束后,邀请宋小兵去她办公室一叙。

"其实,你真的可以认真考虑几天的,没必要仓促地就决定了自己的一生。"刘玲很认真地说了这句话。

她怕青年人意气用事,事后又懊悔不已。

宋小兵笑笑,说道:"刘助理,放心吧,其实,我早就深思熟虑过了,离开 37 号的时候,我就决定了要回去。"

刘玲盯着他的眼睛,宋小兵的眼神清澈明亮,甚至还带着一丝掩饰不住的欣喜和兴奋。

眼睛不会骗人。

刘玲叹了口气,随即笑了笑,说:"只要遵从自己内心的真实愿望去做,就一定能做出成绩。那,提前祝福你。"

说完,刘玲大方地伸出手。

宋小兵也伸出手,两只手握在了一起。

刘玲说:"你从大学托运过来的行李,我已经帮你接收了。不过,还没来得及派车取回来,暂时还寄存在火车站。这样就省事了,明天直接办手续转运到航天城吧。晚上你还是去招待所住,之前的房间已为你留好,行李没动过。"

宋小兵突然问道:"这一切,是不是事先早已安排好?"

刘玲端起桌上的茶杯,躲过他咄咄逼人的眼神,只是笑了笑,什么话也没说。

现代美女还会古典的那一套,端茶送客。

宋小兵敬了个礼,说道:"刘助理,特别感谢你这几天的关照。以后作为上级机关领导,还是要一如既往地关怀我们的工程哦。"

刘玲笑笑说:"谁是你领导啊,我才不是呢。你什么时候出发?"

宋小兵说:"听候领导的安排。"

刘玲说:"那你明天就可以出发……"

宋小兵走出办公大楼,太阳正好从云层中钻出来,继续用毒辣的光芒,鞭笞着路上的行人。

宋小兵头顶烈日,内心涌动着那种难以平复的被使命成功召唤后的喜悦,这让他感觉不到北京夏季的烦闷,脚步也变得轻快无比。

回到招待所,他首先给胡奋虎打了个电话。

"老师,您好,是我,小兵。"

"小兵啊,好好,怎么样? 到了新单位,还适应吧? 分到哪个室了?"胡奋虎的声音从电话里传来,语带惊喜。

"老师,我申请去西北航天城了,可能这两天就出发吧。刚和李所长谈完,他很支持,也提醒了我很多需要注意的地方。"宋小兵说道。

电话那头传来了沉默。

过了好一会儿,胡奋虎发出一声轻轻的叹息,说道:"小兵,你确定想好了吗? 我知道你最后选择的是哪里。只要你选择西北,就一定会是那个地方。那里条件很艰苦,一般人都吃不了那种苦。具体情况,我想师兄应该都告诉你了,你要有心理准备。"

宋小兵说:"谢谢老师,放心吧,我早就准备好了。另外,我想问问老师,其实……您早就知道了吧?"

胡奋虎说:"我只知道个大概。当初你不愿留校,我就寻思着要给你找一个最适合你的归宿,只有最顶尖的科研院所,才能让你的才干发挥到极致。于是,我向师兄推荐了你,而他在考察完你以后,有了浓厚的兴趣,却有另外的想法。我是极力反对的,我不想你再蹈我老战友……"

胡奋虎情绪变得异常激动,话语却戛然而止。

宋小兵也没说话,等了一会儿,听筒里传来胡奋虎的声音:"也许,一切都是命运最好的安排吧。小兵,你一定要多保重,有什么事,第一时间给我打电话,给我师兄打,也是一样的。"

挂了电话,宋小兵觉得老师的情绪有些怪怪的,仿佛有很多话想说但不能说,所以才会三缄其口。

宋小兵心想："老师可能是对我太偏爱了,怕我吃苦受委屈,有点小题大做了。"

这一夜,宋小兵睡得很踏实,也很香甜。

第二天上午,刘玲打来电话,告诉他,一切调动手续都已经办妥,他随时可以动身起程。

下午,宋小兵专程去了一趟李所长的办公室,和他道别。

李立长见是宋小兵,知道他的来意,热情地把他叫进办公室。

李立长说："你不来找我,我都会去找你。"

宋小兵有些纳闷,不知道李立长找他意欲何为。

李立长从背后的书架上,取下一个导弹模型,放在宋小兵的面前。

宋小兵一看,正是之前他看到的那枚与众不同的导弹。

突然,他有一种似曾相识的感觉,好像最近在哪儿见过。

他一下想了起来。在王剑秋的办公室,主任给他看的那份资料里,那张导弹的详细图纸,和这枚导弹的外部形态看起来几乎一模一样。

"拦截弹!"宋小兵一声惊呼。

李立长笑着说："小伙子挺有眼光。不错,这是我们和航天第二研究院最新设计的拦截弹。不过,经过第一次靶试和数据论证,它自身还存在很多问题,需要一一解决。具体资料王剑秋那儿都有,你过去以后,就先从拦截弹入手,和设计主导单位航天二院一起,两年之内,定型靶试!"

每一位科研工作者,都无数次地见过凌晨4点自己的城市。

王剑秋已经记不起来,他有多少个披星戴月的夜晚,是在办公室里度过的了。

也许今天这样一个凌晨1点、略带寒意的夜晚,对他来说太平常不过了。

但是他的内心,却有一点小小的开心。

当宋小兵从机场走出来的时候,王剑秋笑着迎上去,紧紧握住宋小兵的手,说道："小宋,我们又见面了,这才过去多少小时啊,哈哈。现在你总该相信我的直觉了吧?"

"你好,预言大师,向你报到!"宋小兵的手坚定有力。

第6章

致命缺陷

神算子王剑秋把宋小兵送到他之前的床位上后，丢下一句："今晚就继续委屈你了，暂时先在这儿故地梦游一宿，过两天给你安排宿舍。考虑到你舟车劳顿，明早的早操就先不参加了，早上8点，准时到办公室上班。"

王剑秋刚要转身，就被宋小兵拉住："主任，办公室在哪儿啊?"

王剑秋有些不好意思地笑了笑，说："瞧我这记性，潜意识里都把你当成这里的老人了。办公楼三楼，左边第二间房。任务需要，所有的房间都没有任何标志，数数会吧，哈哈。时间很晚了，早点休息。"

说完，他就离开了。

宋小兵看着王剑秋消失在夜色中的身影，心中充满了感激。

他没想到，日理万机的王主任，曾亲自到机场送走他，深夜又来迎回他。

"一定要好好干。"这是此时他心中所能想到的唯一道谢的方式。

房间里已经没有了李博士曾待过的任何气息和痕迹，仿佛这里只是一个简陋的驿站，迎来送往，过客匆匆，从未留下过任何值得回忆的色彩。

第二天，宋小兵早早来到办公楼。

他再一次仔细打量了这个也许将要蜗居一生的单位。

所谓的办公楼,其实就是一座低矮破旧的三层小楼,集办公、试验、会议于一体。

一楼是收发室、装备室,二楼是主任办公室、会议室、保密室,三楼是一个大的办公室,还有几间小办公室、一间储藏室。

办公楼的右侧是一排小平房,有一个不大不小的饭堂,还有一个小包间,专门用于接待。

厨房和炊事班宿舍,位于饭堂旁边。

办公楼左侧的一排小平房,有两间用作车库,停放着两辆公务用车,一辆丰田霸道,一辆普桑,其余的房间,都是司机、警卫、勤务人员的宿舍。

办公楼的正前方,是两个篮球场,常年风吹日晒的,篮板都有些对不住它的那张老脸,硬生生弄成了地域性疤痕体质,水泥地面也变得凹凸不平。

不过,别看篮球场形式单一,但是功能丰富,凭借一场之力,就挑起了所有军事训练和业余文体活动的重担。虽然伤脚,但官兵们一直用它。

后院是单身宿舍楼和来队家属院。所有的干部,基本都住在单身宿舍楼里,而来队家属院,是提供给探亲家属过来短暂居住的。

整个站点结构简单,功能并不复杂。

常年在此活动的人员也十分有限,能够活动的地域就这么巴掌一点地方,跑个400米都能跑出驴拉磨的感觉,关键是,大家都抬头不见低头见,转角就能遇到"哎",和你打招呼的。

来来回回就那么几个人,如果不学会在枯燥乏味的生活中自寻乐趣,估计会患上社交自闭症。

宋小兵走到办公室门口,发现办公室已经坐了三个人。

一个女人首先引起了宋小兵的注意。想不到在这常年喝西北风的地方,竟然还有一个如春风吹拂般的女人。

女军官年纪不大,挂着文职军衔,30岁左右的年纪,身材高挑,皮肤也没有因为身处西北而显得粗糙,依然白皙细腻。丹凤眼,柳叶眉,唇红齿白,一头齐耳短发映衬得整个人干练精神。

女人办公桌的前面,坐着一位40多岁的中年人,戴着一副厚底的高度近视眼镜,圆脸,蜡黄的面容,发际线明显已经在走下坡路,看见有陌生人进来,他习惯性地露出近似职业性的礼貌微笑,冲着宋小兵点点头。

女军官右边的办公桌,坐着一位瘦高个年轻人,也是30岁上下的年纪,少校军衔,梳着小分头。他正埋头看着面前的资料,并没有注意到有人进来。

宋小兵略显尴尬地站在门口,不知道是该进去还是在门外等候。

还好,王剑秋拿着一沓资料走了过来,尴尬的警报瞬间解除。他拍了拍宋小兵的肩膀,带着他一同走进办公室。

"来,大家注意一下,给大家介绍一位新同事。这位是新分配到我们室的宋小兵同志,国防技术大学的博士。"

听到这儿,大家都不约而同地轻声发出了"喔"的赞叹,毕竟,国防技术大学的科研实力在所有军校里,是最有分量的。

介绍完宋小兵,王剑秋说道:"大家一一做个自我介绍吧。"

年轻女军官首先笑着抢答:"我叫唐一梦,主要负责预警探测,欢迎你的到来。"

中年人接着说:"我叫范平,应该比你虚长十几岁,叫我老范吧,主要负责拦截系统。"

瘦高个年轻人最后才开口,声音却显得比较低沉,缺少了一点年轻人的朝气:"你好,我叫熊锐,负责指挥控制系统。"

等大家介绍完毕后,王剑秋说道:"那我们就热烈欢迎小宋同志加入我们的队伍中!"

大家鼓掌,简短的入伙仪式就这样结束了。

王剑秋说:"小宋,跟我到办公室来一下。"说完,就往门外走。

宋小兵赶紧跟上去。

来到办公室,王剑秋关上门,问道:"你来的时候,李老有没有什么交代?"

宋小兵说:"临走之时,李所长专门把我叫到办公室,说反导系统最近一段时间有些停滞不前,他很着急,交代我们可以从拦截弹的设计定型着手。"

王剑秋叹了口气,说道:"那李老的意思和我不谋而合。"

宋小兵犹豫了一下,决定还是说出来:"是不是现阶段遇到什么具体困难了?"

王剑秋:"既然你已经加入我们团队,是李老信任的人,也是我很看重的人,那我接下来的话,你要认真听。"

王剑秋端起面前的茶杯,喝了一口水。

也许是有点千头万绪,不知该从何说起,他想了想,这才说道:"其实,我们关于反导系统的研究，并不是从现在才开始的。众所周知的超级军事强国，M国的研究始于20世纪50年代中期，S国稍晚，不过时间上也相差无几，它始于20世纪60年代。而我国，其实在20世纪60年代就曾经进行过代号'430工程'的导弹拦截系统研究。所以，我们对反导系统的重要性，有着超前的认识和敏锐度，光从开始的时间来看，我们并不落后，可以说和军事大国齐头并进！"

听到这儿，宋小兵惊讶得张大了嘴巴。

他万万没想到，我们跟随超级大国的脚步，早就秘密开始了反导系统的研究工作。

不得不说，这保密工作做得，连自己人都完全感觉不到丝毫的风吹草动，绝对有抗战时期地下党的遗风。

王剑秋接着说："我是从90年代开始进入反导系统工作的，那个时候，在反导领域，我们已经逐渐被军事强国甩在身后。M国的TMD和NMD在世界上声名显赫，还合并组成了BMD。我们的落后虽然有很多原因，但我认为，观念上的守旧是制约我们取得突破性进展最主要的因素。

"那个时候，我们的弹道导弹技术，其实已经能够独步江湖了。所以，在反导上，很多人认为，没必要花大量的时间、精力和资金，开发专门的拦截弹。只需要在现有导弹上，挑选一款最接近反导需求的型号，进行升级改造就行。"

王剑秋摇摇头，继续说道："这种近乎无为的妥协性意见，得到了当时大多数专家的认可，而李立长院士明确提出了反对意见。不过，弱小的声音终归会被众口一词的声浪淹没。

"他们以为站在现有巨人的肩膀上，未来就能走得更快，跑得更远。但是，他们忽略了一个重要事实，就是任务差之毫厘，导弹谬以千里。不同的任务，对导弹的要求有着天壤之别。所以，这样一款所谓的最接近反导需求的万能型号，完全没有！皮之不存，毛将焉附！

"单单从制导技术来说，导弹所攻击的目标特性不同，发射点特性不同，所选择的飞行轨迹和导引规律不同，战斗部、弹体结构及导弹机动性能不同，都会导致各种导弹必须采用与之相应的制导体制。所以，我们东箭系列的各型导弹，就使用了多种制导体制、制导技术和制导系统。

"通过采用相应的制导技术，战略弹道导弹的命中精度（CEP）可达百米以下，战术弹道导弹以及巡航导弹的CEP可达10米以下,而导弹防御系统拦截弹的CEP则要求更高,必须实现'点对点'的拦截。你看,连制导技术都千差万别,如果再加上动力装置、战斗部等,想随便一改就一劳永逸,谈何容易!

"另外,我们当时对反导系统的前瞻性也不够,只注重眼前的短期需要,把反导系统只定义为一款导弹、一套系统、一个武器平台,要么中段,要么末段中高空或末段低空,把多选题做成了单选题。

"我们应该着眼于长远的战略意义,通过通用助推器与有效载荷的逐渐集成,利用可机动部署能力和战场空间的作战灵活性,来逐步增强一体化导弹防御体系的多层次拦截能力,尽可能达到较高的效费比。"

宋小兵听王剑秋讲完反导系统的前世今生,不由得点点头,焦急地询问:"那现在的设计思路是什么? 走老路还是另辟蹊径?"

王剑秋哈哈大笑:"老路还走得通的话,也没李老什么事了。事实胜于雄辩,碰了几次壁以后,大家觉得,怎么原本神勇无比的导弹,被改得面目全非以后,像一个被打满补丁的破棉袄,四处漏风? 挥刀自宫以后,不仅失去了原本行走江湖的成名绝技,连期望中称霸武林的盖世神功也如同镜花水月般毫无练成的可能,西瓜没捡着,芝麻也不见了。

"这会儿专家们才意识到,必须要独立出来,量身定制、量体裁衣,才能形成真正的反导能力。不得不说,李老独到的眼光和智慧,的确是超凡脱俗,姜还是老的辣。于是,李老被重新推选执掌帅印,成为反导系统的总设计师。"

真理,总是掌握在极少数人的手中。

宋小兵能够想象当年李立长螳臂当车、力排众议的悲壮和目睹时光蹉跎的痛心疾首,不由得对恩师的这位师兄,平添了一份敬仰。

王剑秋接着说:"M国的THAAD出来以后,大家眼前一亮,它的设计思路和十多年前李老提出的方案有异曲同工之妙。而它惊人的100%的反导成功率,更是坚定了大家按照李老的方案走下去的决心。"

宋小兵说:"但是李老告诉我,还是存在很多问题。"

王剑秋说:"开发新事物的道路上哪有一马平川? 解决旧问题、冒出新问题才是常态。"

"那现在最主要的问题是什么?"宋小兵问道。

王剑秋没有说话,从桌上拿起之前那一沓资料,放在了宋小兵面前。

"你先看看,这是我们研发的拦截弹最新的技术资料,看完再来找我,发表一下你的见解。"

宋小兵刚要转身离开,王剑秋又叮嘱了一句:"下班前交到保密室去,这份资料密级很高,不能私自带回去。"

宋小兵点点头,说:"放心吧,主任,我们学校保密条例的落实程度,比你这儿只高不低。"

宋小兵回到办公室,原本的三个人只剩下唐一梦一个人坐在电脑前了。

宋小兵环视了一下四周,还空着三张桌子,于是问唐一梦:"唐工,你看我坐哪张办公桌比较合适?"

唐一梦抬起头,见是宋小兵,便热情地说:"你随便挑吧,都可以。要不你坐我身后?大家坐在一起比较热闹。"

宋小兵走到唐一梦身后的桌旁,放下资料。

他发现桌椅比另外两套要干净些,于是问道:"李博士之前坐这儿吧?"

唐一梦问:"哪个李博士?"

宋小兵有些纳闷,人刚走,不仅茶凉了,连人都凉了:"就是刚走不久的那个李博士。"

唐一梦恍然大悟,说:"哦,是的,他之前坐这儿。我们这里换人跟走马灯似的,真正做到了'铁打的营盘流水的兵',而且,流水速度极快,有飞流直下三千尺的澎湃,光李博士……我想想……"

她仰头望向天花板,掐着指头,认真地在记忆里搜索着所有关于李博士的信息:"我知道的李博士都有3个了,哈哈。条件艰苦,年轻人不容易留得住,有关系的,早就溜掉了。我在这里都算是辈分极高的老人了,至少也是丐帮的八袋长老,哈哈。"

唐一梦性格开朗,人也大方,爽朗的笑声一下回荡在了整个办公室里。

宋小兵也笑着说:"那你这位年轻的前辈,到底是怎么做到'任它东南西北人,我自岿然不动'的?"

唐一梦说:"当然是背后有两尊大佛坐镇,令我动弹不得。一尊法号老妈,一尊法号老爸,大佛压顶,不得不折腰啊。"

宋小兵哈哈大笑:"你爸妈也在这儿啊?"

唐一梦点点头："老革命了，在航天城工作了一辈子，青春和才华都献给这里了，这不，把我也进献了。退休了哪儿都不去，对这里有了感情，毕竟年轻的时候根就扎在这里了，现在想连根拔起，难哪。左邻右舍也都是相熟的老革命，年轻的时候奋斗在一条战壕里，退休了大家又一起赋闲在一个街坊里，彼此都不觉得孤单寂寞。这可苦了我这个小革命，明明博士毕业有很多选择，硬生生断了我很多门路，就只给我留了西北这一条生路。唉。"

献完青春献子孙，这是老一辈无产阶级革命家的常态。

唐一梦歪着脑袋，好奇地问："你是怎么来的？"

宋小兵说："不请自来。"

唐一梦用一种关爱智障的目光看着宋小兵，然后说："但愿以后，你不要为了你的决定而后悔。"

宋小兵点点头，说："自己选择的路，跪着也要拉上大家一起走完。"

唐一梦哈哈一笑，笑完，就忙自己的工作去了。

宋小兵也坐到自己的座位上，翻开王主任给的资料。

第一篇就引起了他的注意，也许，这就是症结的关键：《关于"ST-1"型拦截弹拦截技术的争议和思考》，署名王剑秋。

这一天，宋小兵就一直待在办公室里，沉浸在资料的每一个文字和数据中，中午吃饭也是匆匆扒拉了两口，就回去继续研读。

拦截技术的争议，其实就是两种技术的碰撞和选择。

导弹防御系统的拦截弹主要有三种拦截技术，核爆杀伤、破片杀伤和动能杀伤。

核爆杀伤是一种附带损伤较大的拦截方式，虽然发展成熟，但实战意义非常小，目前，只有核大国E国实战部署了这种战斗部。

剩下的主流拦截技术，就是破片杀伤和动能杀伤。

面对二选一的局面，专家们充分衡量了我国现阶段的科技实力，站在实用主义和拿来主义的角度，毫无悬念地把票投给了破片杀伤技术。

当然，我们并不是直接照搬照抄以往的经验和成果，而是根据拦截弹的技术要求，做了大量的改进工作。

于是，新研发的拦截弹"ST-1"，采用了定向破片杀伤的拦截技术。

破片杀伤主要是利用战斗部爆炸产生的大量破片,高速撞击导弹来引爆来袭导弹。而弹道导弹飞行速度快,弹头坚硬,拦截弹的破片战斗部由于杀伤动能和制导精度的局限性,很难摧毁弹道导弹。这个时候,就只能通过增大破片质量来获得理想的杀伤效果。

但是,鱼和熊掌不可兼得。

增大了破片质量,拦截弹就会变得更加庞大、笨重,速度、机动性、拦截距离和高度会受到极大影响,反而容易导致反导任务失败。而且,破片的杀伤力十分有限,根本无法彻底摧毁弹头,对带有核、生化武器弹头的弹道导弹更是无计可施。

于是,我们在传统破片战斗部的基础上,进行了重新设计和研发,最终,开发出了定向破片战斗部。定向破片战斗部通过固定、集中破片的飞散方向,增大目标方向上的破片分布密度,从而聚集杀伤能量。这种改进后的战斗部,通过聚集碎片进而聚集能量,以小博大,不仅能够大幅提高杀伤效能,还能切实减轻弹头重量。

不过,宋小兵也十分清楚,采用定向破片杀伤,虽然能够提高杀伤效果,但是依然属于治标不治本。

比如在面对装有核、生化武器弹头的弹道导弹时,我们的"ST-1"最多只能通过碰撞,使来袭导弹偏离原定的轨道,而弹头内的爆炸物或生化战剂仍会散落到地面。也就是说,它只能破坏敌方的战斗任务,而不能破坏敌方的导弹。

宋小兵心想:"这样可不行,我们的导弹防御系统,绝不仅仅针对常规武器进行防御。作为最强大也是最后的大国之盾,必须要把敌对势力能够穷尽的所有进攻性弹道武器,拦截在外、摧毁在外,不允许有任何的附带损伤,不然,这就不成其为盾牌,而是到处都有漏洞的筛子。我们这些做研究设计的,就是要始终考虑最极端的情况,做最坏的打算,做最接近于完美的方案,永绝后患,一劳永逸!"

那剩下也没什么选择了,只能是动能杀伤了。

宋小兵通过翻阅大量的资料和自己的深度思考,是极力主张采用动能杀伤技术的。

"这绝对是未来拦截弹的发展趋势!"他非常坚定地这样认为。

动能杀伤技术听名字挺唬人,其实也不是什么玄乎的技术。它的破坏原理非常简单,就是"碰撞—杀伤"。

动能弹头通过高速撞击目标弹头,来引爆弹头,并利用高速撞击产生的高热,使生化战剂失效。

动能杀伤拦截弹的战斗部很小，轻载荷能够大幅提高拦截弹的机动性能。关键是，一个弹头可以安装多个拦截器。

弹道导弹在大气层外飞行时，你以为它仅仅是一枚独立的弹头在黑暗中孤独地飞行？

一上天，它就跟"天女散花"似的，踩着"筋斗云"（由弹头、弹体和诱饵组成）就飞出去了。

从"筋斗云团"中识别真弹头，是中段反导的成败所在。

如果我们的"ST-1"只携带单个动能拦截器，不能快速、精准识别真弹头，就只能眉毛胡子一把抓，同时发射多枚拦截弹，做到宁可错杀一千，也不可放过一个。

但是，如果能把拦截器微型化，做得小而轻，就完全可以在一枚拦截弹里，安装数十个拦截器，以"拦截云团"对阵"筋斗云团"，给天边飘来的云团，顺带飘去五个字："这都不是事。"

这种"多对多"的拦截方式，就算反导系统的识别精度不足、对敌方发射前的情报掌握不及时又能如何？

只要你一上天，我才不管真的假的、虚的实的，统统"群殴"伺候！

宋小兵的发散性思维太过于强大，一考虑起问题来，就一发不可收。

不过，他想问题总是遵循一个原则：不仅仅局限于解决眼前的问题，还要考虑以后的问题。用长远的、发展性的眼光看问题，这也许是他自己都没有察觉到的巨大优势。

这会儿，下班的军号声响了，他整理好散落一桌的资料，拉紧脑袋里那匹脱缰的野马，心想："这种把拦截器微型化的做法，都是后事了，得等到下回分解。不过，的确应该多想一步，为以后的升级留空间。这回合，还是具体想想怎样才能让动能拦截弹登上舞台吧。"

虽说动能拦截弹的杀伤方式听起来简单，但要完全实现却非常困难，特别依赖空间机动的矢量技术和末段制导技术。

而我们恰恰就在矢量技术和精确制导技术上面，存在明显的短板，这也就是专家们一开始就选择最传统的破片杀伤方式最主要的原因。

有些选择，也是无奈之选。

宋小兵把资料送回保密室，晚饭也没吃，就匆匆地回到自己的房间。

他把几大箱的书一一整理了出来，一边翻找，一边在笔记本上记录着什么。

这一夜，他宿舍里的灯亮了很久，电灯昏暗的光芒，仿佛盖过了天上点点的星。

第二天早上,在饭堂吃早饭的时候,王剑秋看到宋小兵端了一碗粥,拿了四个大馒头,正坐在饭桌前狼吞虎咽。

王剑秋把自己刚打的粥放在他对面,坐了下来。

宋小兵停下筷子,几颗饭粒还残留在嘴边,一看是王剑秋,连忙不好意思地抹抹嘴,打了个招呼:"主任,早啊。"

王剑秋笑笑,说:"小宋,我见你蓬头垢面,印堂发紫,眼中白里透红,眼神疲而炯炯,眉心间还透出一股得手后的洋洋自得,腹中饥肠辘辘,四个馒头是破了我的早餐纪录了,看来昨晚体力消耗颇大。咋了?昨晚偷牛去了?"

宋小兵也笑着说:"牛倒没偷,不过是凿壁偷了点光,顺便偷学了点知识。主任,一会儿有没有空?我给你汇报一下读后感?"

王剑秋高兴地说:"你都看完了?"

宋小兵点点头,说:"兵贵神速。"

王剑秋拍拍他的肩膀,赞许地说:"初生牛犊不怕虎,这才是干工作的态度。一会儿吃完饭过来,我在办公室等你。"

说完,王剑秋拿起碗筷,转身刷碗走人。

宋小兵看看自己面前还剩下的两个馒头,再看看王剑秋快步离开饭堂的背影,心想:"主任这饭吃得,比猪八戒吃人参果还快,尝出啥味儿了吗?这屁股一坐一抬,一顿饭就没了。"

部队吃饭都贵在神速,特别像王剑秋那一辈的人,都是从困难时期挺过来的,你要是吃饭慢一点,舔碗都没你的份儿。

宋小兵吃完饭,虽然上班的号声还没吹响,但他仍旧快步走上楼梯,敲开了王剑秋办公室的门,坐在了王剑秋的对面。

王剑秋给他倒了一杯水,说:"小宋,说说吧,什么感觉。"

宋小兵说:"努力固然重要,但是选错了方向,付出的努力越多,就越偏离想要达到的结果。"

王剑秋有些纳闷,说:"你这说的是人生哲学,还是反导思考?"

宋小兵笑着说:"都是。"

王剑秋说:"你是觉得定向破片杀伤的方式选错了?"

宋小兵说:"主任,我可没说,这是你说的。你那一篇《关于"ST-1"型拦截弹拦截技术的争议和思考》的文章,洋洋洒洒几千字,有理有据,就是没结论。我觉得你绕了一大圈,该一剑封喉的时候,你把剑扔了。"

王剑秋哈哈大笑,说:"这是给之前定方案的专家们看的,算是站在一个一线实践者的角度,系统而客观地剖析问题吧。不过,这只是作为一个参考意见,而不是定论。你以为我一个处江湖之远的小主任,有那么大的能量和权力,敢直接给居庙堂之高的专家们的集体决策掏红牌啊?到时候被罚出场的,还不知道是谁呢。"

宋小兵说:"主任,你这就是欲盖弥彰了。你这通篇文字,结论呼之欲出,明眼人都知道你货比三家,最后想要的是啥。何必自己骗自己呢?"

王剑秋想了想,说:"自己说出来,和别人看出来,是两码事。"

宋小兵摇摇头,说:"主任,可能是我刚出校园,学生气比较重,而且我们学校的氛围,就是众生一律平等。上到院长,下到新学员,对任何问题,都可以发表自己的见解,哪怕有的问题非常尖锐,都能包容。所以,在我的思想里,从来没有高低贵贱之分,等级观念也非常淡薄。我的老师告诫过我,到了部队,这就是短板。不过,我坚持认为,在学术研究方面,这反而是优势,因为我不会惧怕和屈服任何所谓的权威。"

宋小兵顿了顿,接着说:"人都会犯错,没有人可以成为永远的权威。但是基于事实的正确观点,就是永远的权威。我尊重的,是这样的权威。权威不是一个人、一群人,而是一个阶段、一个时期经过事实检验的一个理论。所以,主任,我觉得你有时候,可以试着勇敢一点。"

王剑秋认真地打量了一下面前的这个孩子。

这个看起来年纪尚轻,身形有些单薄,但说话总是平静有力的江南名士,竟然还是江南斗士。

他这个初生的牛犊不仅不怕虎,自己还挺虎,还劝别人和他一道打虎。

不过,宋小兵的这番话,也深深触动了王剑秋。

他扪心自问:"经过部队这么多年的浸染,我身上曾经的学术傲气,好像真的已经消失殆尽,官场的习气倒是蒸蒸日上,仿佛已经侵入了奇经八脉。年轻时,为了一个无关痛痒的小问题,敢于争论,现在却在事关全局的大问题上勇于闭嘴。还很骄傲现在做什么事都考虑周全,四平八稳,其实,就是随波逐流,失了自我。"

王剑秋在心里默默地反思自己。

这个像早上八九点钟太阳的年轻人,放射出的光芒并不温暖反而刺眼,照进了他久未清扫的心房,刺痛了他那根骄傲的神经。

宋小兵看主任沉默不语,陷入了沉思,轻声唤道:"主任,您怎么了?"

王剑秋回过神来,说:"没事,你接着说。"

宋小兵说:"主任,我想知道,我们第一次靶试的结果。李老说存在很多问题,到底有哪些问题? 在资料里,我并没有看到这些结论。"

王剑秋说:"靶弹是'东箭-5'中程弹道导弹,从战略导弹军北方基地发射升空。靶弹没有释放任何诱饵和干扰,也没有假弹头,完全在无干扰条件下,按照理想弹道飞行,减少了反导系统发现和识别的难度。

"在远程预警雷达的目标指示下,'ST-1'的制导雷达很快就发现并锁定了目标。拦截弹升空以后,在轨控推进器的作用下,不断修正自己的飞行轨道,最终成功遭遇目标。不过,并没有有效摧毁弹头,'东箭-5'仍按照弹道飞行,直至坠毁,不过,小角度偏离了预定目标。

"争议就在这儿! 战略导弹军的高层,一致认为拦截弹并没有真正摧毁目标,'东箭-5'仍按预定弹道飞行,直至落地,只不过偏离了原定目标而已。就算没有击中预定目标,但也给预定目标周边造成了事实上的打击。靶弹成功突防,拦截弹没有终止靶弹的任务,反导系统拦截失败。

"而专家组则认为,拦截弹成功击中靶弹,只要点对点地击中目标,就算拦截成功,后期只需继续加大装药量,提高战斗部的爆炸威力就行。"

王剑秋说完,就不再说话了。

宋小兵想了想,冒出一句前言不搭后语的话:"不以结婚为目的的恋爱,就是耍流氓……"

王剑秋细品了一下宋小兵冷不丁冒出的这句不伦不类的话,笑了起来,说:"难怪你单身了这么久,原来是只耍帅。"

宋小兵说:"主任,你知道我是什么意思。"

王剑秋收起了笑容,说道:"你这形容还挺别致,不过,倒也贴切。"

宋小兵从椅子上站了起来，有些激动地说："主任，我仔细看了你的那篇分析报告，其实，你是知道该怎么做的，为什么不去坚持和申请？"

王剑秋叹了口气，往椅背上一靠，说道："那你认为该怎么做？"

宋小兵不假思索地说道："如果方向错误，停止才是最好的前进。"

王剑秋说："那你就是完全否定之前专家组的方案咯？"

宋小兵说："继续加大装药量，或者加大破片的质量和数量，不仅直接增加了弹体的载荷，大大降低了拦截弹的机动性能，而且在摧毁方式上，并没有实质性的改变。就算下次能够成功击毁弹头，也只能对付携带常规弹头的弹道导弹。对于核、生化的极端情况，仍然只能是一筹莫展。千万不要说不可能发生这样的极端情况，我们的周边存在这样狗急跳墙、孤注一掷的国家！"

王剑秋点点头，说："那你的方案呢？"

宋小兵说："放弃定向破片杀伤，采用动能拦截器。"

王剑秋低下头，注视着面前桌上的纸张，右手拿起笔，一言不发地转动着，沉默不语。

宋小兵说出了他想说而不敢说的话，毕竟，他人微言轻，专家们集体拍板的事，他并非不好反驳，而是不能反驳。

军令如山，就算明知道错误，也要坚定地执行。这是一个军人最基本的素质。

不过，实验数据告诉他，定向破片杀伤只是当年的权宜之计，是十多年前国内的科技实力和军事水平决定的，从根基上就限制了对新技术的选择。

动能杀伤很多关键性的技术问题，比如精确制导的导引头、新材料、多向矢量发动机等，放在当时来看，都是不可逾越的鸿沟。

不过，经过这十多年的快速发展，我们的科技实力不断增强，各种新技术和新材料的运用，使当时看来很多无法解决的难题，都有了针对性的解决办法。

但是，要把这些融合在一起，真正形成精确的打击能力，还任重而道远。

谁也无法预料前进的路上，还会有什么意想不到的致命打击。

当然，还有一个重要原因。

拦截弹的开发已逾十年，这中间凝聚了多少首长的关怀和专家的心血，从设计、论证、开发、定型等，每一个环节，都是无数科技工作者和指战员们夜以继日的劳动成果。

你一篇文章，一句话，说否就否了？说推倒重来就推倒重来？

毫无疑问，要让一个已成雏形的胎儿胎死腹中，所有怀胎十年的妈妈都下不了这个狠心，也绝不会答应。

退一步讲，就算生下来不是天才，也是人才吧。对付不了终极大BOSS，对付其他的大佬，也应该绰绰有余吧。再说了，真要终极大BOSS出场，这世界也就差不多该恢复出厂设置了。

但是，在国家安全、人民安全面前，没有侥幸！

过了一会儿，王剑秋仿佛下定了决心似的，他抬起头，说："小宋，我给你交个底，从我的专业和内心角度，我是倾向于采用动能拦截器的，但是从情感角度，我也无法和现已基本成型的'ST-1'做完全的割舍和彻头彻尾的放弃。而且，动能拦截器摆在眼前的，就有多项技术难题，短期内能不能解决？能不能在预定时间完成靶试、形成战斗力？这是个未知数，我心里没底。所以，我能做到的，就是你所看到的，给专家们提供决策辅助。"

宋小兵问道："那这篇文章，呈送给李所长看过吗？"

王剑秋猛然一惊，赶紧从桌上堆得像小山一样高的文件里，找出了那份资料。从第一页翻到最后一页，没有留下李立长的只言片语。

王剑秋自言自语道："奇怪，之前所有关于反导的技术性研讨报告，李所长都会有大量和详尽的批示，这份怎么一个字也没有？"

要不是宋小兵提醒，他还完全没有注意到这个细节。

这份资料，就是宋小兵他们从北京带过来的那一批的其中一份。

因为是王剑秋自己撰写的，他再熟悉不过了，所以也没仔细看。

宋小兵说："主任，那您觉得李所长是什么意思？"

王剑秋暗暗心惊："没意见就是很有意见！"

当年，李立长在单独研发拦截弹的问题上和其他专家硬杠的时候，孤军奋战，不仅没有援军，而且背后空无一人。

从惨败的教训中，常年奋战在科技战线的李老，在决策战线上也学会了斗争的艺术，相时而动，刚柔并济。

王剑秋猛然醒悟，正是自己的这篇报告呈送李老审阅后不久，这个年轻人宋小兵就被李老派到了身边，而宋小兵态度异常鲜明地表示，动能拦截弹才是目前乃至未来最佳的拦截方式。

宋小兵的表态,会不会就是李所长的态度?

"看来,李老是认可我的观点,不认可我的态度。做科研,就是要观点鲜明,态度明确。而且来自一线的真实数据,是最具说服力和发言权的,是对所有理论最好的支撑,对决策最好的支持。老师应该是希望我摆明观点,而我却和了稀泥。其实,他在资料上写下了四个字:'无言''无语'。唉。"

王剑秋突然想明白了这个关节,感觉有些后悔,对不住李所长长期以来对自己的支持和关怀。

王剑秋一言不发地注视着资料上的留白处,猛然抬起头,对宋小兵说:"小宋,李所长在这份资料上一个字都没批。你觉得他是什么意思?"

宋小兵摇摇头,说:"我也不知道。"

王剑秋问道:"那如果重新设计动能拦截弹,你有信心吗?"

这个问题,让宋小兵吓了一跳。

"这可不是开玩笑,我一个初出茅庐的毛头小伙,岂敢担此大任?我只是根据实际情况提出自己的看法而已。不能我一撅屁股,就逼着我拉屎吧。"

见宋小兵不说话,王剑秋笑了,说:"小宋,刚才那股咄咄逼人的锐气去哪儿了?光会纸上谈兵啊?一动真格的就怂了?又不是让你一个人设计,我们只需要提出一个大概的思路和想法,有一套能够解决当前问题的可实施的方案,能够说服大部分专家认可我们的建议就行。具体的设计方案,哪是那么轻易靠你一个人就能完成的?"

宋小兵一听,刚参加工作就能得到挑战权威、扭转乾坤的机会,自然不肯放过,于是说:"主任,我接受这个任务。"

王剑秋瞬间变得严肃起来:"需要多长时间?"

宋小兵在内心稍稍斟酌了一下:"三个月。"

王剑秋坚定地说:"不行!三个月,第二次靶试都要开始了,我们要抢在前面,把我们的最新方案报上去。"

宋小兵心里虽然已经有了一套初步的想法,但终归是第一次参赛,抢跑经验不足啊。

他狠狠心,咬咬牙,说:"两个月。"

王剑秋想都没想:"一个月!就给你一个月的时间。"

王剑秋说话的态度和狠劲,要是手里再拿把刀,宋小兵能觉得对面坐的是个放高利贷的。

他心想："上辈子我一定欠他很多钱。"

宋小兵小心翼翼地问："然后呢?"

王剑秋点了一根烟,深吸了一口,缓缓地吐出一口烟圈:"进京!"

第7章

柳暗花明

宋小兵一听进京，笑着说："我们这是要进京告状，还是赶考？"

王剑秋说："你这小子！这哪叫告状？我们是进京献策。当然，对你来说，的确是赶考。时间紧，任务重，要赶在'ST-1'第二次靶试前，考出一个好成绩。超过它，取代它！"

宋小兵坚定地点了点头。

王剑秋对拦截弹态度的明朗，也给了他干好工作的信心和鼓励。

就在宋小兵临出门时，他突然想到一个很关键的问题，随即又转身来到王剑秋旁边，说："主任，以前拦截弹这块儿，是不是老范在负责？"

王剑秋点了点头，说："是啊，老范一直在负责拦截系统的各项工作。"

王剑秋说完，立刻就明白了宋小兵想表达的意思，于是接着说："拦截弹的事，你就放手去干，不存在和老范的工作产生冲突。老范那边我会和他去讲，他负责拦截系统的全面工作，你就先在拦截弹上下功夫。"

顿了顿，王剑秋又悠悠地说道："老范年纪大了，工作上兢兢业业，不过进取精神和能力上要欠缺一些，我是考虑让他到二线工作……"

说完这些，王剑秋就不再说话，也不看宋小兵，埋头开始看桌上的资料。

宋小兵轻轻关上门，离开了王剑秋的办公室。

宋小兵刚一离开，王剑秋摘掉眼镜，望着门口出神，喃喃地说："这小子，说不定还真能干出点什么名堂。"

宋小兵回到办公室,办公室的人员早已到齐。

老范悠闲地一边品着茶,一边看着书。唐一梦在电脑前敲敲打打。而熊锐,一边看着资料,一边画着图纸。

见宋小兵进来,唐一梦照样热情地打着招呼:"小兵,看你很早就吃完饭了,怎么现在才来?"

宋小兵笑笑说:"去了一趟主任办公室。"

这时,老范抬起头,笑着说:"肯定是受领新任务了。"

熊锐什么话都没说,抬头看了他一眼,就又埋头做自己的事,好像对他的事完全没有兴趣。

宋小兵快步走到老范身边,谦虚地说道:"范老师,主任让我把拦截弹的资料详细地学习一遍,让我多向你请教。"

范平连忙摆手,说:"不敢不敢,有什么用得着我的地方,尽管开口就行了。资料都放在保密室,我这儿有份详细的清单。你按照清单上的目录借阅就行了。"

说完,范平给了宋小兵一本册子,上面是满满的文件名录。

宋小兵道了声谢,刚要转身去保密室,范平说:"小宋,这拦截弹是要动?"

宋小兵想了想,说:"现在还不清楚,只是看看还有没有更好的改进方式。"

范平说:"第二次靶试的结果一出来,如果没有什么问题的话,几乎都快定型了,还折腾什么呢?"

宋小兵尴尬地笑笑:"我也不清楚,可能是上面的意思吧。"

范平张了张嘴,好像想说什么,但最后什么话也没说。

宋小兵赶紧转身离开,怕范平又问出一些他无法回答的问题。

这一个星期,宋小兵不管白天还是黑夜,都待在办公室,其他什么事都没干,就干了一件事,翻完了"ST-1"的所有资料。结果就是,他对用动能拦截弹取代老弹头,更有信心了。

王剑秋也再没来找过他,而老范时不时就走到他桌前晃悠,看看他在干什么。

宋小兵也逮住机会,详细询问老范一些资料上不太清楚的问题。

还好,老范也没藏着掖着,基本都是据实告知。

第二周的第一天,宋小兵一来到办公室,就拿起电话:"喂,老师吗? 是我,小兵。"

电话那头,传来了胡奋虎热烈的声音:"小兵,怎么样? 喝西北风的感觉挺好吧? 哈哈。"

宋小兵笑着说:"没有喝老师的茅台酒感觉好。"

"哈哈,我这儿还有,你啥时候回来?"

"真的? 老师,您很不地道,藏得够深哪,那我过几天就来。"

"……茅台酒是没有了,不过,其他的酒同样也是好酒。"

宋小兵哈哈大笑:"老师,您变脸比翻书还快啊。"

胡奋虎也发出爽朗的笑声:"你真来啊? 是遇到什么事了吗?"

宋小兵说:"老师,您还记得我们之前一起做的那个侧向喷流气动干扰流场建模吗?"

胡奋虎说:"当然记得,这个建模很难,结果还是你用一个巧妙的办法解决了关键性的问题。怎么突然问起这个?"

宋小兵说:"我想回实验室做一些测试,检验一些数据,印证我的一些想法究竟能不能成为现实。"

胡奋虎说:"小兵,欢迎回来,实验室的大门随时都向你敞开。除了这个,你还要做一些什么?"

宋小兵说:"老师,我主要想通过以前的模型,模拟和验证脉冲发动机引起的运动模态变化和随机干扰、控制分配的协调、点火逻辑的实时性等相关问题。"

电话那头一片安静,等了好一会儿,传来了胡奋虎的声音:"小兵,莫不是你要把现有的拦截弹推倒重来,重新改变拦截方式?"

宋小兵一声惊呼:"啊,老师,您怎么知道?"

胡奋虎说:"小兵,老师搞了一辈子的航空航天器,你要试验和验证的这些问题,都是反导系统拦截弹的复合控制技术。这要求它必须具有响应时间短、可用过载大和机动性强等诸多特点,而且是更多地采用由气动控制力与直接侧向力结合的复合控制技术。"

宋小兵笑了起来:"老师,什么都瞒不过您啊,我还没说完开头,您就猜到了结尾。"

胡奋虎说:"那你为什么要推翻之前的设计方案? 靶试结果看起来还不错啊。"

宋小兵说:"只是看起来很美,因为它会漏掉那个最大的危险! 那个看起来发生概率几乎为零的致命一击,会给我们造成永远也不可能再回头的遗憾。苍穹之盾,就是护国之盾,不允许有任何一点微小的疏漏和细小的瑕疵。"

胡奋虎笑着说:"那你什么时候过来?"

宋小兵说:"事不宜迟,我明天坐最早的一班飞机过去。王主任只给了我一个月的时间,已经过去四分之一了。"

胡奋虎说:"看来,你们打算用动能拦截弹了吧。"

宋小兵刚要回答,猛然间觉得哪里不对,他失声惊呼:"老师,您怎么什么都知道? 这可是绝密的工程啊。"

胡奋虎平静的声音传来:"因为我是专家组成员。"

短短的时间里,再一次回到自己的母校,宋小兵依旧感觉一股久远而熟悉的气息扑面而来,像漂泊的游子,回到了故土,像飘零的落叶,回到了大地母亲的怀抱。

宋小兵的眼眶有些湿润,心情变得愉悦又复杂。

十几天前,自己还在这里无忧无虑地求学;十几天后,又重返这里目的明确地求人。

而故土的意义,不就是给漂泊在外的人,源源不断地输送物质和精神养料,在他们最困难、最需要的时候,永远做他们最坚强的后盾和依靠吗?

宋小兵来到老师的办公室,胡奋虎正伏在办公桌上,聚精会神地看文件。

宋小兵轻轻敲了一下门,胡奋虎抬头一看,自己最喜爱的学生,此时正风尘仆仆地站在门边,笑盈盈地看着自己。

胡奋虎赶紧起身,笑容也随即爬上他的脸庞,他立即迎上前去,师徒两人紧紧地拥抱在一起。

随后,两人坐在沙发上,宋小兵说:"老师,您近来身体可好?"

胡奋虎说:"还是老样子,保持原样,哈哈。"

宋小兵喝了口水,开门见山地说道:"老师,当您告诉我,您是专家组成员的时候,我着实吃了一惊,跟在您身边那么多年,您可连一个字都没提过,口风真紧。"

胡奋虎笑着说:"保密守则第一条,不该说的秘密不说。"

宋小兵问道:"老师,我很想知道,当年您站哪边?"

这个问题很尖锐。

听到宋小兵的这个问题,胡奋虎的笑容在脸上凝固了,他默默地站起身,走到窗边。

窗外的操场上,一个学员队正在组织体能训练,学生们生龙活虎、身姿矫健,或奋力奔跑,或纵身跳跃,尽情地挥洒着自己的青春和激情。

胡奋虎,也有曾经不可一世的燃情青春。

他缓缓地开口:"我两边都不站。"

宋小兵很惊讶,他深深地了解自己的老师,表面虽然平和谦逊,但内心却刚毅不屈。

专家组的作用,就是根据专家们自身的学术所长,在重要问题上,提供关键的智力支持和权威的指导意见。

像影响如此深远的重大工程,就是要依靠专家们的智慧,多提供几套可供选择的实施方案,并在这几套备选方案中,集体做出最优的选择。

选择,才是专家们存在的重要意义。

要么选1,要么选2。

而胡奋虎选了3,相当于弃权,也就放弃了国家挑选你进入专家组的职责和权利。

宋小兵能够想象得到,做出这个选择,是要顶着多么巨大的压力。

首先一个大帽子飘过来,就能把你压在底下,任凭你是孙悟空有千般武艺,也照样动弹不得:在其位不谋其政。

这个标签一贴,就相当于这件商品已经从专家橱窗里正式下架了,而且众叛亲离。

专家们的正义感还是很强的,既然你觉得我们的提议不入你法眼,道不同不相为谋,那就和作为异类的你挥一挥手,告别这朵飘走的云彩吧。

再说了,就算胡奋虎不随大流,也得引小流入海吧,毕竟,自己的师兄还在孤军奋战。

俗话说,"打虎亲兄弟,上阵父子兵",况且,师兄的提议的确是踏准了未来的趋势,非常具有前瞻性的战略眼光。

胡奋虎的选择,直接让师兄"孤军奋战"的局面得到了根本性的转变,变成了"腹背受敌"。

专家们善于打"补丁"的功力还没显现,善于"补刀"的功夫倒是眼疾手快、手到擒来。

有人说:"李老,你同门师弟都不支持你的提议啊,在说服我们之前,能不能先说服你的师弟?"

一句话,让李老如鲠在喉。

所以，当时的李老对胡奋虎作壁上观的态度，还是很寒心的。

胡奋虎令人费解的态度，也让他付出了代价。

师兄弟俩，经过这一役，毫无悬念地确立了自己的"外围"身份，那么多年，始终游离在反导工程的外围。

宋小兵叹了口气，轻轻地问道："老师，您当时是怎么想的呢？我相信，您做出这个艰难的选择，一定有您不可言说的道理。"

胡奋虎看着窗外，继续说道："很多人认为我当时的看法，是轻率、不负责任的，其实，是经过我慎重研究和斟酌后的结果。在那个时代，上哪一个，都不是最合适的时机和最佳的选择。

"破片杀伤，不外乎把老路再拓得宽一点、修得远一点，但是，永远也到不了新的彼岸；而动能杀伤，无异于是建造空中楼阁。导引头精确制导技术、矢量喷管技术、化工新材料、光电新材料技术等，完全达不到制造动能拦截弹的水平。所以，破片杀伤，不管走多远，终究还是要退回来；动能杀伤，想走很远，的确也能走很远，却终究无法迈出第一步。"

宋小兵认真思考着胡奋虎的话，不得不承认，身处那样一个时代和环境，老师的选择的确是现实而清醒的。

老师的放弃，不是一种懦弱，而是另一种勇敢。

宋小兵看着窗前老师的背影，说："老师，那李老也应该非常清楚当时的现实……"

胡奋虎转过身走过来，重新坐到沙发上，随手从衣兜里掏出一盒烟，拿出一支，轻轻点上，抽了一口，点点头说："那是当然。但是我的这位师兄，是一个非常有家国情怀的人，从战争年代过来，目睹过祖国的孱弱和任人宰割的历史，对国家的强大，有着超乎常人的殷切期盼和为之奋斗终生的牺牲精神。他不仅敢想，更敢干，一句话：敢为天下先。还记得你毕业论文答辩的现场，他说了一句什么话吗？"

宋小兵点点头，那一幕，他永远都不会忘记："他说：'搞原子弹的时候，我们用了多少年？！'"

胡奋虎又抽了一口烟，说："当年研发原子弹的时候，他们用算盘对决霸权国家，跑出了更快速度；他们用牺牲铸造国之'利剑'，换来了国泰民安！师兄就是那样的人，把所有人都认为不可能的事，变成可能。"

胡奋虎停下来，低头弹掉烟灰，眼睛里都是对过往的回忆："他是极端的理想主义者，而我是彻头彻尾的现实主义者。不过,他的理想,并不是虚无缥缈的,而是永远建立在实事求是和实干基础之上的。这么多年了,我看着师兄干成了一件件我之前想都不敢想的大事。现在回过头来想想,也许我当时的选择是错的,我不应该自认为理智地袖手旁观,而应该助师兄一臂之力!"

看着胡奋虎语带伤感和悔意,宋小兵安慰道:"老师,事情都过去这么多年了,就算当时您站在了李老那一边,也于事无补,你们的声音依然弱小,根本不会改变事情的进程。我倒觉得,我们不必纠结于以前的结果,倒是应该着眼于现在。而现在,到了厚积薄发的关键时刻。"

胡奋虎点点头,重新振奋起来:"小兵,你说得对!"

宋小兵问:"老师,那您现在什么态度?"

胡奋虎坚定地说:"这还用问吗?"

有了恩师、李老和王主任的鼎力支持,宋小兵感觉浑身上下充满了前所未有的无穷无尽的力量。

虽然李老现在并没有明确表态,而且也不知道他现如今是怎样一种考虑,但宋小兵坚定地认为,李老肯定会和他们站在一起。

宋小兵说:"老师,那我们现在就去实验室?"

胡奋虎主持的国家航天器重点实验室,是国内顶级的集航天新技术研发实验、航空航天器设计、航天新模块新功能开发、仿真模拟实验于一体的实验室。

胡奋虎站起身,果断地说了一句:"我们走!"

在去实验室的路上,胡奋虎非常随意地问道:"小兵,你还记得侧向喷流气动干扰流场建模是哪一年的事吗?"

宋小兵想了想,说:"好几年了吧,我记得那会儿我还在读研二,您就把我叫到办公室,说了这个建模的问题。"

胡奋虎问:"你当时是什么想法?"

宋小兵心想:"老师问这个干吗?都过去那么多年了。"

不过,他还是拼命在记忆的仓库里,仔细搜索着几年前的尘封往事。

终于,在一个不起眼的角落里,他找到了那块微小的、已黯淡无光的原石,用时光的扫帚轻轻掸了掸上面的尘土。

"大约是2000年吧,当时,我的研究方向是大推力固体火箭发动机新一代固体推进剂含能黏合剂体系与新型氧化剂组合的问题,研究如何增加推进剂的密度和比冲。有一天,您专门把我叫去,让我先暂时停下手中的研究课题,转而进行流场建模。"

胡奋虎笑着点点头。

"老师,说实话,当时我非常诧异,也很不理解。因为在那个时候,我们的航天领域,迫切需要解决的是固体火箭发动机如何进一步提高性能、进一步提升推力的问题,也就是往大了走。

"而侧向喷流气动干扰流场模型,是为了建设小型矢量推进器的验证环境,对脉冲发动机的运动模态、相互干扰、点火时机和喷流状态进行精细化的控制。这种建模,只是运用在小型航天器在大气层外精确控制自身的运行轨道上,也就是往小了走。

"所以,您当时让我做这样一个课题,我觉得是与现实需求极其不相关的。因为我们还用不上这样的实验数据,而且,也还没有需要进行实验的航天器。"

宋小兵略微停了停,不好意思地说:"老师,我当时对此有一个非常贴切又极其通俗易懂的结论,您要不要听听?"

胡奋虎笑着说:"肯定不是什么好话!"

宋小兵咧着嘴一笑,调皮地说:"我当时认为您吃饱了撑的……纯属消遣娱乐。"

胡奋虎哈哈大笑,笑完,转过头,盯着宋小兵的眼睛,意味深长地说:"那一年,师兄找到我,说,可以启动了……"

宋小兵的心,仿佛被什么猛烈地撞击了一下。

老师的话,就像一颗来自天外的小行星,迅猛地撞在了地球上,随即燃起的熊熊烈火,照亮了某些曾默默潜伏在暗处的轮廓……

胡奋虎看宋小兵陷入了沉思,半天不说话,于是接着说:"你是怎么突然想起这个模型的?"

"是因为……动能拦截弹……现在想起来,当初的建模,好像真的就是为几年后的今天量身定做的一样……要不是想起当年的这个模型,我是不敢轻易接受这个任务的。正是因为有了它的存在,我才有了五成的底气……"宋小兵喃喃自语,像梦呓一般。

胡奋虎用力拍了拍宋小兵的肩膀,什么话也没有说,两人快步向前。

进了实验室,里面好几个教授和他们所带的学生,正在井然有序地忙碌着。

他们看见胡奋虎和宋小兵走进来，露出惊异又欣喜的目光，快步走过来，和胡奋虎、宋小兵热情地打着招呼。

宋小兵没离开学校之前，是这里的常客，等同于主持日常工作的常驻实验室学生代表，人送外号"居里夫君"。

经常能在实验室听到师弟师妹们动人的喊话："大师兄，师父被领导抓走啦！"

"大师兄，师父又被研讨会议抓走啦！"

"大师兄，师父不知道又被谁抓走啦，临走前带来了口谕，让你组织今天的实验工作！"

"大师兄，三师妹被爱情这个妖怪抓走啦，想请一天假，还说不要我们救她。"

宋小兵凭借着对航天事业的热爱，仅凭一己之力，就把重点实验室整成了个人工作室。

这一次，他又回到了熟悉的、曾经战斗过的地方，就像王者归来一样，轻车熟路地打开了自己当初弄的模型。

熟悉的配方，却是陌生的味道。

"咦?!"宋小兵仔细看了很久，发出了一声惊叹。

胡奋虎坐在宋小兵的旁边，不无得意地说："是不是和当初大不相同了？"

宋小兵使劲在脑海中搜索当初的印记。

当年，他像完成一项味同鸡肋的额外任务一样，弄好以后，就再也没有碰过。

不过，他还清楚地记得大致的轮廓和关键的细节。

宋小兵又仔细看了好一会儿，一会儿点点头，一会儿又摇摇头。

就这样，不知过了多久，他转过头，兴奋地对胡奋虎说："老师，大的方向和以前差不多，但是很多细节方面的东西，完善充实了不少。很多以前的错误，都得到了修正；缺漏的地方，也得到了细致的补充。可以这样说，这是在以前模型的基础上，又重塑了一个全新的、可有效使用的模型！"

胡奋虎笑着说："那是当然。你弄好雏形以后，就像交差一样，扔给了我，算是任务完成。但对于我来说，这只是任务刚刚开始。这么多年来，我们不断完善、修正数据，把最新的研究成果，都加入了进去，并通过很多实际验证，才形成了今天的这个模型。毫不夸张地说，它现在绝不仅仅只是一个实验性的模型，更是可以用于实战检验的产品！"

宋小兵感到老师的话语中，自豪溢于言表，自己也不觉受到了鼓舞。

"这为换装动能拦截弹,又增添了一份重量级的砝码!"宋小兵心里暗暗高兴,想不到这趟母校之行,竟然有意外收获。

"不过,"胡奋虎话锋一转,又露出了一丝遗憾的表情,"在发动机直接侧向力与气动力深层次的联合设计上,我们还存在严重短板。这一块的缺失,将直接导致我们无法有效设计出可靠、智能化的控制分配算法,实现复合控制力最大程度的连续可调。"

"啊。"宋小兵刚刚燃起的希望,又被一盆随即而来的冷水浇灭。

两人沉默了一会儿,还是宋小兵先开口:"老师,刚才您说,这套模型经过了实际的验证?"

胡奋虎说:"是的,有几家国外的航天器公司和国内的公司,验证过他们的产品。"

宋小兵兴奋地说:"他们已经有成熟的产品了?"

胡奋虎点点头。

宋小兵继续追问:"那实验数据最好的是哪家? 国外的公司吗?"

胡奋虎说:"有一家公司的产品数据,我印象非常深刻。他们用一种与众不同的设计逻辑和信息处理芯片,完美解决了动力智能化分配的问题,轨控精确度达到了99%,这是我所见过的最高水平!"

宋小兵沮丧地问道:"E国的公司?"

宋小兵之所以沮丧,是因为像这样高精尖的军事科技,任何国家都是绝对保密,也不允许出口的。

胡奋虎摇摇头,平静地说:"不! 是一家国内的公司!"

宋小兵的心,再一次激动地提到了嗓子眼。

这一天,他的心情像坐过山车一样,上上下下,起伏不定,最终,从绝望的悬崖上,纵身一跃,掉在了柔软、温暖又幸福的草甸上,还意外拾得了一本能够独步武林的武功秘籍。

宋小兵用几乎颤抖的声音问道:"老师,可以告诉我名字吗?"

"音速航空。"

广州西郊。

一座外表古朴、极具年代感的三层小楼,屋顶的飞檐在茂密的树荫中若隐若现,像潜行在碧潭中龙的獠牙,时不时露出一闪而过的锋利光芒。

在这座现代化的大都市中，随处可见的高楼，搔首弄姿般地摆弄出各种令人眼花缭乱的妖娆身姿，极力想给每一个来到这里的人，留下这座城市独一无二的印象。

明处的庸脂俗粉太多，暗处的小家碧玉就显得尤为珍贵。

这个闹市中宛如世外桃源的小院，隔绝了那些明媚的现代感，保留了一丝敛于深宅的古典优雅和神秘。所有从门口经过的人，都会不约而同地误以为这或许是哪个机关大院。

小楼一夜听春雨。

严学礼此时，正手捧一杯清茶，站在三楼的窗前，专心致志地欣赏着雨打芭蕉的摇曳，倾听着淅淅沥沥的天外清音。

他这间办公室装修得非常古朴讲究，整套新中式红木办公家具，烘托出浓郁的中国传统古典韵味。

靠墙的两排置物架上，稀稀落落地摆放着诸如青花瓷盘、粉彩梅瓶等一些古玩收藏，数量不多，但凑近一瞧，那看似质朴的釉面上，却透出历史沉淀后的厚重神韵，均是精品无疑。

办公桌后的书架上，摆满了一些中国传统文化的经典大作，《论语》《道德经》《资治通鉴》《牡丹亭》等，显示出这间办公室的主人，要么很能学，要么很能装。

音速航空的总裁严学礼，身着一件中式的灰白色亚麻短袖，衣服裁剪精致，穿在身上很是得体，自然淳朴的面料、柔软轻盈的质感，透着一股慵懒随性，让他看起来也有点仙风道骨的感觉。

他戴着一副金丝边小框眼镜，眼镜后面，一双似睁似合的小眼睛，这时，像是眯成了一条缝，也许是沉醉在窗外的靡靡之音中，也许是在细细品味在舌尖游走的极品白毫银针的醇香。

但当他认真做起事来时，小眼睛里冒出的那道精光，却不怒自威，让人不敢轻易直视。

他的头发整齐地梳向右边，黑发与白发簇拥着交织在一起，又被梳理分成一缕缕粗细均匀、整齐划一的发丝，贴合在头皮上。

他的手里，把玩着一串雷击枣木的珠子，据说这玩意儿常年占据着道家辟邪圣物排行榜首位，必须要使用被雷击中后却依然存活并能继续生长的枣木制作而成。

木材倒是稀松平常，但是要被雷击中后还不死，先别说辟邪，光这生命力就够邪的了，而且还指定树种、指定天象、指定生死，这概率，比中彩票还低，天时地利人和，缺一不可。

严学礼也是机缘巧合，在西藏大昭寺礼佛的时候，无意中得此一串，道家圣物在佛门中求得，也不知道浸染两家之后，这手串的功力是不是更为精进。

不过，严学礼博古通今，他是相信天人感应的，他觉得，他能感受到来自手腕的这股神秘能量。

谁能想到，在这间透着浓浓的中国传统文化气息的办公室里，一副学究气的严学礼，竟然是一家航天高科技公司的老总。

严学礼的身份，至今仍很神秘。

在整个商界，航天领域的民营公司本就是凤毛麟角，而且研究的都是高高在上的科技，只接大气，不接地气，不为民众所知也就不足为奇了。

所以，你要随便问一个路人："知道音速航空吗？"他的第一个反应绝对是："机票便宜吗？"

要是问一个航天人，他会肃然起敬，然后悄悄地在你耳旁询问："有什么路子可以进去吗？"

再加上严学礼为人低调、深居简出，从来不抛头露面，很难在媒体上看到他的只言片语，所以对于他的背景，业内人士也只知道传说中的版本。

盛传的版本就是，20年前，他从部队转业，首先投身到自动控制算法和芯片领域，后又在推进器领域开拓，创立了音速航空。

这几年，随着国家航天事业的发展，音速航空更是一骑绝尘，现在已经是推进器领域里数一数二的高科技公司了。

关于他本人的背景，说法就更复杂了，有说军方背景的，有说央企背景的，有说外资背景的。

他高瘦的背影后面，永远都是众说纷纭、争论不休的背景。

也难怪大家会纷纷猜测，因为音速航空在创立初期，仅凭"四大金刚"掏光家底、破釜沉舟般的举动，拼凑出几十万元启动资金，就铺开摊子干了起来。

这不像是航空业的门徒，倒像是航空业的赌徒。

严学礼是跟航天八竿子都打不着的，但他就是捡起了打来的竿子，掌起了舵。

技术总监李铭，原航天科工委设计研究院的高工，在推进器的精确化控制领域，属于首屈一指的专家；业务总监王维通，原航天集团下属五院的业务代表，不仅在专业上有很深的造诣，而且在公司营运和业务拓展方面颇有一手。他虽出身体制内，却有着完全市场化的一套思维模式，创立了一套适应航天业务的运行机制。

等等，不是"四大金刚"吗？这才桃园三结义啊。

还有一个人，不仅从来没在台前出现过，就算找遍幕后，也难觅踪影。只在严学礼一次醉酒的时候，不清不楚地说了一句："我们的带头大哥，对公司的贡献那是……"

他刚一提到这个人，酒顷刻间就醒了，从此再也没有吐露半个字。

严学礼这三兄弟，在一起创立公司之前，也是互不相识的。

不知是来自东方的神秘力量，还是三人一拍即合的共同目标，让他们走到了一起。

不仅音速航空的初创团队始终笼罩着一层迷雾，而且公司也是身处隐秘的角落，让人不能窥其全貌。

这20年来，公司从来没拿过一分钱的资本投资，也从不上市融资。

它就像一泓深潭，深不可测。

对于严学礼的个人评价，也是非常的唯物辩证，完全一分为二，走向两个极端。公司内部人：儒雅，睿智，舍得拿钱砸人。和他打过交道的人：狡黠，世故，舍得拿钱砸人。

大家唯一认同的共同点，就是这个人大气，视钱财如石头，捡起来砸就是了。

不过，被他砸到的自己人，开心；被他砸到的其他人，痛心。

他砸向敌人的石头，落点都非常精准，不偏不倚地落在墙角下，然后，墙角那块砖，经过难舍难分的数次碰撞，竟奇迹般地生出两条腿，蹦蹦跳跳地跑到严家的长城上，安居乐业了下来。

石头碰石头，有时候碰出的不仅有火花，还有背叛。

不过，严学礼深谙识人之道、用人之道，他无数次地在公司内部的高层会议上，强调这样一句话："航天事业比拼的，表面上是钱，深层次是人！"可见他对人才的重视程度。

公司初创最艰难的时期，他宁愿自己挨饿，也不让技术人员受苦。

正是这样一颗求贤若渴的恒心和爱人如子的真心，让国内外很多航天领域的技术强人，都甘愿在他手下效力。

而对挖人之道，他就觉得简单多了，就是"三真"政策：真诚，真挖，真多。

第一个讲的是心诚，第二个讲的是心野，第三个讲的是钱多。

但他挖人的目标却十分明确，就是国外公司里，那些留学后不愿回来，留在那里效力的中国人。

他说："不就是羡慕人家那里钱多吗？我这儿也不少，还能提供更加广阔的发展天地。"

所有挖回来的人，他都根据实际情况，委以重任，从来不戴有色眼镜看待人才。

他始终认为，人考虑现实问题和发展问题，是人趋利避害的基本属性。这是人性，不应该去批判。应该去考虑的不是他们为什么不回来，而是怎样才能让他们回来。

所以，严学礼总是从人性出发，从来不搞使命召唤、情怀召唤，他深信，一百句空洞的说教，不如一百万丰厚的年薪。

金钱召唤、使命改造、情怀加身。严学礼换了个顺序，就成了顺势而为。

"老严！"门猛然间被推开，李铭面带红光，笑容满面，言语间充满了一种难以自抑的喜悦。

"通过啦。我们的复合控制分配算法和配套的信息处理芯片，包括脉冲发动机智能点火技术，几项专利同时通过国家认证！"

严学礼快步走到李铭身边，伸手和他握了握，说："老李，恭喜你啊，付出总有回报。我们在这些技术上大力投入了这么多年，可以说倾尽一切、背水一战，不负众望啊，终于打了一个胜仗。以后，民用航空器推进器领域的精准控制技术，我们就傲视群雄啦。老李，你们团队大功一件！"

李铭兴奋地点点头。

严学礼回过头，却瞬间变得一脸平静。他认真注视着办公桌正对面那堵墙上四个龙飞凤舞的大字："或跃在渊。"

好一会儿，李铭听到他嘴里蹦出几个字："是时候该跳一跳了。"

第8章

生命线之争

"老师，音速航空这家公司我听过，他们路子很野，短短十几年，就把航天领域优秀的精英招至麾下，特别是这几年，发展势头异常迅猛。他们对人才的包容度很大，对人才的要求也很高，只要一流大学一流专业的博士。"宋小兵说。

胡奋虎点点头："是啊，国内的公司，能在这个领域成为国际上的翘楚，特别是连芯片都研发出来了，的确很厉害。"

宋小兵说："那我们直接用他们的产品和技术不就行了？"

胡奋虎摇摇头："他们的产品，用在民用领域完全没有问题。但是，军事领域是一个禁区，关键部位怎么可能让民营企业的产品进入？因为你完全不知道产品里，是不是还暗藏一些后门什么的。虽然现在有军民结合的说法，但核心领域还是要依靠我们部队自己的研发体系。在事关国防安全的重大问题和重大工程上，必须慎之又慎。"

宋小兵陷入了沉思，刚燃起的希望之火，又被浇灭了。

"难怪老师对我们自己的实验结果并不乐观，虽然已经出现了近乎完美的作品，但是，只能远观而不可亵玩焉。"

见宋小兵有些垂头丧气，胡奋虎又拍拍他的肩膀，鼓励他说："不过，既然已经有产品出来，说明这并不是不可能完成的任务。我们只要集中精力、抓紧时间，同样可以研究出适用拦截弹的控制技术。"

宋小兵却忧心忡忡地说："老师，这项研究，就算音速航空不说，我也敢肯定他们是毕其功于一役。能达到那种精度的控制，不是几年的工夫就能做到的。反导拦截弹需要的精度，还远在其上。中段反导这套系统，我们需要突破的东西太多，时间却十分有限，如果在每一个关键环节都要耗费大量的时间和精力，不仅会在论证动能杀伤和破片杀伤孰优孰劣上败下阵来，而且靶试的时间也会变得遥遥无期。"

胡奋虎用毋庸置疑的口气说："这个是没得商量的，原则问题，底线不能突破。"

"那借鉴他们的技术，而不是使用他们的产品呢?"宋小兵不依不饶地问道。

没料到宋小兵会有这样的解决方案，胡奋虎有些拿捏不准，说道："这……你要请示你的上级领导。"

宋小兵点点头，也许，这是解决问题最快捷的方案了。

这几天，宋小兵的所有时间都耗在了实验室里。

他认真看了音速航空所有的仿真实验过程和记录数据。

音速航空实验飞行器的变轨系统提供任务需求的变轨能力，姿控系统提供姿态、滚动和稳定控制。轨控和姿控系统包括单独的氧化剂箱、推进剂箱、增压剂箱和轨控与姿控发动机。轨控系统由4台发动机组成，姿控系统由6台较小的发动机组成，包括4台俯仰与滚动控制发动机，2台偏航控制发动机。

这么多发动机如何根据目标轨道的变化，不断修正自身的飞行轨道，需要计算机在极短的时间内，不断分配发动机的点火时机和工作强度。

这是真正的牵一发而动全身!

不管是在预设固定轨道，还是在预设突变轨道、随机突变轨道，音速航空的飞行器，都能实现精准的循轨飞行。

宋小兵越看越兴奋，这家公司竟然能把复合控制技术做到这种程度，真的是大大地超出了他的预期。

他现在确信，如果这套系统能用在拦截器上，那动能拦截弹一定会胜出。

他拿起实验室的电话，给王剑秋拨了过去："主任，好消息，拦截器飞行的精准控制，我在老师的实验室，已经找到了解决方案。"

电话那头，传来了王剑秋高兴的声音："真的?! 好，好，好!"

激动的王剑秋连说了三个"好"。

"那你什么时候回来？"王剑秋问道。

"我明天就回去。"宋小兵回答道。

毕竟，解决了一个关键性问题，就必须争分夺秒地在动能拦截弹的可行性方案上添上这重要的一笔。

宋小兵连夜做好实验资料，第二天下午就回到了37号。

他直接冲进了王剑秋的办公室，还没等他开口，王剑秋就又告诉了他一个好消息："刚才我和航天二院拦截弹项目负责人王海波通了电话，告诉了他我们准备以动能拦截的方式重新设计拦截弹。

"我原以为他会极力反对，毕竟重新设计的话，极大地增加了他们的工作量和不确定性，他们对项目进度是有严格把控的。没想到的是，王海波竟然对此表示了赞同，而且给我们提供了一个导引头的最新设计思路。

"他们下属的远景精密光学仪器公司最新研发的双色导引头，对来袭导弹的真假弹头目标，具有更强的识别能力。而且改进后的信号处理器，将会使视场内识别的弹头数量增加，进一步提高拦截器命中真实目标的概率。

"太好啦，导引头的问题如果能得到解决，再加上复合控制技术，动能拦截最大的两个障碍，就被我们定向爆破了。"宋小兵也露出了开心的笑容。

"是啊，想不到事情进展得如此顺利。这样看来，用动能拦截弹替换破片杀伤弹的方案，应该能够突出重围。"王剑秋顿生一种"踏破铁鞋无觅处，得来全不费工夫"的感觉。

"来，快说说你在实验室那边的收获。"王剑秋道。

宋小兵不紧不慢地先给自己倒了一杯水，喝了一口，说道："我回到实验室，首先找到了以前和老师一起做的干扰模型，想不到经过老师几年来悄无声息的不断完善，已经发展成具有实际测试能力的产品，而且成了业内公认的最为先进的验证平台。我们在上面发现了一个优秀的产品，精准度达到了99%！"

王剑秋惊讶得张大了嘴巴。

这就意味着，用"子弹打子弹"，已经成为可能。

"不过，"宋小兵顿了顿，说，"这是一家民营公司的产品。"

"不行！"王剑秋斩钉截铁地说道，完全没有丝毫的犹豫。

"我是觉得,我们可以采纳和借用他们的技术方案。"宋小兵据理力争。

"绝对不行!"

"没有商量的余地?"

"底线,只有'坚守'二字,从来不存在商量!"

"为什么?"宋小兵大惑不解。

他始终认为,对于新技术,应该用开放的心态去看待,别人做得好,就应该去吸收接纳,而不是用分别心去对待。

技术不分国界,更不应该分军民两界。

"小宋,你之前在学校,一切都是以学习为中心,潜移默化地就在心中把学术成果放在了至高无上的地位,只关心最终的结果,而不太注重过程。如果有三条路都能通向成功,在你心中,三条路并没有什么分别,都可以走。至于最终选择哪条路,你绝对不会去关注路的性质,只在乎走的快慢。也就是说,结果正义。

"但是,我们到了部队,特别是进行一个密级极高的重大工程,采用何种技术,并不是取决于技术的先进与否。对每一个零部件、每一项需要用到的技术,都要追根溯源,从源头上保证绝对纯粹和安全。我们不仅要清楚它到哪儿去,更要知道它从哪儿来。关键部位、关键技术,更是要慎之又慎。

"装备的安全,直接关系到国防安全。中段反导系统,是我们在天空铸就的重要防御屏障,不能为了求快,就把屏障置于无法把控的危险境地,那样的话,第一道屏障就很有可能变成射向我们的第一颗子弹。国家安全高于一切! 所以,我们不仅要结果正义,过程也必须正义,不能有任何瑕疵。小宋啊,你的政治敏感度不高,在以后的工作中,一定要在脑子里,筑牢安全这道红线,不然,会犯大错!"

宋小兵的脸,红一阵白一阵,这是王剑秋第一次对他进行非常严厉的批评。

宋小兵低头沉默不语,他承认,王主任的话有一定道理,但是,他依然认为,只要小心谨慎、全程监控,并且合理、有限制地使用技术,根本不会有安全隐患。

他不甘心地又问了一句:"对方也是中资公司,又不是外国公司,老总据说还是部队转业干部……"

王剑秋火了,他完全没想到,宋小兵在军校这么多年,政治教育仍没有触及他的灵魂深处。安全这条红线,他当成了红绸带随意挥舞吗?

"小宋,这个问题,我们就不继续浪费时间探讨了,绝对不行!"王剑秋不想再做过多的迂回,直接盖棺论定。

宋小兵的牛脾气也上来了,说道:"主任,那动能拦截弹的飞行控制,短时间内是绝对无法完成的,你所谓的这次赶考,很遗憾,我只能交白卷了。"

说完,还没等王剑秋张嘴,他拿起椅子上的背包,一转身就出了门。

这算退一步,试卷空空吗?

"你……"王剑秋气得从椅子上站起来,掏出烟点燃,狠命地一连抽了几口,在办公桌旁来回地踱着步,"这小子,懂不懂规矩!"

远在广州的严学礼要是知道这两人为了他的技术而站在了针锋相对的对立面,吵得面红耳赤,一定会吼上一句:"当我是空气吗?你们到底有没有考虑过我的感受?谁说我要给你们授权使用我的技术专利了?自作多情!"

宋小兵回到他的办公室,把背包扔到办公桌上,砰的一声,把坐在前排的唐一梦吓了一大跳,也引来了老范和熊锐的注意。

"你干吗?你是去出差的,还是回来出气的?"唐一梦说道。

"小宋,怎么了?"老范扶了扶镜框,关切地询问道。

宋小兵半天不说话,过了一会儿,才从嘴里挤出几个字:"王主任真是个老古板。"

唐一梦一听,笑了起来:"麻烦把'古'去掉,对于王老板,一定要言听计从,就算有不同的意见,也得忍着。"

老范也接过话来,说:"是啊,领导说怎么干,我们就怎么干,千万别和领导对着干。"

宋小兵这下更不乐意了:"领导难道永远都是正确的?我们连提出自己的意见和建议都不行?"

唐一梦说:"你可以提,没人堵着你的嘴,但是,他可以不听啊。"

"合理化的建议也不听?"宋小兵说道。

"等你当上领导再说吧。"熊锐这时不冷不热地冒出一句话,终结了这一场关于"该听谁的"的争论。

"主任还说啥了?"看来唐一梦拿起的小铁铲似乎不想放下来,继续刨根问底。

"说我军校的政治教育课白上了。"宋小兵不满地说。

"毛主席曾说:'政治工作是革命军队的生命线。'"老范突然冒出这么一句话。

谁都不能拿生命开玩笑，否则，就是命悬一线。

第二天吃早饭的时候，宋小兵走进饭堂，一眼就看到了正埋头吃饭的王剑秋。

可能王剑秋也感觉到了一股隐隐的怨气，警觉地抬起头来，和宋小兵的目光在空中撞在了一起。

短兵相接之后，王剑秋的目光长驱直入，宋小兵的目光左躲右闪，宋小兵一击即溃，高下立判。

然后，王剑秋身形闪动，非常舒展地举起右掌，并拢五指，手指第三关节的骨节在空中极富韵律地上下振动了三次，无声胜有声地使出一招"你过来呀"。

宋小兵感到一种前所未有的压迫感。不过，他轻转身体，脚步快速移动，顺势使出脱身的妙招"我没看见"，并抓起两个馒头，背对着王剑秋的方向，坐在了熊锐身边。

他刚端起碗喝了几口稀饭，肩膀就被一只有力的大手拍了拍。

宋小兵回过头，刚看到王剑秋严肃的脸，一个洪亮的声音也立马赶到："吃完饭到我办公室来一趟。"

宋小兵的五脏六腑仿佛被王剑秋的这一掌震得四分五裂，喉头里只能发出"嗯嗯"的声音，瞬间丢了声势。

王剑秋说完就径自离开了，根本不需要听到宋小兵的回答。

坐在宋小兵旁边的熊锐咽下一口馒头，低沉着声音说了一句："凶多吉少，好自为之。"那语气，仿佛宋小兵已是将死之人。

宋小兵看了神算子熊锐一眼，他正掐着手指，专心地抠着指缝中的馒头屑。

宋小兵心想："这哥们是不是曾经受过什么伤啊，要么沉默不语，要么无情插刀，而且刀刀见血，补刀的功力已出神入化，刀锋战士也不过如此。"

吃完饭，宋小兵来到王剑秋的办公室，在门口扯着喉咙喊了一声："报告。"

王剑秋只抬头看了他一眼，什么话也没有说，又低头在文件上写着什么，没叫他进来，也没让他出去。

宋小兵极不自在地站在门口，进也不是，退也不是，心里万般踌躇。作为曾经的天之骄子，他还从没受过领导的这份气。

两人对峙了十多分钟，王剑秋这才放下手中的笔，冲着宋小兵说道："进来。"

宋小兵快步走了进去,站在王剑秋的对面,怒目圆睁,毫不客气地先发制人,说道:"主任,找我什么事?"

王剑秋点了一根烟,抽了一口,又拿起桌上的茶杯,抿了一口,然后眯缝着眼,盯着宋小兵看了好一会儿,把宋小兵看得浑身很不自在。

他这才慢悠悠地开了口:"小宋,给你的赶考时间,还剩多久?"

宋小兵抬腕看了看表,不假思索地说:"6天零5小时34分。"

王剑秋接着问:"做得怎么样了?"

宋小兵说:"不怎么样,被卡住了。"

王剑秋说:"当年我们弱小的时候,被其他国家背信弃义,卡着脖子都能挣脱出来,现如今强大了,还能被什么卡住?"

宋小兵不说话。

王剑秋说:"6天后,带上你的成果,进京!"

宋小兵瞪大眼睛,说:"不可能啊,飞行控制的技术问题没有解决,整个方案就缺少重要的一环。"

王剑秋斩钉截铁地说:"我不管你用什么方法,哪怕现在没有具体的解决方案,也要形成详尽的解决计划。一定要在两个多月后的第二次靶试开始之前,把我们的方案报上去。"

"之前给你画定的红线,请你敬而远之,依然不能踩!"王剑秋又补充了一句。

宋小兵现在体会到了老师胡奋虎在他毕业的时候告诉他的那句话:部队,只有令行禁止,一切行动听指挥!哪怕你心里不乐意,也得照着命令执行。

他这才明白了老师想把他留在身边的良苦用心,老师知道他的秉性,知道他可能一到部队,就无所适从。

不过,始终躲在老鸟身后,不经历风雨磨砺的雏鹰,永远也不可能高傲地飞翔在天空之上。

宋小兵无奈地点点头,问道:"主任,还有什么事吗?"

王剑秋叹了一口气,语重心长地说:"小宋,我知道你心里有意见、有气。不过,有意见,也请保留;有气,也请自己消化。也许你现在理解不了,等你工作久了,见得多了,成熟了,就能明白我的良苦用心了。这是对你负责,也是对我们的反导工程负责。"

说完,他挥挥手,示意宋小兵离开。

宋小兵临出门时,回头又问了一句:"主任,那我们进京找谁去汇报?"

王剑秋反问道:"你认为找谁最合适?"

宋小兵说:"李所长。"

王剑秋点点头,不再说话。

宋小兵回到办公室,脑子里有些乱。

以前在学校里,只需要考虑解题就行,现在,不仅要解题,还要学会解人。

他坐着静静地想了一会儿,想了想王剑秋说的那番话,又想了想应该如何解决飞行控制的事,越想越乱。

他铺开图纸,心想:"不想了,想再多都无济于事,车到山前必有路,还是好好做我最擅长的工作吧。"

宋小兵抛开杂念,又专心致志地投入工作中。

这几天,他都在办公室工作到很晚,一边查阅资料,一边和航天二院的项目负责人王海波仔细地探讨拦截弹的可行性问题,想另辟蹊径,寻求其他的最佳解决方案。

还好王海波也是一个极其负责任的人,对拦截弹的重新设计,他也是大力支持、极力配合。而在原型弹的改进上,他的团队也没落下,同样在紧锣密鼓地围绕第二次靶试做最后的改进和完善工作。

宋小兵很庆幸能遇到王海波这个搭档。

要是王海波没和他们穿一条裤子,估计他们只能光着屁股,在戈壁滩上夜奔了。

保密室的保密员小陈,这几天晚上都睡得极不踏实,因为每天深夜,房门总会被敲响。当他极不情愿地打开门时,门外总是站着那个披着一身星光的人:宋小兵。

这天晚上,12点的钟声刚过,12点的门铃就响了。

小陈揉着惺忪的睡眼,看着门口的宋小兵,打趣道:"宋博士,你这打更人看来是和我这个守夜人过不去啊。自从你来到我们单位,我是整晚整晚地睡不着觉,怕你不来,又怕你乱来。"

宋小兵也不好意思地说:"小陈,辛苦你啦,最近在赶一份方案,所以加班需要看的资料比较多。对了,昨天我让服务社给你送的一箱方便面收到了吧?"

小陈赶紧说:"宋博士,你别客气,本来就是我的分内工作。你有需要,尽管来找我就行了。"

宋小兵笑了笑,不说话。

"这才到部队几天啊,就无师自通地学会了看人下菜,以图能行个方便。这还是以前的我吗?"宋小兵在心里默默地想。

他不知道这样的变化,是适应了环境,还是屈服了规则;是违背了初心,还是变换了心态。是好是坏,只能留待以后垂垂老矣,回首往事的时候再加评判吧。

"物竞天择,适者生存",这说的不仅是进化,也适用于同化。

这几天,宋小兵除了在办公室、宿舍,就是在站点内的服务社,因为每晚都要加班到深夜,他没少去服务社囤积加班的口粮。

37号站点服务社的老板,是现已调到航天城后勤处的一个三期士官,叫老张。

服务社的组织架构很简单,高管团队也很清晰,全都写在结婚证上。老婆负责日常管理、看店收钱,老公负责维系协调各种关系、采购搬货。

至于经营权如何取得,每个部队都有自己的一套秘而不宣的评价、考察体系。这套评价体系就算千差万别,但是结果几乎都是一致的,只有军龄长、在本单位服役时间长而且老婆已经随军到驻地的老士官才能最终胜出。

所以,在部队至少要干到三期士官,才算勉强达到了经营服务社的最低门槛。

三期士官老张刚一入门就能开门做买卖,可见,他还是有两把刷子的。

航天城后勤处的工作不算轻松,所以老张平时几乎不在店里。就算周末的时候帮老婆看店,他也不怎么搭理像宋小兵这样刚分下来的军官。能在单位开服务社,至少说明自己的江湖地位是得到领导和兄弟们认可的。

而那些刚入伍的新兵和刚分下来的干部,在这些老士官的眼里,都是新兵蛋子,和自己的身份地位相差甚远,根本不会引起他们太多的关注和重视。

不过,小车班的一期士官老纪和老陈却是例外。每次他俩一进门,老张便立即起身相迎,笑着给两人分别扔上一根烟。

一个职务和年资远远胜过两人的老士官,竟对两个小年轻另眼相看,倒不是因为他俩手中握着小车的方向盘,而是因为他们握着大额消费单。

顾客就是上帝,上帝哪怕肩上扛的是"一道拐",在老张眼里,都是"松柏枝",更何况这种上帝中的VIP。

VIP一般都有特殊癖好,比如老陈和老纪就喜欢昼伏夜出。

对于这种出手阔绰的夜宵爱好者深夜冒险过来接头,老张不仅热情接待,还趁着夜色亲自护送,毕竟有自己德高望重的身份做掩护,就算被军务参谋抓个现行,也能凭着一张老脸帮客户无罪开脱。

服务社还非常贴心地为战士们开展了赊账服务,根据连队的数量,分门别类地制作了好几本"连队记账本",你几个连,我就几个本。战士们买完东西,只要报出连队、姓名,就算完成了支付。

账期一般一个月,催款日与部队的工资发放日严格同步,战士们发工资之时,就是服务社催缴账款之日。

当然,服务社的服务还是极具人性化的,对于当月手头紧的客户,只要提前报备,可以适当延期还款。而对于消费频次多、消费额度大且信用良好的大客户,还款期限、记账金额完全不做特别限制,多多益善。

21世纪初,从边疆哨所到大城市的机关,从雪山上的雷达站到戈壁滩的通信站点,在军营这个与世隔绝的艰苦小社会里,超越时代的先进支付理念萌芽了。

不过,这种记账式交易方式对于战士们来说,虽然体验感很友好,但是结算时却很肉疼。

由于不是现金交易,战士们对账面数字毫不敏感,直到月底还款时才大吃一惊,然后对平时的"大吃大喝"悔恨不已。

当然,即使开展了这种大规模赊账服务,服务社也是完全不惧坏账风险的,毕竟大部分服务社的士官老板,都出自后勤部门,每年退伍季,他们早就先人一步,从当事人的退伍费里结算走了欠款。

因此,很多部队都会有这样的战士,胸戴一朵大红花,兜里干干净净地荣归故里。

特别是对于像航天城所属各站点这种声名在外的管理先进单位,简直是服务社茁壮成长的肥沃土壤。

管理先进单位,其实质就是封闭先进单位。

大家出不去,就算出去也没什么可逛的,再加上食堂的饭菜也不怎么可口,日常吃喝重度依赖服务社。

所以，饮料、瓜子、花生、啤酒、泡面之类的食品一直都是服务社的爆款商品。

每当夜幕降临时，服务社不大的门面前，变得人声鼎沸、拥挤不堪，南来北往的吃货不断地拥聚于此。

战士们手捧一大堆零食，冲着柜台后的老板娘豪气地大叫一声"老板记账"，然后心满意足地离去。

便捷的"语音+刷脸"支付，最先进的"科技"，总是最先出现在军营里。

存在的总是合理的，别看服务社还有很多缺陷和不完美的地方，但是它的存在是战士们的希望——吃好喝好的希望，从这个意义上来说，它就是军营的"菜篮子"工程、"希望"工程。

它为身处高山孤岛、雪域高原、大漠戈壁的战士们提供了丰富的食品，很多战士就是靠着啃泡椒凤爪、吃泡面，度过了艰苦而单调的军旅岁月。

老张经营的服务社，商品的价格和市场价差不了多少，而且货品保真，口碑一直不错。

而远隔40公里以外的45号站点的老吴就不一样了。

45号是一个较大的站点，战士们有时候外出，都会去那里逛逛，改善一下伙食。

老吴也是三期士官，45号的老人。他成天笑呵呵的，不管对方的军龄长短、官职大小，他都一视同仁，看上去对谁都很热情，标准的老好人形象，可是下起手来，比谁都狠。

他店里的东西卖得贵，光泡面这一项，就要比其他站点的服务社贵一块钱。

泡面属于军营里的"大宗商品"，每天成交量巨大，战士们对它的价格波动很敏感，所以它的价格，完全就是军营消费指数的风向标。

但是老吴卖得贵也没办法，45号站点里的战士还得吃，不然夜里加班就只能饿肚子。

不过老吴的确有生意头脑，他把空间有限的服务社硬生生地分成两部分，前面超市，后面小餐厅。

小餐厅环境简陋，就两张折叠桌和几张小板凳，主要提供水煮泡面服务，可以在超市购买火腿肠等配菜，然后一锅乱炖，火爆程度直逼现在的网红店。

由于小餐厅生意火爆，接待能力又十分有限，想在逼仄的小餐厅吃个简单的夜宵都得提前打电话预订，冬天还得找关系才能订到位子。因为一到冬天，老吴就会推出私人定制的小火锅，生意火爆。

每晚，只要跨进服务社的门，就能看见一群热火朝天地吃着火锅喊着哥的战士。

枯燥艰苦的军旅岁月，钱多钱少不重要，有肉吃、有酒喝最重要。

这就是平凡的战士们最简单的幸福。

5天后的一个清晨，在吃完办公室最后一盒泡面后，天边开始泛白，红彤彤的太阳伸了伸懒腰，磨磨蹭蹭地挣扎着从云层中坐直身子，打了个哈欠，最后像下定决心似的，奋力一跃，整个跳出了地平线，把柔和的光芒照进了宋小兵办公室的窗框。

宋小兵揉了揉布满血丝的双眼，终于露出了一丝久违的微笑。

连夜来的工作，不仅使他的精神和注意力高度集中，而且越干越兴奋，一点不觉得累，只需要中午小憩一会儿，浑身就又重新充满了力量。

充电5分钟，工作2小时。

但工作一旦完成，便似有千斤的重担一下就从他的肩头卸了下来，他的心里也有些空落落的。这个时候，疲惫感就乘虚而入，一下子攻占了身体的各个角落，让人感到身心俱疲。

不到8点，宋小兵就拿着一叠厚厚的资料，出现在了王剑秋办公室的门口。

虽然一张蜡黄的脸还没来得及洗，但阳光已为他镀上一层红晕。

王剑秋一上楼，就看到了宋小兵有些憔悴的面容，他正斜靠在办公室的门口，脸上浮现着隐隐的笑意。

王剑秋的心震动了一下，关切地问道："小宋，方案弄好了？要不，你先给我，你回去休息一下。看你这几天都没怎么睡过觉。"

宋小兵摇摇头，闪开身子，等着王剑秋开门。

王剑秋拍拍他的肩膀，什么话也没说，打开门，两人一起走了进去。

这个时候，无须多言，再多的关切和问候，都不如让方案尽快通过。

宋小兵在王剑秋的办公桌上，摊开了那一叠资料，然后就安静地坐在了他对面的椅子上，不发一语。

王剑秋习惯性地点燃一支烟，狠命地吸一口，重重地吐出一口烟，然后拿起笔，聚精会神地看了起来。

这多年养成的习惯，已成为他不自觉的仪式感，就如同看到烽火台的狼烟腾起，枕戈待旦的战士便立即拿起武器，绷紧神经和肌肉，迅速进入战斗位置，全神贯注地去打好每一场硬仗，争取每一场胜利。

他的脸上也起了一些奇妙的变化，一会儿眉头舒展，嘴角扬起，荡漾起一丝满意的笑容；一会儿愁眉紧锁，轻咬笔帽，似是百思不解。

宋小兵就这样平静地注视着他，像观赏一场实力派老戏骨的精彩表演，眼中尽是阴晴圆缺，却捉摸不透这个方案的旦夕祸福。

一根烟抽了一口，烧了很久，烟灰纷纷落下，王剑秋却丝毫没有在意。

安静的房间，沉默的两人，只有笔在纸上划过时发出的沙沙声和办公室墙上的挂钟发出的嘀嗒声，让人意识到时间正在飞速流逝。

"好了，我看完了。"站在桥上看完风景的王剑秋，放下笔，把宋小兵正天马行空游走的魂魄，叫了回来。

"总的来说，不错。看来是经过了充分细致的广泛调研，在我们现有科技实力的基础上，经过精心的研究设计，提出了这一套可行性方案，把以前不可能制造的动能拦截弹变为可能。关键部位和关键技术都有较为详细的说明、对比，并且有些部位，更是提出了2～3套可选择的技术方案，孰优孰劣也是一目了然。整个方案框架是不错的，应该具有很强的说服力。"

王剑秋简明扼要地说出了自己的看法，然后话锋一转：

"不过，有两点问题。"

"哪两点？"宋小兵赶紧掏出随身携带的笔记本，追问道。

"第一点，我很疑惑。你回避了拦截器的飞行控制问题，只说国内已有同类的先进技术。对于解决方案，你只字不提，我想知道，你是怎么打算的。你先别急着解释，先听我说完。"王剑秋冲宋小兵摆摆手，示意他暂时先不要说话。

"第二点，我坚决反对。我没想到你把'ST-1'的动力部分做了这么大程度的修改。本来使用的是三级固体火箭发动机，你现在把它改成了一级固体火箭发动机加二级液体火箭发动机。在动力部分，我认为原设计方案是没有任何问题的，我不知道你这样修改，是基于何种考虑。"

宋小兵刚要张嘴，王剑秋还是摆摆手，制止了他。

"现在我们先不讨论这些具体的细节问题，我们所剩的时间不多了，明天就要上北京给李所长汇报新的拦截弹设计方向。我们搁置争议,先谋发展,不然,一切都是个零。"

宋小兵点点头,他赞同王剑秋的做法。

和破片杀伤弹的竞争,是外部矛盾,必须针尖对麦芒,而动能拦截弹具体的设计细节,属于内部矛盾,是可以关上门来自己消化,相互调和的。

宋小兵还注意到王剑秋说话的一个细节,他说,给李所长汇报的是设计方向,而不是设计方案。也就是说,他其实并不完全认同宋小兵的这份方案,只是在大方向上和他站在了一起。

这样看来,好像又回到了起点,回到了一个月前。他们只是找准了正确的路,却从未往前迈过一步。

这个一词之差,对宋小兵来说,却是一剑刺痛了他的心。

他有些气馁,感觉这一个月的辛苦,都打了水漂。自己的劳动成果,生平第一次被人看轻。

王剑秋看宋小兵的脸色有些异样,以为他是最近连续加班太劳累,于是说道:"小宋,这几天你太辛苦了,今天给你放一天假,回宿舍好好休息一下,有时间也可以再整理整理思路,明天一早,我们一起去北京。"

宋小兵默然地点点头,上前一步,准备把办公桌上的那堆无足轻重的"废纸"收好。

王剑秋拦住他的手:"小宋,方案先放在我这儿,我空了再仔细琢磨琢磨。明天见到李所长,我进行汇报,你负责补充。"

宋小兵缩回手,点点头,转身走出了王剑秋的办公室。

回到自己的办公室,宋小兵木然地坐着,呆呆地望向窗外。

起风了,沙尘被风吹起来,随风飞舞。

宋小兵感觉现在的自己就像一粒微尘,微不足道,落地无根,被强风裹挟着,只能顺着风的方向和速度前进,永远没有自我,也没人在乎你到底向往哪里,最终也不知会飘向哪里。

他的心情很沮丧,甚至怀疑自己毕业的选择,是不是真的错了。

唐一梦一进门,就看见了呆坐在椅子上的宋小兵,他的眼神迷茫而空洞,整个人无精打采,像被抽空了青春和灵魂,和一个月前那个精神抖擞、充满干劲的年轻人判若两人。

唐一梦凭着女人的敏锐和直觉,感觉宋小兵一定又在王剑秋那儿碰了钉子,于是冲着宋小兵笑嘻嘻地说道:"宋博士,怎么了? 一副失魂落魄的样子,被女朋友抛弃了?"

宋小兵缓缓地转过头,看了她一眼,缓缓地说:"我没有女朋友。"

唐一梦说:"想不到被男人抛弃竟然比被女朋友抛弃更痛苦! 王主任这个负心汉哪,对不起我们宋大博士的一颗脆弱的少女心。"

宋小兵被她逗笑了,说:"你说什么呢,谁少女心了啊。"

唐一梦一脸严肃地说:"王主任的风格,你恐怕还真不了解,他做事极端慎重,经常三思……都不行。别说面前是万丈深渊了,就算是一条小河沟,能不跳他都会尽量选择不跳,宁愿先花时间搭一座桥。一个字:稳! 稳如泰山。"

"你知道他最讨厌什么吗?"她接着问宋小兵。

宋小兵摇摇头。

"激进! 当然,王主任用的是另外一个词:冒进。意思都差不多。不过,我始终认为,我们做科研的,其实大部分都是开创性的工作,前无古人后有来者,有时候就是要试着勇敢一些,大胆一点。探索嘛,总是有风险的,不然,都四平八稳的,那就不叫做科研,叫做官。"

唐一梦话里有话,宋小兵不置可否。

两人沉默了一会儿,宋小兵幽幽地说:"求新与求稳同样重要。新,是上限,需要不断突破;稳,是下限,需要不被突破。根基不牢,地动山摇。主任有时候只记得埋头看地,却忘了抬头看天。"

第9章

进京献策

当王剑秋和宋小兵同时出现在李立长办公室的门口时，这个年逾古稀的老人，还是有点惊讶。

他赶紧把风尘仆仆的二人请进办公室，让勤务员泡上两杯茶，然后关上办公室的门，坐在了二人的对面。

李立长笑容满面地说："今天这是什么风啊，把向来独居西北一隅，很少回京述职的王主任和青年才俊小宋博士给吹来了？看来一定有什么重要的事。"

王剑秋笑着说："老师，的确有重要的事需要向您汇报。关于拦截弹的问题，我们有新的想法！"

李立长一听，表情变得严肃起来："说来听听，什么新的想法？"

王剑秋言简意赅地把动能拦截弹的构想和盘托出，李老听得很认真，有时点点头，有时陷入沉思。

等王剑秋汇报完毕，李立长又露出了和善的微笑："你们这是想走我之前的绝路啊。我当年是一腔热血，真算得上是粉骨碎身浑不怕，可惜，留下的不是清白，是清场，哈哈。"

王剑秋说："老师，时代不同了，我们国家经过这么多年的韬光养晦、厚积薄发，科技实力大大增强，和那个年代不可同日而语。现在上马动能拦截弹，可谓天时地利人和，是最佳时机。"

李立长点点头："我同意你的看法，以前的那条绝路，说不定可以成为再生之路。"

王剑秋兴奋地说："那老师的意思，是同意我们的新方案啦？"

李立长笑着说："你们现在的想法，就是我一直以来的想法。以前曲高和寡、孤掌难鸣，现在，有你们两位站在我身边，我底气更足了，怎么能不同意呢？而且，我还要大力支持！"

王剑秋激动地站起来，握着李立长的手："谢谢老师的肯定，有您的支持，那我们更有信心了。"

李立长拍了拍王剑秋的手，说："剑秋，我知道你从来不打没有把握的仗，这次进京，事前还没有任何风声，给我来了个突然袭击，一定有充分的准备。拿出来吧！"

王剑秋疑惑地问："拿出来？什么？"

李立长看着他，说："具体的计划方案。"

王剑秋尴尬地笑了笑，说："所长，我们只是确定了一个大方向，刚才都大致向您汇报过了。具体的计划方案还没来得及做，我们这次来，主要是抛砖引玉，来求认同，求批示的。只有李所长把战略方向定下来，我们下一步才好在战术上做具体部署嘛。"

李立长还是有点不相信，说："真没有？"

这句话，是冲着宋小兵问的。

王剑秋刚想答疑，宋小兵却抢先解惑。

他脱口而出："李老，我们的确做了一套较为细致的计划方案，不过，还是初稿，里面有很多不成熟的想法，也没有经过充分的讨论和论证。"

李立长眼睛放出光来："先拿出来看看，哪有一上来就十全十美的方案。玉不琢，不成器嘛。"

王剑秋狠狠地瞪了宋小兵一眼。

宋小兵装作没看见，他从背包里拿出封得严严实实的资料，把它交给了李立长。

这时，王剑秋死死盯着李立长手中的资料，眼神里全是疑惑：明明自己已经把方案扣押在了办公室，怎么宋小兵又找出一份？

其实，宋小兵早有准备，他怕王剑秋忘记带资料，所以就提前准备，复印了一份，以备不时之需。不过，他还是低估了王剑秋的记性，王主任正是因为记性太好，专门记着"忘带"资料。宋小兵庆幸他的无心之举，一不小心就破了王剑秋的小伎俩。

　　李立长专心致志地看着资料,王剑秋杀气腾腾地看着宋小兵,宋小兵胆战心惊地不知该看向哪里。

　　王剑秋的怒气能够理解,因为宋小兵不仅戳穿了他的谎言,还顺带作弊开了"外挂",让他颜面尽失,在李老面前都惭愧得抬不起头了。

　　李立长一边仔细看,一边连连点头,等他看完以后,他兴奋地问道:"小宋,这是你做的?"

　　宋小兵看了看王剑秋,王剑秋的神色已恢复如初,于是说道:"是我和王主任认真探讨后,一起做的。"

　　李立长点点头,说:"你们俩做得很好,大框架和我以前的想法很相似,不,比我以前的构想更好。导引头和飞行复合控制两个难题,我看方案里一个给出了详细的步骤,而另一个却只是一笔带过。小宋,飞行复合控制,你说国内已经有能够达到需求的成熟技术了?"

　　宋小兵点点头,说:"据我了解,是有的。"

　　李立长高兴地笑了,说:"那太好了,动能拦截弹上天指日可待。"

　　王剑秋这时说话了:"老师,弹头的飞行复合控制技术,不是我们体系内的研究机构做出来的。"

　　李立长疑惑地问:"咦? 那是哪一家? 国外的吗?"

　　王剑秋说:"国内的一家民营企业。"

　　李立长说:"想不到我们国内的航天高科技公司,已经能够研发掌握这么先进的技术了,了不起啊。"

　　王剑秋试探着问:"像这样的公司,研发的这样的技术,我们能放心使用吗?"

　　李立长想了想,没有表态,把问题扔给了宋小兵:"小宋,你觉得呢?"

　　宋小兵说:"民族企业,应该都会有民族的脊梁吧。苟利国家生死以,岂因祸福避趋之。"

　　这句答非所问的话,像回答了问题,又像没有回答问题。

　　这时,李立长突然站起身来,拿起桌上的那一摞资料,说:"走! 你们跟我走!"

　　李所长这一突如其来的举动,把对面的两人吓了一跳,不知他这葫芦里卖的是什么药。

　　王剑秋小心翼翼地问:"老师,这是要带我们去哪儿啊?"

李立长笑着说:"龙潭虎穴!你们想跟我去闯一闯吗?"

"小李,备车!10分钟后,在办公楼前等我。"李立长拿起电话,给勤务员交代了几句。

"你们两个,把军装脱了,换上便装!"挂上电话,李立长随即吩咐道。

王剑秋和宋小兵赶紧从行李箱里找出便装穿上。

王剑秋还似是无意地从宋小兵军装上取下那枚雏鹰徽章,替他别上,轻声说道:"你这枚学校纪念章,别在哪里都能让人增色不少。"

这一刻,宋小兵的内心竟有一丝温暖和感动,之前的不悦,也如泡影般变得不真实起来。

换好衣服,他们便跟在李立长的身后,打开办公室的门,一起走了出去。

上了车,李立长跟司机说:"到3号大院。"

说完,他就靠在前排的座椅上闭目养神,不再多说一句话,不知道是在思考什么问题。

司机连忙从手套箱里掏出两副迷彩车牌套,下车,把前后两块车牌蒙上。

汽车开动。

王剑秋和宋小兵各自看着窗外飞快变化的景致,不发一语。

"3号大院?这是个什么地方?被李老说得如此神秘。"宋小兵在心里默默地想着,心里竟然生出一种对未知世界的期待与好奇。

他突然很庆幸自己能参与到这个时代这项伟大的反导工程里来,尽管前方长路漫漫,遍地荆棘,但在暗夜里彼此搀扶着、摸索着前进,携手推开一扇扇神秘的大门,说不定,最后一道门里,就是光明。

他想起了对很多人来说,既奢侈又痛恨的一个词:理想。

在军校里,他身边很多同学在遇到挫折时,都丧气地说过同样的话:"别和我谈理想,戒了。"

戒烟戒酒,很难,戒掉理想,超容易,只要有这个念头,马上就能戒掉。

因为烟好抽、酒易喝,能轻易办到的,都轻易戒不掉;可理想,很可能终其一生,都无法企及。

需要付出长久的艰辛努力才有可能得到的东西,中途放弃都很容易。

小时候,老师会问大家:"你们的理想是什么?"

未来的国家领导人、科学家、宇航员在小学里比比皆是,要是没个联合国秘书长的理想,在校园里都不好意思给未来的领导人打招呼。

可那些理想,有几个真正是小朋友自己的呢?

大概都是父母的吧。

真到了小学毕业:我这学习成绩,当省长也算匹配。

初中毕业:市长也还行。

高中毕业:不是还有学长这条路吗?

大学毕业:老板,我工资能不能涨? 不涨?! ……没事,我就随便问问。

很多人的理想,扔在了小学课堂。只有立足自身特点所确立的理想,才是真正的理想。

"还好,我正幸运地走在实现理想的路上,也许路途更艰难更遥远更扑朔迷离,也许还会有更多的不解和委屈,但谁又能保证不会柳暗花明呢? 人的一生就这么一次,既然选择好了方向,就勇敢地走上去,坚定地走下去,也许在路上,会认识更好的自己,一个以前都不敢相信的自己。胸怀理想,确认方向,死磕到底,一定不会错!"

宋小兵暗暗捏紧了拳头,在短暂的旅途中,还不忘抽空给自己加油打气,给自己的理想根基,又盖上了一铲土。

他扭头看了看身边的王剑秋,王剑秋正心无旁骛地看着窗外的景色。

宋小兵这才注意到,王剑秋高大的身形,竟然有些佝偻,头上的白发已经侵占了黑发的大片领土,取得了压倒性的优势。

"王主任真的老了……"宋小兵在心里这样感叹道,有些五味杂陈。

小车在北京的胡同里七拐八弯,开到了一个小院门口。门口是一扇小铁门,只能容纳一辆小车进出。门口空无一人。

这小院,不管放在哪里,都是一个毫不起眼的小院。

车刚在门口停下,那扇铁门就打开了,一个身着便装,身材魁梧,留着小平头的人走了出来。他目光炯炯有神,胳膊上的肌肉微微隆起,一看就是练家子。

宋小兵的直觉告诉他,这是个军人。

这人走到车前,看了看被遮掩的车牌和司机刚刚亮出的通行证,然后走到车旁。

李老摇下车窗,小平头马上问了声好:"首长,您好。"

小平头走到后排门边，朝里面看了看，说道："首长，这两位没见过。"

王剑秋不知从兜里掏出了什么东西，把手掌摊开，小平头一见，点点头。

他又伸长脖子，朝着稍远一点的宋小兵身上打量了一下，看到他胸口别着的那枚徽章，也不再多言。

随即，小平头掏出一个微型对讲机，说："开门，3号来了。"

自从王剑秋告诉宋小兵，这个徽章可以给他带来好运，他就一直佩戴在军装上，顶替了以前学校校徽的位置。再加上徽章本身材质很好，图案也很新颖亮眼，宋小兵本来就很喜欢，而且这是老师的临别赠礼，具有很大的纪念意义。

门开了，小车轻盈地开了进去，小平头也跟在车尾进了门，门随后徐徐关上。

司机轻车熟路地开到了一个长亭旁。

长亭古色古香，有一条蜿蜒曲折的长廊，就像苏州园林的建筑风格一样，看不清长短，也不知通向何方。

李立长打开车门，走了下来，王剑秋和宋小兵赶紧跟上李老的步伐，走在他的身后。司机没有下车，就在车上等着。

他们顺着长廊没走几分钟，就看到了一片茂密的小树林，一座怪石嶙峋的假山在树丛的掩映下，露出狰狞的牙齿。

长廊在假山前戛然而止，宋小兵仔细一看，才发现路的尽头，有一个只容一人通过的洞口，隐匿在假山中。洞口前垂下的藤蔓，正好把洞口遮蔽，要不仔细看，还真发现不了。

四周万籁俱寂，只听到哗哗的不知从何而来的水流之声，低头看，却看不到溪水的踪迹。

三人刚刚靠近洞口，突然，不知从什么地方钻出两个孔武有力的身影，拦在了洞口前面。

两人都是黑色短袖，黑色长裤，黑色皮鞋，腰间系着根黑色的皮带。

"什么人？口令！"其中一人，声音不大，但甚是威严。

"长河。回令？"李老的声音平静如常。

"落日！……首长好！"问话的那人回答完毕后，赶紧闪到一旁，犀利的眼神随即越过李老，扫过李老后面的王剑秋和宋小兵，上下仔细打量了一下他们，然后点点头。

另一人随即钻进洞里，只听到轻微的一声"吱呀"，过了一会儿，又是一声"吱呀"，洞口里,有一丝昏暗的灯光透出。

站在门口的那人做了一个"请"的手势,李立长迈开大步,率先走了进去。

宋小兵走在最后。

一进洞里,他的眼前豁然一亮,只见一扇圆形的大铁门朝外开着,门上有一个密码装置,还有一个硕大的圆环形门把手,就像他无数次在电影里看到的银行金库门一样。

不过,这道门的厚度更厚,粗略估计有七八十厘米,牢固而厚重。还有一扇同样的门,朝里开着。难怪之前有两声轻微的开门声。

第二道门后面,一条宽约一米五的小路,以45度的坡度蜿蜒向下,看不到尽头。

路两旁的石壁上,每隔几步就是一盏防爆灯,发出昏黄的光芒,给小路铺上了一层淡淡的金色。

宋小兵惊讶地看着眼前的这条密道,要不是亲眼所见,他想破脑袋,也不会想到在这样一个普普通通的地方,竟然会有这样一条通往地底的密道。

"密道后面是什么?"

宋小兵的心剧烈地跳动起来,这也许是他推开的又一道神秘的大门。

王剑秋和宋小兵搀扶着李立长的胳膊,三人就着昏暗的灯光,顺着蜿蜒的小路朝下走去。

越往下走,三人越感觉到清风徐来,从密道深处轻涌而来的冰凉的微风拂过肌肤,每一个毛孔都舒服地伸起了懒腰,吐出口中郁结了半天的热气,让人浑身上下都透着一股脱胎换骨般的清新,地面上那种炎热烦躁的感觉被一扫而空。

"李老……"宋小兵刚一张口,先把自己吓了一跳。

在这狭小的密道里,细若游丝般的声音都会被放大好几倍,顽皮地钻进耳朵,震荡着鼓膜。

宋小兵不好意思地揉揉耳朵,放低声音,轻轻地问道:"李老,还有多久?"

李立长笑了笑,没有答话。

前面出现了岔路口,李立长拐向了右侧的小路。

宋小兵看着左侧已逐渐变得宽阔明亮的路,小声问道:"那边是什么?"

这次,李立长没有沉默,轻声回答道:"告诉你也无妨,指挥大厅。"

"原来,这里真的是地下指挥所!"宋小兵的内心,立刻变得激动起来。

三人转过弯,眼前突然豁然开朗、异常明亮,整个地底世界不再狭窄悠长,变得宽阔高远、气势恢宏、宛若白昼,之前那条狭长且昏暗的小路,便是连接两个世界的纽带。

两层楼的房舍在三人面前井然有序地顺着地势依次排开,一眼望不到头。

看到此番景象,王剑秋的脸上虽波澜不惊,但内心也是激动万分。

"那边是指挥大厅,那这里,就一定是生活区。"王剑秋在心里暗道。

他曾无数次进入过导弹部队的地下指挥所和弹库,也未曾见过仅生活区就有如此规模的地下指挥所。

其实,一进小院,王剑秋就开始留心观察。

门口警卫的警惕性和熟练度,包括洞口两个暗哨的执勤位置和走位,都是经过长期训练的,所以配合异常默契,几乎都是条件反射般的下意识反应,并不是为了临时训练任务而设的班子。

洞口内外双向开闭的两扇铁门,是防核生化的,地下设施的标配。

门几乎没有任何锈迹,开闭自如,小路旁的灯盏也是擦拭如新。

他猜测,这应该是一个常年备战的地下指挥所,不仅选址讲究,大隐隐于市,迷惑性很强,隐蔽性很高,而且密级肯定不低。

顺着小路越往下走,他越感到胆战心惊,他估算了一下坡度和行走的距离,这个指挥所应该深入到了地下100多米。

建得越深,地下指挥所的防护能力和生存能力就越强,它的重要程度也就不言而喻。

这样看来,这个指挥所就不仅仅是密级高的问题了,而且级别肯定也很高。

三人在李立长的带领下,顺着楼梯走上二楼,在一间毫无标识的房间门口,李立长敲了敲门,一个洪亮的声音穿门而出,清楚地传了过来:"进来。"

李立长推开门,只见一个满头银发的老者,穿着一件纯棉的白色T恤,戴着眼镜,在灯光下伏案看书。

见来者是李立长,他的脸上露出欣喜的笑容,摘掉眼镜,站起身来,快步走到门口,伸出手,和李立长的手重重地握在了一起,说:"老伙计,你怎么来了?也不提前打个电话知会一声。"

李立长也笑着说:"无事不登三宝殿。事出紧急,也就少了那些繁文缛节,所以直接就下来了。"

老人笑着捶了一下李立长的肩膀，说："什么'下来了'，说得我这儿跟阴曹地府似的。你要今天不下来，过几天我也就上去了，还计划着找你催命呢。"

李立长说："不用你催，我来，也就是为了那事。来，给你介绍一下。"

李立长一闪身，老人这才看见他身后还跟着两个人。

老人仔细打量了一下这两人，冲着李立长做了一个"嘘"的手势，说："你先别介绍，让我猜猜。"

李立长刚要张嘴，闻言后又立即闭口，饶有兴致地看着老人。

老人慢条斯理地说："大校军衔，国防科研战线上的一条老枪了，和我们李院士又是一条战线上的人，非37号的王剑秋王主任莫属。少校军衔，年轻有为，一定是你之前给我提过的一个年轻人宋小兵，国防技术大学首位航天动力学博士。"

李立长在旁边笑容满面，冲着老人竖起大拇指。

老人笑着说："猜对了？是不是老骥伏枥，'智'在千里？哈哈。"

王剑秋和宋小兵则惊讶不已，自己的名字，竟然被一个远在千里的老人所知，不得不说是一种荣幸。

而这神秘的老人，不怒自威、气度不凡，那种与生俱来的威严，远非常人能比，应该也是身份显赫。

李立长也没继续向两人介绍老人，四人落座后，李立长开门见山地说："今天我不请自来，就汇报一件事。"

老人点点头，示意他接着说下去。

李立长郑重地说道："最关键的拦截弹问题，我打算更换方案。"

老人的脸色平静如常，好像一点儿也不感觉到意外："老伙计，这是你深思熟虑的结果？"

李立长毫不犹豫地说："老兄弟，你是非常清楚我当年的立场的，从独立拦截弹到动能拦截弹，我潜心思考了十多年。不过，饭要一口一口地吃，路要一步一步地走，当时能把拦截弹独立出来研发，就已经竭尽全力完成了那个时代的任务，达到了我们科技极限下的最高水平。

"不过，现如今，时代又变了，科技进步的步伐，已经远远超过了我们的想象，我们对尖端武器的设计构想，在紧跟时代脚步、科技脚步的同时，一定要有超前的思维，不能只注重解决眼前的问题，更要看到未来的发展和延伸性的问题。第一次靶试，让我看到传统破片杀伤方式已经不太适应未来中段反导任务的要求，与其修修补补，不如顺势而为，大刀阔斧地重新来过，赋予这套系统新的战斗力和生命力！

"到什么山头唱什么歌，现在，是到了动能拦截器的山头，我们的老歌也要换一换。换成哪首歌？未来之歌！我相信，就算再过几十年，这套系统都能撑起祖国的苍穹。

"所以，你问我是不是深思熟虑的结果。十多年了，我早就把这个想法焐热了，现在已经熟透了！"

说完，李立长从随身携带的手提袋里，拿出一叠文件。最上面那份，标题赫然写着：《关于研发反导系统的可行性报告》。

宋小兵觉得名字听着很熟，好像在哪儿见过。

他突然想起来，这是他第一天到军事科学院报到的时候，在李所长办公桌上看到的那一份。也是第一次见到王剑秋时，王主任给他看过的那份报告。

他还清楚地记得，里面有新型动能拦截弹的构想图。

看来，李所长其实已经准备了很久。

能和李立长的意见不谋而合，宋小兵的心里，充满了一种被人认可的骄傲和喜悦。

当然，李立长交给老人的文件里，还有宋小兵他们起草的那份方案。

老人接过那一叠文件，重新戴上眼镜，仔细地看了起来。

三人就这样静静地注视着老人，等待他的判断。

这一刻，宋小兵感觉老人虽不动声色，但他浑身上下所散发出的那种杀伐果断的气场，不是一天两天就能修炼出来的，一定是浸淫战场多年，经过了血与火、生与死的考验。

"他一定是一位久经沙场的老将吧。"宋小兵这样想道。

老人安静地翻阅着资料，整个房间只能听见纸张翻动时的沙沙声，三人枯坐在"原告"席上，等待着"大法官"最终的宣判。

他们也试图从老人的脸上，读出一些有用的信息，人就是如此，也许下一秒就能知道结果，但上一秒，总想穷尽所有手段和途径，提前预知结局。不是为了预判后，能做好充分的心理准备，仅仅是因为等待的过程，实在过于煎熬。

可遗憾的是，老人的脸，冷峻威严，看不出一丝喜怒哀乐，从上面读不到任何答案。

王剑秋和宋小兵的心里，有些忐忑不安，毕竟，这是他们一个多月的心血，用一种孤注一掷的方式，去挑战权威们曾一致通过的方案，推翻自己以前一直从事的工作。

但是这样的人生体验,在他们的生命里,特别是王剑秋的生命里,也许就这一次。

参与一项伟大的工程,很难;改变一项伟大工程的进程,更难。

在宋小兵的心里,竟然还感到一丝隐隐的刺激。

而李立长,就要淡定得多。

他曾隐姓埋名参与过太多的重大、绝密工程,经历过太多的风雨,有时候甚至是腥风血雨。

他的功勋,已不需要反导工程去书写,他仅仅凭着对祖国的热爱,对国防事业的热爱,用老一辈科学家一贯的认真负责、严谨细致的工作作风和勇于担当、敢挑重担的工作态度,为现在尽责,更为未来负责。

他们牺牲奉献、厥功至伟,用一句话概括就已足够:"鞠躬尽瘁,死而后已。"

老人终于翻阅完了资料的最后一页。

他摘掉眼镜,目光扫过对面的三人,然后异常冷静地说:"我刚刚简略地看完了,看到了苍穹之盾的未来和希望。下个月,我会组织一次反导工程的进度说明会和研讨会,所有反导工程专家出席,你们也做好充分的准备,专门给你们时间,详细讲解你们的方案。

"不要掉以轻心,这是一场硬仗,一场创新与传统、未来对现在的硬仗。最后能不能按照新方案构筑我们新的苍穹之盾,就要看你们的了!看你们能不能突出重围,用实际成果说服专家们。不,不是说服,是征服!"

然后,老人又话锋一转,语气变得温和起来,他对着李立长说:"老伙计,我又想起了十几年前的那一幕,你舌战群儒的英勇,那一份宁折不弯的赤诚之心,是镌刻在我心里多少年都无法磨灭的印记。每当想起当年的情景时,我这心里啊,是又激动又惭愧。

"当年,你也知道,我也是身不由己。虽然我代表采购单位,也是最终的使用单位,但是,专家组集体做出的决议,我没有足够强大的理由反驳,也只能屈服于现实,不得不采纳。

"这些年来,我一直在反思当年的那个决定,虽然让我们多走了几年的弯路,但也是那个时代中,大家目力所及处最稳妥的方式吧。不过,不得不发自肺腑地感叹一下,你的眼光和思维,是超越我们这个时代的!"

李立长赶紧摆摆手,说:"老兄弟,你过奖了。当年我可没为你最终的决定生过气,过去没有,现在和将来也不会有。你只是站在你的立场,做了最正确的选择而已。所以,没有什么好惭愧的。我们的目标都是一致的,就是把我们最先进、最坚实的防御之盾,弄到天上去。"

老人点点头,目光重新从三人的脸上扫过去,平静地说:"老伙计,那你们就回去好好准备吧,我初步计划半个月以后开这个会。时间确定后,我打电话通知你。"

四个人同时起身,老人和大家握了握手,补充了一句:"我还是那个原则,不偏不倚!不过,老伙计,吴老可是老顽固,你们可真是有硬仗要打,准备充分些。"

李立长点点头。

三人走出了老人的办公室,和老人挥手再见。

三人原路返回,小车又静悄悄地驶出了小院,院门随即关上,仿佛这里只是个没有人的空宅。

路上,宋小兵问道:"所长,老人是什么意思呢? 他看完方案后完全没有表态,不知道对我们的方案是支持还是反对?"

李立长说:"没有表态,就是最好的表态。"

三人重新回到军事科学院航天器研究所李立长的办公室。

李立长笑着说:"我们这趟地下的闯关之旅,算是闯过去了。但这只是开端,后面还要过五关斩六将呢,不要掉以轻心。"

宋小兵问道:"所长,那位老人是谁? 听他的口气,应该是位高权重吧?"

李立长说:"他姓赵,你只要知道他是我们的上级首长就行了。"

宋小兵心里暗暗想:"看来,我果然没猜错,李所长都相当于将军级别了,老人还在他之上……真是难以想象。"

宋小兵又问:"那吴老又是谁? 听赵首长说,是个难缠的狠角色。"

李立长说:"吴老就是吴文斌,中国科学院院士,之前是反导工程专家组组长。拦截弹独立研发以后,我才继任组长,吴老为副组长。不过,我和他个人不存在任何矛盾,完全是学术方面的各持己见吧。"

王剑秋又问道:"那现在专家组大部分专家是什么意见呢?"

李立长摇摇头,说:"这个说不清楚,毕竟第一次靶试,专家组认为拦截是成功的,瑕不掩瑜,只需要进一步改进,就可以达到预期的效果。不过,我也听到了一些不一样的声音,相对来说,比较弱小而已。所以,我们下一步的工作,就是要在半个月的时间内,尽快把方案继续完善,特别是制约动能拦截弹的复合飞行控制的关键技术,一定要拿出行之有效的解决方案。"

宋小兵挠挠头,偷眼看了一下王剑秋。

王剑秋端起桌上的茶杯,轻轻吹了口气,吹走浮在水面上的茶叶,小心翼翼地喝了一口。

他放下茶杯,仿佛没有看到宋小兵的眼神,说道:"所长,这套方案,我还是有两个顾虑。一个就是飞行复合控制的技术问题,我觉得还是要依靠自身,不要想着去走捷径;二是导弹的动力推进系统,我还是坚持用现有的三级固体火箭发动机。"

宋小兵刚要争辩,李立长摆摆手,说:"有拼劲和不服输的精神是好事,不过,时间不等人,如果真的有成熟的、经得起检验的技术,我倒觉得不必排斥,不妨一试。就算了解个大概思路,顺着这个方向走下去,也能节省我们很多的时间和精力。"

李立长说完,意味深长地注视着王剑秋的眼睛,说:"至于导弹的动力推进系统……咳咳,这个你们来定。我只把握影响全局的方向性问题,这些具体的细节性问题,你们根据实际情况,做出最优的选择。"

"可是……"王剑秋还想说什么。

李立长用一种温和的口吻打断了他的话,说:"剑秋,你的想法我理解,可是,都过去这么多年了……"

李立长停下来,没有再说话,只是掏出一根烟,递给王剑秋,点燃了打火机。

王剑秋呆坐在沙发上,木然地接过烟,然后凑过身,靠近李立长递来的打火机,深吸了一口。

李立长随即又给自己点燃了一根。

这时,屋里的气氛变得有些古怪,两个火星一明一暗地相互交替,像一场无声的对白。

王剑秋抽完最后一口,把烟头往烟灰缸里使劲摁了摁,说了一声:"老师,我出去走走。"

李立长点点头。

王剑秋随即起身,丢下宋小兵,慢慢走了出去,高大的背影显得有些孤单、落寞。

宋小兵身处这古怪的气场旋涡中,有点头晕目眩,他不明白两人之间稀松平常的对

123

话,竟产生了如此巨大的魔力,凝固了空气,降低了温度。他甚至感觉到有点呼吸不畅、四肢冰凉,忍不住打了一个反季寒战。

"主任他……"宋小兵小声地说道。

李立长叹了一口气,沉默了一会儿,随即说道:"小宋,半个月后的研讨会,你做主要发言,详细地向专家们讲解你们的思路和方案。"

宋小兵大吃一惊,他完全想不到,李立长会把这样一项重要的任务交给他。

在他心里,王剑秋才是最佳人选。

这就像李立长要拿出1000万元去理财,目标已经定好,半个月内,必须产生2000万元的收益,才能说服众亲友和他一起理财。而打理这1000万元的人选,一个是从业几十年、经验丰富的资深理财专家,而另一个是刚大学毕业、表现还不错的年轻交易员。而且,这两人给到的预期收益都是一样的。

那么,你会把这1000万元交给谁去打理呢?

大部分人都会毫不犹豫地选择专家,包括宋小兵自己。但李立长就是不走寻常路,把所有的鸡蛋都放了宋小兵这个篮子里。

这是为了出奇制胜吗?

宋小兵结结巴巴地说:"所长,这不合适吧。王主任从事反导工作这么多年,对反导的过去和现在都了如指掌,知道关键所在,更知道症结所在,可谓是知己知彼。我认为,没有人比王主任更适合去诠释动能拦截弹的方案了。"

李立长说:"这个方案,虽然你说是你们集体的智慧,但我看得出,大部分的想法都出自你。你不拘泥于传统,敢于创新,也敢于挑战一些约定俗成的规则,看到你,就仿佛看到了我年轻时候的样子。你比剑秋更熟悉自己做的方案,我认为,你讲更合适。剑秋他……唉,有些心结,只能他自己去解。"

李立长话都说到这份上了,宋小兵也无法再拒绝。

"心结?主任的心结到底是什么?"宋小兵心里暗暗想。

李立长的最后一句话,引起了宋小兵的好奇。和王剑秋相处了这么久,除了最近一段时间两人意见不合,其他时候,宋小兵没觉得王剑秋有什么打不开的心结。

宋小兵也不再去想那么多,为了让李立长不至于血本无归,他决心集中精力,打好半个月后的翻身仗。

不过,在所有参与反导工程的权威专家面前,当众打他们的脸,宋小兵这个初出茅庐的小伙儿,心里也是有一些胆怯的。

"当务之急,是要认真考虑音速航空的复合控制技术,到底应该怎样才能为我所用。"宋小兵决心南下广州,一窥究竟。

宋小兵在心中打定主意以后,站起身,和李立长握手道别。

等宋小兵从外面关上办公室的门,李立长掐灭烟头,慢慢走到办公桌后,在书架旁停下脚步。

他从书架上拿起一个相框,用右手轻轻地擦拭了一下,手指在上面缓慢地摩挲着,聚精会神地看了很久,眼眶中似乎还有晶莹的泪花在闪动。

他长长地叹了一口气,小心翼翼地把相框重新在书架上摆好,仔细调整了一下位置。

做完这些,他走到窗边。

太阳快要落山了,阳光变得柔和起来,办公楼门前的大道上,一个身影正迈步向前。

这人的背影,被落日的余晖镀上了一层模糊的金色轮廓,朝着太阳的方向,步履坚定地走向光明。

李立长有些恍惚,使劲揉了揉眼睛,呆呆地望着宋小兵走到路的尽头,消失在转角处。

相框里,是他和一个病人的合影。

宋小兵回到军科院的招待所,王剑秋并不在房间里。

直到深夜,王剑秋才跌跌撞撞地回到房间里,看样子喝了不少酒。

宋小兵赶紧从床上跳下来,想扶住王剑秋站立不稳的身子,没想到王剑秋把手使劲一甩,挣脱了出来,含糊地说:"你睡你的,不用你管。"

宋小兵说:"主任,你喝了这么多酒,我扶你去洗漱一下。"说着,又扶住了王剑秋的胳膊。

没想到王剑秋用力一推,他高大的身躯蕴藏的力量经过酒的加持,就像亚马孙热带雨林中的一只酒醉的蝴蝶,突然扇动了一下翅膀,别说等两周了,一秒后,就刮起了一场龙卷风,把宋小兵卷到了他自己的床上。

宋小兵硬挨了一记醉拳,索性躺在床上不动弹了,脸上挂着一副不可思议的表情,眼睛直勾勾地盯着王剑秋。

王剑秋醉眼惺忪,看了看躺倒在床上的宋小兵,眼中带着一丝歉意,不过,那丝歉意一闪而过，他又怒气冲冲地说："说了，不用你管！"

说完，王剑秋一下子躺倒在床上，不一会儿，就响起了呼噜声。

宋小兵呆呆地望着天花板，他不明白，自己到底做错了什么，让王剑秋现在如此讨厌他。

虽然在工作的思路上有分歧，但是，不能把情绪带到生活中啊，更何况，宋小兵从内心来说，还是非常尊敬他的这位顶头上司的。

"也许，老师说得没错，部队的领导都喜欢听话的下属吧。"想了半天，宋小兵想不出个所以然，只能这样安慰自己。

他又看了看隔壁床上的王剑秋，无奈地叹了口气，然后走下床，把被子给王剑秋盖好。

第二天一早，王剑秋醒来，口干舌燥，头还疼得厉害。

昨晚，他和北京的战友聚了聚，心情不美好的时候，酒也一喝就醉。

他揉揉眼睛，转头看了看旁边的床，被子已经叠得整整齐齐，床单也已经铺平，仿佛从来没有人睡过。

"小宋这么早，到哪儿去了？"王剑秋抬手看了看表，还不到8点。

刚想着，门就被推开了，宋小兵端着一个餐盘，走了进来。

他看到王剑秋已经醒了，连忙说道："主任，快起来洗漱吃早饭。昨晚你酒喝多了，我专门去饭堂给你打了一碗稀饭，拿了两个包子，还有一些小菜。酒后多喝点稀饭暖暖胃。"

说完，他把餐盘放在王剑秋床头的柜子上。

王剑秋感激地看了宋小兵一眼，说了一声："谢谢。"然后端起稀饭，喝了一口。

一股暖流顺着食道滑下，像一双温暖的手，轻轻抚摸着空空荡荡又隐隐作痛的肠胃。这股温暖又紧接着蔓延开去，游走在身体各处，挤走了酒精带来的麻木和眩晕，让整个身子都舒服了起来。

王剑秋的心里五味杂陈。他张了张嘴，想说点什么，可是什么话都说不出来。

倒是宋小兵先开口说道："主任，我想直接从这里去广州，到音速航空看看。昨天给李所长也报告过了，他没有反对。不过，主任，请您放心，您之前告诫我的话，我都会牢牢刻在心里。也许我以前确实对部队的某些规则过于马虎，没有放在心上。但是，军校也是军营，我在里面成长了这么多年，对安全、对保密、对我们的底线，也是有深刻认识的。任何时候,我都不会去做触碰底线的事。"

他顿了顿,语气变得坚定起来:"因为我也是一名真正的军人。"

宋小兵的这番话,说得异常诚恳。

王剑秋看着他的眼睛,然后点点头,说:"去吧,我就先回37号了,你注意安全。"

宋小兵开心地点点头,拿起一个包子递给王剑秋,说:"主任,来,多吃点。"

吃完饭,两人收拾好行李,来到招待所门口,刘玲已经在车旁等着他们了。

远远地看见宋小兵走过来,刘玲笑着挥挥手,大声叫道:"小宋,你来了也不说一声。要不是昨天晚上接到通知,让我早上送你们去机场,我还不知道你来了呢。"

刘玲这时才看见宋小兵身后的王剑秋,于是不好意思地笑笑:"王主任,您好。"

王剑秋笑着冲她点点头。

宋小兵走到刘玲身旁,笑着说:"小宋是你叫的吗?我岁数可比你大。"

刘玲也笑着说:"好的,老宋。二老请上车吧。"

三人把行李放好,刘玲坐在前排的副驾驶座,王剑秋和宋小兵在后排落座。

路上,王剑秋说:"小刘,常听李所长提起你,年轻又能干,是他得力的好帮手。什么时候有空,也到西北指导一下工作啊。"

刘玲回过头来,露出兴奋的笑容:"王主任,您这邀请函我今天可就收下啦。您别说,我还真想去。想去看看壮丽的戈壁落日,看看我们的航天城,那可是我们航天事业的摇篮。"

王剑秋笑着看了看身旁的宋小兵,说:"那你可一定要来,到时候,我让小宋陪你。"

刘玲竟然有些害羞地扭过头去,小声地说:"怎敢劳宋博士的大驾呢,估计,他自己都没去过吧。哈哈。"

宋小兵有些不好意思地挠挠头,虽然在西北待了一个多月,但他都蜗居在37号站点,像待字深闺中的少女,足不出户,其他地方还真没去过。

宋小兵说:"刘助理,到时候我们的设计原型出来后,还要麻烦你做仿真模型呢。"

刘玲拍拍胸脯,说:"放心吧,包在我身上。"

车到了机场,三人道别。

宋小兵握着刘玲的手,在她耳旁悄悄地说:"那天我到所里,经过你办公室门口的时候,看你不在,知道你忙,就不敢叨扰了。"

苍穹之盾

刘玲说:"算你还有点良心。"

话一出口,感觉有些怪怪的,她赶紧松开手,催促道:"快进去吧,一会儿赶不上飞机了。"

看着宋小兵走进候机楼,刘玲长长地舒了口气,感觉刚才脸有些发烫,心跳也有些不受控制。

"我到底怎么了……"刘玲觉得自己一见到宋小兵,就有些莫名其妙的举动和感觉。

宋小兵登上了去广州的飞机。

这一趟旅程,究竟会有怎样的收获,宋小兵的心里也忐忑不安。

第10章

孤傲的公司

宋小兵照着老师给的地址，来到了一座极具年代感的小楼门前。

门上没有任何标识。他认真核对了几遍门牌号，没错，是这儿。

很多公司，都非常贴心而周到地把所有客户统一定义为一个状态：半盲状态。为此，他们在标识上狠下功夫，就三把刷子：巨大、醒目、夺人眼球。只要客户进入视觉杀伤范围内，就必须第一时间给他的半盲状态雪上加霜——闪瞎他的双眼。

而这家音速航空，没有任何可识别的标识，就算到了门口，也是不识庐山真面目。这年头，还真有酒香不怕巷子深的？

宋小兵敲了敲门卫室的窗户："师傅，这里是音速航空公司吗？"

门卫老头打开窗户，问道："小伙子，你找谁？"

宋小兵说："我找严总。"

门卫老头打开门，把宋小兵让进来，和善地说："严总在三楼，楼梯右侧第一间办公室。"

宋小兵道了谢，走了进去。

一跨进门，宋小兵仿佛跨进了另一片天地。

面前一泓清池，池塘里的荷叶虽远未到接天莲叶无穷碧的程度，但映日荷花同样红。池塘里，十几尾红色的锦鲤在荷叶下时隐时现，追逐嬉戏，一幅鱼戏莲叶中的美景。池塘边上,亭台楼榭环池而立,假山怪石点缀其间,别有一番苏州园林移步换景的韵味。

整个小院绿树成荫,鸟语花香,古朴的三层小楼在高大乔木和芭蕉树的掩映下,只露出了楼顶一角的窗棂。

本是江南生人的宋小兵,虽见惯了江南水乡的秀丽,但突然在一个高科技公司里看到这番玲珑雅致的情景,也不觉呆了。

"这家公司的老总好有情趣,竟将工作场所营造得如此活色生香。"宋小兵不由得赞叹道。

世间缺少发现美的眼睛,更缺少营造美的双手。

宋小兵对音速航空的掌门人严总,多了一分敬仰。

上到三楼,他敲开总经理室的门,一个穿着汉服的年轻女子立刻从座位上站起身来,面带微笑地问道:"先生,请问您找谁?"

宋小兵看着面前的这位古装美女,眼睛都不知道该往哪儿看了,不好意思地说:"你好,我找严总。"

美女露出了职业微笑:"请问您预约过吗?"

宋小兵说:"没有,不过,请你转告他,是胡奋虎教授叫我来的。"

美女说:"好的,先生,要不您先在旁边的沙发上坐坐,品品茶? 严总正在和一个外国公司洽谈,等结束后,我再请您进去?"

宋小兵点点头,说:"好的。"

于是,美女把他引到一旁的茶室,问道:"先生喝绿茶、红茶还是普洱?"

宋小兵说:"绿茶。"

美女给他泡了一杯上好的竹叶青,然后转身离开。

宋小兵打量了一下这个用作临时接待的茶室,全套的中式家具,考究的骨瓷茶具,整个房间不大,但看得出来经过一番精心布置,显得古朴典雅。

宋小兵端起茶杯,轻轻闻了闻,一股沁人心脾的茶香飘来,在鼻尖环绕,久久不散。

他轻抿一口,竹叶青特有的清香在唇齿间跳动,与鼻中嗅到的芬芳混合在一起,挑逗着味蕾。

"好茶!"不懂茶的宋小兵情不自禁地赞叹道,就连牛饮的他,也尝得出这是好茶。

过了一个多小时,隔壁的门开了,一群人鱼贯而出,几个金发碧眼的外国人围着一个身着中式短袖、看起来仙风道骨的高瘦中年人，一起走了出来。

中年人走在最前面，神色倨傲，脚下步步生风，那几个外国人亦步亦趋，倒是有些巴结讨好之感。走到门口，那几个外国人弓背弯腰，毕恭毕敬地伸出手。高瘦中年人和他们一一握手，又将手挥了挥，算是道别，然后转身又走进了办公室。

等到他办公室的门关上，那几个外国人才一起离开。

"莫非这就是严总？看起来好大的架子。"宋小兵有些诧异。

那个年代，在航空领域，能让外国人都礼数有加的国内公司不多。

果然，接待小姐走了过来，说："先生，严总请您过去。"

宋小兵站起身来，大步走到门口，敲了敲门，里面传来洪亮的声音："请进。"

宋小兵推门进去，看见严学礼正戴着白手套，在置物架旁，擦拭着一只青花大碗。一看到宋小兵，他小心翼翼地放下大碗，取下手套，快步走了过来，伸出手说："小宋博士吧，欢迎欢迎。"

宋小兵赶紧伸出手，和严学礼的手握在了一起，一股清冷的感觉从手心传来，这么热的天，严学礼的手却有些冰冷。

宋小兵说："严总好，我叫宋小兵，是胡奋虎教授的学生。"

严学礼对着身旁的太师椅，做了一个"请坐"的手势，示意宋小兵坐下说话。

他自己则坐在宋小兵的右侧，冲着门外喊了一声："小徐，看茶。"

一会儿工夫，门口的接待美女小徐就手捧一个茶盘，茶盘上放着一盘精致的糕点，一盘切成细片的西瓜，一盘玲珑剔透、已剔掉枝丫的紫色葡萄，一盘切成细块的橙黄诱人的哈密瓜，一杯竹叶青和一杯白毫银针。

小徐把瓜果点心放在茶几上，竹叶青给了宋小兵，白毫银针放在了严学礼那一侧。随后，小徐轻盈地转身走出了办公室，轻轻地带上门。

严学礼做了一个"请"的手势，说："小宋博士，昨晚胡教授给我打电话，说你今天直接从北京飞过来，这不，我已经恭候多时了。舟车劳顿，来，先吃几口点心，喝口茶。"

宋小兵低头看了看，这杯竹叶青是新泡的。

他端起茶，喝了一口，说："谢谢严总。严总这儿真是好地方，一进门，就有一种'萧瑟秋风今又是，换了人间'的感觉啊。"

严学礼哈哈大笑，说："想不到国防技术大学的理工男，竟是位文人墨客啊。"

宋小兵看着严学礼这儿满满一书架的书，不好意思地说："惭愧，班门弄斧了。对了，严总，刚才那一帮外国人是哪个公司的？"

严学礼轻描淡写地说道："R国大力神空间研究院，他们有一款小型商用航天器想购买我们的动力系统。"

宋小兵吃了一惊，R国大力神空间研究院，世界上能排进前十的著名航天研究院，竟然也会寻求和音速航空合作！难怪他们的谈判代表表现得毕恭毕敬。

严学礼看着宋小兵惊讶的表情，轻轻一笑："这没什么好惊讶的，全世界很多航天公司与我们都有合作，有几款动力产品……"

严学礼停顿了一下，喝了一口茶，淡淡地说："也许只有我们才做得出来。"

"这算最低调的炫耀吗？"宋小兵心里暗暗想。

严学礼话锋一转，问道："小宋博士现在在哪里高就呢？应该没有跟着胡教授吧，上次去实验室没看到你。"

宋小兵回答道："对，毕业就要服从组织安排嘛。"

宋小兵答非所问，他不想暴露自己的工作性质。谁知，严学礼紧追不舍："肯定也是军内著名的研究机构吧。让我猜猜，军事科学院？"

"算是吧……"宋小兵含糊地回答道。

"严总，听说你们有一项飞行复合控制技术，可以做到精准控制飞行轨道？"为了避免严学礼继续问一些涉及具体身份的问题，宋小兵赶紧先下嘴为强。

严学礼点点头："这是我们并未公开的技术，现在还在研发阶段。你是从胡教授那儿听说的吧？"

宋小兵兴奋地说："我这次来，就是为了这个。"

严学礼端起茶杯，喝了一口茶，面无表情地说道："要是为了这个的话，那就请回吧。"

宋小兵完全没想到，文质彬彬、待人礼数有加的严学礼，在听闻他的来意后，竟然连委婉的客套话都不愿多说一句，直接下了逐客令。

看来人不如其名，学礼尚未成功，同志仍须努力啊。

气氛一度变得有些尴尬，才下课桌不久的宋小兵，连谈判桌的桌腿都还没爬上去，就跌落在了会客茶几的台面上。

他拼命在脑海里想搜索一个恰当而圆滑的谈判术语，来缓解目前进退两难的局面，至少能让他拖住时间,在太师椅上僵持住端坐的态势,争取一分钟,就有一分钟翻盘的机会。

但他搜遍全脑,也只有那些曾让他引以为傲的航天专业术语。必须马上找到一个词,能让他赖住不走,又能伺机而动。最后,他无奈地捡起了幼童时代就已熟练掌握,并能通过无限循环把对手逼入绝境的终极词语。

"为什么?"他问道。

如果不够,还有十万个。

严学礼扭头看了他一眼,看见了宋小兵脸上的窘态和诚恳的眼神。这个看起来有些青涩的年轻人,保持了一名军人的纯粹和执着。

严学礼很想笑。这还用问为什么吗?

一个刚刚取得专利的最新技术,一个倾注了公司大量心血的科研成果,还没进入商业化运作,不可轻易示人,更不能轻易给人。

十年磨一剑,霜刃未曾试。怎可今日把示君?

不过,看到眼前的宋小兵,严学礼就想起了自己从军时的那些青葱岁月,那会儿的自己,也曾如此青涩纯粹。

他语气缓和了下来:"那宋博士,这项技术,你们是打算用在哪儿呢?"

这又是一个根本无法回答的问题。

宋小兵默不作声。

还好,严学礼没有继续追问,他说:"我们的技术,从来没有提供给军方使用过,这主要基于两点考虑。

"第一点,我们是科技公司,更是商业公司,做科技的最终目的,就是赚钱,我们天生追求利益最大化。这也就决定了我们必须通过大范围的营销宣传,让全世界涉足航天领域的商业公司和相关的研究机构,都知道我们的产品。

"第二点,一旦进入军事领域,首先就是保密性,根本不可能进行宣传,更不可能冠以我们公司的名头。其次是排他性,高精尖的武器装备,用到的核心技术只能是独一无二的,为确保武器独步世界的技战术性能,绝不可能再提供给他国使用。"

宋小兵承认,他说的这些,不无道理。

严学礼端起茶杯,喝了一口,继续说:"这第二点嘛,更为要命。如果我们把技术提供给军方,也就相当于向全世界所有公司昭示了我们是一家有军工背景的企业,我们的技术和产品得到了军方的认证和使用。

"其实,这就将我们和军方牢牢地绑在了一起。你觉得其他国家的公司会怎么看待我们? 会不会认为我们的技术和产品,都会预留一些惠及本国国防利益的后门和安全漏洞?

"他们出于国家安全考虑,还会和我们做生意吗? 我们为了绑定一个单一的、商业前景不明确的用户,而放弃全世界的市场,你觉得我们公司会同意吗? 天予不取,反受其咎。"

"可……可是,国家利益高于一切。"宋小兵觉得严学礼说的这两点,对于一家高科技的商业公司来讲,的确无可厚非。不过,他依然不甘心,尽管已经词穷,但还是要据理力争一下。

严学礼的脸上,露出了老父亲一般的慈祥笑容,他注视着这个有点孩子气的小伙子,没有说话,只是拿起水壶,给宋小兵的茶杯里续上了水。

作为一个成熟的生意人,严学礼是睿智豁达、精明强悍的,有人说他老奸巨猾,有人说他不择手段,他都只是淡淡一笑。

商场如战场,可以不要功名,但必须得有利益。

他见惯了生意场上的尔虞我诈、威逼利诱,看惯了谈判桌上的针锋相对、图穷匕见,而这个年轻人,这或许是他人生中的第一次商业谈判,虽然很稚嫩,却只用了一种商业上很少用的东西,叫正气。

他甚至开始有点喜欢这个年轻人了。

严学礼笑着说:"我们做的是民用航空航天领域的生意,而且,所有核心技术的专利和芯片,都掌握在我们自己的手里,丝毫不会威胁到国家的安全。再说了,国外的军品,敢用我们的产品吗? 他们也得看看我们公司在哪个国家,对吧? 我们还是广州的纳税大户,每年上缴几亿元的税款,从不偷税漏税,我这个转业军人、老党员,这点儿最基本的觉悟和素质,还是有的!"

宋小兵无话可说。

严学礼继续说:"刚才,你看见的R国大力神空间研究院的谈判团队,他们想要购买的,只是我们的上一代产品。我们有个不成文的规定,最新最好的技术和产品,只留在国内。换代以后,才往外出售。所以,你想要的那项技术,我们暂时还不打算对外公开。"

宋小兵完全没有想到,严学礼竟然和他说了这么多,把公司的基本情况,几乎已经和盘托出。

他知道再多说也无益，之前自己想得太简单，以为只要抬出"国家"这个大靠山，就可以无往而不利。

商业有商业的逻辑，市场有市场的规则，爱国，也有多种形式和途径，并非无条件的缴械。

宋小兵突然感觉自己刚才说的话，有点威胁的意味。他赶紧不好意思地说道："严总，我刚才的确有点着急了，冒犯之处，还请多多包涵。"

严学礼摆摆手，说："你说的也没错，国家利益高于一切，这一直也是我们做事的原则和信仰。"

宋小兵喝了一口茶，壮了壮胆，说："严总，那我有个不情之请，不知该说不该说。"

严学礼说："但说无妨。"

宋小兵试探地问道："那项技术的几个关键环节，能不能大致给我讲讲？"

严学礼哈哈大笑起来："小宋博士，你让我说你什么好。你这是不到黄河心不死啊。"

说完，严学礼勾了勾指头，示意宋小兵靠近些。

宋小兵凑过身来，严学礼才故作神秘地小声说道："不过，也不是不可以。"

宋小兵一下就兴奋了起来："真的?! 太好啦。"

严学礼信誓旦旦地说："当然是真的了，就一个条件。"

宋小兵皱了皱眉头，问："还有条件？什么条件？"

严学礼说："对你来说非常简单。你到我们公司来上班，我可以直接任命你为推进器研发部负责人。我知道实验室那个仿真模型是你做的，非常不错，我们公司需要你这样的人才。以后如果都是自己人了，那飞行控制技术你想了解多少都没问题。"

宋小兵的脸一下涨得通红，好像受到了莫大的侮辱，声音也由于极度的气愤变得有些颤抖："你开什么玩笑?!"

宋小兵腾地站起身来，平复了一下激动的情绪，说了一声："谢谢严总的好意，再见。"

严学礼拉住他的胳膊，笑着说："年轻人不要太冲动，坐下来说话。"

宋小兵已经恢复冷静，他觉得在这里多待一秒，就多一秒的不自在。

本来他对此次广州之行也不抱太大的希望，毕竟他也深知，人家的核心科技就是安身立命的看家本领，怎么可能把命根子交到你的手里？皮毛也不行！

但是，为了能够缩短动能拦截弹的研发时间，给它尽快装上精准的翅膀，他必须来一趟。要是不试试，他怎么知道自己不会死心呢。

他是抱着碰一鼻子灰的心态来的，没想到好客的严学礼双管齐下，礼数有加地刚撒完灰，还没等他掸去心中的尘土，紧接着又开始撒网，想把他整个套住。

早就听闻严学礼的锄头挖得好，没有墙脚挖不倒。没想到这件称手的兵器他竟是随身携带，一遇心仪的江湖高手，便频频亮剑……不，亮锄。

宋小兵挺直腰板，语气中带着自信，说道："不必了，我相信，既然严总的公司能研发出来，那我们也行！到目前为止，我们自己的科研力量，还真没遇到过办不成的事！"

严学礼欣赏地看着宋小兵，这股傲气，就像他当年刚创办音速航空时一样。

那时，音速航空还很弱小，航天领域的大佬们，没有一个拿正眼瞧过它。

航天俱乐部门槛极高，没有几十年的积累沉淀，别说门槛了，连门都找不到在哪儿。

严学礼明白，要想后来居上，唯自强耳。于是，卧薪尝胆二十载，一朝小试天下知。

音速航空，凭借着一款具有划时代意义、出类拔萃的小型航天器动力推进系统，一鸣惊人，让世界的目光，注意到了这个后起之秀。

它用最短的时间和最强的声势，毫无悬念地被抬进了航天俱乐部的VIP室。

所以，音速航空这入门姿势，都算不上是跨门而入，完全近似于破门而入。

回忆不全是美好，更多的是艰辛。

遥想当年，强敌伺立、四面楚歌的时候，他严学礼就没怕过，他坚信：你们能办到的事，我能办得更好！

而当功成名就的时候，他又收起锋芒，放低姿态，尊重每一个人才和每一分努力，低调地继续匍匐前进。

眼前这小伙子，身上那股劲头，更胜他当年。

严学礼也站起身来，笑着说："小宋，我也有我的难处。这公司不是我一个人的，专利成果也不是我一个人说了算。这是我们整个技术团队齐心协力、攻关多年的结晶。每一个外人看起来微不足道的细枝末节，凝聚的都是心血和智慧。所以，你说的那些所谓的大概思路，其实是核心中的核心，抱歉，实在恕难从命。请你理解。不过，我相信，依靠你们的智慧和实力，假以时日，一定会研发出更好更完美的飞行控制系统！"

严学礼这番话，说得真诚坦荡，有礼有节，宋小兵挑不出任何毛病。

宋小兵点点头,说:"谢谢严总,借您吉言,后会有期。"说完,转身要走。

严学礼叫住他:"现在就要走?要不多待几天,好不容易来一趟,也让我尽一下地主之谊,我和你的老师也是多年的朋友。有良师,也需要像我这样的益友嘛。"

宋小兵说:"严总,谢谢你的好意,我时间很紧,必须马上赶回去,就不多叨扰了。"

严学礼说:"那好,我也就不留你了。你等等。"

说完,他走到办公桌旁,从一个小盒子里取出一张名片,递给宋小兵,说:"这是我的名片,以后宋博士再来广州的话,请一定联系我,到时候我们再把酒言欢。"

他又加重语气,郑重其事地说:"我相信,我们还会再见面的。"

宋小兵接过名片,看了看,放进自己的裤兜里,心想:"还见面?算了吧,道不同不相为谋,别被你这个商人套进去才好。"

不过,他脸上看不出任何异样,道了声谢,准备转身走出门去。

严学礼又神秘一笑,小声地说:"宋博士,你应该不是回北京吧,没猜错的话,孔雀西北飞。"

一听这话,宋小兵的心里咯噔了一下。

他非常厌恶严学礼不是在猜测他的来历,就是在打听他的行踪。

宋小兵作为一名军人,保密意识是非常强的,对这种无故打听自己任务的言行异常警惕。再联想到严学礼的商人身份,他和世界各国航天领域的企业均有密切的联系和合作,谁能保证他没有其他的身份和目的?

宋小兵这时才体会到,王剑秋的担心并非多余。

宋小兵的脸上闪过一丝不悦,随即面无表情地转身离开。

严学礼看着他离开的背影,若有所思。

他拿起办公室的电话:"老李,你到我办公室来一下……"

宋小兵走出音速航空的大门,心情有些沮丧。

他这才意识到,自己当初的想法是多么危险而幼稚,一厢情愿地认为只要举起民族大义、国防安全的旗帜,振臂一呼,必定会应者云集、旗开得胜。

本以为找到了一条快速通往成功的捷径,结果只是看上去很美。

你想抄近路,别人想抄的可能是你的后路。

其实,前辈们早就无数次地用铁一般的事实,告诫了后来者:世间哪有什么捷径?所谓的捷径,不过是阴谋家给投机者构建的迷途。

当憧憬着鲜美牧草的羔羊兴高采烈地走上迷途的时候,离待宰也就不远了。

搞原子弹的时候,苏联专家铺设的美好捷径,我们还没走到一半,就掉进了坑里。教训还不够深刻吗?

只有相信自己,依靠自己,老老实实、一步一个脚印地往前走,才能走得坚实,走得更远。

人间正道是沧桑。

想到这儿,宋小兵的心里,轻松了许多。

当目标变得清晰时,路径已然明朗,也就没有了在抉择上的纠结和困惑。

其实,人的烦恼,并不是选择太少,而是选择太多。

他登上了回西北的飞机。

这会儿,他有些怕见王剑秋,因为他错了;他又期待见王剑秋,因为他懂了。

第11章

困难重重

宋小兵回到37号站点的时候，已经是下午4点35分了。

他一下车，连行李都来不及放，就直奔王剑秋的办公室。

他的这次广州之行，有太多的感悟和想法，想立刻说给王剑秋听。可是敲了半天门，门里鸦雀无声。

他看了看表，有点纳闷："还没到下班时间呢，平时经常在办公室加班到很晚的主任，今天怎么这么早就走人了呢？"

他悻悻地拿起行李，走上楼梯，回到了自己的办公室。

老范依然热情地和他打着招呼："小宋，回来啦，听王主任说，你在北京就和他分道扬镳，自己去广州了？"

宋小兵点点头说："是啊，因为一些事，跑了趟广州。"

老范把他拉到自己的办公桌旁，小声地问道："拦截弹的事？"

宋小兵点点头。

"给我说说吧，什么情况？"

宋小兵犹豫了一下。他没想到平时不大过问具体细节的老范，今天怎么突然对拦截弹的事这么上心。

不过，老范名义上还是拦截系统的主要负责人之一。就算他不问，自己也应该向他汇报一下工作的。

于是，宋小兵就把在北京和广州的具体情况，简要地给老范说了一下。

老范若有所思地说："那……'ST-1'就这么被放弃了？那可是我们这么多年的心血啊，说换就换，也太儿戏了吧。"

宋小兵说："军事技术的车轮滚滚向前，从来就没有停止过。不能用我们的手，去创造那些一经出世，就面临退世的武器，特别是关乎几十年后国之安危的防御重器。那是对国家和人民的犯罪！这不仅考验我们的眼光和水平，更考验我们的忠诚和责任。与时俱进嘛，总会有些阵痛，总要淘汰一些过时的东西。"

老范抬头看了宋小兵一眼，眼中闪过一丝不易觉察的东西，笑着说："年轻人冲劲足，好事好事！下一步你打算做什么？"

宋小兵说："半个月后有个进度说明会和研讨会，领导安排我在那个会上，向所有专家讲解我们最新的拦截弹设计方案。"

老范喃喃自语道："半个月……时间很紧了。"

随即，他笑着用力拍拍宋小兵的肩膀，说："小宋，加油，我们老了，这个时代，是属于你们年轻人的，我相信，你一定能取得成功！有什么需要我协助的，尽管提，不要客气。你范哥从事这项工程这么多年，很多与之相关的人和事，都还是非常熟悉的，关键时刻，能行个方便。"

宋小兵开心地说："谢谢范工。"

说完，他走过唐一梦的办公桌，唐一梦只斜着眼瞟了他一下，什么话也没说，就继续在电脑上敲敲打打。

宋小兵很纳闷，平时活蹦乱跳的唐一梦，今天怎么如此安静。

他笑着问道："小唐，王主任去哪儿了？刚才到他办公室，房门紧闭。"

唐一梦看都没看他，说道："主任刚回来，就接到电话又去北京开会了，大概要一周左右才能回来。"

宋小兵皱了皱眉头，心想："这么关键的时候，去北京开会了？那我的报告方案怎么办？不行，得请示一下。"

于是，他拿起桌上的电话："喂，主任，我小宋，我从广州回来了。听说你去北京开会了？"

电话那头,传来了一个低低的声音:"小宋,我在开会,有什么事晚上再说。"

"喂……"宋小兵还来不及解释,电话就挂断了。

"这可怎么办?"他有些着急了。

这时,熊锐拿着一叠文件走了进来,看到办公桌旁的宋小兵,说了一句"回来了?",就一屁股坐在了自己的座位上,开始翻阅文件。

这声问候也太形式了吧,连宋小兵点头致意的流程都没来得及走完,就草草结束了。

8月的西北,炽热干燥的风刮在脸上,像一把钝刀在脸上漫无目的又肆无忌惮地游走。

宋小兵坐在办公桌前,看着几个同事沉默的背影,感觉那把钝刀最终还是带着灼热的温度割破了肌肤,刺入了心脏,在心尖上割啊割的。

现在,距离研讨会只有不到半个月的时间了,王剑秋不在,飞行控制系统的事,还没个着落。他的心里有些焦急和惶恐,更有一种无依无靠的孤独感。

这么久以来,什么事都是他一个人在做,什么问题都需要他一个人去面对去解决。可刚解决完一个,又冒出来十个,好像永远都没有穷尽之时。

他还感觉到,在看不见的地方,有无数双眼睛,在用力盯着他。

他无法感知那些目光代表着什么,是在穷途末路的时候巧施援手,还是在紧要关头暗下黑手?

在这里,没有朋友、没有亲人,连同事之间的关系,都好像隔着一座山。

他感到一种前所未有的孤独。

其实,他是习惯孤独的。在学校的时候,他也经常一个人待在实验室,一待就是好几个星期。

但是,那种孤独,只能解释成孤身一人,他的内心是充实而满足的。而这里,却是另外一种他从未感受过的孤独,周围坐满了人,但心是空的。

他就这样在桌前坐了很久,一种莫名的失落感就这样毫无缘由地袭来,让他感觉到心力交瘁。

他甚至有些后悔,当初就不应该出这个头,去搞什么动能拦截弹。顺着以前的方案往前走不就好了?哪有这后面的千头万绪和焦头烂额?

但是,心里总有另一个声音,在不屈地、不厌其烦地说服着他:"坚持下去,总会有办法的。"

"应该找一个帮手。"他在心里对自己说。

他看了看老范,老范正在往茶杯里添水,一股热气升腾起来,他抵近闻了闻,一脸的陶醉和惬意。宋小兵摇了摇头。

他又看了看唐一梦,她一直也没停下来过,预警系统涉及各种波段和型号的雷达,还有电磁频谱的分配干扰问题,她需要解决的问题不仅多,而且非常繁杂。

宋小兵的目光又落在了熊锐身上,这哥们做事虽冷静认真,但总是超脱世外,对不属于自己工作范畴内的人和事,表现得漠不关心,脸上随时挂着一副"走开,别烦我"的表情。

宋小兵叹了口气,心想:"这么大的事儿,总得找个人一起商量着解决啊。"

突然,他想到了一个素未谋面的人。也许这个人,真的可以助他一臂之力。

宋小兵拿起了电话。

"喂,王总吗? 你好,我是宋小兵。"

"小宋啊,你好,又有什么新的指示了?"王海波依旧很客气。

"王总,可别这么说,折煞小弟了,哪敢指示,都是请示。还是动能拦截弹的事,飞行控制系统出了点状况,很可能不能按照我原来预想的情况和时间节点完成了。我就是想找王总商量一下,看飞行控制这方面,有没有什么其他的解决办法。"

电话那头沉默了。

过了好一会儿,才听见王海波的声音传过来:"是要修订完善方案,还是推倒重来?"

宋小兵说:"都还没立起来过,哪来的推倒? 就是技术上可能现阶段无法满足那样的精准度,本来有个新技术可以实现方案里的要求,但是……恐怕目前不能使用。看来,在飞行控制上,我们之前估计得过于乐观。现在的情况,就是没有任何参考样本,全部要从零开始,得靠我们自己花时间和精力去研发了。"

王海波说:"那进度就要大大延后了。飞行复合控制,我们倒是专门下设了一个小组在做,但效果一直不理想。"

宋小兵想了一会儿,说:"王总,那我可以过去看看吗? 看看到底存在什么问题。大家还可以坐下来讨论一下。"

王海波高兴地说:"那很好啊,求之不得呢。你什么时候过来?"

宋小兵说:"事不宜迟,我明天就过去。"

王海波想了想,说:"明天周末,你不休息陪陪家人?"

宋小兵笑着说:"孤家寡人一个,工作使我快乐。"

王海波在电话里也笑了:"想不到堂堂宋大博士还是单身,是凭学历单身吗?哈哈,估计是乱花渐欲迷人眼,不知道该采哪朵花了吧?"

宋小兵说:"以前是缘分未到,现在是到了戈壁。在这里,别说花,连草都没有一棵。"

王海波说:"不是还有骆驼刺吗?"

宋小兵笑着说:"莫非还要驼口夺刺?那不是给自己找刺吗?"

两人都哈哈大笑。

放下电话的那一刻,宋小兵偏偏想起了不知去向的王雪翎。

"雪翎,不知道你现在在哪里。"

下班的军号声响起,老范快速起身,说了声"兄弟们,下周见了",就匆匆走出了办公室。

熊锐紧随其后。

唐一梦也关上电脑,收拾了一下私人物品,准备出门。每周末,她都要坐车去航天城,到父母家住上两天,陪老人过个周末。

宋小兵叫住她:"小唐,你今天情绪不对啊。从我一走进办公室,就感觉到你座位那个方位,有一股肃杀之气。特别是在我和范老前辈华山论剑的时候,那股杀气愈甚。怎么的,几日不见,不仅如隔三世,还仇深似海啊。"

唐一梦倒没有笑,只是瞪了他一眼说:"你呀,有时候少说点话,言多必失。"说完,便不再理会宋小兵,径直走出了办公室。

就在宋小兵还愣在原地,揣摩她话中深意时,她又回转身,在门口说了一句:"周末快乐,明天北京之行一路平安。"

说完,唐一梦就消失在了门口。

"一屋子的怪人……"宋小兵喃喃自语道。

他也拿起行李,关上了办公室的门,回到了宿舍。

放好行李,他下楼到饭堂随便扒拉了几口饭菜,便又回到了宿舍。

今晚,他不想去办公室加班了,想好好休息一下,整理一下思路,养足精神,明天去航天二院以后,又有大量的工作要做。

如今，他住的地方，已经从临时宿舍，搬到了单身宿舍。

晚上9点多，宋小兵拧亮台灯，坐在了书桌旁。

环顾了这个不足十平方米简陋的单身宿舍后，他静静地点上一支烟。

这时，窗外竟淅淅沥沥地下起了雨，久未修葺的屋顶开始滴水。

这座20世纪80年代建成的筒子楼，在21世纪依旧保持了艰苦岁月中的古朴，历经风雨却从不雕琢，在荒凉的戈壁上，坚守着儿时那熟悉的味道。

宋小兵旋即拿出脸盆、水桶等大小不一的打击乐器，"滴滴答答"的声音瞬间浪漫满屋，营造出一种类似在古诗中才能体会的大珠小珠落玉盘的绝妙意境。

时空交融，听着这首来自天际的雨夜室内奏鸣曲，他的内心充满了安详和宁静，理想信念再一次得到了升华和洗礼。

每次从一楼走上三楼，他都能闻到南来北往的味道。一楼老刘家属的厨艺日益精进，稀饭中的煳味明显淡了许多；二楼李大婶的臭鳜鱼始终是楼道里的噩梦，让他分不清到底是上菜了还是厕所堵了；三楼宋大妈的猪肉炖粉条发挥得依旧稳定，快一个月了，没怎么换过菜谱，光闻着味儿他都能摸清调味料的搭配了。

这就是舌尖上的楼道，足不出户就能领略各地的味道。

隔壁老王家小孩的哭闹打断了宋小兵的思绪，他掐掉手中的烟，端着脸盆走到楼道公用的浴室想个澡，看了看热水器上的指示灯，只剩冷水了，一定是大龄女青年小高刚洗完，她每次都洗得倔强而仔细，从不给他留下一滴热水。

公用厕所的门依然紧闭，老孙常年加班落下了便秘的毛病。宋小兵叹了口气，只能再等等。

另一边的小冯弹起了心爱的吉他，旋律中弥漫着苦闷和忧愁。这是个勤奋上进的孩子，毕业六七年了，和宋小兵一样，依旧孑然一身。在这人烟稀少的戈壁腹地，想要找到心仪的另一半，别说人了，连骆驼都难。

所以，这里的军人，都把结婚留给了最传统的仪式：相亲。

这时，手机响了，宋小兵一看，是王剑秋的电话。

他赶紧回屋，关上房门，接起电话："喂，主任您好。"

王剑秋的声音飘过来："小宋，你回去了？"

宋小兵说："是的，主任，我主要想给您报告一下这次广州之行的一些情况。"

王剑秋说："电话里就不用了，等我回来再说吧，你继续把方案完善下去，我回来后，再一起探讨一下。"

宋小兵说："好的，主任，还有个事想给您报告一下，我明天计划去航天二院，找王海波总设计师聊聊。"

王剑秋爽快地说："去吧，你们好好碰一碰，争取拿出一个完美的方案，不要让李老失望。"

电话挂了，宋小兵一头倒在床上，舒服地伸了伸懒腰，脸上露出了笑容，明晃晃的白炽灯泡就在他头上晃啊晃。

他又忽然从床上坐直了身体，冥思苦想了一会儿，回味着刚才王剑秋的话，喃喃自语道："不要让李老失望？什么意思？……莫非，主任已经失望了？"

他想了一会儿，想得脑袋生疼，也想不出个所以然来，索性继续往床上一躺，心想："不想了，没什么大不了的，自从干了反导，整个人都变得疑神疑鬼了。我只要做好自己的事就行了，问心无愧。"

这一夜，他睡得很香，梦到了王雪翎。

这会儿，宋小兵正站在航天二院的门口。

因为是周末，整个大院没什么人，只有门卫依然风雨无阻地在门口站得笔直。

宋小兵进入接待室，按照要求出示军官证，并做好登记。

负责接待的人员仔细查验了证件和记录以后，礼貌地说了一句："请您稍等，我联系相关科室。"然后拿起了桌上的电话。

宋小兵坐在旁边的沙发上，觉得军工企业的各项保密制度和规定，一点也不输于部队。

过了几分钟，就看见一个圆脸短发，戴着一副黑框眼镜，体形稍显臃肿的中年人，从院子里快步走了过来。

他一进接待室的门，目光就停留在了宋小兵身上，然后毫不犹豫地走过来，脸上堆满笑意，伸出手说："小宋博士吧？"

宋小兵赶紧站起身来，听声辨人，知道来者一定就是王海波了，赶紧伸出手和他握了握，说："王总您好，我是宋小兵。"

王海波笑着说："小宋博士目光如炬啊，怎么知道是我？"

宋小兵说："王总嗓音独特，令人印象深刻。"

两人都笑了起来。

王海波的性格真诚直率，有一说一，从来不绕弯子。今日一见，更觉得他精明干练，宋小兵很是喜欢。

前台接待看见有内部人员过来迎接，便把会客证交给了宋小兵。

两人来到闸机前，王海波刷了一下工作证，宋小兵刷了一下会客证，通过闸机后，一起并肩走进了大院。

路上，王海波关切地询问："怎么突然又想着要修改方案了？我看你之前的方案，飞行控制部分，几乎已经十拿九稳，连测试数据都很详尽，所以这块，我完全没有操心，控制小组也是按照预定计划进行研发，还说参考一下你的样本模型，争取把精度进一步提高一个层次。而我把主要精力都用在红外双色导引头的研发和改进上，你也知道，第一次靶试，虽说是撞上了，但是，弹道导弹是按照超级理想的睦邻友好飞行状态进行的，不仅飞行速度慢，而且不带任何干扰。

"真正放在战场上，怎么可能呢？我们的'ST-1'采用的是单色短波红外导引头，制导模式比较单一，目标识别能力和抗干扰能力还有很多欠缺。所以，在第一次靶试结束之后，大家都还沉浸在喜悦的海洋中时，我就换下泳装，上岸了。"

王海波嘿嘿一笑，接着说："等我走到岸边，看见王剑秋主任和李立长所长，都在沙滩上焦虑地晒着太阳。本想着拍死前浪的我，这个时候也只能去拍前浪的马屁了。我走上去一说我的想法，我们三人都相互拍了起来，对，就是那种，一拍即合。于是，我们马上又投入双色导引头的研发中。"

王海波越说越激动，露出异常兴奋的表情："悄悄告诉你，我们还在远景公司双色导引头的基础上，成功开发出了红外双色与可见光复合成像导引头，能有效对抗带有大球、小球等多种诱饵的突防场景，进一步提高了制导系统的目标识别能力和抗干扰能力。"

宋小兵也受到了王海波喜悦情绪的感染，说："那太好了，王总，你高瞻远瞩啊，这也是为动能拦截弹提前做好的铺垫吗？"

王海波笑着摇摇头："那倒不是，初衷仅仅是为了改进'ST-1'的性能而已。如果能够更加精准地撞上弹头，在同等装药量的前提下，摧毁弹头的概率更高。不过，不管哪一种拦截方式,提升导引头的性能,都是必须不断开展的工作。"

宋小兵点点头。

导引头就是拦截弹的眼睛,眼睛都看不清楚了,就算有一双飞得再快的翅膀,也无济于事。

不过,宋小兵在学校的时候,主要研究方向都是航天器的动力系统,对导引头还没有太深的了解。

导引头技术的发展,特别依赖于光学和微电子技术的发展,我国由于起步较晚,技术实力还比较单薄,在这个领域与世界先进水平相比,差距非常明显。

宋小兵谦虚地问:"王总,您能给我讲讲我们的双色导引头,到底发展到什么程度了吗?"

王海波说:"你别着急,马上到会议室了,坐下来我慢慢讲给你听。"

两人进入办公楼,走上三楼。

整个楼道里都是静悄悄的,没什么人,不过,有些办公室依然亮着灯,能看到加班的人忙碌的身影。

王海波带他走进一个小会议室,掏出手机:"小罗,10分钟后,让小组的人员,到301会议室集合。"

打完电话,他这才对宋小兵说道:"会前10分钟,我毛遂自荐,摇身一变,给宋大博士当一回导师,讲讲我们这双色导引头。"

说完,他郑重其事地清了清嗓子,开始讲起来:"双色导引头,有很多种不同的组合,有红外双色导引头和红外/紫外双色导引头等。红外双色导引头的两个探测器分别在不同波长的红外波段工作,可分为近红外与中红外波段,或者是中红外与远红外波段。

"不同的波段,可分别对不同温度的红外目标进行探测和跟踪,具有较好的抗干扰能力和目标识别能力。我们远景公司的红外双色导引头,设计的就是一个探测器工作在中红外波段,另一个探测器工作在远红外波段。

"还有一种常用的双色导引头,是红外/紫外双色导引头。它的一个探测器工作在红外波段,另一个探测器工作在紫外波段。大多数人工干扰源本身只有红外辐射,不含紫外成分,因此采用红外/紫外双色导引头,很容易区分空中目标和干扰源。

"而在某些角度,空中目标挡住了大气散射的紫外线,使目标在双色导引头的探测视场内成为均匀大气紫外背景中的一个暗点。正是这个暗点,给导引头指明了方向,导弹就能顺藤摸瓜,对目标进行有效的跟踪和攻击了。

"双色导引头的信号处理部分,采用两部微处理器,使双色导引头具有选择工作模式和对抗红外干扰的能力。比如红外/紫外双色导引头,在制导过程中通常先用紫外探测器对远距离目标的阳光反射进行探测,从空中背景中分辨目标;当目标进入导引头视场时,自动转换成红外探测工作模式。探测器输出相应的脉冲电流信号,经放大、处理后进行双色比率鉴别,由弹上计算机进行处理和抗干扰鉴别,最后输出与目标空间位置相对应的信号,控制导引头跟踪目标,使目标位于导引头视场中心。"

王海波最后总结:"不管采用哪种双色导引头,都能将制导系统的两个工作波段合理运用,增强在复杂背景下识别目标的能力,有效地克服红外干扰。"

"小宋博士,授课完毕,我这样简单的陈述,你都能明白吗?"王海波笑着问道。

宋小兵站起身,给王海波敬了个礼,答道:"谢谢王老师的精彩授课,回去以后,我一定认真复习,好好消化。"

王海波笑着捶了他一拳,让他坐下来。

就在两人说话间,参会人员也三三两两地进入会议室,自己找座位坐好。

宋小兵数了一下,有6个人。

王海波看人都到齐了,站起身来,说:"各位,耽误大家宝贵的周末休息时间了,有个任务比较紧迫,所以把大家召集过来。给大家介绍一下,这是我们反导系统总体室的宋小兵博士,下面就由他给大家布置一下任务。"

宋小兵赶紧摆摆手,不好意思地说:"王总太客气了,我哪敢布置工作,这次过来,就是想和大家一起探讨一下飞行的复合控制问题,看看我们到底存在怎样的困难,能不能形成一个解决问题的好思路……"

整个下午,大家都在会议室进行热烈的讨论。

宋小兵的笔记本,记录了满满几十页纸。

记得越多,宋小兵的心凉得越快。

他发现,即使王海波已经非常有预见性地开展了小型航天器飞行复合控制的研发工作,但需要克服的问题很多,进展比较缓慢。

问题主要还是集中在拦截器上。

一是系统集成问题。要把导引头和用于制导的电子设备(电子设备主要是电子计算机和采用激光陀螺的惯性测量装置,还有用于机动飞行的轨控和姿控推进系统等),集成到长度不超过2500毫米,底部直径不超过500毫米的弹头内,而且弹头重量必须控制在40~60千克这个范围。

把如此多而复杂的部件安装到这么小的空间里,其设计难度不难想象。

当然,可以增大弹头重量,但导致的后果就是,拦截弹的拦截高度就会降低。

二是飞行复合控制的问题。主要是拦截弹飞行到拦截位置,动能杀伤拦截器与助推火箭飞离,进行自主寻的飞行阶段的复合控制。目前,还没有形成一套智能而有效的算法。

讨论会开下来,王海波见宋小兵的神情有些沮丧,看了看表,对大家说:"现在时间比较晚了,大家都辛苦了。问题肯定有,但我们不怕,一个一个地慢慢解决,心急吃不了热豆腐嘛。现在就不吃豆腐了,晚上我请大家吃饭,就吃烤鸭吧,全聚德。"

大家高兴地拍起手来。

王海波把宋小兵拉到一旁,说:"王主任今天应该在集团开会,要不你给他打个电话,邀请一下,看他今晚有没有空过来,大家一起聚聚?"

宋小兵点点头,拨通了王剑秋的手机:"主任,今晚有空吗?二院王总想请你一起吃个饭。"

王剑秋正好从集团开完会出来,今晚主办方没什么安排,就说道:"好的,刚凑巧,今晚还真没什么事,我一会儿就过去。"

于是,大家就收拾好东西,说说笑笑地出发了。

王海波在全聚德要了个包间,大家刚坐好,王剑秋就走了进来。

王海波把王剑秋让到主位上,王剑秋一再推辞,最后王海波说:"主任,你要是再不坐,我们也只好陪你一起站着了。"

王剑秋见推辞不过,只好坐下了。

王海波让每个人把面前的酒杯斟满,自己先举起杯,说:"王主任,这第一杯酒,我就舰着老脸先来啦。我们二院整个拦截弹的项目团队,都归您指挥,都是您的兵。今天,指挥长亲自过来了,小宋博士也是第一次过来指导工作,我们很开心。虽然我们只来了一部分人,但是我们代表整个项目团队,感谢你们的指导和支持。我们都是奔着一个目标去的,就是要把我们的苍穹之盾，铸在我们的蓝天之上。主任，您看看这些在座的孩子，哪个不是名校毕业的天之骄子？哪个不是各大知名企业争抢的对象？为了实现这个目标，他们甘愿拿那么一点工资，每晚都工作到深夜，加班加点都是家常便饭，一个电话，随叫随到。多可爱的孩子们哪，我们一定要珍惜他们，培养他们，给他们机会，让他们成长为栋梁之材！来，为了我们的事业，也为了我们的骄傲，干杯。"

大家一饮而尽。

王海波的这番话，引起了大家的共鸣，大家纷纷鼓掌，然后开始窃窃私语。

王剑秋也不经意地瞟了宋小兵一眼。

王海波说："大家动筷。主任，小宋，来，你们好好尝尝这北京的特色。"

宋小兵用面皮卷起一片烤得酥脆的鸭皮和一片鸭肉，夹了一点葱丝、黄瓜条，蘸上烤鸭酱，轻轻一咬，一股浓郁的香味直达味蕾，鸭皮入口即化，鸭肉鲜嫩多汁，配合着脆嫩的黄瓜和软糯的面皮，粗中有细，软中带脆，在唇齿之间跳动，在口舌之间奏响了一曲畅快淋漓的交响乐。

接着，王剑秋举起了酒杯，他的话简短有力："谢谢在座各位同人的支持，一直以来，我都鲜有这样的机会，来表达深理心中多年的感激之情，谢谢王总提供的这次机会。要是没有你们的鼎力支持和配合，没有你们的辛勤工作，没有你们的无私奉献，就不可能有'823'工程这么快速的发展。你们对每一个命令，都不折不扣地去执行；对每一个数据，都不厌其烦地去验证；对每一次试验，都严谨细致地去对待。特别是你们那种英勇奋斗、勇于牺牲的精神，不是军人，胜似军人。我相信，有这样一种精神，我们的事业，就一定能够取得最后的胜利。谢谢你们！"

掌声雷动，大家又一起举杯痛饮。

气氛变得热烈起来，大家相互敬酒致意，宋小兵不知不觉也多喝了好几杯。

在他依旧保持清醒的时刻，他走到王剑秋身边，敬了一杯酒后，说道："主任，那我给您汇报一下去广州的情况？"

王剑秋本来想说，吃饭不谈工作。不过，看到宋小兵诚挚的眼神，话到嘴边，又咽了下去，变成："那你说吧。"

两人走到窗边，宋小兵小声地汇报着去广州的情况。

等他说完，王剑秋没有说话。

沉默了一会儿，王剑秋感叹道："看来，是我们自作多情了，呵呵。想要借船出海，难哪，万事还是得靠自己。"

宋小兵点点头，说："主任，今天下午在二院和飞行控制小组探讨完毕后，我梳理了一下，困难的确很多，而且很难，要——解决，不是一两年能解决得了的。"

两人随即都沉默了。

王剑秋问道："那你打算怎么办？"

宋小兵眼神一凛，说道："非常时期就得用雷霆手段。"

王剑秋一惊，说："你小子想干吗？不能干违法乱纪的事！"

宋小兵哈哈一笑，说："主任，您想哪儿去了，放心，我不偷不抢，我只是想发动人民战争的力量。"

王剑秋疑惑地问："什么意思？"

宋小兵说："我想让老师国家航天器实验室的教授们、学弟学妹们，一起研究这个课题。那里有最先进的试验设备，有最新的航天动力技术，有最强大的师资和研究力量，而且环境仿真模型也建设起来了。群策群力的话，肯定能缩短研发时间。"

王剑秋斩钉截铁地摇摇头，说："不行。反导工程是绝密工程，参与的人员都是精挑细选，并且经过严格的政治审核和考察的，怎么可能随意就扩大知情范围。"

宋小兵说："我们只给出研究课题，并不说明具体应用场景，比如课题定为小型航天器的精准飞行控制。"

王剑秋说："那也不行，随意交给不相干的单位和机构，那是严重违反原则规定的。只要存在一丝的风险，就是犯罪！"

宋小兵见王剑秋各种说不通，一股无名火在胸中熊熊燃烧，借着酒劲，他说道："这也不行，那也不行，哪里都有泄密的风险。那当初您为什么见我第一面，就给我详细讲了这个工程？是看我长得让人放心吗？"

王剑秋涨红了脸，说："你……"

他下意识地看了一眼宋小兵的胸前，那里只有一颗激动的心在扑通乱跳，别无他物。

宋小兵和王剑秋在窗边不欢而散，各自走回到座位上。

宋小兵给自己倒了满满一杯酒，一口就喝完了，夹了个鸭架，自顾自地啃起来，再也不发一语。

王剑秋默默地点燃一根烟，一口接一口地狠狠抽着，仿佛跟烟有仇。

王海波端坐在两人中间，突然感觉寒风阵阵，这两人怎么从窗边吹完风回来，就跟疯了似的。他不禁打了个哆嗦，窗外的瑟瑟寒风，都不如身旁这两位浑身上下散发出的寒气。

"一定又在什么问题上起了争执。"王海波心想。

作为航天系统研发一线的老人，他对这种有理就要搅三分的情况早就习以为常了。

就算私下里亲如兄弟，只要在工作立场上出现分歧，立马就能化玉帛为干戈。

科研没有定式，要在无数看似不可能中找到那条可能的路径，需要不断去尝试，不断去改变，不断去争论，不断去验证，在争论中取长补短。

争论，就是拨开迷雾的双手、砍掉荆棘的柴刀，让那条路径变得更加清晰。

科研永远是一争到底，而不是一团和气。

王海波看宴席也差不多了，于是说道："时间不早了，今天就到这儿，大家回去好好休息。后面，我们还有很多大仗要打，大家要有充分的思想准备。"

宴席散场，王海波和宋小兵一起把王剑秋送到楼下。

王剑秋一猫腰钻进出租车里，回过头来好像还有什么话要说，但一看到宋小兵那张冷若冰霜的臭脸，嘴张了张，什么话也没说。

倒是宋小兵冷不丁地冒出一句："主任，后面这几天，我就在二院和王总的小组一起研发这个项目了，西北暂时不回去了，研讨会那天，我从这边直接过去参加。"

王剑秋点点头，关上车门，车子一溜烟走掉了。

王海波拍拍宋小兵的肩膀："你小子牛啊，你这是在向王主任请示工作，还是在通知他你的决定？我还是第一次见到有小屁孩在大主任面前造次的。你这是恃宠而骄啊，小心哪一天失宠被打入冷宫、落得个郁郁寡欢、终生不得志的下场，哈哈。"

宋小兵说："王主任大气，不会跟我这个小屁孩计较的，再说了，不都是为了工作嘛。王总，那后面这十来天，我可就来好好伺候你了。"

王海波笑着说："别，我可不敢横刀夺爱，再说了，你那三言两语就能拔刀相向的臭脾气，还你伺候我？恐怕是我惯着你吧。不过，你来帮扶我们，求之不得呢，有什么需要，尽管开口，不要客气哦。"

王海波把宋小兵送到院里的招待所，就离开了。

后面这十多天,宋小兵成天都和飞行控制小组待在一起,一起研究问题,一起讨论方案。每当夜深人静的时候,等所有人都离开办公室后,宋小兵就开始梳理总结一天的工作成果,修订完善他的方案。

在这十多天里,王剑秋也没有打过电话,仿佛已经忘了宋小兵的存在,忘了还有一个重要的方案和一个重要的会议在等着他们。

第12章

致命一击

时间如白驹过隙，一晃而过。

会议当天一早，宋小兵早早就起了床，认真梳洗了一番，穿上笔挺的军装。他看了看镜中的自己，意气风发。

虽然这十多天依然没有什么进展，但是，对于动能拦截弹的巨大优势，他还是很有信心说服专家组成员的。

他有点兴奋，更有点紧张，他感觉博士毕业论文答辩都没有这么紧张。毕竟答辩只关系到个人的前途，而今天这场研讨会，关系到的是苍穹之盾的命运。

他从招待所门口走出来，王海波的车已经在门口等着了。

他把行李放到后备厢，王海波问道："怎么，今天就要回去？"

宋小兵点点头："在你这儿打扰太久，我都不好意思了。今天开完会，我就和王主任一起回西北。"

王海波说："哦，那行，我也知道你们工作忙，就不挽留了，以后经常过来指导工作。"

会议定在军事科学院航天器研究所的会议室里。

王海波和宋小兵到达会议室的时候，里面已经坐了好几个人。

王海波热情地和他们打着招呼，相互握手致意。

宋小兵对这些专家都不熟悉，只好一个人找了个角落坐下来，拿出那份方案，仔细看起来。

虽然这份方案,他早已烂熟于心,但是在这样一个恐怕会改写反导历史的重要时刻,必须要严阵以待,以确保万无一失,不能因为他个人的一些失误,而影响到整个大局。

宋小兵深深地感到,自己的肩上有千钧重担。

会议9点钟正式开始,8点45分的时候,会议室里已经有十多位专家了。

宋小兵抬头环顾了一下四周,还没看见李所长、王主任和他的老师胡奋虎教授。

8点50分的时候,李所长走进了会议室,后面跟着王剑秋、胡奋虎,还有一个从来没见过的鹤发童颜的老人。

李所长笑容满面,进来后和大家挥挥手,就在椭圆形会议桌中间靠右的位置上坐了下来。

胡奋虎看到角落里的学生宋小兵,冲他笑了笑,挥了挥手。

宋小兵也给老师打了个招呼。

看到老师那充满信任和期待的目光,宋小兵突然感觉心里踏实了很多。

那个不认识的老人,在中间靠左的位置上坐了下来,他表情显得很轻松,和在场的专家们相互打着招呼。

宋小兵看到他面前的桌签上,赫然写着三个字:"吴文斌"。

宋小兵心里一凛,眼睛死死盯着他打量了3分钟。

这是个面容慈祥的老人,精神气很足,虽满头银发,但面色红润,看起来非常和善,一点也不像他们口中说的那么难缠。

会议桌最中央的座位到现在依然空着,大家一边相互热烈地交谈着,一边不时偷眼望向门外,等待着这个最重要的人物的到来。

宋小兵看了看桌签上的名字:"赵胜"。

他偷偷看了看墙上的时钟,时间来到了8点58分。

这时,门口传来了一个洪亮而又熟悉的声音:"不好意思,各位专家同志,我来晚啦。刚才有个会,一结束我就紧赶慢赶地过来了,还好,差2分钟迟到。让各位久等啦,抱歉抱歉。"

随即,一个身着军装的老人昂首挺胸地快步走了进来,他身后跟着一个年轻的军人,手里提着一个黑色的公文包。

老人走到会议桌最中央的位置上，当仁不让地坐了下来。

等他坐下以后，宋小兵才注意到，他肩上的两颗金豆豆，闪着耀眼的金光。

老人脱下军帽，帽檐朝前，端正地摆在座位的右上角，顺手捋了捋额前的一缕银发，环视了一下整个会场，又左右看了看，低头和左边的李立长说了一句："老李，那我们开始吧。"

宋小兵这才看清老人的脸，吃了一惊。老人不是别人，正是那天在地下指挥所见到的那位老人。

"原来是赵胜将军。"宋小兵喃喃自语道。

会议由李立长主持，按照既定的流程进行。

王海波首先代表项目组汇报了"ST-1"拦截弹各项改进工作的进度，并对下个阶段的工作计划做了简要的报告。不过，他对动能拦截弹的情况只字未提，这算是暗中开展的工作。

专家组相关领域的专家，对"ST-1"在这个阶段的改进工作中，各个组成部分遇到的主要问题，进行了充分的说明和解答，并进一步提出了一些有针对性的改进意见和措施。

吴文斌对即将到来的第二次靶试，做了技术层面的安排和部署，特别对一些细节性的问题、之前不太引人注目的问题，做了提醒。

他说道："千里之堤，溃于蚁穴。很多时候，我们只注意到了一些有可能影响全局的大问题，比如加大弹头的装药量、提高助推火箭的推力和机动性、破片的定向布局等，却容易忽视一些小问题，比如电子线路线束焊接材料的选择。如果焊接材料没有选好用对，就可能在潮湿的环境中发生霉变，霉变又会引起腐蚀。线路的腐蚀是会带来全局性影响的，它会影响到制导系统传输数据的性能。所以，在中段反导的整个工程里，没有小问题！任何问题都会牵一发而动全身，都要引起足够的重视！"

宋小兵听完吴文斌的安排和部署，不禁暗暗点头："吴老对一些非常细微的问题都高度重视，看来在这上面没少下功夫啊。老科学家严谨治学的态度真值得我们好好学习，毕竟，细节才是决定成败的关键因素。"

吴文斌讲完话，李立长接过话筒，看了一眼宋小兵，说道："会议还有一项议程，我们反导系统总体室的宋小兵工程师，经过前期对拦截弹的充分调研和细致论证，有一些新想法和新观点。下面，请他来给我们具体阐述一下。"

大家把目光齐刷刷地投向了宋小兵,发现这个宋小兵工程师,竟是会场里年龄最小的年轻人。

于是,目光中的含意变得复杂起来,有疑惑,有不信任,有好奇,也有鼓励。

听到自己名字的时候,宋小兵感觉自己的心,都快跳出嗓子眼了。

第一次在一屋子专家面前充当反方辩手,而且是正方一辩、二辩、三辩……对阵反方一辩、一辩、一辩……他真的是有点诚惶诚恐。

这时,他感觉到一束温暖的目光投射到了自己身上。

他扭头一看,看到了自己的老师胡奋虎,他的目光温暖,充满了信任。宋小兵又看了看主席台上的李立长,李所长也正看着他,冲他微笑着点了点头。

宋小兵的心中,仿佛被注入了一股勇气,他深吸一口气,平复了一下忐忑不安的心绪。

同时,他也看了看一旁的王剑秋,王剑秋倒没有刻意看他,而是低头看着面前的材料。

宋小兵站起身来,走到会议室的正前方,用力地伸出手,开始了他的打脸之旅……不,他只是伸出手,整理了一下自己的军容风纪。

"各位专家,你们好。今天,我想讲的东西,可能会引起比较大的争议,因为这不是新观点、新看法,而是新设计!"

他这番开场白一说完,就如同在平静的湖面上投入了一颗石子,激起了阵阵涟漪。

专家们面露忧色,开始交头接耳、窃窃私语,场面有些失控。

吴文斌一言不发,一副云淡风轻的模样。

李立长拿过话筒,说道:"大家不要吵,听宋工把话说完。"

这时,所有人才安静下来。

宋小兵开始滔滔不绝地讲起了动能拦截弹的设计初衷和设计理念,并和"ST-1"做了深度而客观的对比。

发言大概进行了半小时,会场一扫刚开始的嘈杂,整个过程都变得出奇地安静,只听见宋小兵的声音或激昂澎湃,或低沉镇定。

宋小兵讲完后,全场变得鸦雀无声。

大家都在思考着,谁也不敢轻易发表意见。

毕竟,在第二次重要靶试开始前夕的这个关键节点,突然冒出了这么一个完全不同的设计方案,打了大家一个措手不及。

这完全是对"ST-1"的否定,是对整个专家组和项目组这么多年艰苦奋斗、牺牲奉献的否定!

当然,动能拦截弹的各项优点和技战术性能,包括最终的打击效果,确实也是超越"ST-1"的。

它符合中段反导系统的发展趋势,绝对是未来之选。

是守旧还是创新,是走老路还是选新路,在他们看来,就像生存还是死亡。

这是个问题。

大家之所以非常默契地一言不发,选择默默观望,主要还是揣摩不透上意。

既然让宋小兵这个新人抛出这个方案,就一定是上面有人授意。

不然,宋小兵此举,完全就是在重要靶试开始前,一次别有用心的扰乱军心的举动,是兵家大忌。

不过,从专家们的内心深处来讲,宋小兵这个动能拦截弹的构想,基本已经有了雏形,是完全具有可操作性的,也是符合基本国情和未来发展需要的。

李立长见大家都面面相觑,一言不发,转头看了一眼吴文斌,说道:"吴老,你来讲讲,你对小宋这个新方案有什么看法?"

吴文斌拿过话筒,一脸和善的微笑,说道:"完全没想到啊,英雄出少年,从宋工的身上,我看到了我们国家国防事业未来的希望。能提出动能拦截弹这个构想,我觉得了不起,有操作性、有前瞻性;能否定'ST-1'的种种,我觉得有勇气、有魄力。不破不立嘛,我没有意见!"

吴老的话一出,满堂皆惊。

吴文斌的风格,一向是求稳,而不是求新。他的名字甚至就是"稳妥"的代名词。

大家本以为吴老会据理力争,因为定向破片杀伤拦截弹,一直是由他在主导,"ST-1"第一次靶试后的各项技术革新工作,也是由他在主持开展。

吴老曾在私下的场合,多次表达过自己的骄傲:经过这次翻天覆地的改进,"ST-1"已经完全脱胎换骨,从稚童一步迈入壮年,在第二次靶试上,一定会大放异彩,准确摧毁目标,让战略导弹军那些目空一切的将军,从此闭嘴。

可以说,吴老把"ST-1"拦截弹当成自己一手养大的孩子,寄予了厚望。而今天在这次会议上的表现,战略导弹军的将军们还没闭嘴,吴老就先闭嘴了。这完全不符合他在航天技术斗争领域,擅打持久战和歼灭战的风格啊。

这就如同素未谋面的路人甲,有一天在路上偶遇吴老,瞥了一眼他怀中的孩子,顿生同情和怜悯,不无心痛地对吴老说:"老头儿,凭我几年学院派的修为,一眼就看出了你怀里抱的那孩子不行,天生缺陷,成不了大器。来,我送你一个李家的骨肉,这孩子天赋异禀,乃紫微星下凡,前途无量,你不仅要接受他,还要爱护他,并好好帮忙养大。"

闯荡江湖几十年,已登顶武林副盟主的吴老,赶紧起身相迎,并顺势扔掉怀中的亲骨肉,小心抱过别人家的孩子,露出赞赏的微笑:"谢壮士点拨,以后,这孩子不仅能光宗耀祖,你也一定能成为名震江湖的青年才俊。"

对于吴文斌这完全颠覆自我形象的表态,李立长感到很惊讶。

不过,很快,他就恢复了一贯的镇定,他知道,事出反常必有妖,吴文斌一定还有什么后着。

而单纯的宋小兵就没想那么多了,得到了吴老的赞扬,心里那块始终悬着的大石头就顺利落地了,他还美滋滋地想:"赵将军不是说吴老难缠吗?虚惊一场!看来,吴老对新方案也是非常认同的。准备了这么久,苍天不负有心人哪,大局已定。"

他的喜悦才上眉梢,下一秒,忧愁就弄皱了眉头。

"但是……"吴文斌慢条斯理地说道。

果然,作为斗士的吴文斌院士,是不可能连一点抗争的举动都没有的,他吹响了反攻的号角。

"动能拦截弹从我们现在的科技水平来看,有个致命的缺陷,就是拦截器的飞行精准控制问题。要在高速飞行中一边接受地面雷达的轨道修正信号,一边接受弹头导引头的目标识别和目标飞行数据,光从数据的实时处理来说,就不是小问题。而且还要根据这些瞬息万变的信号,及时修正拦截器的飞行轨道,不断地给至少10个以上的脉冲发动机下达开关机指令和喷射强度、时长指令,把变轨做到完全精细化控制。试问,这样的水平,我们现在的技术力量能达到吗?就算能达到,研发出来又需要多久?

"有些大国已经把战略导弹部署到我们周边了,对我们虎视眈眈,狼子野心,昭然若揭。我们驻南联盟大使馆被炸的惨痛历史,教训还不够深刻吗?动能拦截弹等得起,我们的中段反导系统等不起!我们必须尽快把我们的苍穹之盾铸好、铸牢!就算暂时没有那么先进,还存在一些不尽如人意的地方,但先有形,就能有势,以后再慢慢完善,让它真正地形神兼备。"

吴文斌的话说完，果然引起了专家们不小的讨论，大部分人觉得他的话没问题，我们不能因为一个小年轻所谓的面向未来，就全盘否定十几年的心血和努力。

半途而废的结局很可能就是，自废武功，坐以待毙。

会场局势瞬间发生了变化，吴文斌果然是极富斗争经验的专家教授，几句话就点穿了动能拦截弹最要命的技术缺陷：精准控制问题。本来十分认同宋小兵方案的专家，现在也变得犹豫不决。

而且吴老在战术运用上，也深得《孙子兵法》的精髓：示之以弱，乘之以强。

"飞行复合控制绝对是拦截器最重要的技术，没有这个技术作为支撑，动能拦截弹就是天方夜谭。大家想想，拦截器不带任何杀伤部件，全靠撞击来摧毁目标，这无异于'子弹打子弹'。如果缺失这项技术，就算鸟枪换炮，也打不到子弹！所以，没有技术做支撑，这完全就是纸上谈兵。"

吴文斌喝了一口水，眼光复杂地看着宋小兵，话锋一转，说道："我还听说，有人想用一个背景复杂的地方企业的技术，来武装我们的苍穹之盾，这简直就是胡来！我们的'823'工程，是一项绝密的工程，是关系到国家安全、民族安危的国防重要工程，有人怎么能把这个当作儿戏一般，想怎么来就怎么来？还有没有一点作为军人的荣誉？还有没有一点作为科研人员的底线？

"要是不明身份的企业的技术能用，那国外给我们提供的技术是不是也能用？那是把我们的防御之盾置于无穷的隐患中啊，同志们。我们的国防利器，什么时候靠过别人，哪样不是依靠我们自身的力量完成的？无数的经验教训告诫我们：只有靠自己，才能挺起脊梁和胸膛。民族脊梁，永远不能弯！苍穹之盾，誓死不能借！

"还好，人家企业拒绝了那人的请求，这是万幸，也是耻辱啊，同志们，犹如一记响亮的耳光。我们科研战线上没人了吗？我和李老，我们大家，还在这儿立着呢！从来没有倒下过！"

吴文斌越说越激动，一个老一辈科学家对祖国的热爱，对国防事业的热爱，让他难以抑制心中的激动和愤怒。

吴文斌慷慨激昂的话，让全场人员深受感染，同时也点燃了所有专家心中的那片火焰，大家对吴老"先天下之忧而忧"的爱国情怀，充满了无限的敬佩。

"还是吴老对形势的判断准确啊,我们要顺势而为。"

"'ST-1'首发就命中了目标,改进后的性能必定更上一层楼!"

"还是原方案更稳妥,我们不要想着一步登天!"

"对了,吴老说的那个毫无底线的人是谁啊?"

专家们相互热烈地交谈着,同时,有几束异样的目光投向了还站在前面,不知所措的宋小兵。

宋小兵觉得自己站在那里,像一个跳梁的小丑。他的脸,火烧火燎地烫,胸中的委屈,如同乱石穿空,惊涛拍岸,卷起千堆雪……对,急待沉冤昭雪。

不过此时,他已顾不上自己的颜面,心中想的只有四个字"大势已去"。

群情激奋下,见惯了暴风骤雨的李立长仿佛也无计可施。

经历过太多这样的场面,他知道,在这个时候,说再多的话都是多余的,也是毫无用处的。

法国社会心理学家古斯塔夫·勒庞在他的著作《乌合之众:大众心理研究》中写道:"群体对一切传统事物、传统制度,都有着绝对的迷恋与崇敬;它们对一切有可能改变自身生活基本状态的新事物,有着根深蒂固无意识的恐惧。

"处于群体中的个人会感受到一种强烈的'正义'力量,对他们来说群体就是正义,数量就是道理。

"群体想要的,只是能够满足他们需要,打动他们心灵的人。"

很明显,吴文斌做到了,他打动了在场几乎所有专家的心。

李立长叹了一口气,历史总是惊人的相似,好像又回到了十几年前的那个场景,他看见宋小兵六神无主地站在那里,就像看见了当年的自己。

李立长拿过话筒,清了清嗓子,说:"各位,刚才吴院士的话,讲得非常实在,抒发了我们老一代科学家浓浓的爱国之情。"

他顿了顿,接着说:"不过,感情归感情,工作归工作,不管是从军事技术发展的潮流方向,还是从适应未来战场、打赢未来战争的角度来看,动能拦截弹无疑是我们中段反导系统最好的选择。不说是一劳永逸,也算得上是确保我们的导弹防御几十年无患。虽然技术上还有缺失,虽然在具体的工作中还有考虑不周全的地方,但我相信,只要我们形成合力、一鼓作气,是没有解决不了的问题的。"

"在权衡两种方案的利弊以后,经过慎重考虑,我选择动能拦截弹的设计方案!"最后,李立长斩钉截铁地说出了他的结论。

作为科学界另一位英勇的斗士,李立长绝不会让宋小兵这个年轻人冲锋陷阵、孤军奋战,他一定会挺身而出,坚定地站在他身后,替他挡下所有射过来的子弹。

现在,对于会场里的专家们来说,又到了最艰难的时刻。

两位院士的选择又出现了分歧,历史的一幕换了个课题,重新上演。

"吴老讲得很有道理,贴近现实,李老讲得也很有道理,符合未来,怎么选啊?"

"真理总是掌握在少数人手里,每次李老都是少数的一方,最后却都是他对。这一次,会不会也是这样啊?"

大家都在交头接耳,相互商量着对策。

李立长扭头看了看吴文斌,见他面带笑容,镇定自若,一副胜券在握的表情。

李立长又把目光投向了身旁的赵胜。

赵胜面容严峻,注视着正前方,不知道看向哪里,也不知道在思考着什么问题。

赵胜,可是他最后的救命稻草。于是,李立长说道:"最后,请赵部长讲话做指示,大家欢迎。"

专家们终于停止了议论,一起鼓掌,等待赵胜最后的裁决。

赵胜拿过话筒,没有丝毫犹豫,用不带任何感情色彩的语调说道:"根据上级的命令,'ST-1'反导拦截弹按原计划进行第二次靶试!"

赵胜一锤定音,结束了这场争论。

说完之后,他起身快步走出了会场。

那个坐在角落里的年轻军官,赶紧提上黑色的公文包,一路小跑,跟了上去。

李立长当时就愣在了原地,赵胜的话,一个字一个字钻进了他的耳朵里,就像一把刀一把刀插进了他的心里。

他的心在滴血。原以为的救命稻草,成为压死骆驼的最后一根稻草。

李立长准备了这么久,感觉时机已经成熟,到头来还是竹篮打水一场空。

命运之神,始终都在玩弄着他的命运。

这时,吴文斌笑呵呵地走过来,说道:"组长,你看,下一步的工作安排……"

李立长有气无力地说:"老吴,还是按照你的部署,照原计划进行吧。"

吴文斌说："好的。"

他笑呵呵地转身刚要离开，随即又转过身来，拍了拍李立长的肩膀："老李，你的想法很好，不过，我们还是要立足现在嘛。未来的事，就让小年轻们去折腾吧。我们这一代人，尽我们的责，完成我们这一代人的任务和夙愿就行了。你又何必执着于将来，为以后的事操碎了心呢？不是还有那么多优秀的青年才俊吗？"

他朝着宋小兵努努嘴，笑了笑，然后也走出了会议室的大门。

李立长突然也站起身来，快步走出了会议室。

会场里，就剩下宋小兵、胡奋虎和王剑秋了。

李立长快步走下楼，刚一出办公楼，就看见赵胜坐在车里，车门还未关上。

他赶紧走过去，冲他挥挥手。

赵胜就像是专门等在那里一样，一见李立长出来，他就朝车内又坐了坐，让出门口的位置，拍了拍，示意李立长上来坐。

李立长一坐上车，关上车门，才发现司机和那个年轻的军官都不在。

赵胜这时才露出充满歉意的笑容，和会场上的他判若两人。

他不好意思地说道："老伙计，我就知道你要追下来问个究竟，我都在这儿等候多时了。今天对不住了，军令如山，身不由己。"

李立长十分纳闷，问道："老兄弟，这是怎么一回事呢？那天我们在地下指挥所探讨方案的时候，你还表态，说要大力支持，今天怎么就……就反水了呢？"

赵胜尴尬地笑了笑，说道："你看你，把话说得那么难听，什么叫反水？作为一名老革命军人，战争年代都宁死不屈，和平年代还能反水？唉，怪就怪我当时把话说得太满，毕竟，在方案的选择上，我还是有话语权的。"

李立长问道："那是为什么？"

赵胜压低了声音，说道："你还记得我进入会场前，说什么了吗？"

李立长回忆了一下，说："你说前面有个会议，差点耽误了你。"

赵胜拍了拍李立长的大腿，轻声说道："其实，不是会！是一位首长，临出发前，把我叫到了他办公室里，给我宣布了这个命令！"

"啊?!"李立长惊呼道。

苍穹之盾

宋小兵木然地坐在会议室里,这次的打击对他来说,有些难以承受。倒不是因为吴文斌说的那些话刺耳,而是他倾注了全部心血和希望的动能拦截弹方案,看来就此夭折。

相比于个人名誉,宋小兵其实更看重国防利益。

他觉得放弃动能拦截弹,也许我们又要走很多无谓的弯路。最后所有的弯路连起来,就成了一个圈,一个怪圈,可能走了很久,才发现,又回到了原点,回到了出发的地方,无功而返。而上马动能拦截弹,才是中段反导系统的破圈之旅!

严峻的国际形势、积极防御的军事战略方针和我们寻求自身强大的迫切愿望,都让我们经不起无谓的折腾。

宋小兵始终是一脸的惋惜,相比之下,王剑秋就显得平静得多。

他默默地抽着烟,脸色平静如常,看不出内心的一丝波澜,仿佛方案被否,也是意料中的事。

看宋小兵和王剑秋沉默地坐在座位上,胡奋虎走了过来,缓缓地拍了拍宋小兵的肩膀,说道:"小兵,今天你讲得非常好,基本上把我们对动能拦截弹的设想,变成了具有可操作性的方案。看得出来,你前期的准备工作,是花了大量的心血和汗水的。别灰心,我相信,好饭不怕晚,我们的研发工作,还是会重新回到正轨上来的。"

宋小兵感激地看着自己的老师,他温暖鼓励的目光,瞬间就击垮了宋小兵心中那一道故作坚强、摇摇欲坠的堤岸,悲愤、委屈、不甘、伤心等所有压抑已久的情感,终于挣脱了内心的强大束缚,汇聚成一股奔腾的洪流,倾泻而下。

宋小兵小声地抽泣着,一行眼泪流了下来。

自从他懂事以来,就和母亲相依为命,生活的艰难都不曾让他痛哭流涕;在学校里,因为单亲家庭的缘故,曾受同学的冷眼与嘲笑,他也从来没有轻易掉过眼泪;在军校里,面对残酷的军事训练,他偷偷抹干的,从来都只有汗水,而不是泪水。

今天,他却忍不住哭了,因为他第一次觉得,这个世界上,真有他无法战胜的困难。

虽然他已经无限接近终点,可终点并非只有说好的光明,还有说不清的深渊。

这一刻,他终于体会到了那句脍炙人口的诗句所蕴藏的无限哀伤:"出师未捷身先死,长使英雄泪满襟。"

胡奋虎把宋小兵轻轻抱在怀里,拍着他的后背,喃喃地说:"你已经做得很好了……很好了。"

王剑秋一言不发,只是抽着烟,像一个局外人,凝视着这份忧伤。

李立长又重新走回到会议室。

赵胜在他走后,打电话把司机和秘书叫了回来,开车离开了军事科学院。

三人见李立长走进来,赶紧上前,把李立长围在中间。

宋小兵也擦干了脸上的泪水。

他不想让李所长看轻,不想让他觉得,自己是一个经受不住打击和考验的人。

"怎么?哭了?"李立长笑着说,他目光如炬,一眼就看到了宋小兵脸上的泪痕。

宋小兵低下头,不敢抬头看李立长的眼睛。

李立长哈哈大笑:"这点小风小浪就让我们的宋博士委屈得受不了了?想当年,我和你老师,什么委屈没受过,什么苦没吃过?只要心中的信念坚定、意志坚强,相信自己的判断和抉择,就是忍着、熬着,也要坚持下去。终有一天,会成功的。"

宋小兵抬头看了看李立长,他的眼神异常坚定,这番话虽然是说给宋小兵听的,但也像是说给他自己听的。

"师兄,具体什么情况啊?"胡奋虎焦急地询问道,多年的项目研发经验告诉他,其中必有隐情。

"走,到我办公室去!"李立长一转身,率先走出了会议室,其余三人紧跟在他后面,也走出了会场。

来到李立长的办公室,走在最后面的宋小兵关上了房门。

四人坐在沙发上,李立长点燃一根烟,吐出一口烟气,说:"上级首长的命令。"

胡奋虎说:"专家组还没最终表态,上级首长就直接下命令了?"

李立长点点头:"这事也很蹊跷,军方虽说掌握着决定权,但是按照惯例,他们会等待专家组给出明确意见后,在充分考量的基础上再行定夺。这次,完全没有按照套路出牌。"

胡奋虎说:"那就是说,在研讨会开始前,军方就已经定调了?"

李立长点点头,说:"是的,连赵胜事前都不知道具体情况,只在会议开始前,临时被下达命令。"

胡奋虎问:"知道是哪位首长吗?"

李立长摇摇头说:"不知道,我不能问,赵胜也不会说。不过……"

胡奋虎点点头,说:"不过,也猜得出来,能直接给赵胜下达命令,而且分管装备研发工作的,也就是那一位首长!"

李立长没有答话,只是抽着烟,火星一明一暗,像是闪动的智慧。

胡奋虎接着说:"那大概率就是吴老提前去做了工作……"

李立长立即打断了他的话:"奋虎,捕风捉影的事,不要乱猜。"

胡奋虎好像斗气似的,继续说道:"谁不知道,吴老和那位首长年轻时就是战友,多年的情谊,肯定会站在吴老这一边的。"

李立长的语气也变得强硬起来,说:"奋虎,不要乱说!反导系统是我们国防现代化建设最重要的一个工程,关系到我们的防御力、威慑力和在世界上的影响力。没有人敢视为儿戏,更不可能拿这个作为筹码。

"我相信,不管是首长们还是专家们,肯定都站正确的一边,而不是站最亲的一边。你永远都不要怀疑老一辈革命家的政治觉悟和宽广胸怀。他们是站在全局的高度,考虑得比我们更多,看得也比我们更长远。他们这样选,一定有他们的道理,只是我们不能理解,他们也不便细说罢了。"

胡奋虎今天看来是不准备善罢甘休了,也许,是想帮他的得意弟子争一口气吧:"吴老怎么对小兵的广州之行那么清楚,连很多细节都了如指掌。要不是他说出这些,我相信,首长应该不会轻易下命令吧。说实话,广州之行很冒失,小兵提出的建议,也的确存在很大的风险隐患。军方发展武器装备的原则一向很明确:首先是安全,然后才是发展。我猜测,正是这个决定性的事件,才促使军方下决心继续沿着原方案行进吧。"

胡奋虎的这番话一说完,大家都没吭声,都在默默回味着、思考着。

不得不说,胡奋虎的分析,并不是完全没有道理。

特别是宋小兵,他心里原本的一团乱麻,仿佛遇到了胡奋虎递过来的一把快刀。他抬起头,狠狠地看着低头不语的王剑秋,那目光中,闪动着千把刀的寒光。

"老师,这么说来,吴院士一定是在会议前就去领导那儿报告过相关情况了,而且也知道最终的结果。全程他都表现得非常淡定,一副胜券在握的神态。我想,一定是有人把我们的情况,提前给他汇报过了。"宋小兵盯着王剑秋,一字一句地说道。

他心里最清楚,广州之行的具体情况,他只给王剑秋详细汇报过,连李立长和胡奋虎,他都没有讲过。

王剑秋根本就没有抬眼看他,只是自顾自地低头抽着烟,好像这件事跟自己一点关系都没有。

胡奋虎说道："小兵,我也只是猜想,刚才李所长不是讲过了吗? 要相信领导。"

宋小兵的嘴角露出一丝笑容,问道："王主任,您看,我们下一步应该怎么办?"

王剑秋这才抬起头来,看到宋小兵眼中的寒光,不禁心中一颤,又立即恢复了镇定:"按照上级的命令办,全力以赴,做好'ST-1'的第二次靶试工作。"

李立长和胡奋虎都点点头,事到如今,也只能这样了。

不管心中有多么的不甘和不愿,军人就是以服从命令为天职。

宋小兵继续追问："主任,那动能拦截弹就这么放弃了?"

王剑秋不说话了,李立长和胡奋虎也保持沉默。

宋小兵腾地站起身来,语气有些激动："反正,我是不会放弃的。"

说完,他打开办公室的门,大步走了出去。

"小兵……"胡奋虎跟着走了出去,想追上去再劝劝他。

王剑秋叹了一口气,继续埋头抽他的烟。

李立长看着他这个学生,说道："剑秋,其他的事暂时先放一放,还是按照上级的部署,做好第二次靶试的各项技术准备工作吧。"

王剑秋点点头,指了指门口,说道："可是,你看看他……"

李立长笑着说："年轻人,胜负心强,这很正常。我们年轻的时候,不也是得理不饶人的吗? 你作为领导,不仅要包容他,容忍他成长中的很多不足,更要帮助他,解决他成长中的烦恼,时常给他激励,为他提供更大的舞台。我相信,这个年轻人,一定会有所作为的。"

王剑秋像下定什么决心似的,拧灭烟头,和老师道了个别,也走出了办公室。

第二天,宋小兵和王剑秋搭乘同一趟航班回西北。

宋小兵全程一副扑克脸,不想和王剑秋多说一句话。

他讨厌告密、讨厌背叛,之前对王剑秋仅剩的一点敬仰,也荡然无存。

这或许和他小时候的成长环境有关,他一直认为,是父亲背叛了母亲,才会扔下他们母子二人,音讯全无。

所以,他从来都是坦诚待人,给予别人最充分的信任。

他始终相信,你怎样对待别人,别人就会怎样对待你。

但是，一到部队，老一辈表演艺术家王剑秋老先生，就用自己精湛的演技，骗取了他的信任，给他上了一堂现实教学课。

整个课程内容循序渐进，流程安排自然紧凑，主题也非常鲜明突出：你怎样对待别人，别人就会怎样伤害你。完全颠覆了他以前的看法。

当然，效果也非常明显：现实总是残酷得让你怀疑人生。

所以，当王剑秋老师最后公布正确答案的时候，对完答案的宋小兵表现得痛不欲生、悔不当初，这使他突然明白了一个道理：潜伏在你身边的，不仅有敌人，还有同志。你的信任，或许只是别人换取进步的筹码。而下属，往往就是用来出卖的。

宋小兵很讨厌这样的状态，当他看清某些真相的时候，他觉得自己的内心世界已经不再如从前那般纯粹，多了一些挥之不去的阴影。

但是，又有哪一种成长，不需要付出代价呢？又有哪一种成熟，不需要走入阴暗呢？只有在黑暗中摸索过后，才会珍惜光明的可贵。

在飞机上，宋小兵根本睡不着，他闭上眼睛，脑海中总是浮现出昨天会议上的情景，还有王剑秋那张波澜不惊的脸。

他实在想不通，王剑秋为什么要这么做。动能拦截弹，不也是王剑秋一直所期盼的吗？就因为宋小兵比较冒进的做法，怕丢了自己头上的乌纱帽？

宋小兵越想越觉得肯定是这个原因，不管是拦截器飞行控制系统的借船出海，还是导弹动力系统的固体火箭改液体火箭，都存在一定的风险。

而这些风险，随便哪一个，都可能使王剑秋付出解甲归田的代价。

想明白这个逻辑以后，宋小兵心中的不满，达到了极点。

原来，王剑秋这个浓眉大眼的家伙叛变革命，完全是出于私利，而非公心。

宋小兵是个喜形于色的人，什么都挂在脸上，王剑秋早就看出他心情不好，所以也不便和他多说什么。

两人回到37号，已经是傍晚时分。

王剑秋说："小宋，走，我请你去喝羊肉汤，这个天气，喝一碗热气腾腾的羊肉汤，正好暖暖胃。"

宋小兵推辞道："主任，我今天太累了，身体有点不舒服，还是想早一点回去休息，就不陪你了，再见。"

说完,他就头也不回地离开了。

王剑秋看着他的背影消失在站点里的黑暗中,摇了摇头,转身朝着老徐的羊肉汤小店走去。

第二天一上班,王剑秋就把大家召集到会议室开会,首先传达了进度会和研讨会的精神,认真部署了第二次靶试的相关工作。

最后,他问道:"大家还有什么意见和建议吗?"

宋小兵说:"主任,那动能拦截弹的研发,是不是就取消了?"

王剑秋:"小宋,动能拦截弹的方案,研讨会上,领导已经说得很清楚了,我想,我也没必要再复述一遍了,你也参加了会议,你心里肯定也很清楚。我们现在的主要任务和工作,就是改进完善'ST-1'拦截弹,认真准备第二次靶试!"

宋小兵争辩道:"首长说的是,第二次靶试按照原计划进行,但并没说要取消动能拦截弹的研发。"

王剑秋有点生气,于是冷冷地说道:"暂时取消!"

宋小兵问道:"那我干什么? 我现在的任务是什么?"

王剑秋说:"你现在的任务,就是好好配合老范,做好'ST-1'拦截系统的改进。"

"对了,"王剑秋又接着说,"'ST-1'拦截系统,老范,你不仅要负责全面工作,具体的工作也要多费心。毕竟,整个系统,你都是全程跟着的,情况都很熟悉。小宋现阶段的主要工作就是配合你。至于他的具体工作,由你来安排。"

老范连连摆手,说道:"我还是配合宋博士的工作吧,他年轻,有想法、有闯劲,我老了,不如年轻人。"

王剑秋斩钉截铁地说:"老范,你就不要推辞了,老骥伏枥,志在千里。拦截系统的工作,你全权负责!"

老范只好勉为其难地说道:"主任,那就恭敬不如从命了。"说完,他的嘴角轻轻上扬,露出一丝不易觉察的笑意。

第13章

年轻的财富

第二次靶试的时间,定在了2006年3月25日。

37号也因为靶试的逐渐临近,变得忙碌起来。

老范自从被王剑秋重新委以重任后,拦截系统带头人的光环,在他已有些光亮的头顶上被再次点亮,把他整个人都映照得神采奕奕,在这个异常寒冷的隆冬时节,焕发出蓬勃朝气。

老范一改往日有些散漫的工作作风,像是被一只无形的手按下了快进键,久已不见的事业心被突然唤醒,熄灭已久的工作热情被突然点燃。

他就像一列年久失修的蒸汽机车,多年来本一直停在锈迹斑斑的副轨上,等待寿终正寝的那一刻。

谁知,这会儿突然被人铲进了几铲煤,拉响了启动的汽笛,重新驶入了正轨,车轮欢叫着滚滚向前。

原来,被人需要的感觉这么好,带着几节车厢飞奔的感觉真棒。

老范很享受这种久违的感觉,这种感觉也给他带来了令办公室几个小年轻瞠目结舌的变化:一向下班就跑路的老范,竟然开始加班了。

而且,他还像一个贪婪的孩子,把大小工作都揽在怀里,别说分配了,连分享都难。

加班的老范,带来的最直接的影响就是,宋小兵被翘班了。他现在变得无所事事。

动能拦截弹被叫停后，"ST-1"的改进工作，他完全插不上手。

老范不仅对"ST-1"的前世今生了如指掌，而且直接主导了整个项目的进展。

航天二院的王海波也只能按照老范的安排，全身心地投入"ST-1"的改进工作中。

作为项目实施单位，在上面定调以后，他也只能暂时停掉并线运作的动能拦截弹。

宋小兵遭遇了工作以来的第一个低谷。而且这种被孤立被架空的情绪，无人倾听。

大家都很忙，出差频繁，办公室常常就剩下他一个人独守空房。

这天中午，他正一个人在办公室发呆，手机响了起来。

他掏出电话，是一个陌生号码，他犹豫着接起来："喂，您好，请问您是……"

电话那头，一个有些熟悉的声音响起："宋博士，你好，冒昧打扰，我是严学礼。"

宋小兵一惊，脑子里电光石火般地闪过很多个念头，但说出口的却是："严总，您怎么有我的电话？"

对方哈哈一笑："这还不简单？我严学礼想要打听的事，还从没问不出来的。"

宋小兵有些厌恶严学礼那种盛气凌人的感觉，语气随即也变得冷淡起来："严总，不知找我有何贵干？"

"你现在有空吗？"

"现在？"

"对，就是现在，想见你一面。"

"严总，我远在西北，想见一面，恐怕条件不允许啊。"

"不难，我就在航天城。我料想，你就算不在1号，也应该就在附近的号点。"

宋小兵吃了一惊，想不到，严学礼自己找上门来了，而且嗅觉异常灵敏。

半天没听见宋小兵的搭话，严学礼笑着说："你可别说你不在这一带，也许，我亲自送上门的，不仅是我这个人，可能还有好消息。"

一听"有好消息"，宋小兵首先想到的就是，莫非自己想要的那个技术，口风松动了？

"严总，您在航天城哪个位置？我来找您。"

"1号的剑南大街45号，老西北风味餐厅。"

宋小兵还从来没去过航天城，司机把他送到老西北风味餐厅的门口，就离开了，约定等他事情办完以后，再一起回站点。

宋小兵走进餐厅，有几桌已经坐着人，正在大快朵颐。

他看见角落里,有个人抬起头,朝着他挥了挥手。

没错,是严学礼。

宋小兵整了整军装的衣领,走了过去。

严学礼站起身来,伸出手,露出欣喜的笑容,说道:"宋博士,想不到我们又见面了,看起来,我猜得没错。"

宋小兵一脸不悦地伸出手和他握了握,说:"严总,您怎么会到这里来?"

严学礼笑着说:"作为我国航天事业的开创地和奠基地,这里,都是航天人必须要来的朝圣地。"

这时,服务员端过来几盘菜,爆炒羊肝、老虎菜、黄焖羊肉,还有一盘小葱拌豆腐。

"来,你尝尝,这家风味餐厅是一个军嫂开的,军嫂是甘肃人,做的黄焖羊肉非常地道。"说完,严学礼给宋小兵夹了一筷子黄焖羊肉。

"严总对这里很熟悉?"从严学礼的言谈中,宋小兵隐约觉得他和这里渊源不一般。

"航天城嘛,说实话,我经常过来,毕竟和这里有一些技术和业务方面的交流探讨。"严学礼也是闪烁其词。

"那,飞行复合控制技术,有合作吗?"宋小兵单刀直入。

严学礼摇摇头:"这倒没有,你知道,这是我们还没公开的新技术,这里也不会有这样的需求。倒是宋博士你,对这项技术求知若渴,可以告知一下是用在什么地方吗? 也许会成就第一次合作也说不定。"

宋小兵说:"抱歉,无可奉告! 如果严总说的好消息是这个的话,那就请回吧。"

严学礼哈哈大笑:"想不到'以彼之道,还施彼身'这一招,这么快就用到我身上了啊。我说的好消息,可不仅仅是这个。"

宋小兵淡淡地说:"还有什么?"

严学礼夹了一块黄瓜,咬得嘣嘣作响,答非所问道:"听说宋博士这段时间,过得很不开心?"

宋小兵说道:"有劳严总费心,我过得很好。心情舒畅,工作顺利,就如同火箭上天,飞一般的感觉。"

严学礼郑重其事地说:"你可别瞒我,我对观相还有一点粗糙的造诣。你一进门,我就见你愁眉紧锁,面色枯黄,目中无神,连走路都是步履蹒跚,无精打采的,一看就是深受打击、心力交瘁之态。对于一个没有家庭，只有事业的年轻人来说，除了工作上备受打击、屡遭挫折，我想不出还有什么。"

宋小兵没有说话，也没有看他，只是低头又夹了一块羊肉，说道："这菜的确好吃。"

严学礼压低声音，说道："你又何必自欺欺人？人生在世，不就图个快乐工作，美好生活？此处不留爷，自有留爷处。推进器研发部负责人的位置，我可一直给你留着。"

看着严学礼略显严肃的表情，宋小兵笑笑说："严总，您这次来航天城，是考察项目还是商谈合作？"

严学礼说道："我要说，是特意为你而来呢？"

说完，他就盯着宋小兵的眼睛，那暗藏锋芒的目光中，带着真诚。

宋小兵慌忙躲过那能够直射心底的目光，故作轻松地说："严总真会开玩笑，我一个初出茅庐的毛头小伙，何德何能，能让您不远千里，来到这里。如果一个生意人，心思不放在生意上，而是开始打人的主意了，那我就要注意了。"

严学礼问道："注意什么？"

宋小兵笑着说："您说对于人贩子，应该注意什么？当然是注意可能随时会被卖。"

严学礼却没有笑，他朝着站在门口柜台后的老板娘喊了一声："嫂子，帮我拿一瓶二锅头。"

酒来了，他给自己满上，也没问宋小兵要不要喝，自己先喝了一杯。

喝完，他才说道："我知道你工作期间不方便喝酒，也就不劝你了。"

宋小兵点点头。

严学礼问道："你读过《易经》吗？"

宋小兵摇摇头，他很纳闷，严学礼突然问他这个毫不相关的问题干吗。

常年身处科研战线的他，和玄学战线上的奇书，本就是两条平行线。

严学礼说："《易经》的第一卦，是乾卦。乾卦分六爻，爻辞分别是：初九，潜龙勿用；九二，见龙在田，利见大人；九三，君子终日乾乾，夕惕若厉，无咎；九四，或跃在渊，无咎；九五，飞龙在天，利见大人；上九，亢龙有悔。"

宋小兵皱了皱眉头，这些话对于他来讲，犹如天书。

严学礼吃了一口菜，接着说：" '天行健，君子以自强不息'，这句话，总该听说过吧？"

宋小兵点点头。

严学礼笑道："这就是《易经》所说的乾卦。别看爻辞晦涩难懂，其实，它讲的就是人生由初到兴，又由盛转衰的全过程。从初九到上九，也就是从下往上，它把人生分解成了六个阶段。而每个阶段，都有符合阶段特点的应对之策。初九到九三为乾卦的下卦，从九四到上九为乾卦的上卦。"

严学礼随即叹了口气："不过很遗憾，绝大多数人，终其一生，也只能在下卦徘徊，很少有人能跃升到上卦，体会'飞龙在天'的感觉。"

宋小兵首次听到这个古老而又新奇的理论，以前他也曾听到"飞龙在天"这个词，本以为是来自哪本武林秘籍，想不到竟来自《易经》，于是好奇地问道："听你这样说来，人生的六个阶段，不可能全部经历，是吗？"

严学礼点点头，说："这就如同修炼一门绝世武功，越往上走越难，所以，有的人只能练到第一层，而有的人却能练到第六层。"

宋小兵惊讶地问道："第一层？你的意思是，人生在第一个阶段就结束了？"

严学礼说道："当然，刚刚开始就已结束，这是大部分人的命运。举个例子吧，乾卦说的第一个阶段，是潜。说的是人要潜心修炼、壮大实力，并在能力还没达到能支撑梦想的时候，一定要潜藏起来，蛰伏起来，等到机遇到来之时，再厚积薄发，表现出来。可是，世上有多少人，能站上舞台，获得表现的机会？千里马常有，而伯乐不常有。大部分人，都默默无闻地过完一生，一潜就是一辈子。"

严学礼夹了一筷子洋葱，塞进嘴里，随即闭上眼睛，仿佛在享受那股直冲口腔和鼻腔的刺激，接着说："就像这口洋葱一样，刺激来了，你不想表现都不行。得到了表现的机会，就来到了人生的第二个阶段，现。'见龙在田'，那个'见'字，读'现'。能力有了，伯乐到了，机会来了，就该好好表现了。这个阶段，就是要充分表现自己的才能，让上面那个'大人'，也就是你的领导，看到你，欣赏你，重用你。所以，后面才跟了一句，'利见大人'。"

"但是，"严学礼喝了一口酒，慢悠悠地说道，"过犹不及。当你表现得过于优秀，成绩过于抢眼时，就可能导致两股势力的前后夹击。"

说到这，严学礼意味深长地瞥了宋小兵一眼，发现他好像正低头专心致志地品鉴着黄焖羊肉。

严学礼心里很清楚，装模作样的宋小兵，其实正认真琢磨着他的话。

严学礼露出了一丝不易觉察的微笑，继续说道："一个是功高震主，领导感受到了潜在的威胁，所以他开始打压你。一个是木秀于林，和你平级的人，感受到了最直接的威胁，因为你可能会阻挡别人的仕途，所以他们开始排挤你、构陷你。在上下两股势力的夹击之下，别说发展空间了，连你的生存空间都所剩无几，只能在夹缝中生存，无立锥之地！所以，乾卦告诉你，适当表现过后，要'惕'，警惕的意思。"

宋小兵突然抬起头来，问道："这个阶段要多长时间？"

严学礼嘿嘿一笑："可能时间很短，也可能时间很长，一辈子也说不定。很多人，也会止步于此。"

宋小兵说："然后呢？"

严学礼说："能力有了，表现和成绩有了，做事也变得低调警惕了，就冲破了下卦的束缚，来到了上卦的第一个阶段，也就是人生的第四个阶段，最关键的阶段：跃。奋力一跃，可能跃过龙门，到达'飞龙在天'之境；也可能中道崩殂，跌落回去，打回原形。

"'飞龙在天'就不必多说了，俯视众生，万生敬仰，开创不世之功，达到人生的巅峰。不过，《易经》是非常辩证的，阳极必阴，盛极必衰，到第六个阶段，人生就开始走下坡路了，这个时候就提醒你，要适可而止，不然就会'悔'之晚矣。"

严学礼把乾卦讲完，总结陈词道："宋博士，我今天可把我对乾卦的这点浅薄的认识倾囊相授了哦，不知道你听完有什么感受。我的感受就一句话：人生，其实就是阶段性的调整。不同的阶段，对应不同的策略。这可都是老祖宗的人生智慧哦，最重要的就两个字：'调整'。调整思维，调整行动，调整路径，最重要的是，调整方向。"

说到这儿，严学礼停了下来，意味深长地问道："宋博士，乾卦讲的这人生的六个阶段，你觉得你现在处于哪一个啊？"

听完严学礼的话，宋小兵陷入了沉思。

眼前的迷雾，仿佛被严学礼无心而谈的一本古籍、一个卦象吹散开去，宋小兵一下就看清了自己的处境。

说者有意，听者更有心。

所以，当看似漫不经心的猎人严学礼准备收网的时候，故意问出的这个问题，就如同布下的一个陷阱，等着宋小兵来钻。

果然，宋小兵一下就钻了进去，他心里马上就给出了严学礼和自己都想要的答案："原来，我处于人生的第二个阶段，还不招所谓的'大人'待见。就是因为自己太过于表现，放松了警惕,不仅难入第三个层次,而且目前看来已经被打入了第一层,被迫又'潜'了起来。"

不过,宋小兵一句话也没有说,只是默默地夹菜,吃菜。

宋小兵的反应,有点出乎严学礼的意料。

他本以为宋小兵会迫不及待地向他倾诉现实的窘境,并请教破解之道,然而宋小兵却一个字都没有说。

看来,宋小兵的内心并没有他想象的那般脆弱,他应该是接受了现实,并甘愿从自己的内心去寻求破解之法。

看着精心布下的陷阱落空,严学礼却并不慌张,他决定直捣黄龙:"宋博士,年轻人最大的优点,就是乐观,认为一切问题都不成问题,只要凭着自己的一腔热血和能力,都能迎刃而解;最大的缺点,也是乐观,看不清自身状况和处境的乐观。说白了,就是盲目乐观。这个世界上,真的有很多翻不过去的山,跨不过去的坎。遇到这种情况,你觉得应该怎么做?"

宋小兵不假思索地说:"逢山开路,遇水搭桥。我们军人,不一直是这么做的吗?"

严学礼笑笑说:"的确如此,但是,这是先头部队的任务,如果,你连这样的任务都没机会领受,而是被命令只在原地固守呢?"

宋小兵不说话了,他明白严学礼的言外之意,不过,他好奇的是,严学礼是从什么途径把他调查得这么清楚的,仿佛连他现在身处的困境都了如指掌。他到底是什么身份?

宋小兵用充满怀疑的目光看了看严学礼,选择不答话。

"其实啊,"严学礼也看了宋小兵一眼,说道,"年轻人还有个最大的优势,只要把这个优势运用好、发挥好,说不定就能逆风翻盘。"

严学礼的这番话,引起了宋小兵的兴趣,于是,他追问道:"什么优势?"

严学礼笑着说:"年轻人最大的优势,当然就是年轻啊,哈哈。年轻其实也就不过十年光阴而已。但是,请不要小看、浪费了这十年的时光,它才是人生中成长最多、进步最快的人生历程。

"百年树人太远,很多时候百年能够树的,可能只是一块墓碑。树人,其实,十年就够了,足够拉开彼此人生的差距。

"年轻最大的好处是什么?可以从头再来。这就给了年轻人更多探索的机会,可以尝试人生的很多种可能。人生，不就是不断尝试的过程吗？只有不断尝试，逐渐在尝试中找寻自我，才能找到自我。

"毕竟，年轻就是不断试错的资本。这也不难解释，为什么很多人未来所从事的，并非自己所学的专业，也并非自己从前的理想。因为他们通过尝试，找到了自己最擅长的领域和最想要的生活方式。

"你现在端着的铁饭碗，看起来是难得的财富，但很可能也是一生的枷锁。因为它能最大限度地剥夺你从头再来的资本和机会，时间成本太重，机会成本太高，很可能压上毕生的前程而血本无归。也就是说，你无形中放弃了年轻最大的优势！

"现在很多年轻人，都把现实看得比理想更重要。可以改变理想去顺应现实，而不是执着理想去对抗现实。我觉得，这是一种生存的勇气，更是一种顺势而为的智慧。毕竟，选择比努力更重要。磨刀不误砍柴工，择路不误赶路人。

"年轻人，重要的是选择道路和积累经验，而不是选择死路和积累工资。有时候一条路走到黑，最终却发现：在黑暗中行走，迎来的可能并不是黎明，而是路的尽头。

"岁月无情，青春不易，为什么年轻人不多给自己一些选择的机会呢？也许就一次，人生的境遇就会大不同，也许就会在适合自己的道路上到达人生的巅峰，收获幸福的喜悦。尝试过以后，才最能认清自己的能力，倾听自己的心声，选择自己的人生，主宰自己的命运。努力固然重要，但是选错了方向便步步荆棘。你付出的努力越多，那么你就越偏离你想要达到的结果。"

严学礼这段话意图已经十分明显了，理由听起来也无懈可击。

宋小兵依然沉默以对，但是他的内心却翻江倒海。

他承认，严学礼说得没错，但是，遵从自己内心的选择，就一定错吗？

经验老到的严学礼，从宋小兵眼神中那一丝稍纵即逝的犹豫中，就看出来他的这番话，是起了作用的。

于是，他接着说道："宋博士，前面主要讲的其实就是一个字——'势'，顺势而为。《易经》中还有一个重要的字——'时'，相时而动。'时'用现在的话讲，就叫与时俱进，好的时机到来的时候，一定不要错过，一定要有所行动，不然，时过境迁，时机失去了，自身的境遇也将大不一样。而当两个字连在一起的时候，才能成就一番伟业，时势造英雄！"

这顿饭，严学礼说了很多，这碗用传统古法熬制的鸡汤，够宋小兵喝一壶的了。

严学礼喝了一杯酒后,不再说话,只顾埋头吃菜。

宋小兵仔细想了想,隐约觉得,严学礼毫无征兆地给他普及国学文化课,而且又恰到好处地适可而止,绝对是故意为之。

严学礼应该是在暗示他,属于他的时势,已经悄然到来,更准确地说,是被眼前这位从广州千里迢迢赶过来的伯乐所带来。而他只需要宋小兵做一件事,就是做一个识时务者。

不得不说,严学礼挖墙脚的功夫,的确已经达到了"润物细无声"般出神入化的境界。

他挖人从不落于俗套,从不拘泥于"许以重金,予以高位"的定式,而是设身处地地站在对方的角度,以一段似是而非、看似与主题毫不相关的历史话题,旁敲侧击地给对方分析他所处的形势。

历史总是最好的老师,有理有据,而且还有结果和教训。

用他之口,以史为鉴,不仅可以让对方心悦诚服,而且还能让其对号入座,顺其自然地落入严学礼提前给他准备好的座位。

大家都知他醉翁之意,却毫无防备、满心欢喜地接过他递过来的酒杯,把自己灌醉,给他机会。

严学礼人情通达,对人性的把控,早已到知人善用的地步。

他深知,真正的人才,是不会把金钱、地位看得过于重要的,他们更看重的,是自我价值实现后的满足感、成就感,以及对国家和人类的贡献感。

造梦大师严学礼,就负责创造这样的氛围,营造这种感觉。而他跟着这样的感觉走,嗅到的都是金钱的味道。

他把这些真正的人才,从其他公司金钱的粪坑中拉上来,涤尽他们身上沾染的污渍,重新点燃他们心中深藏的梦想,帮他们找到那条通往心灵净土和实现伟大抱负的光明之路,扶他们上马,送他们一程,并在他们耳旁悄悄耳语:去吧,出走半生,你归来仍是少年。

归来的还是不是少年不知道,但对严学礼来说,归来的都是金钱。

剑魔独孤求败曾有一语:"四十岁后,不滞于物,草木竹石均可为剑。自此精修,渐进于无剑胜有剑之境。"

挖掘狂魔严学礼的修为,差不多已达此境,无铲胜有铲。

所以,墙根松动的宋小兵和点到为止的严学礼分开后,每天都在心中重温严老师那天的话语和教案,越想越佩服,越想越心惊,甚至觉得要是能够早点聆听严老师的国学课程就好了,也不至于落到现在这样举目无亲、四面楚歌的境地。

正如严学礼说的那样,他感到自己"见"得太早、太快、太狠,又缺乏必要的谦虚和谨慎,引来了周遭人的嫉妒和围而攻之,有的是明枪,可能还有难以察觉的暗箭。

自己"见"而不"惕",注定只能是昙花一现。

特别是王剑秋,既然能够里应外合,看来真的是对自己积怨已深,自己竟然还不知收敛、顽抗到底,以至于最终被踢出了主力阵容。

正如严老师所说,引起人家嫉妒,自己也要检讨,恐怕不完全是别人的原因。

宋小兵想到王剑秋,想到"利见大人"的论述,如梦方醒。

一个人,不管他的官职多小,只要能管到你,就是"大人"。

自己错就错在,一直以来,没把王剑秋看成自己的"大人",以至于惹恼了"大人"。

那要不要喊"大人救命"呢?

喊,就有可能进入人生的第四个阶段,最终达到"飞龙在天"的荣耀;不喊,就只能在第三阶段苦苦徘徊,等待旧的"大人"离去,新的"大人"到来。

好像也就只有这两个选择了!

而铁骨铮铮的宋小兵,却看到了严学礼给他指的第三条路。天时地利人和,都在引诱他勇敢地迈出踏上第三条路的第一步。

以前对此熟视无睹的宋小兵,这个时候,却有些心动和犹豫。

回到广州的严学礼,这时正端坐在办公室里的茶台旁,一边盘着手中的那串雷击枣木手串,一边悠然自得地喝着茶。

李铭敲门走了进来,看见严学礼心情不错,笑着说道:"老严,你这一趟莫名其妙的西北之行,看来颇有所获啊。这么大岁数了,还跟年轻人似的,说走就走,也不知道去干吗。"

严学礼哈哈大笑,招招手,示意李铭过来坐着一起喝茶。

他给李铭倒上一杯,意味深长地说道:"老李,你尝尝,这是二十年的普洱,醇香浓厚,还是老茶有味道啊。要多品品、细细品,才能深知其味。"

李铭喝了一口,说:"这茶啊,也就你这文化人喜爱,对于我来说,就是止渴的工具,不管什么茶、多少年的茶,喝进我的嘴里,都是一个味儿。这杯子也太小了,一口就没了,来来来,给我多倒几杯。"

严学礼笑着说："你呀，看谁都是工具人，看什么都是工具。你想得倒美，这茶，喝一口少一口，对牛弹琴、陪牛对饮的事，我还是少干为妙。"

李铭说："你看你，小气。对了，你这次去西北，走得匆忙，回来得也快，到底做什么去了啊？我们也没业务在那边哪。"

然后，他压低声音说道："而且那边，也很敏感。"

严学礼说："我当然知道。我这次去啊，还不是想为你招兵买马、壮大实力、勾兑点新酒回来。你也知道，要源源不断地出产高品质的美酒，需要少许的陈年老酒，更需要品质极高的大量年轻新酒。在那边，我嗅到了一坛好酒。正所谓严师出高徒，我严师一出马，就必挖出高徒，哈哈。"

李铭听完，神情变得严肃起来："老严，从那个地方挖人，无异于太岁头上动土，后患无穷啊。"

严学礼笑着说："放心，我自有分寸。对了，你找我什么事啊？"

李铭的脸上又露出了喜悦的表情，说道："R国大力神空间研究院的谈判代表已经和我们签约了，条件全部按照我们之前定的来，一字不改！下周，H国天际宇航局也将派出代表团，考察我们的'地球之光'动力智能分配系统，有极大的可能性要和我们签约。毕竟，这套系统，是国际上技术最成熟，也是故障率最低的系统，已经广泛接受了多家公司的实际考验。将来，我们在航天动力领域的话语权，更大了。"

严学礼听完，也很开心，说道："怎么不说也是最先进的呢？"

李铭神秘一笑："曾经是，但现在不是了。最先进的，还藏着掖着呢。"

两人都会心一笑。

严学礼一口喝尽杯中的茶水，站起身来，踱步到办公室的正中央，盯着墙上那幅"或跃在渊"的书法，若有所思地说道："都到了提升层次的关键阶段和决定命运的关键时刻了。他会怎么走，我们又该怎么走呢？"

第14章

第二次拦截失败

2006年2月25日,靶试指挥部在75号站点成立。

王剑秋、老范、唐一梦、熊锐,在2月26日就一起乘车进驻75号站点,开始了靶试前的各项技术准备工作。而边缘人宋小兵被派往边缘的第87号观测站点,负责搜集、整理拦截弹的各项测试数据。

87号站点是个非常小的站点,只有上下两层小楼,楼前一个篮球场,两旁零零星星种了几棵怎么长也长不高的树木。

虽如此简陋,却成就了茫茫戈壁中的那一点绿洲。

平时站点值守的人员非常少,主要负责通信设备和观测装备的维护。

楼上一层的房间,大部分时间都是空的。

有演习任务的时候,其他区的部队进驻进来,这个站点才有那么一点热闹的人气。

当然,驻训部队还要自带床架、床板、办公桌椅等必要的生活、办公物资,并自己搭建临时指挥所,架设指挥装备和建立指挥系统。

87号表面上看,像是散落在荒漠中的一处遮风避雨的小木屋,只为行路之人提供临时的歇脚场所,实际上,一旦进入战备状态,它就像一个出其不意的盲盒,只要在里面装上相应的装备,就能成为不同性质、不同功能的枢纽节点,发挥出变化莫测的实战能力。

空即不空,不空即空。

而像87号这样毫不起眼的站点,在戈壁滩上还有很多,它们都被一条看不见的若有若无的线串在一起,形成星罗棋布的网。

宋小兵到达87号站点时,一支部队正忙碌着从解放车上卸物资。

战士们动作麻利,速度很快,只用了不到三小时,就把十多辆解放车的战备物资全部卸空,并在二楼房间里把床铺等生活器材全部架设完毕。

宋小兵上到二楼,看到一个正在整理个人物资的战士,便问道:"同志,请问营长在哪儿呢?"

那个战士一看扛着少校肩章的宋小兵,立马站直身体,敬了一个标准的军礼,答道:"报告首长,营长在站点外架设指挥所。"

宋小兵转身下楼,走到站点外面。

一群人正在空旷的戈壁滩上架设指挥帐篷。

他走过去,看到一位少校正一边指挥众人操作,一边查验堆在一旁的指挥设备。他估摸着这应该是营长,于是上前问道:"同志您好,请问您是营长冯一峰同志吗?"

那人转过头,露出一丝微笑,点点头说:"你好,我就是冯一峰。"

宋小兵完全没想到,成天在基层摸爬滚打的营长冯一峰,看起来竟文质彬彬,像一个文弱的书生。

冯一峰戴着一副无框眼镜,浓眉大眼,眼神中透着一股睿智和坚毅,白净的面庞因为西北强烈的紫外线照射的缘故,两颊被晒得绯红,嘴唇也因为干燥的空气干裂开来,血迹已经凝固。

他舔舔嘴唇,笑了起来,显得憨厚又真诚。

他伸出手,看到自己手上的污渍,又赶紧缩回去,在作训服的衣襟上擦了擦,说道:"你应该就是宋博士吧?手就不握了,一直在干活,脏。"

宋小兵点点头,说:"冯营长,你好,我就是宋小兵,根据靶试指挥部的命令,前来报到。"

冯一峰笑着说:"宋博士别客气,欢迎欢迎,走,我带你去你的宿舍,都安排好了。"

于是,冯一峰热情地拍了拍宋小兵的肩膀,带着他一起走向站点的小院。

上了楼,他指着右侧的第二个房间说:"宋博士,你就住这间屋。这是营部的宿舍,就三个参谋和两个司机住,你们六人一间,相对比较宽敞。连队的战士们都是8～10人一间。我和教导员就住你们隔壁,有什么需要,随时找我。王剑秋主任已经给我打电话交代过了,让我务必照顾好你。"

听完这话,宋小兵有些意外,想不到王剑秋还能在这个时候想到他。

宋小兵连忙摆摆手,说道:"谢谢营长,您太客气了,真的不用照顾。我就不耽误您的时间了,您先忙。"

冯一峰笑着说:"那我也就不客气了,刚进驻阵地,事情很多,我就先忙了。"

"齐先超!"冯一峰对着楼道喊了一声。

"到!"一个响亮的声音回答道,然后,一个三期士官从那间屋里跑了出来。

冯一峰说:"你帮宋博士拿一下行李,铺好床,他住你们宿舍。"

"是!"齐先超回答道,然后赶紧接过宋小兵手中的行李,带他走进了房间。

冯一峰事情的确很多,安排好宋小兵后,他便匆匆离开了。

"宋博士,你就住下铺,方便点。"齐先超不由分说地就在靠窗的一个下铺前忙碌了起来,一会儿工夫,就把床单铺得平平整整,被子叠得整整齐齐。

宋小兵看了看整个宿舍,各种物品摆放得整齐划一、井然有序,给人一种非常干净利落的感觉。

他心里感叹道,还是一线作战部队的作风硬朗啊。

顺利进驻87号站点后,导弹307营就开始按照靶试的要求,认真做好靶试前的各项准备工作,而且每天都按照实战标准,组织战前的各项针对性训练。

宋小兵此次的主要任务,是搜集、梳理、汇总靶试拦截弹的各项试验数据,距离靶试还有将近一个月的时间,其实,这段时间,他是没有什么具体工作的。

而冯一峰成天都看不到人影,要么就在指挥所组织针对性演练,要么就驱车前往靶试指挥部,参加各种靶试相关的会议,研讨靶试的各种方案预案。

宋小兵通过几天的交往,和宿舍里的两个司机和三个参谋都混熟了。

参谋们每天都要轮流去指挥所值班,不值班的人,任务也很多,既要负责命令的上传下达,根据上级的要求,汇报各种报表、数据、资料,同时,把上级和营部的各种命令指示传达到各个连队。他们还负责撰写本级的各种作战、后勤装备保障方案等,做好迎接上级随时过来检查抽查的准备。参谋们每个人都会加班到很晚。

老司机们相对清闲,在这里,出车的机会不多,除了和营长一起勘察预备阵地以外,也就跑跑指挥部,送人去开会或者取资料。

整个营里,最清闲的,当数"外来户"宋小兵。

他的工作和时间,主要由自己安排,而且,由于系出名门,学历也高,收获了同宿舍乃至全营官兵的敬重。

这段清闲的时间对他来说,相当于休假。

这天,是全营的跨区机动演练,会在陌生地域快速开设指挥所、占领发射阵地,并在野外待上一晚,第二天再回来。

凌晨5点,307营的装备车队就出发了。

几十台车辆彼此间隔50米左右,蜿蜒在戈壁滩的黑夜中,像一条缓慢爬行的璀璨长蛇。

一个多小时后,车队进入演练的预备阵地。

天还没亮,大家戴着头灯,打着手电,迅速开始展开装备,连炊事班到位后都立马展开拖挂式炊事车,生火做饭。

这是一次全员全装实战化训练。

宋小兵这个时候更像一个局外人,一个看客,他们在热火朝天地干,他在饶有兴致地看。

宋小兵此次行动的任务很简单,就是押车,车已到达指定地域,他的任务也就结束了。

别看这个任务简单,坐着就能完成,但也是他极力争取过来的。

营长冯一峰一开始就没打算让他随队训练,安排他在站点留守,因为根本就没有宋小兵的战斗岗位。但是宋小兵岂可轻易放过第一次参加一线作战部队行动的机会,竟然无师自通地施展起胡搅蛮缠的功夫,抓住一个中心"全员全装",左一"全",右一"全",打得冯一峰实在无力招架又无法辩驳,最终只能答应了他。

上级给307营下达的命令是:半个小时,307营占领阵地,担负战斗值班。

这时的宋小兵,正趴在车窗上,看着大家不停地在车前跑动,有条不紊地展开装备,铺设电缆,沟通通信,调试参数,到处都是口哨声、口令声、脚步声,还有金属撞击的声音,而无数个晃动的手电筒的光,在黑暗中横冲直撞、无序舞动,给这个临时的战斗大舞台,渲染了紧张的战斗氛围。

宋小兵看得呆了,心里默默感叹道:"这才像军人,这才是部队,这才像打仗。"

最终,307 营提前两分钟,完成了一切战斗准备,开始担负战斗值班。

经过一个月的紧张准备,终于迎来了靶试这一天。

指挥大厅里,战斗气氛骤然升温,专家组全部到场,连赵胜部长也专门抽时间赶了过来。

反导作战指挥员定为战略导弹军第一旅旅长石志强。此时,他正端坐在指挥大厅的正中央,注视着面前的大屏幕。

屏幕上,分屏显示着各种实时动态视频和数据,可以看到靶弹的准备情况、307 营发射阵地和营指挥所的操作情况、红外观测情况、雷达屏幕搜索情况等。

靶弹在做发射前的最后一次技术检查,从视频上可以看到,所有战斗人员已经开始撤离。

前置状态和第一次靶试完全一样:靶弹依然采用"东箭-5"中程弹道导弹,从战略导弹军北方基地发射升空。靶弹不释放任何诱饵和干扰,也不携带假弹头,完全在无干扰条件下,按照理想弹道飞行,尽量降低反导系统的发现和识别难度。

307 营很早就进入了阵地,装备已完成自检和共检,"ST-1"拦截弹也已经竖起。

宋小兵第一次看到了"ST-1"拦截弹的真身,硕大的弹体,比第一次靶试的时候,明显大了一圈。

"靶弹发射!"指挥大厅的显示屏幕上,靶弹已经点火升空。

预警雷达在第一时间就搜索发现了靶弹,在大屏幕上,可以看到一个闪亮的小点,在不断地前进。

"报告营长! 靶弹发射!"307 营陈参谋把靶弹发射的情况通报给了作战指挥车上的冯一峰。

"目标指示雷达注意搜索发现目标!"冯一峰拿起群通话器,下达命令。

"目标指示雷达明白!"对讲器传出雷达连连长的声音。

"近方参谋,把预警雷达的目标指示输入 307 营的目标通道。"石志强镇定地下达命令。

"报告营长,已接收到指挥部的目标指示。"陈参谋大声地报告。

"制导雷达开机,注意在方位135,距离1600,高度1400上搜索发现目标!"

"报告营长,目标截获!"

"上报指挥部,我的预先决心是:立足干扰条件下作战,对于有弹道标志的重点目标,导弹一发,尽远发射,坚决完成战斗任务。"冯一峰命令道。

"营长,指挥部同意你的预先决心。"

"上报指挥部,制导雷达已发现截获目标,导弹一发,请求发射!"冯一峰再次下达命令。

"让他们再等等。"石志强死死地盯着雷达屏幕上那不断移动的闪亮的点。

坐在一旁的李立长、吴文斌、王剑秋等人,神情也异常严肃,紧张到了极点。

胜败在此一举。

"307营,'ST-1'发射!"在拦截弹最保险的拦截距离,石志强果断地下达了命令。

"导弹发射!"接令后的冯一峰一声大吼,发射军官李林毫不犹豫地第一时间按下了发射按钮。

随着一声巨响,导弹喷出火舌,呼啸着直插云霄。

导弹一出鞘,指挥部瞬间变得鸦雀无声,只能听到雷达参谋在不断报告目标的方位距离。

大家死死盯住屏幕上红外观测站传过来的图像信号,只能看见拦截弹尾焰在不断向前。

雷达屏幕上,两个闪亮的点在不断靠近,靠近……

大家都屏住呼吸,每一秒,都显得非常漫长。

"报告营长! ……偏……偏了……"

发射军官李林突然大声而又无语伦次地把这个结论报告给了一席之隔的冯一峰。

"什么偏了? 报告清楚!"冯一峰一阵无名火起。

这个操作班子训练了这么久,操作流程和口令早就烂熟于心,相互之间的配合也是默契有加,在这靶试的关键当口,却连个口令都报告得含糊不清。

"报告营长! 导弹发射距离340公里,遭遇距离0,靶弹仍在飞行,脱靶量不合格,导弹脱靶!"

冯一峰一下子愣在原地,胸中虽翻江倒海地难受,但面色依然冷峻,镇定地下命令:

"雷达军官,报告目标位置!"

"目标01,距离280,方位128,高度1200,小型目标一架。拦截弹信号消失,未命中目标。"雷达军官王江面色凝重地报出一串数字,意味着这次拦截失败。

冯一峰目不转睛地注视着闪烁的雷达屏幕几秒钟,那该死的靶弹化身成一个闪烁的小亮点,还在屏幕上肆意前进,正冲着他眨眼睛。

一闪一闪亮晶晶,搞得他现在满脑子都是小星星。

片刻放空之后,他立即镇静下来,脑子里像放电影一般,把从雷达发现靶弹,到拦截弹发射整个过程的每个细节都重现了一遍。

战斗操作过程非常顺畅,靶弹一进入目标指示雷达探测范围就立即被发现了,雷达操作手截获、锁定目标干脆迅速,拦截弹也是在最佳时机最佳距离发射出去的,整个制导过程也没有发现任何问题。

一句话,应该没有半点闪失。

但是,过程再完美无缺,结果才是一锤定音。

这一锤下去,失声了。

冯一峰挺直身板,深吸一口气,打开群通话的通话按钮,对着通话手柄向全营下达命令:"指挥所恢复二等战斗值班状态,部队恢复三等,雷达关机,检查兵器参数!"

下达完命令,冯一峰从指挥席位上缓慢起身,他瘦小的身躯此刻显得异常沉重。

其他操作人员如老僧入定般呆坐在各自的席位上,静静地看着营长缓慢地打开作战指挥车的舱门。

戈壁滩上的天气说变就变,刚才还晴空万里,这会儿就风沙四起。

一阵寒风夹杂着尘土灌进来,浓烈的土腥味顷刻间席卷着每个人的鼻腔,令大家作呕。

站在风口的冯一峰,感觉自己臃肿得像头猪。

连续2年被评为"优秀基层主官",技战术水平在战略导弹军各个营长中能排到前三的这个小个子湖南人,莫非要在这次试验性的靶试演练中折戟沉沙?

307营的指挥所此刻也安静得让人压抑。

标图班、通信班、报务班、远近方参谋人员都已经站在指挥帐篷门口,偷眼看着渐渐走近的冯一峰。

大家十分默契地一言不发,让空气肆无忌惮地凝固,然后重重地压迫下来。

营长脸色如常,他的脸从来都如同一汪平静的池水,让人根本无法从脸上洞穿他的内心,看清他的喜怒哀乐。

教导员陈红雷从挎包里拿出早已准备好、用来庆功的中华烟,毫不犹豫地撕掉透明纸膜,给门口聚拢的干部战士们扔出一根根香烟:"来,大家这一个月都很辛苦,抽根烟放松放松,今天晚上聚餐哦,我专门安排炊事班做烤全羊!请三道口烤羊店的王大爷专程过来烤,方圆几十里地,就数他的烤全羊最好吃!晚上大家敞开了肚皮吃,谁要给我剩下一丁点儿肉骨头,看我不收拾你们这些小兔崽子!"

人群这才舒缓下来,有人舔了舔嘴唇,有人想笑又不敢笑。

一个多月艰苦的实战化训练、导弹出鞘前令人窒息的战斗状态,战士们的神经时刻绷得紧紧的。

飞鸟尽,良弓藏,虽然没有打中,但是战士们在吞云吐雾中一下子就让绷紧的弦松弛了下来,身体和精神上有一种说不出的轻松和快意。

陈红雷做完这些,才快步迎了上去,和冯一峰一起站在离指挥所十几米远的地方。

他给营长递上一根烟,掏出打火机,用左手小心护住孱弱的火苗,帮他点上,然后也给自己点了一支,什么话都没说。

冯一峰抽了一口,对着远方,缓缓地说道:"没打中。"

不知他这句话是告诉陈红雷,还是提醒自己。

陈红雷也吐出一口烟圈:"部队也该撤退了,车辆装载计划和行军方案要开始制订了,我会让他们想细一点,周全一点,来的时候士气高昂,退的时候也要井然有序,不要失了气势。"

这对老搭档前言不搭后语地说完这两句,谁也不再开口,只是跟烟有仇似的,猛吸几口,一明一暗的火星,藏下了许多话。

两个人早已不需要言说太多就能明白对方的心意。

冯一峰百折不挠,失败只会令他更加奋起,不需要刻意安慰。

陈红雷未雨绸缪、心细如丝,冯一峰只需要操心作战、训练,其他事陈红雷安排得异常妥帖。

冯一峰弹掉烟头,用力拍了拍陈红雷的肩膀,眼睛一眨:"老陈,走吧。晚上陪我多喝几杯。"

陈红雷知道,冯一峰应该是释怀了。于是,他的心情也随之轻松下来。

第
15
章

导弹营长的逆袭

"营长,电话……旅长打来的!"指挥所参谋小王跑过来报告。

陈红雷皱了皱眉头:"兴师问罪的来了。老冯,挨训听着就行了,别往心里去,更别解释。旅长的脾气吃软不吃硬,你应该比我更清楚。"

冯一峰点点头,拿起电话,深吸了一口气,这才放到耳边:"旅长好,我是冯一峰!"

电话那头却一言不发。

石志强脑中闪过一万句骂人的开场白,那一刻,他真想把所有凶狠的语言化作利刺,埋进电波,刺进冯一峰的心里,让他好好清醒清醒。

对于这员自己最欣赏的爱将,在这么重要的靶试中,竟然没有打中!

当时坐在指挥大厅里志在必得的石志强,听着红外观测站和雷达参谋先后报告过来的"导弹未命中"的结果,一时间不敢相信自己的耳朵。

导弹一旅成立于20世纪90年代,是战略导弹军首支常规导弹旅,开启了我国"核常兼备、双重威慑"的格局。

组建以来,第一旅经过了多次换装。每次换装,它都能快速形成战斗力,在极短的时间内完成新装备的试验性实弹打靶任务,打靶命中率100%,至今还没有哪支部队能够超越,被誉为战略导弹军的"神箭旅"。

正是基于第一旅对新式装备强大的学习能力、快速的适应能力和敢打敢拼的战斗力,

经过首长们的慎重考虑，一致决定把反导靶试的重任交给第一旅。

"我们都打不上，还有谁能打上？"

战功就是底气，石志强是有这个底气的。

作为战略导弹军的人才储备中心，第一旅几乎给全军所有导弹营都输出过优秀的人才。

人，永远都是决定战争胜负的关键。

今天可倒好，要是靶试不中的消息传出去，不仅自己破了功，第一旅失了"百发百中"的"神箭旅"名头，而且在徒子徒孙面前一向健步如飞、如履平地的老祖宗可真摔了一个大跟头。

其实，世上本就没有不灭的神话，军队里也从未有不败的传说。

续写神话、延续传说，都是人们美好的心愿，但是，如何在神话、传说破灭后，还能收拾旧山河，重整旗鼓、重新来过，谱写新的更美好的篇章，这就不仅仅是虚妄的传说，而是真正的传奇。

如今的挫折，将第一旅送到了通往传奇之路的岔路口。

"不过，还好，这是绝密任务，轻易不会走漏风声。"

这个念头还没来得及宽慰他有些失落的情绪，赵胜就在一旁拍案而起："这是怎么打的？"

这句话不仅让石志强瞬间红了脸，而且提醒了他，应该马上调查原因。于是他拿起电话，要向冯一峰问罪。可话到嘴边，他又咽了下去。

冯一峰的能力，他十分清楚，在整个旅里面，都是极其优秀的。

当年还是他力排众议，把冯一峰放到营长位置上的。

在这之前，冯一峰还只是个话不多，操着一口浓重湖南口音，儒雅得一点都不像军事干部的副营长。

这小子平时不显山露水，长得跟个白面书生似的，一点不像杀伐果断的军事干部，他也从不到领导身边走动，别说混脸熟，连脸都难得一见。

不过，名字倒经常在他耳边萦绕。

"旅长，今年的实弹打靶，能不能借调冯一峰到我们营做我的副手？ 新来的副营长还不熟悉业务，冯一峰还可以带一带！"

"旅长,今年全旅基层技术骨干培训,能不能让冯一峰去讲一节制导站常见故障的检查与排除?"

"旅长,营长上指挥学院中级培训班去了,能不能让冯一峰过来代理一下,和我临时搭个班子?"

"旅长,冯一峰什么时候回来啊?我们营干部本来就缺,副营长还整成流动务工人员了?我们营日常战备任务也很重啊。赶紧让他归队吧。"正牌主子找他宣示主权也不是一次两次了。

这个副营长是工具人吗?下面的几个营怎么老是借来借去?

估计只有用起来称心顺手的工具,大家才会取之不止,用之不想还吧。

石志强也开始留意起这个人来,对下面几个营也颇有微词:"有好的人不给我推荐不说,还暗度陈仓,在我眼皮子底下借来借去。不过,这人到底有什么本事,我倒要看看。"

考验的机会来了。

在一次北部军区三军联合演习中,石志强安排冯一峰作为代理营长,带领后进营307营参加演习。

在整个地面突击群配置这个营的作用也很明显,主要就是起陪衬作用,给前推部署的主打营多一双眼睛和耳朵。

虽沦为备打营,可冯一峰并没有选择安于现状。

三个月不分昼夜的战前训练、主要战斗班子的重新竞争上岗、部队作风纪律的严格整顿,一切事关战斗水平的要素,他上任后,全部推倒重来、重新洗牌。

动作越大,效果也越明显:怨声载道,兵不聊生。

对于一个早已习惯了散漫、舒服的部队,一针突如其来的强心剂,可能会焕发生机,大概率也会要了老命。

石志强听着各路进京告御状的人马,不发一语,只是微微颔首、轻轻摆手,举手投足之间就退了兵。

不过,他看似镇定,心里也着急:"这个冯一峰,还是太急。重症下猛药,可能适得其反。"

后进,都会存在顽固不化的陋习,这些都是长年累月攒下的,要扭转过来,绝不是一朝一夕之功,得循序渐进。

他不知道自己这步险棋，会不会好心办坏事，毕竟这么大的演习，不能出丝毫差错。不过事已至此，临阵换将，也是兵家大忌。

石志强在心里默默下了决心："考验总会有风险，这次就赌一把，不求他有功，但求他无过。这次，算是自己下套和他捆一起了。"

让人完全没想到的是，演习一开始，石志强反而破茧成蝶了。

目标一进入主打营的火力打击范围，石志强就果断命令搜索发现目标，发现目标后导弹立即发射。

结果，主打营上报：发射装置出现故障！无法开机！

部队总有一些要命的魔咒，比如关键时刻必掉链子。

平时怎么练都行，绝对称得上是训练有素，结果演习演练任务一来，就变成吃素的了。真的是万事俱备，只欠掉链子。

上级检查前，翻箱倒柜、掘地三尺、查漏补缺，所有的问题别说肉眼不可见，甚至自以为连显微镜都不可见；结果一到上级检查时，只随意翻翻，便问题百出。

特别是重大演习的前一天，主战装备的各项自主检查完美通过，各种性能参数优异，通信顺畅无阻，连一丝干扰和杂音都没有。

结果演习一开始，各种潜伏已久、莫名其妙的装备故障开始出现，各种故障参数闪烁着红光，像垂死还不挣扎的病人，就一心想着死给你看，连基本的通信也变得叫天天不应，叫地地不灵了。

和前一天判若两人哪，活活把对敌联合攻击整成了自我联合打击……

人紧张也就算了，毕竟面对的是大制作大场面，还能理解，装备你直接"装死"是怎么一回事？莫非紧张情绪不仅出现了人传人的现象，还出现了人传装备的迹象？不然怎么解释关键时刻装备的临阵怯场？

"莫非今天我也陷入魔咒了？"石志强一头冷汗，马上下令，"307营，立即进入发射阵位，接替主打营射击，在方位49，距离124上，注意搜索发现目标！"

"明白！"对讲器里，传出了冯一峰冷静的声音，气定神闲，好像早已准备就绪，而不是仓促上阵。

这一声沉着冷静的回令，让石志强的心定了定。

几秒钟后，对讲器传来了声音：

"报告指挥所,307营发现目标,方位46,距离119,请求校对!"

石志强一拳砸在桌子上,把旁边的人吓了一跳。

漂亮!刚一通报目标,307营就迅速截获了!

这完全不像307营之前的风格啊,简直脱胎换骨了一般!迅速、准确、高效!

石志强心里大喜,看来他赌对了!

他脸上露出了一丝笑容,一扫刚才的阴郁:"307营,目标正确,尽快拦截,发现目标立即射击!"

"报告指挥所,导弹已模拟发射,命中目标!"

这时,演习导演部也传来了战果通报:导弹307营率先命中进袭目标。

307营这个过往的差生,出人意料地实现了对主打营的弯道超车,打了个开门红。

短短三个月,冯一峰就把这个营的技战术水平提高了一个档次:战斗班子配合默契,操作动作熟练简洁,装备保障坚强有力。

演习,最能检验一支部队的训练水平和实战能力,特别是这样一场重大的三军联合演习。

其实,307营的官兵,完全没有意识到自己在潜移默化中的进步。

他们只知道营长够变态、一意孤行:以前训练2小时的科目,他就训练4小时;以前约定俗成的操作流程,他还反复思索考量,抠细节、精简程序,训练也不按套路出牌。关键是,每次操作流程演练,再也不是纸上谈兵,找几个群众演员走走程序就完了,现在要求所有的战斗班子按照实战要求全部到位,一起协同训练。

训练多了、强度大了,战士们形成了条件反射,手和脑融为一体,面对特殊情况还能触类旁通、举一反三。

虽然战士们对冯一峰一肚子怨气,是他让大家做一天和尚撞一天钟的舒服日子变成了想要撞墙的痛苦炼狱,但战士们服从命令听指挥的基本素质还是过硬的。

于是,大家在骂骂咧咧中悄然成长,在按部就班中暗注军魂。这一次演习从天而降的突袭胜利,犹如一道曙光,照进了307营每个人的心田。

原来,自己不比优秀营差呀!

每一个当兵的人,集体荣誉感都是十分强烈的,即使暂时蒙上灰尘,但稍加拂拭,也会光亮如新。

士气上来了，自信也就有了，成绩也就爆了。

戴上大红花的307营全体参演优秀官兵，一同把金光闪闪的"演习优秀集体"牌匾迎了回去。

一雪前耻的快感，让冯一峰获得了空前的人气和威信。

各路"诸侯"也纷纷再次进京，向石志强要人："旅长，我们3营的营长今年达龄转业，我看冯一峰最适合接替！"

…………

最后拍屁股走人的时候，还不忘拍个马屁："旅长，还是您看人准哪，冯一峰的资历哪够当代理营长，还是您敢为人先，破格提拔！想不到这一声不响的闷葫芦，关键时刻还能放个响雷。"

石志强思忖着："看来冯一峰这代理营长的'代理'二字可以去掉了，但是，把他放在哪个营呢？"

他是倾向于放在英雄1营的，好钢一定要用在刀刃上。

不过，政委张凯在讨论干部调整的常委会上出人意料地提出了反对意见。

等到大家都发言完毕，张凯说："常有人说，好马配好鞍，优秀的人就应该给他一个闪亮的舞台。但是，每个舞台都要有人唱戏，我们不能因为舞台曾破败不堪、黯淡无光就轻言放弃，让一些凡夫俗子在上面无所作为，甚至躺着睡大觉。如果没戏可唱，这个舞台只会败落得更快。

"什么是好的戏子？就是只要他站在那儿，哪怕荒草遍地，那儿也是最耀眼的舞台。人，才是主角，站在哪里，哪里就有戏，哪里就能闪光。戏唱好了，看的人多了，关注度高了，大家还好意思容忍舞台的破旧吗？

"人活脸，树活皮，我们应该搭好每一个台，唱好每一出戏，不能因为孰优孰劣就厚此薄彼。舞台没有高低贵贱之分，关键是选好能唱重头戏的主角！优秀的人就更应该让他置身于艰难困苦中去磨砺，而不是放在功劳簿上，放久了，也会睡大觉的。"

张凯环视了一下众人，从常委们的眼神中，他看到了赞许的光。

于是，张凯掷地有声地说道："所以，我建议，还是让冯一峰原地奉命，就当307营的营长！"

常委们短暂地沉默后，由衷地鼓起掌来。

一致通过！

石志强不得不承认，张凯的大局意识比他强太多，虽然政委投了反对票，但他欣然接受。

"你这唱的是哪出戏？"电话里沉默了一会儿，石志强压住怒火，终于平静开口。

"报告旅长，我检查了整个操作过程，完全没问题，我怀疑是导弹自身的问题。"

"找自己的原因！专家们都没敢轻易下这个判断！别打不中就甩锅！"石志强终于被点燃，他平生最讨厌的，就是推卸责任。

"旅长，我查看了一下导弹飞行的轨迹，在13秒的时候，飞行轨迹出现了一点如果不仔细看，就特别容易忽视的微小抖动，那一刻起，就基本脱离了预定的制导轨道。在56秒的时候，导弹又做了大幅度的机动变轨，后面又有些微小的调整，但由于已经失去了变轨的最佳时机和位置，再加上本身载荷过高，机动性能减弱，导弹没有完全准确地修正轨道，导致最终与靶弹擦肩而过。"

"你确定？"石志强的语气缓和下来，他内心深处又何尝不希望是外因导致的脱靶。

"总体室的宋博士就在我们营，现在，他正在搜集、梳理整个发射过程中的各项数据。要等他整理、对比、验证完毕后，才能最终定论。"冯一峰也不把话说死，毕竟只凭自己的猜想，还不足以让指挥部这帮由院士领头的专家组信服。

"好，知道了。你全力配合宋博士完成所有数据采集工作！"石志强说完，挂上电话。

石志强凝神想了想，斟酌了一下语句，扭过头，非常认真地对赵胜说道："报告首长，我刚才打电话询问了307营营长冯一峰关于拦截弹的发射情况。他说，整个发射过程看起来没有问题，导弹应该是在飞行阶段出了状况。具体的原因，还要等数据出来以后，才能进一步确定。"

赵胜的脸色缓和下来，没有说话，只是微微点了点头。

石志强心里的大石头，这才落了下来。

而赵胜的目光，一直没有离开过专家组所在的那块区域。

这会儿最忙碌的，就是专家组。

他们按专业分工，有的在复盘整个雷达轨迹，有的在看红外观测的视频回放，有的在查看系统刚刚打印出来的参数表格，还有的在打电话激烈地探讨着什么。

吴文斌和李立长站在一个角落里,正低头交谈,从他们脸上郑重而焦急的表情来看,心里的负担应该不轻。

而最气定神闲的,要数坐在赵胜后面的几位参加观摩的战略导弹军首长。

他们是战略导弹军北方基地的领导,靶弹就是由他们所属部队发射的。

第一次靶试因为拦截是否成功的问题,他们还亲自下场与专家们争了个面红耳赤,而这次,看来可以不战而屈人之兵了。

因为结果已经很明显了,拦截弹连靶弹的毛都没蹭掉一根,把辩论的环节都省了。

最后,李立长慢慢走了过来,凑近赵胜的耳朵,说道:"结果还没出来,我和吴老商量了,采集完所有数据以后,我们专家组就在这里现场办公,开个研讨会,剖析原因,找到症结,看到底是哪个环节出了问题。"

赵胜点点头:"就按你说的办,不过要快,上级首长对这次靶试非常重视。拦截失败了,我们又有大量艰苦细致的工作需要去做了。老伙计,我就不能在这里陪你了,我必须马上赶回北京,向首长们详细汇报此次靶试的相关情况。"

李立长一脸歉意地说道:"老伙计,对不住了,让你失望了。"

赵胜挤出一丝笑容,拉了拉李立长的手臂,示意他靠近点,然后凑近他耳朵,悄悄地说:"没有谁对不住谁,都是为了国防事业,谁也不想把事情搞砸。不过,你也别灰心丧气,说句不讲政治的话,如果真是导弹的原因,因祸得福也说不定,塞翁失马,焉知非福啊。话,我就只说这么多,你自己体会。"

李立长点点头,说:"我明白你的意思,不过,'ST-1'的改进,凝聚了吴老很多的心血,如果是以这种零接触的方式落幕的话,我也觉得非常痛心和遗憾。"

赵胜又小声地问道:"以你丰富的经验初步判断,这次没打中,会是什么原因?"

李立长犹豫了一下,还是说道:"老伙计,这句话在没有最终权威结果出来之前,我只对你说,你也不要向首长们汇报。"

赵胜点点头。

李立长这才说道:"我初步看了一下拦截弹飞行的整个数据,只是主观上模糊地认为,还是由于弹体载荷过大,推力又没有决定性的突破和改进,造成整个拦截弹机动性能变差,根本不能及时准确地应对靶弹的变轨。'ST-1'的改进计划,本想把它改造成灵活的胖子,最后却弄成了臃肿的、步履蹒跚的胖子……"

"你等等，"赵胜突然打断了李立长的话，"你说什么？变轨？怎么可能？我们的前置方案是靶弹按照理想弹道来袭，怎么可能出现变轨？"

李立长看了看后排正饶有兴致作壁上观的北方基地领导，压低声音，说道："敌人太狡猾了。靶弹在大气层外有微小的变轨，就是这个动作，把拦截弹搞残了。毕竟，'东箭-5'还是现役导弹，如果每次都能被我们顺利拦截，北方基地领导的面子也挂不住啊。如果自家试验性的拦截弹，'东箭-5'都无法突防，那面对国外成熟的、性能更强大的导弹怎么办？怎么向上级交代？

"所以，他们今天肯定给我们这些学生精心布置了这个小难题，但表面上又不动声色，好像一切都按照方案按部就班地进行。不过，他们也知道，弹道骗不了人，大家一眼就能看出来，所以，就算上级怪罪下来，他们也很好解释。

"一是本来就没有完全理想的弹道，只有近似于理想的弹道，而且，导弹上天以后，什么状况都有可能发生，他们也无法完全控制；二是就算上级较真，真的确定是人为因素，他们也可以推说是无心之举，也许是哪个参数大意了，没设置好的缘故，上级也没有办法。再说了，上级也不会揪着这种事不放，毕竟，没有出现什么严重影响。再极端点，他们一句话就够了：如果连这点小动作都应付不了，还要这拦截弹干吗。所以，这套组合拳打下来，我们还真没有话讲，只能吃这个哑巴亏。"

赵胜呵呵一笑，回头看了一眼身后正襟危坐的北方基地的几员老将，用手挨个指了指他们，笑着说："你们这几只老狐狸，真不让人省心哪。"

几个人的脸上露出了被人识破后不好意思的笑容，他们好像也看出了赵胜应该知道点什么了，一个少将站起来回答道："首长批评的是，我们牢记教诲。"

说完，赵胜和几个人都一起笑了起来。

等赵胜笑完，李立长又接着小声地说："不过，这也不一定是坏事，正好顺便检验了一下'ST-1'的性能。变轨是现代战争中运用得越来越多的弹道导弹降低被拦截风险的方式，如果连这么点微小的动作都无法应对，那充分说明了改进方案确实存在致命性的问题。"

赵胜点点头，对李立长说："老伙计，这里就交给你了，你多费心。有什么情况，及时告诉我，我就先走一步了。"

说完，他和李立长握了握手，又转身向北方基地的领导挥了挥手，几人立即站起来，敬礼致意。

然后,赵胜快步走出了指挥大厅,他的秘书赶紧提了包,跟了上去。

李立长送走赵胜以后,叫来了王剑秋:"剑秋,我怎么没看到小宋?"

王剑秋说:"老师,我把他安排到307营去了,主要负责发射营一手数据的采集。"

李立长好像有点生气:"这么简单的任务,为什么不安排给其他人,偏偏安排给他?"

王剑秋低下头,没有说话,只是用脚蹭着地板。

李立长叹了口气,说道:"那你让他把数据采集好以后,送到指挥部来,我们一起分析。"

王剑秋这才抬起头,回答道:"好的,老师。"

说完,他刚想转身离开,李立长又说道:"剑秋,你是我的学生,小宋是我师弟胡奋虎的学生,按理说,你们俩也算是师兄弟。年轻人,有点闯劲,有点想法,有点冲动,都不是坏事,不能像我们这般老成持重、四平八稳吧。你要多给他锻炼的机会,也要多担待他的缺点,我觉得这小伙子,是个可塑之才。"

王剑秋点点头,说道:"老师,您放心吧,您怎么想的,我都清楚,我也知道该怎么做。我对小宋,真的没有任何意见,同样也十分看好。不过,他刚从学校出来,部队的很多现实情况,他并不十分了解。他还是在用院校的标准,来看待现在的工作。这种看问题的方式就存在问题,不能始终用静止的眼光来看待工作,而应该用发展的眼光去看待。所以,我必须要让他明白,院校和部队有着天壤之别,学习和工作,也是完全不同的两个领域。有些事,院校做得,但部队可能就做不得。

"我就想告诉他,有的事可以放手去干,但有些红线坚决不能碰,一碰就死。老师,请您也要体谅我,我们可以护着他,但别人不一定会这样护着他,如果让他由着自己的性子来,总有一天会栽在别人的手里。现在让他受点挫折、吃点亏,还不至于伤筋动骨,我倒觉得在自己人手上受点委屈是好事。"

李立长想了想,觉得王剑秋说的话也不无道理,于是拍拍他的肩膀,说:"点到为止。"

王剑秋笑着说:"老师,您就放心吧,伤筋动骨也就一百天。现在是用人之际,小宋是我重点培养的后备人才,我自有分寸。"

李立长终于露出了微笑。

而在座位上沉思良久的石志强,这时也从桌上拿起自己的笔记本和水杯,没和指挥大厅还在热烈讨论着的战略导弹军北方基地的首长们打招呼,自顾自地起身离去。

天色渐渐暗淡下来,风沙却没有一点要停下来的迹象。

整个天空被一片暗黄色笼罩,与大地融为一体,只有远处干枯的骆驼刺,划分出天地的界限。

顽皮的小沙粒总是随风舞动,与人如影相随,并钻进人的鼻腔、眼睛里,躲藏在发丝之间的缝隙里,把路上的人变成刚出土的陶俑一般,让人的心情也随之变得晦暗。

气温下降得很快,白天还能让人头上冒汗,晚上裹着大衣都能让人瑟瑟发抖。

87号站点那一排不起眼的房子,在风沙中徐徐点亮一排灯光,若明若暗地跳动,在大自然的伟力面前,显得孱弱无力,仿佛随时都会被风吹灭。

这时的宋小兵,依然还在作战指挥车上忙碌,采集各项测试数据。

靶试的失败,令他有些沮丧,但悲伤还没来得及逆流成河,他就挣扎着上了岸,因为他的工作,现在才刚刚开始。

拦截弹脱靶以后,整个307营,气氛都极度压抑。

对于像第一旅这样的常胜劲旅来说,一次失利,虽不至于被打入万劫不复的深渊,但不败的金身,却好似被泼上了一块洗也洗不掉的浓墨,曾经耀眼夺目的金光,此后也将黯淡许多。

在靶试失利的最终原因没有出来之前,307营用极度负责任的姿态,扛下了一切。

他们没有推诿,也没有甩锅,只能用默不作声的态度,来掩饰和化解这种失败后的低落情绪。

"宋工,电话。"作战指挥车操作员把电话递给宋小兵。

"喂,您好,我是宋小兵。"宋小兵一边看着屏幕上不断闪动的数据,一边说道。

"小宋,是我,王剑秋。"王剑秋略显疲惫的声音传来。

"主任,您好。"宋小兵停下手中的工作,集中注意力听王剑秋下一步的命令。

"小宋,数据采集得怎样了?"王剑秋问道。

"主任,正在采集,差不多快完成了。"

"很好,采集完后,立即送到指挥部来,专家们等着第一手的数据来分析脱靶的原因。"

"明白。"

宋小兵正要挂电话，听筒里又传来了王剑秋的声音："小宋，专家组这边的会议，到时你也参加。"

挂掉电话后，宋小兵若有所思地看着闪动的屏幕，他的心里，说不清是什么滋味。

电话铃声突然又急促地响起。

宋小兵拿起电话，说道："主任，还有什么事？"

"是我，冯一峰。宋博士，你还在车上啊，下来吧，马上开饭了，今晚会餐。"

"哦，好的。"宋小兵放下电话，打开车门，走了出去。

307营的临时饭堂，安排在站点几乎已经废弃的一排土屋里。

房子四周由土坯构成，顶上覆盖土瓦。

由于年久失修，土坯上早已是沟壑万千，土瓦也由于常年接受风沙的摧残，或残缺不堪，或被大风吹落，空出来的地方，被人用一层塑料薄膜覆盖了事。下雨的时候，雨水会从缝隙里渗漏下来，敲打在地上，让房前屋后随时发出"滴滴答答"的声响，把干燥的地面变得泥泞；出太阳的时候，阳光又会从薄膜中透射进来，把屋里本就起伏不定的地面划分出点点斑块。

不管什么天气，这屋里，总要进点东西。

西北大部分的民房都是这种结构，土坯、土瓦，稍微富裕点的人家，能用上土砖。

这排土屋，没演习部队的时候，是空置的。毕竟一排房子，里面是通透的，面积大，没有什么居家设施，又年久失修，住不了人。

部队进驻的时候，就把这排房子作为参演部队的饭堂。

有个遮风避雨的场所，总比露天和老天爷的风沙抢饭吃要好太多。

全营官兵已经在饭堂门口集合完毕，虽然靶试失败了，但气势依然不减，各连队指挥员手一挥，顷刻间，一首首气势恢宏的战歌便在站点上空回荡。

这应该是307营在这里最丰盛的一顿晚餐了，靶试在今天就算正式结束，剩下的工作就是原地待命、上报各种靶试总结资料、收拾整理物品、进行必要的装备维护，等着协调火车皮，把部队分批次拉回去。

一个月远离驻地、在陌生地域进行的新装备靶试，让大家的身心都很疲惫。

导弹出鞘，就意味着这一切画上句号，不管结果如何，任务算是完成了。

中国人喜欢用一场丰盛的宴席来表达对某个重要时刻和活动的深厚感情。

这顿晚餐，在好几天前，就被战士们津津乐道。

"炊事班长说了，18个菜，都是硬菜！"

"听说还有烤羊，炊事班的小李是我老乡，他几天前专门去找烤羊的师傅了。"

"西北的羊肉最好吃了，没有膻味，烤全羊可惜了，应该切一半，做一道白水煮羊肉，蘸着盐吃，那才是羊肉最纯正的味道。那股鲜美，在嘴巴里兜兜转转，几天都转不出去。"

"班长，是喝啤酒还是白酒？"一个新兵蛋子好奇地发问。

"都有，都有，想喝什么都行。"一个二期士官咂咂嘴，仿佛酒虫子已经从喉咙里爬了出来。

会餐，对于很多战士来说，是这场靶试演练最后的战利品。

当然，所有的演练，都会分出胜负成败。

所以，这一餐的意义，对部队来说，有可能是庆功宴，也很有可能只是单纯的告别宴。

其实，从各个部队战士的嘴里，就能听出他们吃的是庆功宴还是告别宴。

那些面露喜气、歌声震耳欲聋、气势磅礴的，毫无疑问，肯定是不醉不归；而那些面色阴郁，歌声都略显软弱无力、缥缈空洞的，只能挥一挥手，作别西天的云彩。

而从307营战士的嘴里，却听不出丝毫失败的阴郁，他们唱的这首《打靶归来》，是真的打靶归来……

第16章

小心求证

王大爷的烤羊的确是方圆几十里最好的。

一只肥美的山羊被他烤得外酥里嫩，泛着金黄色的油光。

这会儿，羊肉被大卸八块，孜然的香气被大火激发出来，再撒上鲜红的辣椒段、葱花、香菜，羊肉特有的奇异香味便在饭堂里游弋。

每个进入饭堂的战士，都贪婪地嗅着肉的香味，喃喃念叨："好香啊。"

307营的官兵分成15桌，每桌10人，随着口令，齐刷刷地坐了下去，大家的眼睛也齐刷刷地望向摆满了菜肴的饭桌。

菜肴并不因为这次靶试的失利而变得稀松平常。

红烧黄河大鲤鱼、黄焖羊肉、烤全羊、土豆烧牛肉、葱爆羊肉、油卤鸡爪、油焖大虾、大盘鸡、皮蛋拌豆腐……整整18个菜，把每张掉漆的饭桌摆得满满当当。

桌旁，整齐地放着一箱箱汉斯啤酒，还有当地特有的"蒙山红"高度白酒。

大家的眼睛冒出绿光，口舌生津，不停地咂巴着干燥的嘴唇，就等营长一声令下，举杯痛饮。

冯一峰给自己满上一杯白酒，端起酒杯，缓缓起身，声音洪亮有力地说："各位战友、兄弟，这次为期一个多月的新装备演练，很艰苦，大家克服了很多困难，付出了很多心血，大家都极度渴望一场胜利。但胜利并不是轻而易举就能取得的，需要百折不挠的毅力和跌倒还能爬起来的勇气。很遗憾，这次我们失败了，这说明了什么？说明我们还不够优秀、不够努力，与上级对我们的期望，还有很大的差距。但是，失败并不可耻，趴下了站不起来才可耻。所以，我们回去以后，要充分地总结经验和教训，争取下次来能一雪前耻。来，大家举起杯，干了它！"

战士们把酒杯斟满，一起举杯，同时发出一声震天动地的怒吼，一仰脖，把酒喝了下去。

这时，艰辛、疲惫、失意，都被抛到了脑后，大家一口肉一口酒，享受着当下的幸福和快乐。

三杯酒下肚，气氛就上来了，饭堂里一开始的阴霾被一扫而空，大家热烈地交谈着，相互敬着酒，战友感情也在觥筹交错中升华。

冯一峰吃了几口肉，喝了几杯酒，就悄悄来到陈红雷身旁，凑近他的耳朵，大声说道："红雷，我先回房间去了，这里你照应着，让大家吃好喝好，但千万别喝多，闹出事来可不好。"

陈红雷拉住冯一峰的胳膊，说道："还没喝几口你就想跑？不行不行，你自己说的，要多喝几杯。这子弹才刚上膛你就要退堂？开什么玩笑！"

冯一峰说："老陈，我真有事，要保持清醒，我还得好好去请教一下宋博士，看看导弹到底是怎么回事，怎么一上天就偏了呢。时间不多了，他可能明天就要去指挥部，我们说不定过两天也要走，来不及了。"

陈红雷见他一脸严肃，不像是在开玩笑，只好说："真不喝了？好吧，那你去吧，放心，这里交给我，出不了事。"

冯一峰点点头，用力握了握陈红雷的手，然后大步走到营部那一桌，笑着朝正在兴头上的宋小兵说了一句："宋博士，怎么样，我们部队的饭菜还可口吧？"

宋小兵转头一看，见是营长，赶紧说道："营长，想不到连队的饭菜这么丰盛，这烤羊吃再多都感觉没吃够呢，好吃。"

冯一峰哈哈一笑，问道："那……吃饱了吗？"

宋小兵见冯一峰欲言又止的神情，知道他肯定有事，于是说："都吃撑了，第一次感受部队这大碗喝酒、大口吃肉的气氛，忍不住就多喝了几杯，多吃了几口。营长，是有什么事吗？"

冯一峰不好意思地悄声说道："关于导弹的事，我有些地方还想向你请教，知道你明天要走，所以，就冒昧打扰了，可能扫了你的雅兴，不过，下次我再备上薄酒，好好请你喝上几杯！"

宋小兵一听，连忙放下碗筷，站起身来，拉着冯一峰就往门口走，边走边说："营长，千万别客气，这些天以来，承蒙你的关照，我还没来得及感谢你呢。有什么事，尽管吩咐，只要是为了工作，哪有什么打不打扰、扫不扫兴的。"

冯一峰如释重负，搂着宋小兵的肩膀动情地说："宋博士，你一点儿都不像有些文化人那般清高、难以沟通，相反，倒和我们这帮部队的大老粗挺相似，直率爽快。好！你这个兄弟，我交定了！"

宋小兵也被冯一峰的真诚感染，说道："老冯，我也认你这个大哥！"

进了冯一峰的房间，他搬来两张凳子，倒了两杯白开水，递了一杯给宋小兵，这才开口："宋博士，这次靶试，我们全营上下都很重视，虽然靶试不能公开，只有我和旅长知道一些仅限于我们能知道的大概情况，连教导员都不清楚，所以我们给所有官兵下达的命令，都是新装备演练任务。即便如此，你肯定也看得出来，官兵们并没有因为是新装备演练，而放松训练标准和要求，一如既往地按照实战化的要求、打仗的标准来训练和演练。我说这些，是想告诉你，人的因素没有问题。"

宋小兵点点头，说："营长，你不说我都看得出来，全营士气很高，训练很苦，靶试当天，更是全神贯注，不敢有丝毫懈怠。"

冯一峰接着说："拦截弹的整个发射过程，事后我也进行了详细的调查和分析，当然，肯定没有你掌握的数据那般详尽。其实，整个发射过程都没有什么问题，发射前装备的各项指标正常，发射时机也恰到好处。基于我十几次实弹打靶的经验来看，我觉得这次没打中，大概率是弹体出问题了。"

宋小兵心里清楚，冯一峰找他谈这个问题，并不是想推脱责任，仅仅是本着实事求是和高度负责的态度，站在一线发射营的角度，来分析脱靶的原因。

毕竟，这种试验性质的打靶，对导弹营来说，只能算是额外的任务，只要严格按照预先制定好的发射流程、操作标准、程序合规，他们的任务就算完成了，打不打得中，那是项目组的事，和他们无关。

所以，这种试验性打靶任务，对导弹营乃至导弹旅来说，都是毫无压力的。

宋小兵也极其坦诚地说道："老冯，我现在也仅仅是完成了数据采集工作，还没做具体的分析。不过，我从数据上大致能够判断，你们从截获到发射，整个过程没有问题。脱靶的最大可能性，就是弹体在飞行过程中，出现了问题。"

宋小兵也不敢把原因说得太细，一是他没有真凭实据，二是在专家组下定论前，自己最好不要先人一步、乱下结论，毕竟严学礼老师之前专门给他开小灶补过课，提到的其中一个字就是："惕"。

一字之师，就足以让人终生不忘，更何况严老师还是六字之师，字字珠玑。

乾卦那六个字，宋小兵现在真的是牢记于心。

当时宋小兵虽然嘴上什么也没说，但身体却很诚实，恭恭敬敬地把古贤和严老师的教诲，记在了心里。

冯一峰继续说道："这次'ST-1'的弹体构造虽然和前一次靶试差不多，但装药量和破片质量明显提高很多，弹体也比之前更加庞大。靶弹在大气层外一个不起眼的变轨举动，直接导致拦截弹无法正常修正轨道，暴露了机动性不足的问题。"

宋小兵心里暗暗佩服，想不到作为一线指挥员的冯一峰，不仅有丰富的指挥经验，而且对导弹也有很深的认识。

宋小兵不知道的是，冯一峰早已是战略导弹军里小有名气的指技合一的优秀营级指挥员了。

宋小兵说："你的观点不无道理。明天我去指挥部，会反映给专家组的，也给专家们提供一条寻找问题的思路，如果再有数据作为佐证，那就太好了。"

冯一峰笑着说："一家之言，不登大雅之堂。本想听听你的意见，不承想小宋博士也是秘而不宣哪，哈哈。果然是做科研的，严谨又细致，在各种数据分析没有出来以前，绝不妄断。我想，这点我应该向你学习。"

宋小兵连忙解释道："老冯，你看，你这是批评我了。不是我不说，而是我只能在我的分析和认知范围内，给出一个大致的判断。至于细节问题，只能留待严谨细致的分析后，才能下结论。你可以大胆假设，我的工作，就是小心求证。"

冯一峰认真地说："小宋，我真没有批评你。我是真心觉得你这种严谨细致的科学态度，值得我学习。"

宋小兵看见冯一峰的眼中满是真诚，这才放下心来。

两个人又在房间里聊了很多，有点相见恨晚的感觉，不知不觉已到深夜。

冯一峰看了看表，有点意犹未尽地说："小宋，时候不早了，明天你还要去指挥部呢。你明天早饭后收拾好行李，我派车送你过去。今晚和你聊了这么多，受益匪浅。以后，我还要多向你请教，你可不能嫌烦。"

宋小兵连忙摆摆手，说道："老冯，你太客气了，我们相互学习。那好，我就先回去了，有空常联系。"

说完，两人同时站起身来，两只手紧紧地握在了一起。

第二天，齐先超开车把宋小兵送到了指挥部。

当宋小兵拿着一沓资料打开专家组所在会议室的门时，一股直冲脑门的浓烈"仙气"扑面而来，带着他直冲云霄，瞬间又把他重重地摔向地面，压迫得他喘不过气来。

只见会议室里云蒸雾绕，专家们游走在云雾之间，仿佛腾云驾雾一般，紧张地忙碌着、争论着。

十几杆老烟枪一起开足马力，吞云吐雾，以星星之火可以燎原之势，把会议室变成了"仙境"，让大家过上了烟熏火燎的神仙生活。

宋小兵忍不住用力地咳嗽了几声，他并不是想引起众人的注意，实在是有害气体的浓度太高，令他止不住咳。

李立长抬起头，看到了门口的宋小兵，笑着冲他招招手，说："小宋，你终于来啦，快进来。"

坐在他身旁的吴文斌，也微微点了点头，算是打了个招呼。

老范站起身快步走了过来，脸上露出微笑，过分热情地说道："小宋，一路辛苦了。快来快来，大家都等着你的数据呢。"

宋小兵闻言，赶紧走了进去，把手中的一沓资料放在李立长和吴文斌面前，说："两位领导，这是发射营的数据，我已采集完毕并进行了初步的整理，请领导过目。"

两位老人也不言语，接过去，就开始专心致志地看了起来。

王剑秋把宋小兵拉到一旁，悄声问道："数据你看过了吗？"

宋小兵点点头。

"怎么样？有没有什么发现？"

宋小兵摇摇头。

现在的他，再也不是当初那个说话不假思索就脱口而出的毛头小伙了。

王剑秋叹了口气，有些失望地走开了。

宋小兵这个时候才有空环视了一下四周，看到了角落里正在电脑前忙碌的熊锐，他抬头冲宋小兵挥了挥手，算是打过招呼了。

宋小兵并没发现唐一梦的身影。也许会议室这样的恶劣环境，根本不适合唐一梦生存，她应该是和雷达研究所的几位高工待在临时建立的预警中心了。

经过专家组几天不分昼夜的工作，基本已经断定，是拦截弹先天性的劣势和设计缺陷，导致了第二次靶试的失败。

不过，这个判断还没最终定论，要经过组长和副组长共同签字后，才能形成最终的决议，上报上级首长。

但是，不管最终的结果如何，拦截弹的发展计划，再次来到了十字路口。是在原来的基础上继续改进，还是另辟蹊径，走动能拦截器的路子？

这天，宋小兵感到会议室里的空气太过于混浊，想出去透口气，于是，他从会议室出来，走到了站点外面。

他沿着院墙往前走，刚走到墙角拐弯处，就听到墙内一个熟悉的声音说道："叔，你可不能在意见书上签字啊。"

宋小兵停下脚步，轻轻地弯下腰，把耳朵凑近院墙，大气都不敢出一下，认真地倾听着。

过了半晌，才听到一个苍老的声音说道："可能真的是我错了，事实胜于雄辩，该认就要认。"

那个熟悉的声音立刻变得焦急起来："叔，你可千万别这样想。这个方案，凝聚了你多少智慧和心血，怎么能说放弃就放弃？仅仅一次靶试，还没走到山穷水尽的地步。再说了，试验有成功，当然也会有失败，我们再改进就是了。"

那个苍老的声音继续说道："这次靶试，让我意识到，也许破片杀伤真的已经不适用于未来的中段反导作战了。我们再怎么改，都是越改越大，越改越重，增大了载荷，制约了机动，靶弹一点儿小小的变轨，就能让拦截弹无所适从。"

熟悉的声音说道:"那是北方基地那帮人不按套路出牌,作弊了。如果一切按照预定方案执行,我相信,拦截弹一定能够成功拦截。"

苍老的声音说道:"不能这么说,人家只是提出了一个小小的,有针对性,更有实战意义的课题,我觉得是很有益的。它让我们清醒地认识到,'ST-1'以前的设计思路,确实存在难以克服的极大的局限性。当然,这也是那个时代的局限性。而动能拦截弹因为没有爆炸装置,随着导引头精度的不断提高,拦截器的重量可以越做越轻,和我们现在的改进思路是完全不同的两个方向,一个越做越笨重,一个越做越轻盈,孰优孰劣,其实再明显不过了。"

熟悉的声音又说道:"叔,上次的研讨会,动能拦截弹明显的优势已经展露无遗,要不是我提前做了准备,把宋小兵广州之行做出的那些荒唐事汇报给你,我们连胜出的机会都没有。好不容易取得的胜利,可不能拱手让人哪。"

突然听到自己的名字,宋小兵的心怦怦直跳,而逐渐燃烧起来的愤怒,让他下意识握紧了拳头。

此时蹲在墙角里的宋小兵,恨不得破墙而入,揪住那人的衣领,质问他为什么要这么做。

自己对他一向很尊敬,也很信任,自忖从没有触犯他的利益,他为何又要用这样一种阴险而卑劣的手段,来阻挠这项重要工程往更好的方向发展?他难道不知道,自己为此付出了多少艰辛的努力吗?

学术上的争论,宋小兵向来是非常欢迎的,但是,请堂堂正正地以理服人,而不是借助权力的力量,来打压真理。

真理,从来不会屈服于权力,哪怕只能暂时避其锋芒、退避三舍,但它所散发出的光辉,是掩盖不住的。所有的打压,对它来说,都是另一种形式的打磨,把它越磨越光、越磨越亮,直到它的光,黑暗再也掩盖不住,终究有一天,会冲破任何阻挠和束缚,成为被世人看到并仰慕的光。

时间,会证明一切。

苍老的声音再度响起,打断了宋小兵的思绪,也暂时让他平息了一下内心的怒火。

他再次把耳朵贴近墙面,认真地倾听着。

苍老的声音说道:"这么重大的工程,关系到国家领土的安危,是不能夹杂个人情感和私利的！我之所以在上次研讨会上据理力争,是因为从我内心来说,也认同之前的方案。在设计之初,李老不计前嫌,把设计独立拦截弹的重任交给了我。说实话,我当时十分惊讶,因为我们曾经因为拦截弹是否独立,发生过激烈的争执。但他上任后,依然坚持把第一枚独立拦截弹的设计任务交给我,他应该也十分清楚,我最擅长的,就是审时度势、平衡利弊,站在现实层面,用实用主义的要求来开展设计工作,而最初的设计方案,也是符合当年的国情和当时的军事科技水平的。

"但李老最厉害的地方,就是他永远都是用发展的眼光来看待问题,他的思维从来没有固化和僵化过,比我要超前太多。现在,他看到了拦截弹发展的新方向和新机遇。你以为那个刚从军校毕业的小伙子真的就能一下子把设计方案做得那么详尽完备?如果没有李老在后面点拨和支持,没有他学生王剑秋的信任和帮助,我相信,那个小伙子是不可能完成这项任务的。

"实不相瞒,在研讨会上,其实他的方案就已经说服我了。不过,我这人不信邪,不喜欢只看书面上的东西,理论,必须要接受实践的检验,才具有可行性,才能成其为真理。所以当时,我也憋着一股气,想赌一把,看看我的改进方案,能否经得起实践检验……"

苍老的声音说到这儿,就停了下来,只听到一阵杂乱的脚步声。

里面安静了好一会儿,宋小兵的耳朵也几乎就要粘在墙面上了。

就在宋小兵以为墙里的人已经走了,刚要站起身来,这时,他才听到重重的一声叹息:"最后的结果,你也看到了……唉,我是真的老了。"

原来墙里的人并没有走,可能只是在踱步。

熟悉的声音颤抖着小声地问道:"叔,那你是打算签字了?"

墙里的人又沉默了。

"叔,不能这么做啊。就算你不为自己着想,也该为我想想。我跟着你从设计之初到第一次靶试,好不容易把这个工程从头做到了尾,我也倾注了所有的热情和精力。当然,我没有你那么高尚,我就想着反导成功,我们都能获得一大批科技成果,有这样的成就,我的级别就能再往上走一走。叔,我的年龄也快要到上限了,留给我的时间真的不多了,要是再不晋升一级,退休以后,待遇要差一大截呢。

"第一次靶试,我已经看到了获胜的希望,谁知道,半路杀出个程咬金,硬生生改变了事态的走向。眼看着我们辛辛苦苦种下的果树,快要结果了,怎么能让别人过来摘了果子？好不容易在研讨会上扳回一局，你要是这么轻易地就投子认输，那我们之前的努力，全部都要付之东流，宋小兵又会重新负责整个拦截系统的设计。这，我不甘心。"

听到这儿，宋小兵心里一紧。

正如严学礼说的那样，只要"见龙在田"，"见"而又不"惕"，必会招来周围人的嫉妒和打压。

想到这儿，宋小兵对墙内人的憎恨，仿佛少了几分，对他的同情，又添了几分。

里面又沉默了好久，宋小兵听见了打火机"咔嚓"一声响，随即，一声沉重的叹息，似是无可奈何，又似是心有不甘，一股烟味也紧跟着飘了出来。

熟悉的声音又说道："叔，就算不为我俩考虑，你再想想小艾，她等了这么久，不也盼望着那一天吗？如果这次的希望再度落空，我都不知道该怎么向她解释。她可是你的亲侄女啊。"

苍老的声音再次响起，这次，语气里满是关切和歉意："走吧。"

墙内传来了缓慢而犹豫的脚步声，渐行渐远，那响声中，有苍老，有疲倦，更有英雄迟暮的孤寂落寞。

始终保持窃听姿势的宋小兵终于双脚一软，重重地坐到了地上。

这次窃听，令他的内心风云密布。他现在也说不清自己的心里究竟是什么样的感觉。愤怒中夹杂着怜悯，埋怨中又生出了同情。

他再一次体会到了五味杂陈的感觉，恨不起来，又爱不起来，悬在了爱与恨的半空中。

"要是没有听到这些话就好了。"他心里暗暗想道。

要是没有听到这些话，他还是英勇的斗士，一往无前的勇士，哪怕曾经成为"烈士"。而现在，他却成了一个优柔寡断、情感复杂的"难士"。

阳春三月，春寒料峭，戈壁滩上更是如此，感受不到春天的一丝暖意。

寒意源源不断地从地面袭来，宋小兵这才惊觉，自己已经在地上坐了好久。他赶紧起身，用力拍了拍身上的尘土。

天气虽依然寒冷，他却觉得自己的内心，升腾起了之前从未有过的暖流。

远处的骆驼刺，已萌发出了星星点点嫩绿的新芽，冷风刮在脸上，仿佛也没有以前那般刺骨。

春天，真的来了。

宋小兵漫无目的地在戈壁滩上闲逛。

他的心里一直想着一件事："已经冤枉了一个好人,但现实又逼迫着我,必须要放过一个'坏人'……我到底应该怎么做? 太难了。"

不知不觉,他就又走进了75号站点,走进了一个房间,在靠墙的一张凳子上坐了下来。

"宋博士?!"一个女人的惊呼声把他吓了一跳。

他连忙抬起头,一张笑盈盈的脸凑了上来。

他定睛一看,这人还能是谁,不就是一直没有露过面的唐一梦吗?

他欣喜地说道:"小唐,你这神出鬼没的,吓我一跳,什么时候来的? 一直都没见着你呢。"

唐一梦惊讶地说:"我还想问你呢,你什么时候来的? 你突然出现在这里,把我也吓得不轻。"

宋小兵疑惑地说:"我都来了两天了,每天都在这儿啊。"

唐一梦说:"你仔细看看,你确定你这两天都在这儿?"

听唐一梦这么一说,宋小兵才连忙抬起头看了看。

虽然房间的样子和风格看起来与临时会议室别无二致,但这里的陈设却大不相同,摆满了各式各样的电脑。电脑屏幕上,显示着各种比例的军事电子地图,还有不少的亮点在不停地移动。

宋小兵这才反应过来,自己恍惚之中,竟然走错了房间。

"小唐,这是哪儿啊?"宋小兵挠挠头,不好意思地问道。

"预警中心呗,我一直待在这里。"唐一梦笑着说。

"哦,指挥部靶弹和拦截弹的雷达信号,都是从这里传出去的吧?"宋小兵问道。

唐一梦点点头。

"这次的预警非常及时,靶弹一发射,就被你们第一时间发现了,而且全程监控连续,给指挥员决策、定下射击决心提供了强有力的辅助。这一仗,你功不可没啊。"宋小兵夸赞道。

"我们这些'看客'发挥得再好,闹得再欢,有什么用? 你们这些'剑客',十年磨一剑,剑一出鞘就该一剑封喉,岂料光学会磨剑了,忘了练剑吧,一出剑就磨蹭,还没蹭到。"她又装模作样地叹了一口气,"唉,靶试都失败了,哪里还有什么功? 不求有功,但求无过哦。

再说了,落到个人头上,我还能有什么功劳?不过就是个辅助,主战力量可是人家雷达研究所。"

宋小兵的脸一红,口无遮拦的唐一梦,"相煎何太急"起来,不仅太急,还太狠。

宋小兵有些摸不透唐一梦的脾气,有时候觉得她热情似火,有时候又觉得她冷若冰霜。比如现在的她,犹如热情的沙漠,不仅往他的眼睛里不断揉进沙子,弄得他想哭,还往他心里不停撒盐,吹入干燥的风,把潮湿的心活生生风干成了干涸的心,又弄得他很痛。

正当宋小兵彷徨又无助,想要起身离开的时候,唐一梦又凑近他耳边,压低声音,悄悄地说道:"其实,预警中心真正强大的作用还没完全发挥出来呢。"

宋小兵闻言一惊,唐一梦这话就像瞬间在他的屁股上贴了一张狗皮膏药,把他又牢牢地粘在了凳子上。

宋小兵连忙追问道:"你这是吹吧?都到这刺刀见红的关键地步了,还能有什么隐藏技能?压箱底的技能都用上了!"

唐一梦小嘴一噘,不满地说:"就你们牛?!不错,领导们都盯着你们的拦截系统,毕竟,你们是拳头,最终一击,的确要靠你们。但是,要没有我们这双锐利的眼睛,你们就是瞎子,什么都看不见;要是没有熊锐他们的指控系统,你们就是哑巴,什么指令都不能迅速高效地传递。所以,我们这些配角,虽然没有站在舞台的最中央,但是,身上依然散发着光!只不过,被你们的主角光环遮挡,黯淡了许多而已。"

宋小兵连忙道歉:"好啦,唐大小姐,我知错了,我哪敢看不起你们?俗话说得好,世上不缺少弹,只缺少发现弹的眼睛,所以你们这双千里眼,永远都是最美的。"

唐一梦笑着说:"这还差不多。"

宋小兵连忙追问:"快说说,你们还有什么绝招没有使出来?"

唐一梦神秘一笑,骄傲地说:"预警中心的主要职能是预警,但还有一个同样重要的作用,叫作识别,识别真弹头。但是,这两次靶试,都没有释放干扰,也没有真假弹头,所以,我们都是在用牛刀杀鸡,真正的实力根本就还没有展现出来。"

宋小兵欣喜地问道:"这么说,识别弹头的能力提高了?"

唐一梦一脸不屑地说:"何止是提高,完全是上了一个层次。"

宋小兵惊喜地"哇"了一声,问道:"是有什么秘密武器吗?"

唐一梦自豪地说:"当然。这装备部署起来,真是如虎添翼,不仅能让眼睛看得更远,还能辨别真伪。"

宋小兵露出狡黠的笑容，说道："看来，这是装备大X雷达了。"

唐一梦说："算你聪明，不过，还在试验阶段，这次靶试，也没机会验证验证，展现一下威力。"

宋小兵说："那真是我们反导系统的一次飞跃呢。完全没想到，研发进度竟如此神速，都进入试验阶段了。"

唐一梦说："这还不是雷达研究所大型X预警雷达项目副总设计师张佳颖的功劳！"

说完，唐一梦四处张望了一下，遗憾地说："可惜，她今天没在这里，本想给你引荐一下，她和你一样，也是博士，同时，还是个单身大美女哦。不过，看来你福薄缘浅，和美女无缘，没机会见啦。"

听完唐一梦的话，宋小兵对这位雷达研究所的张总，产生了强烈的好奇心。

"好了，我走了，那边还有很多事要做，回37号站点再聚。"宋小兵说完，站起身来。

唐一梦送他到门口，临别之际，她悄声问道："你知道你的方案，为什么在研讨会上被否决了吗？"

一听到这个问题，宋小兵心里一惊。他对这个问题一直讳莫如深，完全没想到唐一梦会这么直接地问出来。

要是放在以前，他一定非常想知道问题的答案，但现在，他觉得答案已经不重要了，不必知道了。

唐一梦见他没有说话，以为他内心波涛汹涌，已激动得无语凝噎，于是直接给出了答案："因为有人走了后门，断了你的后路。"

宋小兵这才问道："谁？"

唐一梦毫不犹豫地说出了一个名字。

第17章

真相

宋小兵回到了专家组所在的会议室。

专家们还在热火朝天地讨论着,会议桌上,铺满了大大小小的纸张。

不过,和两天前相比,大家脸上的那种失落、焦虑的神情,已经荡然无存,会议室的气氛也不如之前那般压抑沉重,变得轻快起来。

宋小兵知道,最终的结果应该快要出来了。

这次,他的老师胡奋虎教授没来,因为一个国家级的重点课题要验收,作为主要负责人,在这种关键节点上,是必须要亲自参与的。

考虑到靶试有自己的师兄李立长院士坐镇,所以,他也就毫无顾虑地请了假。

王剑秋看到宋小兵走了进来,赶紧快步走到他身边,悄声问道:"你去哪儿了? 我到处找你。"

宋小兵不好意思地说:"主任,刚才在这儿憋得慌,我就出去走了走,有什么事吗?"

王剑秋把宋小兵拉到一个无人的角落里,轻声说道:"研判结果出来了,是弹体的问题!"

对于这个结果,宋小兵一点也不惊讶,因为在307营的数据出来以后,他大致判断就是弹体出了问题。

"载荷过大,影响了导弹的机动性能,降低了拦截的精准性;如果装药量少、载荷小的话,对靶弹又构不成实质上的摧毁。定向破片杀伤正处在一个进退两难的境地,我估计,破局之策,还是要重新回到动能拦截器的方案上来。"王剑秋平静地说道,内心仿佛波澜不惊。

宋小兵点点头,沉默不语,等待王剑秋的下一步指示。

现在的他,已不再像从前那样喜形于色。

尽管他内心有一种说不出的激动和兴奋,因为拦截弹很可能又要走到动能拦截这条他十分看好的光明大道上来了,但他表面上依然神色如常。

他谨记严学礼的教海,收敛锋芒,静待时机,毕竟之前的教训太深刻了,死都不知道怎么死的。

还好机缘巧合遇到严老师上门收徒,经老师一番颇有深意……不,颇有"挖"意的指点迷津,他才判明"死因",并讨得有起死回生之效的祖传灵丹妙药一服,随即毫不留情地将自己逐出师门,并送老师于千里之外。

严老师踏破铁鞋,宋小兵倒是得来不费功夫。

妙手回春的严老师,本着治病"挖"人的美好心愿,千里迢迢、不请自来地上门"会诊",却不想遇到宋小兵这个冥顽不化、抓起方子就不认人的病人。

觅得良药的宋小兵,于是常常将此药随身携带,按时服用。

王剑秋有点诧异宋小兵的反应,他还担心宋小兵会高兴得手舞足蹈,给吴文斌这些支持原方案的老专家留下幸灾乐祸的不良印象,所以特意把他拉到一个无人的角落里。

想不到宋小兵听完后,竟沉稳得犹如泰山。

王剑秋以前看宋小兵,就像看一条清澈见底的溪水,而现在,却像看一汪深不见底的碧潭。

对于宋小兵的这种变化,他的情感也变得复杂起来,不知道该喜悦,还是该遗憾。

"小宋,你要做好心理准备,说不定,会重启动能拦截弹的方案。"王剑秋说道。

"已经定下来了?"宋小兵问道。

王剑秋摇摇头:"根据专家们现在的普遍意见,我猜测的。不过,提前做好准备,总不是坏事,王海波那边,我也已经给他打过招呼了,他表现得比你兴奋多了。"

王剑秋说完,斜眼瞥了宋小兵一眼,宋小兵依然面无波澜。

王剑秋心里一凉,他感觉自己这么多天以来担心的事,很可能会变成现实。

自从研讨会后，虽然宋小兵的工作依然用心，但他眼里的那道光、心中的那团火仿佛已经熄灭了，再也感受不到工作之初的那股热情。

王剑秋就一直在痛苦地反思自己，是不是对他的打击和考验太沉重太残酷了，毕竟，他还是个刚出学校的孩子，人生中从来没有承受过这么大的挫折和打击。

要是因为自己的揠苗助长，让他一蹶不振，过早地枯萎了，真的是浪费了一棵航天事业的好苗子，自己这后半生也不会好过，无法原谅自己。

在不合适的时节，经历倾盆大雨，恐怕永远都见不到彩虹。

王剑秋叹了口气，用力拍了拍宋小兵的肩膀，说道："小宋，当初你的方案，虽然还有一些瑕疵和我不赞同的地方，但总的来说，已经非常不错了。如果专家组和上级首长同意重启方案，我们再一起研究完善一下，我相信，一定能取得成功。所以，你千万不要灰心丧气，后面，还有很多大仗要打。"

宋小兵抬起头，目光坚定，说道："主任，您放心吧，其实，我早就做好准备了。"

看着宋小兵的眼睛，王剑秋这才发现，以前那个宋小兵并没有死，只是藏了起来，只要一声令下，他依然会挺身而出。看来，自己之前的担心，都是多余的。

王剑秋放下心来。

这时，老范走了过来，对王剑秋说道："主任，李老让您过去一下。"

王剑秋连忙转身走了。

老范笑着问道："小宋，怎么，主任又在给你面授机宜啦？"

宋小兵也笑着回答道："哪有，主任不过是嘱咐一点工作上的事，提醒我在工作上大意不得。"

老范点点头，笑着说："年轻人嘛，工作有时候考虑得不全面、有疏漏，都是正常的，没有错误的教训，哪有成功的经验呢？想当年我刚参加工作那会儿，比你失败多了，经常因为工作的事犯错误、受委屈、挨领导的骂，你看，不照样挺过来了吗？年轻人，多吃点苦，多吃点亏，不是什么坏事。不过，看得出来，主任是真心关心你，所以才会经常提醒你。你可不能有什么怨言哦。"

宋小兵认真琢磨着老范这番不着边际的话，感觉得出，他话里有话。

宋小兵回答道："范工说得没错，批评就是关怀，放任才是无爱，我哪敢有什么怨言哪。我还真心希望，你们能经常提点我一下，毕竟我太年轻，不管在工作中还是生活上，还有很多做得不对的地方。范工,你可不要吝惜你的教诲之词哦。"

老范露出了满意的笑容,说道:"小宋,你太谦虚了,都是一个战壕里的兄弟,哪有什么教诲不教诲的。我也就虚长几十岁而已,论能力和学历,都比不上你,也就工作经验上稍胜一筹,相互帮助嘛。"

宋小兵认真地说:"范工,我说的都是真心话,以前要是有对不住的地方,还请你多原谅。"

老范的神色变得凝重起来,他不知道宋小兵这番话到底是什么意思。

不过,他立即又露出了笑容:"兄弟之间就别说客气话了,今晚指挥部会餐,我们可要多喝几杯哦,回去后,又有很多工作要做了。唉,这次真的气运不佳,出师不利啊。"

宋小兵说道:"失败乃成功之母嘛,这么大的首创工程,又没有其他可以借鉴的东西,都是摸着石头过河,摸错一块,栽进河里,只要没被淹死,爬起来就是了。虽然成功是必然的,但是偶然的失败也是正常的,我们不要太在意结果。"

老范点点头,叹了一口气说:"唉,有的结果是新的开始,而有的结果是旧的结束。这次靶试以后,不知道拦截弹又该做怎样的改进了。"

宋小兵没有答话。

老范摇摇头,也转身走回到自己的座位上去了。

宋小兵注视着老范的背影,心里也不知道是什么滋味。

宋小兵看到李立长、吴文斌、王剑秋坐在会议桌的一角,正紧张地商量着什么。

三人表情严肃,不时在纸上写写画画,最后,李立长和吴文斌放下笔,表情变得轻松起来,露出了几天以来难得的笑容。

吴文斌好像不经意地朝宋小兵这个方向看了一眼,两人的目光在空中碰撞了一下,一触即闪,宋小兵也品不出那目光中的含义。

王剑秋拍拍手,说道:"各位专家,大家都坐下来,我们现在开个短会。"

专家们闻言,纷纷坐到了自己的座位上,老范、宋小兵、熊锐、唐一梦也在墙边第二排的凳子上坐了下来。

王剑秋环视了一下四周,看人都到齐了,用目光示意了一下李立长。

李立长微笑着点了点头。于是,王剑秋继续说道:"各位专家,第一次靶试已经结束了,虽然我们付出了长久的、艰苦的努力,但结果不尽如人意。通过我们专家组这两天紧张的工作，在大量翔实的靶试数据的基础上，经过认真分析、细致比对、模型重演、谨慎求证，最终研判，'ST-1'是由于载荷与动力失衡，导致弹体的机动性能减弱，没有达到预期的拦截效果。

"经过组长、副组长、全体专家的慎重考虑和一致决定，建议暂停执行'ST-1'拦截系统原定的后续改进计划和方案。我们将把此次靶试的情况，汇总成详细的报告，呈报给主管单位和上级首长。至于下一步工作如何开展，等上级的进一步指示和命令下达后，我们再进行工作的筹划和部署。指控系统、预警系统依然按照原定计划开展工作……"

"在这里，我要插一句，"李立长突然开口，打断了王剑秋的讲话，"这次靶试，指控系统、预警系统表现得非常出色，指控系统保证了所有数据、指令的上传下达，没有出现任何差错；而预警系统，不管是天基，还是陆基，及时、准确、全面地掌握了天上所有的空情动态信息，数据链上的情报获取单元入网、在网的数据传递交换也很顺畅，保证了连续准确的实时空情，为拦截弹的发射，提供了强有力的情报支持。"

李立长说完，会议室爆发出一阵热烈的掌声。

坐在宋小兵身旁的熊锐和唐一梦，脸上露出了笑容，虽然这个成绩的取得，是集体共同努力的结果，但作为其中的一员，他们也深感自豪。

掌声还没停歇，吴老又开口了："各位，这次靶试的失败，我是要负主要责任的，毕竟改进方案的制定、改进工作的开展，都是我在主持。"

吴老说到这儿，掌声戛然而止，会议室的气氛变得凝重起来。

"吴老，拦截弹的改进方案，那都是集体决策的结果，不能一出问题就归咎于个人。再说了，试验嘛，先要敢试，再慢慢验证，慢慢改进。错了，我们也不怕，如果没有试错，哪有求真呢？"坐在会议桌右首的一位专家说道。

大家纷纷点头赞同。

吴老笑着摆摆手，说道："该认就要认。本来李老和总体室的宋工提出了一个更好的方案，却由于我的顽固和目光短浅，一叶障目不见泰山，才带着大家走了这么久的弯路，最后才走到了这一步绝路。对不起大家了。"

吴老缓缓地站起来，深深地鞠了一躬。

会议室里安静得连一根针掉在地上都能听见。

短暂的沉默后，随即又爆发出雷鸣般的掌声。

宋小兵热烈地鼓着掌,眼中似有热泪在滚动,他在心里赞叹道:"这才是老一辈科学家的胸怀和担当啊,该坚持的时候坚持到底,该放弃的时候绝不拖泥带水,任何时候都敢于正视自己的错误和缺点,不逃避、不回避,这才是真正的国士啊。"

宋小兵觉得自己以前对吴文斌的看法,太过于片面和主观了,不由得暗暗羞愧。

这时,他转过头来,不经意间,看到了坐在身旁的老范。

老范的脸色很难看,他的手木然地停在空中,仿佛在犹豫是不是应该鼓掌。

他也感觉到了宋小兵的目光,扭头看了宋小兵一眼,嘴角挤出一丝笑容,又扭过头去,笑容消失了。

他程式化地匆匆拍了几下手,就仓促地放了下来。

宋小兵叹了口气,这下,他更加确定,当初的告密者,正是老范。

他其实早就忘记了,自己对老范也谈过广州之行的细节,但他完全想不到老范和吴文斌的关系,更想不到一次无关紧要的闲聊,竟断送了一个新方案的前程。

那天快离开预警中心的时候,唐一梦也解释了那会儿为什么会对宋小兵那般冷漠。

她就是担心宋小兵向老范和盘托出整个广州之行的细节后,会让老范有机可乘,能够对他方案的漏洞实施精确打击。

唐一梦一听到宋小兵说起广州之行,凭着自己这几年从事绝密工程的高度政治敏锐性和安全敏感性,就知道他的想法最致命的环节在哪里。那完全是毫无商量余地的底线,一击即溃,一碰即死。

只要老范出手,必一招致命。

在唐一梦的印象里,老范看上去是个和蔼可亲、热情待人的人,但骨子里,却是个彻头彻尾的精致的利己主义者。只要触碰了他的利益,他是不会善罢甘休的。

对于从小在军人家庭里长大的唐一梦,父母从小就教育她为人要善良真诚,做人要正直可信,父母的言传身教对她的影响很大,所以,她不喜欢老范这样的人。

她担心毫无心机的宋小兵会吃亏,但大家都在一个办公室里,她又不好直接点破,不然,大家连同事都没得做,只能靠宋小兵自己去领悟了。

宋小兵果然悟不出来。然后,就被踢了出去。而后续的事态发展,也完全印证了她的想法。

不过还好,这件事对乐观的宋小兵也没造成什么实质性的影响和伤害,现在整个反导工程仿佛又要回到他的轨道上来了。

想到这些，唐一梦的心里，对宋小兵的劫后余生，有种难以言说的喜悦和高兴，随即，她的心里一惊："我到底怎么了……怎么那么在乎他的境遇？他怎么样，受到什么样的影响和伤害，关我什么事啊，真是的……"

唐一梦不知道的是，宋小兵受到的伤害其实并不小；而且她的脸，也红得厉害。

"好了，今天的会就开到这里，这几天大家辛苦了，晚上会餐。明天，大家就按照计划返程吧。"王剑秋宣布道。

"终于结束了，可以回去好好休息一下了。"熊锐第一个站起身来，一边说，一边提起自己的公文包，往门口走去。

宋小兵也站起身，对老范说："老范，走吧，回去休息休息，晚上多喝几杯。"

老范笑笑，说道："你先回去，我还有些事想要向主任汇报一下。"

宋小兵点点头，看见唐一梦也站了起来，他加快脚步，赶了上去。

最后的一次会餐在75号站点的饭堂举行。

菜肴很丰盛，少不了最具西北特色的各种羊肉，炊事班也根据专家们的口味，别出心裁地做了各个地方的一些特色菜。

气氛很热烈，大家觥筹交错，辛苦了这么多天，难得放松下来，而且明天又要分别，大家都格外珍惜这相处的最后时光，免不了情绪高涨，开怀畅饮。

宋小兵夹了几口菜，一抬眼，就看见了唐一梦。

一个漂亮的女人，在男人扎堆的人群里，十分惹眼。

宋小兵见唐一梦在人群里左顾右盼，于是端着酒杯走了过去，笑道："看你心神不宁的，在找谁啊？"

"找张总，"唐一梦一把拉住从她身边走过的一个男人，问道，"老潘，张总去哪儿了？怎么一直没看到她？"

"单位临时有急事，打电话把她叫走了。再说，张总本来也不喜欢这种场合，就算单位不叫她，我估计她也会自己提前走掉。"

唐一梦转过头来，对宋小兵说："本来还想介绍你们认识认识，你也听见了，我们高冷而美丽的张大美女，连对我都可以做到不辞而别，不知道对男人是不是如同秋风扫落叶一般无情。"

这是宋小兵第二次听到唐一梦提到这位张总。

他好奇地问:"怎么你总想介绍给我认识?"

唐一梦笑着说:"因为我最喜欢干的,就是乱点鸳鸯谱,哈哈。"

宋小兵闻言,脸一红,不知道是因为人害羞还是喝酒上脸,说道:"小唐,你知道我还有个令人闻风丧胆的绰号吗?"

唐一梦一听,来了兴趣,连忙追问:"什么绰号?"

宋小兵一脸正经地说:"棒槌!怎么样,是不是有一种当头棒喝、闻风丧胆的感觉?"

唐一梦捂住嘴,笑得直不起腰,上气不接下气地说道:"这绰号的确威风凛凛,只要大声喊出这名号来,绝对杀敌无数,肯定会笑死一大片的,哈哈。"

宋小兵严肃地说:"所以,麻烦以后不要给我点什么鸳鸯谱,我最擅长的,就是棒打鸳鸯。"

唐一梦一愣,这才明白,原来宋小兵是不想让她给自己介绍对象。

唐一梦脸一沉,装作一脸的不高兴:"真是的,好心当作驴肝肺,好像谁求着给你介绍对象似的。以后你要真见着张总,别死皮赖脸地跑来求我就行!"

宋小兵笑了起来,举杯说道:"放心,就算那位张总有倾国倾城之色,我也绝不踏进唐大小姐的房门半步……来,我敬你一杯。"

随着会餐的人群散去,战士们开始收拾餐具和桌椅。

戈壁滩上,最后一夜的喧嚣,终于逐渐平息,只有零星的一点儿人语声、欢笑声,戈壁滩的夜晚又恢复了往日的清冷寂静。

有的人睡了,有的人醉了,还有的人,也许退了。

第二次靶试,随着最后一次会餐的愉快落幕,也宣告了结束。而在这带着遗憾的结束里面,又会生出多少带来期待的新的开始呢?

总体室的人员,于第二天一早,就坐车回到了37号站点。

相对于其他专家不远千里的辛劳来说,他们相当于只是出去串了个门。串门结束,一回到站点,王剑秋就召集大家开了个会。

在会上,王剑秋按照专家组的指示,重新布置了一下工作任务。

由于上级最终的命令还没有下达，所以他们也只能原地待命。

其实，也只有可能会改弦易辙的拦截系统的研发工作需要暂停下来，等待上级的下一步指示，指控系统和预警系统还是按照原定的计划继续向前推进。

"拦截系统的研发工作，主要是研发方向，可能会有一些变动，人员的分工，我们也做一些调整。老范负责全局性的工作统筹，而具体工作的组织和开展，由宋小兵负责。"

王剑秋这次会议最主要的精神，就是把跌落下马的宋小兵，重新扶上去。

会后，老范笑着对宋小兵说："小宋，你要接着挑大梁哦，我老了，配合你做好辅助工作就行了。"

宋小兵诚恳地说："老范，王主任在会上也说了，全局工作，其实就是领导工作。你是我们拦截系统的带头人，具体应该怎么走、怎么做，你领导，我落实。"

老范笑着摆摆手，说："动能拦截弹那是新知识、新技术、新课题，我已经落后啦，跟不上形势了，注定是要被淘汰的。以后怎么做，你自己拿主意就可以了，方便的时候知会我一声，让我知道有这个事就行。"

老范说完，不等宋小兵答话，就自顾自地走出了会议室。

宋小兵看着老范有些蹒跚的背影，心里虽然不是滋味，也只能重重地叹了口气。

唐一梦夹着笔记本走上来，笑着说："宋大博士这刚一替换上场就长吁短叹的了？现在还不是你叹气的时候，是你振作士气的时候！你拿回了自己的东西，拦截系统又将重新走上正轨，大家还等着你去开疆辟土呢。特别是我们预警系统，这一身高超的武艺还没机会使出来呢，麻烦你们争点气，给我们一个惊艳众人的机会好吗？每次都是最简单的套路设置，能不能贴近实战好好玩一次？"

宋小兵说："可是老范他……"

唐一梦说："老范？你还指望他能搭把手？他能不插把手，你就烧高香吧。他肯定是撂挑子了，对吧？"

宋小兵点点头。

唐一梦笑着说："意料之中。不过，你的反应倒是意料之外，我还以为扬眉吐气后的你，会相逢一笑'算'恩仇呢。"

说完，她也走出了会议室。

果然，接下来的几天，老范就像变了个人，对拦截系统的工作也不再像之前那般上心，王海波打来的电话,他都推给了宋小兵,更不会废寝忘食地加班加点了,基本上到点就下班走人。

办公室里,又恢复了靶试前的状态,也说不清到底是变了,还是没变。

宋小兵暂时没有具体的工作,这些天来,他一直在思考一个问题:动能拦截的那两只拦路虎,他这个英雄少年,是再向虎山行,还是绕道而行。

毕竟,拦截系统就算改弦更张,也依然跳不开那两个难题,依然还要和王剑秋斗智斗勇。

说服王剑秋,才是解决问题的关键。

两个月后,就在宋小兵一边找寻解决之法,一边等待上级命令的时候,却等来了一个在他看来完全是调虎离山之计的消息。

"啊,去国外学习?什么时候?"当王剑秋把这个消息告诉宋小兵的时候,宋小兵吃了一惊。

这个时候派他出去学习,是什么意思?

这段时间,宋小兵一直在静待上级领导的召唤,就像上次进京献策一样。

毕竟上级部门在方案的斟酌和选择上,是非常需要听听总体室这边的总体构想和细节阐述的。

然而,当专家组把靶试报告呈报上去以后,这么长时间了,就如同泥牛入海,没有一点消息。

看着熊锐和唐一梦每天都在不停地忙碌,而自己依然处于待命的状态,宋小兵的心里,始终忐忑不安。

因此,耐不住性子的宋小兵给李立长、胡奋虎打过好几个电话,询问拦截系统下一步的发展方向,得到的答复都是一个字:等。

而在拦截系统的最终方案还没确定下来的当口,却要派他出去学习,莫非又有什么变故?

"调虎离山之计吗?"宋小兵在心里默默地念叨着。

他猜想,应该是上级领导想要换人,又怕伤害了他的热情,打击了他的工作积极性,于是想了这么个办法,等他出去学习以后,立马安排一个人过来接替他的工作,顺理成章地

完成工作和职位的交接。

而宋小兵还无话可说，连辩驳的理由都没有，毕竟，这么重要的反导工程，是一刻都不允许耽误的，不可能让工程停下来等你。

所以，听到这个消息的宋小兵，感到非常沮丧和消沉，自己到底是哪儿做得不好，才会这样一次又一次地被抛上去，又摔下来。

"主任，非得我去吗?"宋小兵有点不甘心地问道。

王剑秋点点头，说："军事科学院专门打来的电话，说领导指定让你去，过两天文件就应该能到这里。我也没办法，况且，我也不知道上面是什么意思。"

宋小兵沮丧地说："去哪里学习啊? 学什么?"

王剑秋说："E国阿斯诺夫航天设计研究院，具体学习什么内容，上面没有具体说明，好像是和航天动力装置有关。估计领导考虑到你也是这个专业的优秀人才，出去多学一点，没有坏处。再说了，现在拦截系统不是还在论证阶段吗? 待在这里也没有多少大事，正好派你出去学习学习，开开眼界，吸收一下国外的先进经验。"

宋小兵点点头，听王剑秋这么一说，他心里似乎要好过一点。

E国的阿斯诺夫航天设计研究院，是享誉国际的著名航天设计研究院，E国的第一枚运载火箭、第一艘宇宙飞船，都是出自这个研究院。

研究院集中了E国最顶尖的航天人才，代表了E国航天科技的最高水平，其中还有好几位E国科学院的终身院士。可以说，E国之所以能成为航天大国、军事强国，正是这个历史悠久、实力强劲的设计研究院，给E国培养和输出了无数的航天科技人才。

如果没有悬在半空中的拦截系统，其实，得到这样一个出国进修、和大师们探讨的机会，是宋小兵非常向往的。

可是现在，和拦截系统的开发比起来，宋小兵感觉自己好像对一切事物都失去了原有的兴趣。

对于这个变化，宋小兵其实自己都很惊讶。

他完全觉察不到，自己到底是从什么时候开始，整个身心都被拦截系统占据，成天脑子里想的全是拦截系统的各种问题。

"主任，那什么时候去学习呢?"宋小兵无奈地问道。

王剑秋摇摇头，说："不知道，上面说等通知。"

"军事科学院自己组织的学习培训,他们都不知道时间?"宋小兵有些诧异。

"不是他们组织的,是航天科工委!所以,要等他们那边的具体通知。"

"不会吧,他们组织的培训,竟然邀请我们参加?"宋小兵感觉有点不可思议。

毕竟地方和军队的科研院所是两条线,属于截然不同的系统,虽然有交流,但是任务不同、性质不同,所以彼此独立。

"是啊,我也很纳闷。"王剑秋若有所思地说,"不过,既然军科院点名要你去,我估摸着,会不会和拦截系统的后续开发有关系。"

宋小兵立刻摇摇头,说:"不可能。E国的阿斯诺夫航天设计研究院是没有导弹设计经验的,他们只提供大推力火箭,而我们反导拦截弹的短板并不在此,根本用不着他们的技术。再说了,国外的航天设计研究院,也不会把核心的技术轻易示人。我觉得,这次培训,应该就是一次单纯而简单的学习,和反导工程应该没有什么直接关系。"

王剑秋笑着说:"不想那么多了,既然上级领导下达了命令,我们按照要求执行就好了。这段时间,你要把主要精力用在拦截器飞行控制的攻关上,这是动能拦截弹成功与否的关键所在。千万不要再想着拿来主义了,上级领导对此什么态度,我想你经过研讨会失利的事,也应该能明白了。至于学习,你做好简单的准备就行了,到时候学习通知一下来,按时参加就好。"

宋小兵点点头,事到如今,也只能这样了。

后面的时间过得飞快,宋小兵还时不时地跑回学校,在航天器国家实验室一待就是好几天,潜心研究拦截器的飞行控制技术。

拦截器的飞行控制,首先要解决的就是拦截器的飘浮问题。

只有完成了拦截器的飘浮实验,让拦截器能随时根据需要飘浮在空中,才算真正掌握了对各个发动机的动力平衡控制技术。

下一步,才能通过对脉冲发动机的智能控制,完成拦截器的精确循轨飞行。

不过,这项技术迟迟没有取得实质性的进展,宋小兵虽夜以继日地泡在实验室里,但收效甚微。

这天,宋小兵接到王剑秋的电话:"小宋,拦截器的飘浮实验,进展得怎样了?"

宋小兵说道:"现在做的都是基础工作和准备工作,暂时还没有进展。"

王剑秋说:"学习时间定下来了,下个月,也就是6月19日出发。你最近回来一趟,准备准备。"

宋小兵问道:"有多少人去参加学习呢?"

电话里沉默了一下,然后王剑秋的声音传了过来:"据我所知,就你一人。"

"这是给我单独开小灶,重点培养,还是鸿门宴,关门打狗?"之前研讨会上的风云突变,在宋小兵心中形成的阴影,至今都还未散去。那种孤独、凄凉、屈辱的感觉,就像被雨打风吹去的落叶,随风散落,任人践踏。所以,他对自己又将参加的孤军深入、孤立无援的学习,有些担心。

不过,身为军人,对于上级的命令,不管自己能否理解或赞同,首先不假思索要做的,就是不打折扣地去服从、执行。

服从命令,是军人的天职,更是一个军人最基本的素质。

"主任,明白! 我结束这边的实验工作,就尽快回来准备。"宋小兵回答道。

挂掉电话后,宋小兵呆呆地看着电脑屏幕上一串串跳动的代码,若有所思。

第18章

没有真正的自由

"喂,张姐,你太不够意思了,上次连招呼都不打,就自顾自地跑掉了。"唐一梦嘟着小嘴,假意生气道。

电话里传来了一阵银铃般的笑声,一个悦耳动听的女声传了出来:"小唐,那天的确临时有要紧的事,单位又催得急,只好先走一步啦。你是无事不登三宝殿的,赶紧说正事,到底什么事? 我这儿忙着呢!"

唐一梦假装生气道:"没事就不能给你打电话了? 一个连生活都不愿在同性之间谈起的女人,还想和异性谈恋爱? 活该你单身! 哼,那我就遂你的愿,不绕圈子了,直奔主题,和你谈工作。请听题:大X雷达的研制工作,现在进展到哪一步了? 一些重要的性能参数麻烦发我一份,特别是有关安装、调试、部署的相关数据和要求。我这边有个报告要上报军科院,上级领导很重视。我估计,下次的靶试,这个最新型的秘密武器,可能要登场了。"

张佳颖惊喜地问道:"真的?"

唐一梦说:"我猜的。"

张佳颖笑着说:"不用你猜,我估计啊,也应该差不多了。下次的靶试,不可能再是这种理想状态的简单难度了,至少,也应该是真假弹头的中级难度。不然,中段反导的进程,也太慢了,根本无法应对我们国家逐渐严峻的周边形势。"

唐一梦把嘴巴凑近电话的送话器,压低声音说:"我的判断依据和你不一样,不过,结果都是一样的。因为这次，上级的文件还有个重要的议题：大X雷达的选址部署问题。如果已经进入选址流程，就意味着我们建设以大X雷达和预警卫星为远程预警主战装备的预警中心，就要正式走上建设日程啦。"

电话里传来了张佳颖兴奋的声音："那太好啦！"

"所以，你赶紧把我要的资料和数据报给我，这些，可都是选址最重要的参考资料和依据呢。"

"好的好的，我马上安排人整理数据和资料，今天就发给你。"张佳颖连忙说道。

"你看你，只有工作才能勾起你的兴趣。话说，你也老大不小了，还不考虑一下个人问题……"

唐一梦话还没说完，张佳颖就打断了她的话："好啦好啦，唐妈，我亲妈都不敢和我提这事，你还反复念叨，你不仅是我唐妈，还是唐僧，你以后再念经，信不信我直接送你上西天。"

唐一梦忍不住笑了起来："乖，听妈妈的话。你不是最爱军中之子吗？我这儿倒有……"

"嘟嘟嘟……"电话里传来了一阵忙音。

"嘿，这张姐，我话还没说完，就挂我电话，哼。"唐一梦只得悻悻地挂上电话。

虽然唐一梦和雷达研究所的张佳颖很早就认识，但之前只有工作上的关系，所以也就公事公办，谈不上什么很深的友谊和交情。

这次靶试，一大堆大男人中，恰好只有这两个小女人。而且，她们又住在同一间宿舍，两人工作在一起，吃住在一起，自然就超越了同志之间的友谊。

一望无垠的大戈壁，荒芜的不仅是自然资源，还有人文情感。

所以工作之余，她们也没什么其他的活动，两人就常常在一起谈天说地，一个月下来，就成了无话不谈的好姐妹，变得形影不离了。

而唐一梦之所以常常想为这个极其优秀的好姐姐寻觅一个能与之相配的良人，只因为戈壁滩上的一夜闲谈。

那是一个月黑风高的夜晚，两人不知为何，躺在床上良久，均毫无睡意。

不知是呼啸的夜风吹动了久未舒展的心弦，还是温润的暖气融化了冰封已久的情感，张佳颖毫无缘由地说起了她那段深藏心底好久、不为人知却又十分传奇的感情经历。

唐一梦一开始以为只是一个好玩的故事，谁知听到最后，泪水竟不知不觉地湿透了衣襟。

唐一梦以好奇开场,以感动结尾,张佳颖对爱情的忠贞不贰,对祖国的深沉热爱,对事业的一往无前,都深深地感染了她。

这个被同事悄悄称作冰美人的奇女子,并非大家表面上看到的那个毫无感情、冷面无私的工作狂人。

喷发过后的火山,下面依然蕴藏着涌动的热情,只是由于上一次落下的尘埃太过沉重,冷却得又太快,封闭了所有能够宣泄的出口。但是,只要再有一次点燃它的机会,也许会喷发得更猛更烈。

潜藏,并不代表着死亡;蛰伏,也并不意味着终结。

所有不动声色、暗暗用力的沉寂,都是为了未来更美好的绽放。

听着张佳颖的故事,唐一梦的脑海里,就一直有个人影在晃动。这个人影随着故事的结束,也变得清晰起来。

唐一梦很惊讶自己为什么会想到这个人,也许,在潜意识里,这个人和张佳颖有着太多相似的地方。

博学、睿智、坚韧、勇敢……

所以,她想把他介绍给她认识。

说不定,就在两人见面的那一瞬,电光石火之间,就会迸发出点点火花,同时点燃两座沉睡已久的火山,共同在天空中喷发出蓬勃、美丽的火焰。

于是,她从牙缝里挤出几个字:"哼,宋小兵,别以为你是个单身贵族,见了张佳颖,你呀,估计也要变成单身跪族!"

雷达研究所大型X预警雷达副总设计师张佳颖,在戈壁滩一个月黑风高的夜晚,给唐一梦讲了她的故事。

当年,我刚从M国理工大学电子工程专业博士毕业,跟随我的导师进入M国国家微电子研究所的一个研发小组,参与一项微波工程的研究工作。而我的男友,是一个边境小城的军人,他叫林月笙,我喜欢叫他面包。

唐一梦惊叹道："M国理工大学?!那可是全球最顶尖的理工大学啊,尤以电子工程专业傲视群雄。张姐,你太牛了。"

张佳颖笑了笑,说:"这没什么。其实,理工大学只是冰山一角,M国国家微电子研究所,才是冰山下你看不见的最隐秘最凶恶的庞然大物。"

唐一梦好奇地问道:"不就是个研究机构嘛,能有什么让人害怕的?每个国家都有。"

张佳颖说:"后面我再告诉你。我继续讲我们的故事。"

　　我的工作忙,他的工作也同样不轻松,而且身在部队,有严格的保密要求和手机使用规定,因此,我们存在着极大的联络障碍。

　　他时常不在线,而且只能在夜深人静的休息时间里,才能匆匆打开手机,看看我的信息,拣重要的情话说说。

　　我们也偶尔打打电话,他的手机经常无法接通,好不容易接通了也无人接听……他说,那是因为驻地周边都是群山,常年信号不好,而且任务又重,不可能时时守在手机旁。

　　通过他,我知道还有很多和他一样生活在边境小城、山区里的军人,他们孤独地生活着,过着与世隔绝的日子。

　　我终于理解了为什么他们依然用着最原始的软件,为什么很少能上网,为什么电话常年不在线,为什么一出山就感叹恍如隔世。

　　他们驻守在文明的边缘,是为了让我们生活在文明的中央。

　　不过,跨越千山万水的爱情总是让人痛并快乐着。

　　那段时间,我的研究工作也取得了巨大的进展。

　　我们那个课题,表面上是一般的民用级微波工程,实际上,主要是研究X波段雷达系统。

　　我机缘巧合地发现了几个函数,通过这几个函数,可以把大X雷达的发射功率和分辨精度提高一个数量级。

　　这是一项非常重大的发现,我异常兴奋。

　　我谁也没有告诉,因为还没有经过实践验证,只是理论上存在很大的可行性。

不过,我估算过运用到设备上的成功率,在90%以上吧。

深夜,我躺在床上,翻来覆去的,睡不着,于是欣喜地拿起电话,把这项重大成果告诉了面包。

不过,他表现得很平静,只在挂断电话的时候,轻声说了一句:"……注意安全……"

第二天一早,我来到研究所,刚打开实验室的门,就看见我的导师坐在我的座位上。

看见我走进来,他冲我摆摆手,进而有些无奈地摊开双手。

我还没明白过来他这奇怪的举动是什么意思,两个西装革履的大汉不知什么时候从我背后走了上来,一人一边,站在了我的身旁。其中一个面无表情地问道:"你好,张佳颖女士?"

那一刻,我表面上虽镇定自若、面色如常,完全看不出有丝毫的慌乱,内心世界却早已翻江倒海,小心脏扑通直跳。

我回答道:"是的。"

那个大汉继续说道:"昨晚,你有一个打到中国的电话,通话时长35分钟24秒。在电话里,你讲到了一项你的最新研究成果。据我们和你导师麦克伦教授沟通后得知,这项成果,你并没有报告给实验室,对吗?"

我的内心一颤,极度震惊,但瞬间就反应过来了:我的电话,一直被人监听!

我看了看老师,他冲我眨了眨眼睛,嘴角扬起一丝无奈的笑容,看起来也是极其不情愿的表情。我知道,他是最喜欢我这个学生的。要不是迫不得已,我相信,他什么也不会说。

"我只是在理论上有了一些新的想法而已,并不算什么最新研究成果。如果真有这样的成果,我当然会第一时间去验证。而验证的地点,只可能是我们这间实验室。"我回答道。

"不管是想法还是成果,你都无权透露给第三方,更何况,还是我们的主要竞争对手,中国。"那个大汉面无表情地说道。

我一下子就怒了,冲他吼道:"向谁吐露我的心声,阐述我的观点,传递我的想法，是我的自由，也是我的权利！这里不是一直标榜是最自由、最尊重人权的国度吗？不仅窃听我的电话，连我和别人说说我的想法都不可以？"

大汉瞬间化身成一台冰冷但反应迅速的机器："不可以！"

"再说了，他并不是科研人员，他只是一个普通人，他连我说的是什么都不知道。这有什么影响吗？"我继续吼道。

"张佳颖女士，请注意你说话的语气和态度。现在你是过错方，而不是我们，请不要表现得如此理直气壮。是不是普通人，并不是由你来判定。不管对方是谁，对于这里发生的一切，哪怕只是你头脑里的想法，你需要做的，永远都是守口如瓶。"站在她身旁，一直沉默不语的另一个大汉语气冰冷地说道。

事到如今，我很难平复自己激动的情绪。

原来，我的生活一直都毫无保留地暴露在别人的眼皮子底下，被人一览无余，而自己竟丝毫没有察觉。

毕竟，家是最私密的地方，如果连这样一个自认为最安全最放松的场所都宛若透明的话，这世上，还有什么地方可以安放身体和灵魂？

我下意识地环抱双手，浑身瑟瑟发抖。

我第一次感觉到害怕，在一个号称法治最健全、安全最有保障的国度里！

我看了看导师麦克伦教授。作为微电子领域世界级的权威科学家，在两个身份不明的大汉对自己的学生肆意妄为的时候竟毫无办法，只能作壁上观。这让我非常失望。

于是，我平静地说道："既然如此，那我请求离开。"

"对不起，张佳颖女士，在项目没有完成之前，你无权离开。"身旁的大汉同样平静地回答道。

至此，我终于对M国所谓的民主和人权有了更深层次的认识：只要是无关紧要的领域，看起来很美好的自由，统统给你；但只要触碰到统治阶级哪怕一丝一毫的利益，对不起，自由是什么？没听说过。

在这里，给你的永远都是有限制的人权，而它要求别国放开的，都是无底线的人权。

"那,请问我能做什么?"面对进退维谷的境地,我无奈地问道。

身旁的两个大汉同时让开身,做了一个"请"的手势。

一个大汉说道:"继续工作,完成这个项目! 请将你昨晚谈到的想法,形成完整而详细的报告,并和你的导师尽快完成验证性实验。"

另一个大汉说道:"张佳颖女士,我们对你前期做的大量极富成效的工作是十分满意的,也对你尽职尽责的工作态度非常敬重。人嘛,总是会犯点小错误,特别是在自己最亲密的爱人面前。不过,这些都不会影响我们对你一如既往的信任和支持。这一次,我们只是善意地提醒而已,也请你不必放在心上。"大汉终于露出了一丝笑容,这笑容比不笑更让人胆寒,"不过,如果再有下一次的话,我们也不知道会发生什么事。"

赤裸裸的威胁!

我冷冷一笑,说道:"谢谢你们的善意提醒,我会谨记在心的。现在,请你们让开,我们要工作了。"

说完,我便旁若无人地径直朝实验室里面走去,两个大汉在两旁垂手而立,我知道,他们的目光始终在注视着我的背影。

随即,他们转过头来,看到麦克伦教授还呆坐在座位上。

一个大汉说道:"教授,请吧。你可要时刻看好自己的学生。"

麦克伦教授茫然地点点头,叹了口气,也走进了实验室。

两个大汉随即离去。

我见两个大汉已经离开,连忙走到老师身边,问道:"老师,这两个人是什么人? 凶神恶煞的,看得出,你很怕他们?"

麦克伦教授躲过我咄咄逼人的目光,轻声说道:"军方的人,我们惹不起。"

说实话,听到这个信息,我非常惊讶:"军方?"

老师点点头,取下自己的眼镜,从兜里摸出镜布,缓慢地擦拭着镜片,说道:"我们这个研究所,其实军方是背后最大的金主。而这个微波项目,也是为军方服务的。"

其实,我早就该想到了。

但是，我没想到的是，军方的项目，竟然会让我一个中国人参与进来。

老师仿佛看穿了我的心思，说道："当初让你参加这个项目，是我极力推荐的。你在这个领域，不仅专业能力极强，而且极富想象力和创造力。这个项目很多年没有进展了，所以军方也很着急。只要能让项目有所突破，冒点风险他们也是愿意的。再说了，他们对自己的掌控力，也是十分自信的。所以，他们不会在乎你是谁、来自哪里，只在乎你是否够厉害、到底能做什么！"

教授说到这儿，停了下来，抬头看着我，目光变得温和起来："当然，我并不是想让你冒险，我只是觉得，这个项目，有研究所强大的科研实力做后盾，有军方雄厚的资金做支持，对你来说，是个难得的机会。也许通过这个项目，你将来的成就不可估量。

"同时，也是为了我自己。你是我最好的助手，不，其实准确地说，是我最好的合作伙伴。唉，想不到，我的自私也禁锢了你的自由。对于这些事，我也是今天才知道的……张，对不起。"

我知道老师也是出于好心，看着他落寞又自责的表情，我也不忍责怪他。

"老师，那现在怎么办？"我问道。

教授想了想，说："他们提到的那个想法，是真的？"

我犹豫了一下，不过，还是点了点头，说道："我发现了几个函数，也许，会提升大X雷达的功率和分辨精度。"

一说到科研项目，教授刚才还有些呆滞的目光，瞬间就变得犀利起来。

"不过，提升不多吧。"我又补充了一句，并不是对自己的想法没信心，而是，不想把这项成果泄露出去，所以，让老师不要抱太大的希望。

我既然知道这个项目是M国军方的科研课题，就更不可能全盘托出了。

"那我们先把你发现的那几个函数记录下来，一起研究一下可行性？"教授试探性地问道。

我点点头，于是和他一起坐在了桌旁。

我拿起笔，写了起来。

随着我的笔尖在白纸上飞舞，教授的表情也变得灵动起来，时而皱眉沉思，时而双目圆睁，时而嘴角带笑。

当我长舒一口气,把笔放下的时候,他突然抓住我的手,把我吓了一跳:"张,你这是个伟大的发现!太厉害了!你知道吗?这将把大X雷达的性能,在现有基础上直接提高30%啊!你知道这是什么概念吗?我们之前几年的努力,连提高10%都异常艰难。"

说完,他像顽皮的孩童一样,生怕心爱的玩具被人占有,一把抢过我身前的纸,贪婪地一张一张认真翻看,眼里冒出的那种光,像濒死之人看到了重生的希望。

我在心里暗自思忖:"老师,你看到的仅是我成果里的冰山一角,就能把你激动成这样。要是给你看看全貌,估计你会兴奋得晕过去吧。"

其实,当时我在心里也是大叫一声"好险",要是没有军方横插一杠子,自己跳出来站在了太阳底下,淋漓尽致地向我展示了一下阳光下的罪恶,我估计会把整个研究成果都告诉老师。

那个时候,才真的是铸成大错,悔之晚矣。

不过,他们偷听到了一些大致的信息,要是我不写点东西,估计他们也不会善罢甘休。

我想到了那晚打给面包的电话,他的及时接听,暴露了敌人的长久窃听。

这股来自东方爱情的神秘力量真是千变万化,有的时候能伤害彼此,有的时候能成就彼此,而有的时候却能救赎彼此。

想到面包,我的心里多了一丝暖意,更平添了一份勇气。

就在我沉浸在爱与和平的美好希冀中的时候,教授突然站起身来,一边在办公室里来回踱步,一边在口中念念有词:"之前我怎么就没想到呢?太厉害了,这个想法太巧妙了……"

他突然像被施了定身法,一下子呆立在原地,然后转头兴奋地对我说:"张,我们要把这些最新发现的成果,详细梳理一下,撰写成一篇学术报告,投给科技界最权威的《科学家》杂志。我相信,一定会引起业界轰动的。"

听到老师的这个想法,我也异常兴奋,作为一个刚毕业不久的学生,如果能在《科学家》杂志上刊登自己的学术论文,将是多么巨大的成就和荣耀啊。

我点点头,问道:"老师,那验证性实验什么时候开始呢?"

教授沉思了一下,说:"一边撰写论文,一边做验证。有实验数据的支撑,理论将更具说服力。"

于是,接下来的几个月时间,我和导师一直都泡在实验室里,一边撰写论文,一边开展实验工作。

因为有了良好的预期和充分的准备,科研工作开展一直很顺利,实验结果也按照预想的目标一步步达成,最终,实验获得圆满成功。

那个阉割后的函数,把大X雷达的性能足足提高了43%!

得到这个结果的时候,我悲喜交加。

喜的是,这个研究成果确实能大幅提高雷达性能,我的预计没有错;悲的是,明明我已竭尽所能隐藏了很多关键性的数据和环节,但没想到,即便如此,还能把雷达性能提高到我完全不能接受的程度。

太高了!

我本来的想法是,赏给他们20%就差不多了。

我很清楚自己的行为,虽然是为了留得青山在,却往别人的炉膛里添了一把柴。

科学虽没有国界,但科学家有,特别是这种事关国防安全的科学,那更得界限分明。

那段时间,我很消沉,而教授却兴高采烈,甚至工作时还哼起了小曲。

我们的学术论文很快就完成了,只署上了两个人的名字,我和教授,而且我的名字还排在他的前面。

按照约定俗成的惯例,学生只能排在老师的后面。

教授说:"张,主要的成果其实都是你的,我很幸运,搭上了你的顺风车。"

我有些感动,同时,也十分敬佩麦克伦教授的学术精神。

在亲自寄出学术论文后,他一边轻松地抽着烟,一边笑脸盈盈地对我说:"张,我敢打赌,用不了几天,研究所就会被来自世界各国的记者围得水泄不通,你的名字将伴随着那篇报告传遍全世界!"

麦克伦教授雄心勃勃的预言,在半个多月后,成了谣言。

等了大半个月,我们的工作和生活平静如常,没有一丝波澜,连一个贺喜的电话都没有。

看着自己的预言落空,教授坐不住了,拿起电话,打给了《科学家》编辑部。

在沟通了几句后,教授心事重重地挂上电话,说:"张,他们根本就没有收到那篇论文。"

教授又从抽屉里翻出往期的《科学家》杂志,仔细核对了编辑部地址,自言自语道:"奇怪,地址没错啊。"

在凝神思考了一会儿后,他又拿起了电话,拨了几个数字。

电话接通后,他显得有些紧张,悄声和电话里的人在争论着什么。

我看着他的脸色逐渐变得苍白,细密的汗珠悄然爬上了他光亮的额头,他甚至用有些颤抖的手捋了捋额前的头发。肉眼可见的紧张和……愤怒。

教授的声音压得很低,我完全听不清他在说什么,只隐约听到几个字:"……罪行……监视……"

挂上电话,教授走了过来。他脸色苍白,仿佛受到了极大的打击。

他有气无力地说道:"张,论文刚发出去,就被军方截走了,杂志社根本就没有收到论文。我们的一举一动、一言一行,都被他们密切监视着,连一张纸的碎片都要经过严格的检验,才能出去。军方说,我们这种不经允许、擅自泄露军事秘密的行为,已经构成了严重的罪行……我就纳闷了,这明明是学术上的探讨,根本就还没有运用到军事上啊。就算能够运用到军事上,还有很长的路要走。他们……欺人太甚!"

这样的结果,自从我知道我的电话被监听以后,早就料到了。

不过,老师作为一位醉心于科研事业的老科学家,还仍然坚信他生长的自由国度,能完全让他按照自己的意志,自由发表见解。这不得不说是一种单纯甚至幼稚的悲哀。

我安慰他说:"老师,其实也没什么,黑暗总不能吞噬掉所有的光芒吧。光芒是关不住的,我相信,有朝一日,无所畏惧的光,总是要透射出去的。"

安慰他,也是鼓励我。

麦克伦点点头,眼神突然变得坚定起来:"不行,科学不能轻言放弃,真理和自由同样也不能！我这次还真就要和他们抗争到底！"

我摇摇头，也许老师的这股执拗，在科学界能成就他，而在政治界只能毁了他。不过，要是对世间所有的不公平不公正都逆来顺受、对是非曲直都毫不在意的话，那做人的意义又在哪里？我不禁对老师肃然起敬。

接下来的几天，我就见老师不停地打电话，有时候招呼也不打，提着包就出去了，很晚才回来。

有一天，他兴奋地跑过来，激动地对我说："张，我们的论文可以发表了！上面同意了！"

听到这个消息，我和老师同样兴奋。

有些事，你不尝试一下，坚持一下，又怎么知道不行呢？

在老师那儿，我学到了很多，不仅有丰富的学识，更有一种科学家的精神。

在最新一期的《科学家》杂志上，我看到了我们的论文。它蜷缩在版面毫不起眼的一角，论文原本洋洋洒洒很长的篇幅，现在被浓缩到了巴掌大一点，而且还偏安一隅。

教授抱歉地说："我已经尽了最大的努力，没办法，上面能松口见诸报端，已经是我们很大的成功了。"

我点点头。

研究成果经过我的阉割后，被再次送上了手术台，这次更是被割得体无完肤，让论文显得不伦不类，像一个面目全非的侏儒，躲在无人留意的角落。

即便这样，论文还是在学术界引起了极大的震动。因为有些鸟儿的羽毛太美丽，哪怕只剩下最后一根，都能光彩夺目地瞬间吸引世人的注意。

教授的预言，在一个月后成真了。

我们被包围了。

这是军方始料未及的：这样都能让你们给翻了天？

他们的一时疏忽，成就了我们的一世英名。

然而，盛名之下，却是桎梏。

第19章

全都是为了你

自从被新闻界的朋友们扛着长枪短炮攻陷阵地以后,我们失守了,从阵地上被撤了下来。

科技界和新闻界不约而同发动的突击,让军方有点招架不住,应对显得有些手忙脚乱。可能是害怕更多的秘密被暴露在大庭广众之下,他们以确保科研工作的安全为由,宣布进行为期两个月的安全检查,暂时关闭了实验室。

然而,大X雷达最新的研究成果,虽只是撩开了遮脸的一袭轻纱,却把军方的狼子野心赤裸裸地暴露在了世人面前。

军方高层虽然盛怒,但也不好把怨气都发泄在教授和我的身上,因为论文是经过他们严格审核的,自觉不会引起过多的注意和反响。

谁知道,科学家们都是嗅觉灵敏的狼,从零碎的信息和只言片语中,就能嗅到我们研究成果里那掩饰不住的一剑封喉的强大能力。

一时间,科技界振奋无比,而周边各个国家却忧心忡忡。

M国正在大力研发和部署的导弹防御系统,如果在X波段大孔径相控阵雷达上取得进一步的突破,将会在军事上进一步提升对周边国家的监控能力。周边国家本就在M国的军事威慑下战战兢兢,这下好了,不仅如履薄冰,自己还如同薄冰一般透明。

那段时间，我都待在家中，不能接受采访，也不能发表任何文章和言论。

虽然看上去居家氛围很轻松，但我知道，有无数双眼睛在暗中盯着我，有无数只耳朵在窃听。

教授的处境应该和我差不多。

不过，由于他是M国人，受到的"特殊关照"应该比我少很多。

我终于有大量的空闲时间和面包闲聊了，不过，他却依然忙得一刻不得闲。

沸腾的水，也总有冷却的时候。

几个月后，由于柴火都不见踪影，热浪难以为继，科技界又恢复了往日的平静。

风平浪静以后，我的工作又走上了正轨。而我的想法和心态，已经回不去了。

经过这个事件，我清楚而深刻地认识到，如果你的背后没有自己的祖国，你所有的成就和荣誉，都像是空中楼阁一般，摇摇欲坠。

寄人篱下的生命，是没有任何尊严可言的！

虽然在物质上可以极大富足，但没有归属的灵魂，只能游离在他人主宰的主流世界之外，脆弱得随时都可能被主子的一声怒喝震得魂飞魄散。

我突然萌生了回国的念头，因为那里有我的亲人、我的爱人，更有我的祖国。更重要的是，我可以找回自己作为中国人的尊严。

这在以前，是不可想象的。

我原以为，这里有独步世界的科研条件、轻松自由的学术氛围和名扬世界的科学泰斗，然而在个人尊严面前，这些都显得如此苍白，脆弱得不堪一击。

这个想法，我没有告诉任何人，也没有在面包面前提起过。

然而周末的一天，我躺在家里的床上，接到了一个显示为M国的电话："喂，佳颖。"

一个熟悉的声音传来，吓得我赶紧把手机从耳边拿开，又仔细看了一下来电号码，确实是M国的电话号码。

听筒里传来了一阵急促的呼唤："佳颖,是你吗? 怎么不说话? 佳颖……"

我欣喜若狂地说道:"面包! 你怎么用的M国的电话? 你在哪里?"

面包不无得意地说:"我在M国啊,我来找你了。"

瞬间,我泪如雨下。

"怎么可能? 你不会……是骗我,哄我开心的吧?"我一边抽泣,一边语无伦次地说道。

"你等着。"

然后,电话挂了。

过了好一会儿,门外传来了敲门声。

我用手紧紧按住自己的胸口,我能清楚地感到,我的心脏跳动得剧烈而又欢快。

我缓缓地走向门口,每一步,都带着说不尽的期待。我甚至狠狠地掐了自己一把,我生怕这只是一个让人心醉的美梦。还好,疼得揪心。

我屏住呼吸,打开门,我甚至已经张开双臂,准备拥抱门口的他。然而,门外站的却是一个陌生的外国人。

他用蹩脚的英语问我:"张佳颖小姐?"

我尴尬地点点头。

然后,他好像冲我喷了什么,我就失去了知觉,不省人事。

等我醒来的时候,已经是第二天了。

睁开眼,第一眼看见的,就是面包那张焦急而憔悴的脸。显然,他一夜未眠。

所有的喜悦跟随着眼泪倾巢而出,冲刷掉了此前所有的屈辱、委屈和害怕。

我紧紧握住面包的手,胸中有千言万语,却一句话也说不出来。

他用另一只手怜惜地轻抚我的脸颊,替我拭去眼泪,心疼地说道:"佳颖,别怕,以后,我都会在你身边保护你。"

听到这句话,我喜出望外,问道:"真的?"

面包郑重地点点头。

我闭上眼睛,摇摇头,我知道,面包是哄我开心的,军人的特殊身份,是绝对不允许他待在这里的。

突然,我发现好像有什么地方不对。

"等等,不对,你不是不能出国吗?……你到底怎么了?"

面包警惕地环顾了一下四周。

我这间病房是单人间,条件不错,研究所得知我被人袭击后,第一时间就安排人把我送了进来,住在最好的病房里,有专门的医务人员看管,外面的防范也很严密。

面包见四下无人,用只有我听得见的细小声音说道:"我退伍了。"

我的心里一惊,随即变得五味杂陈。我知道,当兵是面包一生的夙愿,如果他因为我而当不了兵,也是我毕生的遗憾。

"你怎么能这样? 如果是为了我,你就不应该出现在这里! 我一个人能够照顾好自己。"我有些激动,我不想面包为了我,放弃自己的理想。

他把手指放在我的唇边,做了一个嘘声的手势,我乖乖地闭上了嘴。

他温柔地说:"等你出院了,我再告诉你。"

于是,我安静了下来,闭上眼睛,静静地享受他的爱抚。

他的手指穿过我的发梢,在头皮间轻轻地摩挲,那种透过指尖的柔情倾泻下来,又幻化成一阵阵潮汐般轻涛涌动的酥麻,钻进肌肤骨髓,游走在周身上下,让我好不舒坦。

我真想沉浸在那样的时光中,永远都不要醒来。

张佳颖说到这儿,声音也变得缓慢柔和起来,仿佛在重温那美妙的滋味。

唐一梦也不搭话,她被张佳颖和面包的深情感动,不想破坏张佳颖美好的回忆,虽然她也急切地想知道最终的答案。

过了好一会儿,唐一梦有点忍耐不住了,轻声问道:"张姐,然后呢?"

张佳颖继续说道:

其实,医生检查过后,认为我并没有什么大碍,只是被麻醉类的药品短暂地迷晕,暂时失去了知觉而已。

那个陌生人进入我的房间后,虽然翻箱倒柜,但并没有拿走什么值钱的东西。一无所获以后,他象征性地拿走了一点钱财,就匆匆离开了。

你知道的,我的房子被严密地监视着,M国的快速反应能力也是首屈一指的。

他刚离开没多久,就被捕了。

军方没有通报具体情况,教授来看望我的时候,只是随口提了一句:"袭击你的那个人,已经被抓住了。奇怪,也不像入室抢劫,罪犯对财物一点兴趣都没有,倒像是在找什么东西……张,以后你要注意安全,千万不要给陌生人开门。"

其实,我心里很清楚,肯定是我们公布的研究成果引起了某些国家的兴趣,所以才会派人以身涉险。

毕竟,不入虎穴,焉得虎子。

我心里偷笑道:"那些重要的函数,我怎么可能把它们记录在纸上,那不是把成果和自己都置于最危险的境地吗? 它们都深深地刻在我的脑子里,连M国都别想拿走!"

教授说完这话,我无意间看到身旁的面包,他表情严峻,眉头紧锁,好像在思考着什么。

在医院躺了两天,我出院了。

其实,就我这样被迷药短暂迷晕的人,皮毛未损,根本用不着两天。不过,军方用得着。他们需要这两天去仔细检查我的房间,去好好审讯抓住的那个人,看能不能从嘴里问出点什么来。

既然引狼入室了,那室里,就必然有吸引狼的东西。

M国的军方对我不可能有充分的信任,他们肯定认为我的房间里,还藏着什么他们不知道的颇有价值的东西。

那就让他们好好翻翻吧,不过,最后还得给我好好复原。我完全信任军方一丝不苟的家政服务能力!

一想到军方在动手翻找之前,还要细心拍照,留意每个物品的摆放位置,

243

不留下移动过的痕迹,也不能让我觉察到有人进来翻找过的蛛丝马迹,我就很想笑。

我就像一个外出的家长,而他们就像一个偷看电视的小学生,想尽一切办法清除各种看过的痕迹,只为蒙蔽我的双眼,不挨我的一顿胖揍罢了。

其实,每个家长都心明眼亮呢,小朋友那些拙劣的表演,怎么可能蒙混过关?不过是假装不知而已。

"等着我回来检查作业吧,希望你们能复原。"我暗暗想道。

面包也需要这两天时间,来证明他有多么爱我。

在这两天里,面包寸步不离地守在我身旁,无微不至地照顾我。

我惊喜地发现,这个在军营里生活了数年的男人,一点也不粗糙,竟然特别善解人意,心细如发。

比如我想吃苹果,只是用眼睛盯着苹果多看了两秒,还没来得及开口,他就心领神会地拿起苹果,用水仔细洗干净,削皮去核,切成小块喂我。仿佛我心里想的每一件事,无须开口他都知道,也许这就是心有灵犀吧。

真希望这样的时光,能长久一些。

说到这儿,张佳颖的声音变得温柔起来,语气中充满了无限的憧憬,又略带淡淡的忧伤和遗憾。

黑暗中,唐一梦虽然看不见她的脸,但也能猜想到,此刻,她一定笑得很甜吧。

不过,唐一梦在心里窃笑:"部队里优秀的人才,和谁都能心有灵犀。在战场上,战友的一个暗含深意的眼神、一个灵机一动的手势,就有可能决定一场战斗的成败和彼此的生死,察言观色可是生存的基本技能之一啊。不然,又怎么能充分领会首长的意图呢?"

不过,唐一梦没有开口,职业技能不仅可以服务于职业,也可以服务于爱情嘛,她不想破坏面包在张佳颖心中的美好印象。

重温了一下旧梦之后,张佳颖又继续说道:

回到家里,我打眼一看,军方的职业素养果然很高,除了几个不起眼的地方没关照好,能发现些端倪以外,其余的地方和以前别无二致。

面包放下行李,简单收拾了一下房间,朝我使了个眼色,说:"你在医院躺了两天,要不我们出去走走? 活动一下筋骨,呼吸一下新鲜空气,对你的恢复也有好处。"

我知道他肯定有话要跟我说,于是点了点头。

我们走出家门,来到附近的一个小公园。

一路上,面包只是牵着我的手,一句话都没有说。

在公园里,面包环视了一下四周,那会儿大概是下午3点左右,没有什么人。

于是,面包一边和我漫无目的地散步,一边对我说:"几个月前,我申请退伍了,组织也已经批准了。"

我不知道面包为什么要这么做,他用尽全力才踏上了奔向理想的道路:"你为什么要这样做? 放弃当兵,你舍得吗?"

面包停下脚步,转过身来,双手紧紧抓住我的肩膀。

也许是他情绪过于激动,我的肩膀被他抓得生疼,感觉他的指尖都快陷进我的皮肉里。

他郑重地说道:"佳颖,当兵的确是我以前的梦想,自从进入部队,我就沉溺在梦想实现后的巨大狂喜中,找到了工作带来的快乐和荣誉,但在这些短暂的满足之后,又会陷入长久的失落中。因为,我不知道该去哪儿了。直到我遇到一个人,一个能告诉我'下一站去哪儿'的人。佳颖,那个人就是你! 没有你,即使荣誉等身又如何? 所以,我宁愿抛弃所有,也要和你在一起。往后余生,你就是我的所有。"

面包的目光温暖而坚定,眼中溢满了爱意。

"面包……"我紧紧地抱住了他,伏在他的肩膀上,流下了感动而幸福的泪水。

我们坐在公园的长凳上,我问他:"那你以后打算干什么?"

他掏出一个信封,递给我。

我打开一看,是纽丝伦大学的研究生入学通知书,上面贴着面包的照片,写着他的名字。

我高兴地说："面包，你太厉害了，竟然考上纽丝伦大学啦，也就比我的大学差那么一点点而已啦。"

面包不无得意地说："为了能够和你在一起，我从来没有放弃过学业。你现在已经是世界电子工程领域知名的后起之秀了，让你舍弃这里的一切回国，肯定不容易。军人嘛，任何时候首先选择的都是自我牺牲。于是，我选择了退伍，寒窗零点几载，终于考到了这里。你看我多幸运，老天爷不仅赏你，还赏饭。哈哈。"

我知道，面包虽然说得如此轻松，但要真正脱离军队、远渡重洋，不仅要押上自己的前途命运，把前半生的努力全部清零，还要付出常人难以想象的心血和汗水。

为了我，他可以说是孤注一掷。

纽丝伦大学就在我工作的研究所所在的城市，我知道，面包之所以选择这所大学，也是为了我。他把他全部的心思和力气，都用在了我身上。

他本可以按照他预想的轨迹，一路向前，走向光明的前程。而现在，却为了我，放弃所有，重新来过。

一直以来，都是他在为我牺牲，成全我的一切。而我，却好像已经习惯了这种被人关怀、被人呵护的感觉，理所当然地接受他的牺牲，享受他的关照。

我从来没有问过他，硕士毕业后，你想要去做什么？

我从来没有问过他，在这边的生活，你适应吗？喜欢吗？有聊得来的朋友吗？

我好像没有关心过他想要什么，我关心的，只是我想要什么，他应该怎样陪着我。我突然觉得自己很自私。

相爱，并不是牺牲一方，去成就另一方，而是彼此成全。

我心疼面包，他不应承受那么多的隐忍和委屈。

我抬起头，看着他的眼睛，说道："面包，我们回国吧。好吗？"

面包没有说话，但他清澈的眼睛里，却闪过了一丝不易觉察的光。

我说不清那道光意味着什么。是欣喜？是感动？是疑惑？但是，当时我的心里，却闪过了另一个可怕的词语：狡黠。

　　自从有了回国的想法，我在研究所的工作也懈怠了下来，不像以前那样全身心地投入了。

　　麦克伦教授也感觉到了我的变化，他以为是军方的窃听和入室抢劫两个事件的双重打击，对我的心理和精神造成了一些伤害，于是关切地问我："张，如果这段时间你不开心，我可以给你一段假期，你到处走走，散散心。不要让自己压力这么大。"

　　我婉拒了老师的好意："老师，谢谢你，我很好，可以继续工作的。"

　　麦克伦教授摇摇头，转身离开了。

　　其实，我是想赶紧结束我所有的工作，好让回国的计划能够尽快实施。

　　整个研发工作进展得很顺利，我们把研究成果转化到实际的应用中，在原有系统的基础上，进行了升级改装，开发出了新一代的雷达平台。虽然受制于雷达波束能量损耗和材料工艺的局限，没有达到最佳的理想状态，但也直接把雷达性能提高了30%以上。

　　军方对我们的工作给予了高度的肯定和评价，M国国家微电子研究所授予了老师和我"金骑士"荣誉勋章。

　　站在授勋舞台中央的我，虽然热情洋溢地和每一位政府要员、研究所高官一一握手，感谢他们的帮助和支持，并且随时面带谦卑而喜悦的笑容，但我内心却是灰暗的，一点也高兴不起来，有一种为他人做嫁衣裳的挫败感。

　　我们的科研攻关完成后，军方的武器设计定型工作就开始紧锣密鼓地进行了，对我们也就不像之前那样严密监控了。

　　当然，这个项目并没有全部完成。

　　由于后续的研究计划还没有开始制订，所以这段空白期没有多少具体的工作要做，主要就留给我和教授探讨后续研究工作的一些思路和想法。

　　这段时间，面包除了上课，也不知道在忙些什么，每天很晚才回家，看得出来很疲惫。

　　我问他都在忙什么，他说学习很累，外语丢了很久，都生疏了，一边要攻克语言的难关，一边还要学习新的内容，稍微有点力不从心，不过，他相信后面会越来越好的。

这段时间，他还跑了几次中国大使馆，咨询一些我回国的相关事宜。

"只要你想走，随时都可以。"面包这样对我说。

于是，我看研究所的工作基本已经完成得差不多了，就递交了辞职信。

当得知我想离开研究所、返回祖国的时候，麦克伦教授显得非常沮丧和伤感，他说："张，你是我见过的最有天赋的学生。其实，你在这里会发展得更好，能够取得更大的成就。不过，我还是尊重你的选择。如果有一天，你还想回来的话，我这里的大门，永远都是向你敞开的。"

一切看起来都很顺利，没有过多的阻挠，这让我觉得很意外。面包看起来却并不轻松，如临大敌一般，每天回来得更晚了。

越是临近归期，面包的神色越是冷峻，仿佛心里的某根弦绷得紧紧的。

这个时候，他已经完全不去学校上课了，每天都待在家里，帮我整理、收拾物品，打包行李，变卖车辆，做好回国前的最后准备。

回国的前一天，我和面包在房间里清理最后的物品，面包好像也放松了下来，神色已不像之前那样紧张。

面包问我："佳颖，回去后，你打算干吗？"

我笑着说："我还能干吗？只能找个研究机构，继续我的研究工作呗。总不能把在外这么多年的所学荒废了吧。你呢？你才为我中断了职业，现在又要为我中断学业，唉，看来你上辈子真的欠我很多钱，这辈子注定是来还债的。哈哈。"

面包笑着说："都说欠债的是大爷，我咋感觉自己混成孙子了呢，处处唯你马首是瞻。"

我说："问你呢，回国后你想干什么？"

他神秘地一笑，说："我都想好了，还专门把我的计划写成了一篇可行性报告，正准备呈给首长审阅呢。"

我捶了他一拳，假意生气道："我说正经的呢，你还开玩笑。"

面包故作严肃地说："真的！你等等，我这就去取。"

说完,他就转身进了房间。

等他重新走出来,把那篇报告交给我的时候,我哭了。

那篇报告上,只写了四个大字:"嫁给我吧!"

就在我看报告的同时,面包跪了下来,右手从身后变戏法似的拿出一束鲜红的玫瑰花,左手举起一枚钻戒,虔诚地跪在我的面前,仰头看着我。

那目光中,全是真诚和爱意。

我的泪水止不住地往外流,我拉起面包的手,狠狠地咬了一口,我怀疑我是在做梦。

面包疼得哇哇大叫。

我笑了,原来,这真的不是梦。

就在这时,急促的电话铃声响起,我接起电话,是老师的声音:"张,你到研究所来一趟。"

我有些纳闷,工作交接我不是早就办完了吗? 现在回去干吗?

我问道:"老师,是有什么事吗?"

教授说:"我也不知道,是研究所的领导通知的,说有些话想问问你。"

我挂上电话,心里有一种不祥的预感。

面包走了过来,看我脸色不对,问道:"怎么了? 什么事?"

我说:"老师给我打电话,让我现在去研究所一趟。具体什么事不清楚,只说领导有些话想问问我。"

面包略一思索,拿起自己的衣服,说:"我陪你去。"

于是,我们两人来到了研究所,因为保密规定,面包被拦在了门外。

就在我将要进门的时候,面包在我耳旁悄声说道:"有什么事,立刻给我打电话,我就在门口等你。"

我点点头,一个人走了进去。

一进研究所会议室的门,我就看见三个西装革履的中年人,一字排开坐在会议桌的正中央。

三个人我都不认识,但有了上次的经验,我基本已经能初步判定他们的身份。

为首一个秃顶的中年人见我进来,随即露出微笑,开门见山地说道:"张女士,你在微电子研究所的工作性质,不知你是否清楚?"

我点点头。

他继续说道:"你掌握了很多研究所和微波工程项目相关的秘密。听说你要申请回国,请问你如何保证这些只属于我国的秘密,不被泄露出去?"

我说:"我的研究成果,什么时候成了你们的秘密?"

他说:"看来张女士还是不太明白政策,只要在这片国土上产生的一切研究成果,都属于我国的秘密,我们也会竭尽全力去保护和维护。当然,不排除使用任何手段。"

最后几个字,他加重了语气。

"那你是什么意思?"我有些生气,就像自己生出的孩子,被别人硬抢了过去,还当着你的面,理直气壮地让孩子叫爹,认贼作父。

"很遗憾,张女士,你可能暂时不能回国,除非我们能够明确获知你已经不再掌握任何机密。"

"那你们怎么明确?"

那个男人摇摇头,双手一摊,说:"所以说要委屈你暂时留在这里工作,因为现阶段无法明确。"

我气得拍案而起:"你们就是一群强盗,无耻!"

那个男人一点也不恼怒,笑了笑,说:"张女士,我国也授予了你至高的荣誉,在这里工作,我们将一如既往地全力支持你。"

我针锋相对地说:"我只是想念家乡的亲人了,回去见见亲人都不可以?"

男人耸了耸肩,说:"听说你的男朋友也过来陪伴了? 等他完成学业后,我们可以给他安排他想要的工作。这样,你们就都能安居乐业了。"

我说:"不需要! 我现在唯一的想法,就是回国看看。"

男人笑了笑:"张女士,不好意思,今天的谈话到此结束,你的请求不予批准。这不是找你商量,而是正式通知你。"

"你们是谁? 还有没有基本的法律制度了?"我吼道。

"我们是谁不重要,重要的是,我们执行的就是国家安全法赋予我们的任务。"

说完，三个人头也不回地离开了会议室。

我走出研究所的大门，面包迎了上来。

他见我一脸悲伤，连忙焦急地问道："佳颖，怎么回事？"

我无奈地说道："他们不允许我回国。"

面包没有说话，既不生气也不意外，只是用力地搂住我，淡淡地说了一句："没事，回家再说。"

然而，我们没有回家。

面包找了家中餐馆，说要带我去吃点好吃的，慰问一下我受伤的心灵。

进了餐厅，我们找了一个靠窗的座位坐下。

一个穿着考究的中年人走了过来，看起来像这里的老板。中年人轻轻地弯了一下腰，说道："林先生，想吃点什么？"

他随即无意间瞟了我一眼，微笑着问："这位一定就是张小姐了？果然很漂亮。林先生，你很有眼光。"

面包连菜单都没有看一眼，笑了笑说："王老板过奖了。还是我喜欢的那几样菜，也都是张小姐爱吃的。"

"好的，请稍等片刻。"说完，中年男子又看了我一眼，转身离去。

我好奇地问："老公，你经常来这里？看起来很熟的样子。"

面包点点头："有时候没课，或下课早，我就来这里帮帮忙，赚点外快。王老板是四川人，川菜做得那才叫一个正宗，你尝尝。"

很快，王老板端着盘子走了过来，在我们面前放下了水煮牛肉、麻婆豆腐、蒜苗回锅肉，还有一盆沸腾鱼。说了一句"两位请慢用"，他就离开了。

"来，趁热尝尝，看有没有家乡的味道。"面包给我夹了一筷子鱼肉。

的确，麻辣鲜香，是非常地道的四川菜。

那晚，我大快朵颐，很久没有这么舒爽地吃如此经典的家乡菜了。

我埋怨道："老公，你也太不够意思了，这么好吃的地方，你竟然藏着掖着，光自己吃独食啊。以后这种行径，是要家法伺候的！"

"好啊，以后过来洗盘子，我也带上你好了。吃好了吗？"面包问道。

我点点头。

他说:"走吧。"然后,他起身,走到柜台旁。

我见他和王老板在柜台后交头接耳,像是在窃窃私语着什么。然后,他递给王老板一些钱,而王老板也递了两张什么东西给他。

做完这些,面包若无其事地把手插进裤兜,等他走过来扶我的时候,他的手里已空无一物。

第20章

天亮了

计划回国的那天早晨,天刚蒙蒙亮,门口远远就传来了汽车发动机的轰鸣声。

随着一声急促的刹车声,很快,四周又恢复了宁静。

我和面包提着大包小包的行李刚出门,一眼就瞧见外面停着一辆黑色的轿车。两个身着黑色西装、戴着墨镜的壮汉,表情冷峻,如铁塔一般,微微叉开双腿,两手在小腹前交叉,自然垂下,一副盛气凌人的架势,仿佛已等候多时。

见我俩拖着行李走出房门,其中一人立刻上前一步,面无表情地问道:"张女士您好,请问二位这是要去哪儿?"

一大早刚出门就被陌生人质询,我有些生气地说道:"你们是谁? 我不认识你们。"

那人嘴角一扬,露出一丝略带轻蔑的微笑:"张女士,一大早就打扰两位,实在抱歉,我们已等候多时。我们是接到研究所的通知,专程接您去上班的。毕竟下一阶段的工作即将开始,您休息得也差不多了,该投入正常的工作中了。"

我生气地说:"我早就递交了辞职信,主管领导也已经批准了,现在,我已经不属于研究所了。"

那人继续说道:"主管领导?张女士是指麦克伦教授吗?很遗憾,他不是主管领导,他只是项目的技术负责人。您的去留问题,他说了不算。"

我涨红了脸,气得说不出话来。

这是自由国度,还是流氓国家?

那人看了看表,平静地说道:"张女士,请上车吧,您快迟到了。以后,为了方便您按时上下班,我们都会专程接送您的,这也是研究所给您的特别优待。"

面包在我身旁,一直一言不发。

我扭头看了他一眼,他对我使了个眼色,凑近我耳边,说道:"没事,去吧,后面我来想办法。"

我只好说道:"那你们等等,我去取一下手提包,里面有我的工作电脑和文件。"

那人点了点头。

我和面包同时转身进屋。

一关上门,我焦急地问道:"老公,怎么办?"

他镇定地说道:"你先去上班,以前什么样,现在就什么样,就像没发生过任何事。最好和他们谈谈条件,比如薪酬什么的,要求上涨一倍,理由就是:前段时间取得了那么大的成果,涨薪理所应当。等他们确认你提出回国,只是以退为进之法,目的是涨薪,待目的达成后又安心工作、无心回国的时候,也许就会放松警惕,我们就有机会离开了。"

"他们会答应吗?"

"放心吧,必会答应。"面包自信地说道。

我点点头,拿起手提包,出门上车。

一进研究所,麦克伦教授就看见了我。

他有些动容,随即一脸的无奈,抱歉地说道:"张,我亲爱的学生,我实在无能为力,想不到我深爱的国度,最崇尚自由精神的国家,竟是如此蛮横无理。我……无颜以对,对此,深表遗憾。"

我安慰他说:"老师,这样也挺好的,我们又可以并肩战斗了,来吧,也许还有很多工作要做呢。"

教授点点头,露出了难得的笑容。

我向研究所提出了涨薪的要求,果然,上面很快就批准了我的要求,还额外给了我更多的福利。

这几天,我表现得很卖力,仿佛又重回工作中的巅峰状态。不过,我只是逢场作戏,假作真时真亦假。

老师也看出来我饱满的工作状态、高昂的工作热情下,其实是放空的工作进度。

他并没有说什么,也没有点破,只是不断教授我更多的新知识,传授他解决问题的思维模式。

他知道,我只是假意配合,让上面放松警惕,总有一天,还是会离开这里的。

他也许是想抓紧所剩不多的时间,传授我更多的东西。

对于老师这种完全没有一点私心杂念的科学精神和治学态度,我内心深受感动。

一个月后,我的生活又恢复了常态。

面包也逐渐适应了学校的生活,学习上比刚来的时候显得更加游刃有余。

在一个没有月亮的夜晚,面包突然叫醒睡梦中的我。

我揉揉惺忪的睡眼,借着窗外路灯微弱的光,看见面包竟穿戴整齐。

他一脸严肃地说:"佳颖,起床,今晚,我们该走了。"

我疑惑地问道:"去哪儿?才几点啊,还没到上班时间。"

他双目炯炯有神地盯着我。在黑夜中,我都能感觉到他目光中的坚定和兴奋。

他吐出两个字:"回国。"

我瞬间清醒过来,一下子坐了起来:"现在?"

他说:"对,就是现在。"

"可是,我们什么东西都还没准备。"

"不带了,带的东西太多,不仅浪费时间,还容易暴露目标。我已经简单收拾好了两个小行李箱,国内我都安排好了,到时候会有人到机场接应我们。"

我点点头,转头就想扭亮台灯。

他马上拉住我的手,制止了我:"别开灯。现在马上起床。"

黑暗中,我利索地穿好衣服,简单洗漱了一下,和他一起出了门。

那晚,没有月亮,四周漆黑一片,只有远处昏暗的路灯,睁着疲倦的眼,发出慵懒的淡黄色灯光。

一辆黑色轿车停在路旁,车窗上,有一点淡红色的火星,在一明一暗地跳动。

我心里大叫一声"不好",转身就想进门。

面包一把拉住我,用手在唇边做了一个嘘声的手势,接着拿起行李,挽着我的胳膊,快步走向那辆黑色轿车。

他麻利地打开后备厢,把行李放了进去,随即拉开车门,用手扶了扶我,示意我先坐进去。

我忐忑地坐进去,驾驶座上的那点火星变得明亮了一些,那人拿掉嘴边的香烟,一个略显熟悉的声音传来:"张小姐,你好,我们又见面了。"

我还在脑海里仔细搜索这个声音出自何人时,面包就从另一边坐了进来,低声说了一句:"出发吧。"

驾驶员问道:"没被人发现吧?"

面包谨慎地说:"放心,出门前,我已经仔细检查过了,没人。"

驾驶员说道:"很好,这是你们两人的机票,经济舱,人多,不容易被发现。"

说完,驾驶员递过来两张机票,面包伸手接了过来,放在衣服兜里收好。

驾驶员发动汽车,黑色轿车悄无声息地消失在了黑暗中。

一路上,没有人说话,气氛显得很沉闷。

驾驶员熟练地驾驶着汽车,专门拣小巷或小路走,七转八弯地驶向机场。看得出来,他对这一带路线非常熟悉。

路上的灯光时不时掠过他的一小部分侧脸,他的脸明暗交替变化着,我看了半天,也看不分明。直到他回过头来,对我说道:"张小姐,以这样一种方式离开,是不是挺讽刺的?"

香烟燃烧着的火星照亮了他的脸颊,我看到了他嘴角那一抹自信的笑容。

我失声道:"啊,是你?"

"对,是我。"中餐馆的王老板说道。

"你到底是什么人?"我很惊讶,我万万没想到,送我们去机场的,竟然是这个和我曾有过一面之缘的人。

王老板回过头,又继续认真地开着车,他只淡淡地说了一句:"以后,你会知道的。"

我看了看面包,他正聚精会神地望着窗外寂静的黑暗,沉默不语,仿佛想多看这里几眼。

匆匆地来,又匆匆地走,好像带走了点什么,好像又将留下点什么。

前方就如同窗外的黑暗一般,像一个巨大的深不可测的黑洞,看不明白,也瞧不真切,更不知道将会有什么在等待着我们。

车很快就来到了机场,面包和我匆忙下了车。

拿好行李后,王老板连车都没有下,也没有说一个字,就快速发动汽车,迅速消失在我们的视线中。

面包递给我一本护照,我翻开一看,除了头像是我,其他都不是。名字变成了李蔚然,香港人。

我惊讶地看着面包,想不到他竟如此神通广大,连假护照都办好了。

"这……能行吗?"作为一个一直诚实守法的公民,对人生中即将开启的第一次蒙混过关,心里还是特别害怕和紧张的。

面包看出了我内心的害怕和担忧,搂着我,说道:"放心吧,王老板办事,没有谁比他更可靠了。"

"啊!还是他?这是什么时候给你的?"我有些惊讶,这个中餐馆老板的身份下面,到底还隐藏着什么巨大的秘密。

"就在那天我们一起吃完饭,我去结账的时候。"面包笑着说。

我想起了那个细节,他们交换的时候,动作竟那般熟练而自然,仿佛两人已配合很久。

"其实,吃完饭后的第二天,我就想带着你离开,王老板说,时机还未成熟。那个时候，军方的人已经在严密监视我们了。他们内紧外松，表面上没有任何动作，暗中有无数双眼睛都在时刻盯着我们。"

我吓了一跳："有这么夸张？我怎么一点都没有感觉到。"

"术业有专攻，你只是在科研上敏感罢了，哈哈。"面包故作轻松地笑了起来。

我这才知道，表面上的风平浪静，其下是无时无刻不在涌动的暗流，也不知面包曾直面过多少这种潜藏的危险。

我情不自禁地抱住了面包，在他怀里，我感觉特别踏实和安心，心情也放松了许多。

他轻轻拍了拍我，说道："走吧，旅程才刚刚开始，时刻保持警惕，直觉告诉我，前面的路不好走，危机四伏。"

走到边检柜台，边检员仔细查看了我递过去的护照，又抬头上下打量了我一下。他并没有在我的护照和机票上盖章，而是在电脑键盘上飞快地敲打着，仿佛在查询着什么。

那个时候，我表面上虽故作镇定，其实，我能感觉到自己的心脏，就快要跳到嗓子眼。

我回头看了看排在我身后的面包，他用手在虚空中往下压了压，示意我放下心来，然后露出了一个自信而温柔的笑容。

我轻轻地点了一下头，稍微镇定了一点。

边检员一通操作以后，终于在护照和机票上重重地盖上了章，冲着我露出了职业的笑容，说道："女士，不好意思，让您久等了，祝您旅途愉快。"

我松了一口气，也挤出一丝笑容，说道："谢谢。"

我慌忙拿上行李，走出边检柜台。身后传来了面包平静而又漫不经心的声音："先生，请快一点，我的飞机快要起飞了。"

当我和面包挨着坐在经济舱里的时候，我一直悬着的心，终于完全放松了下来。

整个过程非常顺利，完全没有面包预想的那般困难重重。

我正要转头嘲笑他小题大做，结果，我看到他那张严峻的脸，一点没有松懈下来的迹象。

"老公,你这是……"

"没事,佳颖,先睡会儿吧,旅途很长,先养足精神。"

我点点头,说道:"你呢?"

"我现在不困,我还要再盯着点。"

"老公,没事了吧,我们都已经上了飞机,还能有什么事?"

"小心驶得万年船,谨慎一点总归是好的,你快睡吧。"

我闭上眼睛,很快就进入了梦乡。

"快醒醒!快醒醒!"面包的声音突然传来。

我睁开眼,看到了他那张焦急的脸。

这时,我才发现,机舱里的灯光已经亮起,舱内变得嘈杂起来。

随即,舱内广播响起了空姐悦耳的声音:"各位乘客,刚刚接到空管中心的通知,我们将临时降落到G国的蒙比欧国际机场,短暂停留后,将继续我们的航程,给您带来不便,敬请谅解。"

面包的神情变了,我的心里顿时产生了不祥的预感。

我看了看面包,他轻轻地点了点头,证实我的预感并非多余。

"不会是冲着我们来的吧?"我有些害怕,小心地问道。

"不排除这种可能。"面包说道。

"那怎么办?"我更加紧张。

突然,面包抓起我的手,用力地握住,掌心传来了他的温度。

"别怕,有我,见机行事。"面包的语气镇定自若。

"别忘了,我以前是干什么的。"他轻松地笑了笑,补充了一句。

握着他的手,我的内心忽然也生出了一股从未有过的勇气和力量。

飞机停在了停机坪上。空姐让所有人下了飞机,说飞机要按要求进行临时检查,才能再次起飞。

这时,几个身着安保制服的人走进了候机大厅,开始挨个检查所有乘客的证件。不,不像是检查证件,而是比对证件!

我看见他们每人手拿一张A4纸,上面隐约印着一个人像和几行文字。

当其中一人渐渐走近的时候，我才看清楚上面印着什么。

我的脑袋嗡的一声，突然间变成一片空白，汗毛倒竖，冷汗也跟着涌出，湿透了衣背。

我分明看见，上面印的是我的相片。

就在这时，坐在我身旁的面包悄声说道："这是冲着我们来的。不过，不要害怕，一切有我呢。一会儿不管发生什么事，你都不要惊慌，更不要轻举妄动。你就坦然地坐在这里，表情如常，该登机的时候，你照常上去，如果我没有回来，你也不要等我，我们北京再见。"

我一下蒙了，问道："你要干什么？"

面包低下头，从随身携带的挎包里，取出一个齐耳假发，戴在了头上。

他扭头冲我笑了一下，说："你看，和你像吗？"

我捂住嘴，眼泪瞬间就滴落了下来。

我一下就明白了他想干什么。

我拽住他的胳膊，冲他摇了摇头。大不了，我们再一起返回M国啊。

他笑了起来，笑容是那么干净纯粹，像初升的阳光充满了暖意，也像落日的余晖拉长了不舍的留恋。

他轻轻拉开我的手，认真地注视着我的眼睛，一字一句地说道："佳颖，我爱你，你放心吧，等着我，我会回来娶你的。"

说完，他再也没有看我一眼，一下站了起来，拉上他的行李箱，迎着前方的一个人走了过去，故意撞了一下那个人的肩膀。一本护照随即掉了下来，落在了地上。

面包假意躬身要捡，那人却先他一步捡起了地上的护照，翻开只看了一眼，立即露出了紧张又喜出望外的神情。

面包轻轻侧头看了他一眼，眼神飘忽而胆怯，随即扭头加快了脚步，连护照都不要了，甚至小跑了起来。

那人像看到了猎物一样，大手一挥，一声惊呼："我找到她了，快，抓住她。"

其余众人也不再挨个检查旅客的证件，一起追了上去。

面包转过一个拐角，瞬间不见了踪影。

我这才明白,为什么一直在家里找不到我的护照,原来早就被面包拿走了。

也许他早就预想到了今天的情况,也想好了对策,做好了准备。其实,是做好了为我牺牲的准备。

我紧紧咬住嘴唇,尝到了一丝血的甜腻,但我感觉不到疼痛。心里的疼痛,早就超越了生理上的伤痕。

我心里极度悲痛,仍强忍住眼泪,我不能让人看出我的异样,否则,面包的牺牲将变得毫无意义。

随着那帮人的离开,机场广播随即响起:"乘坐CV9847次航班飞往中国北京的旅客请注意,您乘坐的航班已完成临时安全检查,请立即在登机口排队登机,谢谢。"

我站起身来,缓缓朝登机口走去。

我没有回头,甚至在出示登机牌的时候,还对着工作人员莞尔一笑。

可一过登机口的玻璃门,我的脸上,泪水倾泻如注。

无声的哭泣,是心被掏空后的痛不能自已,更是对罪恶现实声嘶力竭的抗议。

我想起了面包刚才的笑容,像是一种不舍的眷恋,更像是一种坦然的告别。

这时,我隐约听到砰的一声,我的心随之又剧烈地疼了一下。

那是什么声音? 枪声? 重物落地的声音?

那一刻,不安、惶恐是那么清晰,仿佛心里有个最重要的东西,一下子碎裂了。

登上飞机,飞机再次冲上夜空。

机舱里的灯光再次黯淡下来,四周也重新恢复了宁静。

旅客经过中途的这次折腾,显得精疲力尽,都已沉沉入梦。

我伸手摸了摸座位旁的那个空位,早已没有那个人的温度,在黑暗中变得冰冷。

"面包,你……到底怎样了?"

晶莹的泪珠滴落下来,落在了空位上,泪珠顷刻间四分五裂,碎裂成更多的碎片,与绒布座椅融为一体,化成浓黑的印记。

"面包,我在北京等你,你对我的所有承诺都做到了,这一次,我相信,你绝不会食言!"

飞机颠簸了一下,仿佛是听到了我心里的话,在用行动回答。

CV9847次航班在北京平安降落,我打开手机,一个陌生的电话打了进来:"喂,你好。"

"您好,请问您是张佳颖小姐吗?"

电话里,一个男人沉稳的声音传了出来。

"我是,请问你是?"

"林月笙让我来接你,我是他朋友。"

"哦,你好。"

"我在出站口等你。"

"可我……不认识你啊。"

"你一出站就能认出我,我穿着军装。"

果然,一出站,我就看到一位英武的军人,目不斜视、笔直地站在出站口的正对面。

我走上去,还没来得及开口,那人就露出微笑,说道:"你是张小姐吧?"

我点点头。

他接过我手里的行李,转身就要走。

对于他奇怪的举动,我很纳闷:"既然面包让他来接站,他连面包的人都没见到,就要离开?"

他见我仍站在原地不动,而且眼神中透出一股质疑的神色,明显愣了一下,马上又像看穿了我的心思一般,笑了笑说:"我知道你们途中发生了一些事情,月笙耽误了行程,他应该会坐后续的航班回来,请你不要太过担心。我相信,几天以后,你们就会重逢。作为世界上知名的年轻科学家,我们有义务首先保障你的安全。走吧。"

我回头望了一眼出站口,这个时候,我好希望一回头,就能看到那个熟悉的身影,突然笑容满面地走出来。

"面包,快告诉我,你的消失,只是想和我开个玩笑。现在我安全到家了,你……也快出来吧。我们再也不要分开了。"

我的眼泪又不争气地流了下来。我偷偷用手擦掉眼泪,转过身来。

那人看似随意地瞥了我一眼,我知道,他肯定看见了我脸上的泪痕,但他什么话也没有说,转身拖着行李箱,走在了我的前面。

"我姓高,以后你要是有什么事,可以尽管找我……我也会像月笙一样,竭尽全力地帮助你……请不要客气。"

他的话飘了过来,钻进了我的耳朵。

为什么在我听来,每一个字都有一种说不清的淡淡哀伤?走出机场,一辆白色牌照的军车已经停在了门口。

他把我的行李放进了后备厢,帮我打开车门,示意我在后排落座。

等我坐定以后,他坐在了副驾驶的座位上。

"走吧。"他也没有问我想去哪儿,直接就给二期士官的司机下达了指令。

仿佛去哪儿,根本不需要问我。或者说,由不得我。

我也没有开口,心想:"也许面包早就安排好了吧。"

英雄不问出处,而此时的我,也不想问去处。回到祖国母亲的怀抱,去哪儿,都是归路。

车在一个部队大院停了下来。小高拉开车门,请我下车。

这会儿正是北京冬天的下午,屋顶上洁白的积雪还没有融化,冬日温暖的阳光洒下来,让人浑身上下透着一种说不出的舒坦,精神上紧绷了很久的弦,这个时候才真正放松下来。

我闭上眼睛,张开双臂,满足地伸了一个懒腰,仿佛身体已经挣脱了某种束缚,即将萌发出新的生机。

我深深地吸了一口气,清冷的空气侵入鼻腔,这是自由的味道。

冷空气让大脑瞬间清醒了许多,于是,我问道:"这是哪儿?"

小高笑了笑,说:"部队大院。你就在这里的招待所住上几天,过几天,也许会有领导找你谈话。"

我有些疑惑:"找我谈话?和我谈什么?我在这里不是等月笙吗?"

小高有些尴尬地笑笑，接着说："两不耽误嘛。当然，领导具体想和你谈什么，那是领导的事，我也无从知晓。张小姐，你刚刚回国，旅途劳顿，要不现在先进屋休息？等倒过时差，可以在北京先逛逛。你应该许久没来过了吧？变化可大着呢。"

我看从小高嘴里也问不出什么有用的东西，于是点点头。

他拎上我的行李，带我找到房间，把行李放好。正要转身出门的时候，我叫住了他。

"小高，月笙什么时候回来？"

他的脸色变了变，很快就回答道："等他到了，我第一时间通知你。"

"他知道我住在这里吗？"

"当然知道……这是他给你挑选的地方。"

我满意地点点头。

小高如蒙大赦一般，连忙快速走了出去，在关上门的一刹那，我看到了他略显慌乱的眼神。

这几天里，我哪儿都没有去，小高来邀请过我几次，说要尽尽地主之谊，陪我去北京城转转，看看故宫，逛逛颐和园，我都委婉地拒绝了。

面包生死未卜，我根本没有心情游山玩水，连吃饭都只是勉强塞进几口。

等他回来，才是我在这里的意义。

终于，我还是等到他了。

在第十天的上午，我正坐在窗边，看着窗外树梢上的几只麻雀来回跳跃，这时，我听到了门外杂乱的脚步声，而且分明不止一人。

我的心剧烈地跳动起来，当时我只有一个念头："是面包，面包回来了！"

果然，脚步声停在了我的门口。

我竖起耳朵，情不自禁地捂住嘴，屏住呼吸。

我甚至已经做好了扑进他怀里的准备，我想告诉他，面包，你知道这几天，我有多担心你，有多想你吗？

敲门声响起，我跑了过去，打开门，门外是一个陌生人，穿着军装，肩章显示他是中校军衔，后面跟着小高。

我走出门,左右看了看,再没有第三个人。

我喃喃自语道:"对不起,我以为是月笙回来了。"

那个中校说:"张佳颖同志,你好,我叫彭辉,是林月笙的政委。小林同志的确已经回来了,我们今天来,就是接你过去和他见面。"

"真的?! 太好啦! 我说嘛,我的预感不会错的!"我刚跌落谷底的心情,瞬间又冲上了顶峰。

"政委,小高,我们快走吧,不能让月笙久等。"巨大的喜悦把我团团包围起来,我根本来不及细想什么,催促他们赶紧带我走。

刚走出几步,我又停下脚步,有些不好意思地说:"政委,麻烦你们先等我一下,我回屋拿点东西,有些重要的东西忘带了。"

政委点点头,说:"去吧,张佳颖同志,不急,我们在楼下等你。"

我赶紧小跑着回屋,关上门,匆忙地翻出化妆包,对着镜子化起妆来。

我不想让面包看见我这几天茶饭不思、夜不能寐的憔悴,我想用我最好的状态和美丽,迎接他的到来。

当我妆容精致地出现在政委和小高面前时,他们明显愣了一下,随即又恢复了常态,小高甚至说了一句:"张小姐,你太美了,月笙很有福气。"

听到这话,我的心里充满了甜蜜。

路上,政委和小高都没有说话,而我沉浸在自我陶醉的无尽喜悦中,在脑海里无数次演练着和面包见面那一刻的场景。

他一定会朝着我飞奔过来吧,一定会紧紧抱住我。在领导和战友面前,他会深深地吻我吗?

我甚至偷偷笑出了声,政委扭过头,看了我一眼,不发一语。

当我深一脚浅一脚地走到面包面前的时候,他笑了。

笑容还是那么阳光、那么温暖,可惜他再也说不出那句:"佳颖,嫁给我好吗?"

我也笑了,却哭出声来。

照片前放着鲜花、水果,还点着几根香。

　　他还穿着那身军装,英武帅气,我好像从来没有看过他正式穿军装的样子,这是第一次,也是最后一次。

　　政委告诉我:"小林同志为了掩护你,牺牲了。到目前为止,国外依然不知道他的真实身份,不知道他是一名英勇的战士。这次行动很成功,不过,也留下了巨大的遗憾,我们最优秀的战士,永远地留在了异国他乡。"

　　我的泪水顷刻间奔涌而出:"他,不在了? 尸骨无存?"

　　政委缓缓地点了点头,语带悲伤:"我们有特殊的联络方式,十天了,音信全无……"

　　"行动? 战士?"我擦干眼泪,眼中射出仇恨的光,盯着政委。

　　"是的,自从你在大X雷达上突破性的研究成果公布于世以来,你就引起了各国的注意,同样,我们也很关注你,因为我们也急需这样的技术。也许是天佑祖国,非常凑巧,小林同志竟然和你有很深的感情。其实,他一直是我们隐蔽战线上非常优秀的战士。当了解到你有回国的意愿以后,他自告奋勇主动申请出国保护你,并立下军令状,一定会把你安全地带回来。"

　　"他,根本就没有从部队退伍?"

　　"没有。"

　　"那M国怎么完全不知道他的真实身份?"

　　"很好地隐蔽自己,这就是我们的工作,一群人的工作。"

　　"那王老板……"

　　"也是我们的人。"

　　怪不得,我的学术论文发表后不久,面包就来到了我的身边;

　　怪不得,他有那么大的本事,能用假护照蒙混过关;

　　怪不得,对于一起回国,他一直那么自信,总是耐心地等待时机;

　　怪不得,他每天都很晚回家,不光是在搜集情报,还是在秘密筹划一切回国的行动。

　　原来,这一切看起来很美妙的相逢、甜蜜的爱恋,只是一次筹划得天衣无缝的行动而已。

　　我的泪水已经流干,我撕心裂肺地大叫了一声,声音在屋顶上久久回荡,不知能不能吵醒沉睡的面包。

我有很多问题想问他,归结起来其实只有一个问题:"你只是在执行任务,还是在真正爱着我?"

政委轻轻地说:"这个……你可以问问自己的心。"

被悲伤笼罩着的晦暗的心,突然明亮了起来。

我想起了面包诀别前的那个笑容,还有那句永远都无法实现的深情承诺。这不是任务,这是套着任务封面的深深的爱恋。

我的心里此时也响起了一个声音:"面包,我想告诉你,我也同样爱你。"

和面包的告别,就在那个小小的房间里。

曾无数次让我魂牵梦绕、满心憧憬的梦中的婚礼,就这样毫无征兆地变成了梦碎的葬礼。

他逝去的消息,也因为保密的原因,控制在很小的范围内,只有很少的人知晓。

投身于这样的工作,就完全把自己的一生,毫无保留地献给了祖国。注定不会再享有正常人的生活,也将永远活在不同的身份之下,存活于不同的面具之后。

没有谁,能再看透他的心。

他说出来的每句话,都有可能是言不由衷。他将不会再有知心的朋友,因为没有人愿意和一个满口谎言的人做朋友。

他此生注定只能和清风冷月为伴,孤独而寂寞地走向生命的终点。

但请不要认为他的心已变质、人已变坏。说谎,不是想要伤害谁,那只是保护自己更是保守祖国秘密的一种迫不得已生出来的职业手段。

只有一种情况下的大言不惭,才是真的不惭,那就是:祖国需要。

口中没有一句真言,但胸中长存一颗真心。

选择这样一种没有自我、只有大我的人生的人,是真正的英雄。

"你只是在执行任务,还是在真正爱着我?"

我已经得不到这个问题的答案了,这个问题的答案也不重要了。

就算他亲口说出来,我也无法判断。正如政委说的:"你可以问问自己的心。"

也许,真的只能问问自己的心,因为他的心早就戴上了无数道枷锁,永远问不出来了。

我木然地坐在他的对面,看着他的笑容,恍惚间,那笑容生动了起来,仿佛在重复着生前的那句话:"嫁给我好吗?"

我也笑了笑,这次,我说出了声:"我愿意!"

面包,你一定也听见了,不然,你也不会一直笑得这么灿烂,对吗?而且,你也没有骗过我,对吗?

他的妈妈也过来了。

想不到多年未见的儿子,已成了鲜花后一张单薄的相片。

"儿子,我来接你回家。"他妈妈轻轻地念叨着,好像生怕吵醒了他。

可是,又怎样接他回去呢?他留下的,只有那一身很少穿着的、叠得整整齐齐的军装。而军装上,也许他早年间残留的淡淡气息,早已烟消云散。

我陪着他妈妈回了趟老家,亲手把他的军装葬在了烈士陵园里。

"老公,在这里,你终于可以真正地做回自己了。而我,也准备好嫁给你了!"

烈士陵园里萧瑟的风,为我披上了无形的嫁衣。

在他老家待了一个多星期,有一天,我接到一个电话:"张佳颖女士,你好,我是电子集团雷达研究所的所长郭文轩。"

"所长,你好。"其实,郭所长刚一通报单位,我就立马明白了来意。

"本来在北京就想拜访你,军队领导说,你刚刚失去爱人,正在悲痛中,不方便打扰,所以,就一直未能成行……希望你能节哀顺变,化悲痛为力量,毕竟烈士的热血不能白流!"郭所长的话铿锵有力。

他的话,如同一道闪电,凌厉地划过我的心尖。我如梦方醒,终于从无尽的悲痛中挣扎出来。

郭所长说得没错,面包的死,是为了我的生,而我的生,是为了他和我共同热爱的祖国。

不能让他的死,变成无谓的牺牲,我要报仇!

"郭所长,你的意思,我都明白,我把这里的事安顿好,就到南京找你。"我重新找回了回国的意义,复仇的火焰已经在胸中燃起。

"好,我等你。"郭所长挂掉电话。

很多话,不必多说,因为大家的心里,都有一个共同的目标。

几天以后,我来到了雷达研究所。

我用了三天时间,把我所有的研究成果,都整理了出来。

郭所长看着电脑屏幕上不断跳动的字符,他的心也跳动得更加剧烈,一种从未有过的兴奋和激动,抑制不住地想要破胸而出:"张博士,这……你简直是天才啊,比你们之前发表过的论文还要精彩得多。原来,那只是沧海一粟啊,这……才是沧海!"

我平静地说:"所长,我是中国人,不可能把所有的东西,都毫无保留地交出去。"

"张博士,你的归来,让我重新看到了希望! 我们有希望啦!"郭所长激动地站起身来。

"什么有希望了?"

"走,去我办公室谈谈!"他就像一个得到了渴望很久的玩具的小孩,开心地拉起我的胳膊。

后来,我就躺在这里了。

张佳颖的故事讲完了。

唐一梦咬着嘴唇,尽量控制着自己,以免哭出声来,泪珠毫无声息地在枕边滑落。

她完全想不到,在常人眼里稀松平常的回国之旅,在张佳颖的身上,却是那般危机四伏、九死一生,不仅赌上了自己的前途和命运,还和自己最爱的人阴阳两隔。

在她看来,早已世界和平的21世纪,怎么依然还会有看不见的腥风血雨? 而舍生取义杀身成仁的故事,不是只停留在历史的篇章中吗? 为什么现在还在继续上演?

原来,大X雷达每一次长足的进步,每个阶段开出的耀眼的花,都是用烈士的鲜血在浇灌,都倾注着像张佳颖这样的科技工作者的心血!

唐一梦的心中,升腾起一种崇高的敬仰,又落入无限的惋惜和惆怅中。

张佳颖不再说话,仿佛讲完这个故事,已经用尽了她所有的力气。

这个故事,其实就是她心口上那一道醒目的伤疤。

她原以为,遵照面包的心愿,一心扑在工作上,把国家的雷达实力提高一个层次,就会逐渐忘了过去的伤痛。可是,为什么说起这段过往,她还是会心痛得不能自已?

伤痕可能变淡,但痛苦却从未消失,只是换了一个地方隐藏。

当你重新打开记忆的枷锁时,它就会突然出现,狠狠地咬你一口,让你鲜血如注。

其实,每一次回忆,都是对旧伤新的感悟和诠释,是在旧伤之上,增添一道新的更深的伤口。

两人都沉默了,都不知道对方是不是已经困得睡着了。

其实,谁都没有睡着。

天边的黑暗被光撕出一条细缝,细缝的边缘,随即渗出一丝丝淡淡的鲜红。这抹鲜红渐渐扩散开去,浸染了更多的黑暗,在黑暗的边缘,逐渐凝结成紫色的痂。

光的力量开始显现,凌厉的光线从黑暗中透射出来,光晕迅速游走,轻而易举地驱赶着天边的黑暗,毫不费力地侵占着黑暗的领地。

终于,天亮了。

第21章

诡异的出国培训

在出国培训的前几天,宋小兵结束了国家航天器实验室的研究工作,回到了37号站点。

他首先去了王剑秋的办公室,向他汇报了拦截器飘浮试验的进展情况。

向领导汇报情况本是一件烦琐耗时的工作,自己首先要做好充分的准备,汇报期间,还要回答领导角度刁钻的各种提问。

而这一次,却是一个愉快而短暂的过程,因为一句话就够了:没有进展。

王剑秋并没有显得特别惊讶,这个结果完全符合他的预期。

他拍了拍宋小兵的肩膀,对他这段时间毫无成效的工作表示了理解和鼓励:"没事,欲速则不达嘛,慢慢来。"

宋小兵叹了口气,心想:"已经够慢了,按照这样的速度,欲慢也不达啊。"

宋小兵问道:"主任,那拦截弹最终的方案?"

王剑秋摇摇头。

对于拦截弹始终扑朔迷离的前途,宋小兵非常不理解:现在摆明已经是二选一的大好局面了,而且其中之一经过上次的靶试,已然出局,结果已经变得非常明朗。朗朗乾坤之下,上级到底在斟酌什么?权衡什么?

反导,到底是权力的游戏,还是国防的栋梁?

当然,他也知道,想再多也毫无用处,自己这种小角色,就像机器上的一颗螺丝钉,只能听从使命的召唤,而无法随心所欲地发布使命。

从主任的办公室走出来,他回到了自己的办公室。

虽然离开了一段时间,但大家对他的回归并没有表现出什么特别的热情,除了老范的一句:"小宋回来了?"然后大家一起对他行了一个注目礼,简单的欢迎仪式就结束了,大家又接着各自埋头忙自己的工作。

对于出差如同家常便饭的他们来说,分别,其实就是工作。

唐一梦忙完手里的活,问道:"怎么样?试验有进展吗?"

宋小兵沮丧地摇摇头。

熊锐这会儿也转过头来,问道:"听说你要去E国学习?"

"嗯。"

"真好,可以领略一下异域的风土人情。听说,那里盛产美女……"熊锐嘴角的一缕笑容,含义深刻。

身为军人,出国一趟,也是十分不易的。

6月19日一大早,宋小兵就坐上了开往E国的火车。

E国的阿斯诺夫航天设计研究院,坐落在距离E国首都120公里的远郊,背靠高耸入云的雪山。

它那极富E国特色的古老建筑群,不仅见证了它辉煌的历史,还在续写它依旧光明的未来。

研究院被周围高大的树木环绕,环境幽静,空气清新,像一方与世无争的净土。

当宋小兵来到这里的时候,一个美丽的E国女子接待了他。

因为早年留学中国的缘故,她会说一口流利的汉语,于是研究院安排她作为此次培训的专职中文翻译官。

"宋先生,你的房间在5楼,503室,这是一个双人间,你的舍友同样来自中国。"

"中国不是只有我一个人参加培训吗?"宋小兵有些惊讶。

他清楚地记得,王剑秋通知他的时候,明确说到只有他一个中国人。

女子说了一句"抱歉,我核实一下",随即拿起桌上的一本手册,认真地翻了又翻,接着,用不容置疑的口吻说道:"不,来自中国的,的确是两人。宋先生,请拿上行李跟我来,我带你去房间。"

女子不想和他对既定事实展开无谓的争辩,转身在前面带路。

"奇怪,会是谁呢?"宋小兵心中充满了疑问。

一般这样的学习,来自同一个国家的人,大多会选择结伴同行、集体行动,特别是像中国这种特别注重集体荣誉感和团队行动的国家,而且又是航天科工委这样的机关部委组织的出国培训,一般是不允许擅自行动的。就算人少没有领队,也会指定专人负责。

而这一次,宋小兵觉得自己像一个散兵游勇。

女子打开房间的门,把钥匙交给宋小兵,说道:"宋先生,这就是你的房间。培训的课程安排表都在你的书桌上放着,需要用到的一些办公物品,也已全部备好,放在你的手提包里。明早9点,吃完早饭后请到1楼大厅集合。"说完,她就转身离开了。

宋小兵拖着行李,走进房间。

靠窗那张床的床边,早已放了一个行李箱,一个黑色的手提电脑包和一件银灰色西服被扔在床上,看来,那个人已经到了,只是现在不知去了哪里。

宋小兵把行李放在自己书桌旁,拿起桌上的培训计划,认真看了起来。

这次培训,时间不长,也就一个星期左右,讲的课题,也都是航天动力装置非常基础的部分。

"奇怪,这样的培训,怎么非要点名让我参加? 这些课程的内容和深度,完全是针对航天动力学专业大四学生的程度,让我过来……是觉得我基础不够扎实,非要请外教给我补课吗?"宋小兵看完课程安排,一股无名火起。

不过,他又转念一想,上级不会只是为了让他复习功课而浪费金钱和机会的。也许这次培训,理论教学是其次,重点是实践。

阿斯诺夫航天设计研究院之所以在国际航天设计界极负盛名,并不是因为它的设计理念有多么超越时代,而是它能把所有的设计和构想,全部转化成现实,并在运用中完全达到设计的效能目标。

这才是一个设计院最可怕的地方,务实、高效、脚踏实地,而不是天马行空地设计出来,却无法在现实中恰如其分地运用。

"可能上级觉得我只会纸上谈兵,提醒我设计有些脱离实际?"宋小兵经过几次打击,看问题都开始变换角度了,喜欢从悲观的角度着眼。

他又仔细看了看参加培训的人员名单，虽然一个人都不认识，但是看到国籍后他却热泪盈眶。

D国？P国？V国？……

他越往下看，心越凉。

这些国名背后，代表的都是一个国家的实力，确切地说，是一个国家的航天实力。因为航天是一个站在人类工业文明金字塔塔尖的行业，需要非常多技术门类和学术学科的支持，入门门槛之高，非同一般。

只有世界上真正顶尖的大国，才可谈及航天。而这次参加培训的几个国家，别说"实力"二字了，连"航天"二字都没有。也就是说，这是一次彻彻底底的科普培训。

宋小兵好不容易从字眼里抠出来的心理安慰剂，又被这份名单狠狠地摔碎在了地上。

和毫无航天工业的小国一起参加这样的科普培训，把航天动力专业首位博士、反导系统总体室拦截系统项目实际负责人宋小兵同志，置于何种地位？

与其说是上级的点名，不如说是上级的除名！

宋小兵感觉自己脸上火辣辣的，仿佛被上级领导打了一记响亮的耳光，不，是被他的祖国！

就在宋小兵这颗投放他国的遗弃炸弹，引信已被点燃，就快原地爆炸的时候，房间虚掩的门"嘎吱"一声开了，一张敦厚老实的脸探了进来，随即飘进来的还有一句话："乖乖，我还以为遭贼了呢。"

宋小兵转过身，这才看清来人的模样。

这人五十来岁，穿着白色的衬衣、黑色的西裤，身材本就不算太高，体态看起来却有些臃肿，给人一种浑圆的感觉。他的脸也是圆圆的，小小的眼睛嵌在圆脸上，脸颊却很红润，咧嘴一笑，有些憨态可掬。

宋小兵不好意思地说道："大哥你好，我不是贼人，而是你的舍人，呵呵。我叫宋小兵，大哥你也是来参加学习的？"

那人微微一愣，立刻又露出了笑容，两只精明的小眼睛笑得眯成了一条缝，说道："不好意思，误会你了，我刚刚下楼买包烟，也就抽了一支烟的工夫，发现门被打开了，还以为进贼了呢。你别看E国幅员辽阔，物产富饶，但经济状况很是一般，在他们的眼里，中国人可都是有钱人哪，眼睛都盯着我们呢。你以后出门，也要小心点。我叫方文彬，你猜对了，我也是来学习的,哈哈哈。"

"方大哥好,你在国内哪个航天研究机构呢?"宋小兵问道。

方文彬犹豫了一下,说道:"叫我老方就好了,我在航天科工委工作。"

宋小兵心里一惊,看来,组织者航天科工委最终还是专门委派了人员过来学习。不过,看方文彬的年龄和木讷忠厚的神态,应该是航天科工委里的边缘人物。

宋小兵的判断,主要依据两点:一是科工委肯定知道这次培训的性质——基础培训,所以一般不会让"大牛"参加,方文彬这种一看上去就是老黄牛的人就被抽了壮丁,过来凑凑数;二是方文彬的名字,他从来没听说过,航天领域比较有影响力的专家学者,他也是略知一二的。

这么看来,在上级的眼里,方文彬和他这一老一少,同是身处边缘的两代冷板凳选手。

想到这里,宋小兵不禁哀叹自己的命运多舛,对方文彬这么大岁数了还出国恶补基础也有些同情。

方文彬肯定没想到,一见面就被宋小兵定义成了"可怜之人"。

晚上的欢迎晚宴,设计研究院的部分领导和几位重量级专家都出席了。

晚餐也很丰盛,除了E国的一些传统美食,比如鲑鱼鱼子酱、汉堡排、烤肉串、烟熏鲷鱼、牛排等,还别出心裁地做了一些家常的中国菜,比如麻婆豆腐、盐煎肉,从这些小细节上,可以看出设计研究院对两名中国客人的重视。

这让宋小兵颇感意外,想不到在异国他乡都能得到特别的优待,一种民族自豪感油然而生。

E国的人民不仅好客,更是好酒。

几位领导和专家端着酒杯,像几只喝不醉的胖蝴蝶,来回穿梭飞舞于每张饭桌之间,和每一位前来参加培训的学员举杯痛饮。当他们来到宋小兵和方文彬这桌时,虽然已经喝了很多,但除了脸上泛起红晕,神志仍然十分清醒,看不出有丝毫醉酒的模样,果然是海量。

一看到亲爱的中国朋友,他们的脸上就露出了欣喜的笑容,非要挨个和方文彬、宋小兵拥抱一下,接着又往酒杯里斟满了伏特加,均是一口一杯。

这种喝法,让宋小兵有些难受,他偷眼看了看老方,只见方文彬神色如常,来者不拒,看来是酒场上一员能征善战的老将。

晚宴临近尾声，设计研究院的领导和专家又三三两两地端着酒杯，频频来到宋小兵他们这桌，专门找老方单独敬酒。关键是，他们看老方的眼神，还显得特别毕恭毕敬。

宋小兵笑了笑，心想："原来E国也来这一套啊，表面上看是讨好老方，其实是想讨好老方背后的航天科工委。毕竟国家部委机关位高权重，如果能搞好关系，拿几个大单也说不定。不过，他们的眼力见儿还有待提高啊，老方一个边缘人物，讨好他又能有什么用？"

最后，领导又举起酒杯，讲了一通祝福的话，晚宴结束。

宋小兵和方文彬回到房间，宋小兵问道："老方，看起来你和设计研究院的几个领导、专家都很熟嘛。"

老方咧嘴一笑，摆摆手，说："不熟不熟，我就是一个不入流的小人物而已。人家可能见我们是中国人嘛，所以高看了一眼。"

宋小兵心想："这个老方，虽然看起来很憨厚，其实一点也不老实。我也是中国人呢，怎么没见他们对我那般殷勤？"

老方接着说："还有，可能是看我酒量不错，你知道的，他们这里的人，最好喝酒，酒逢知己千杯少，所以，都奔着我这个知己放马过来了。哈哈哈。"

宋小兵笑了笑，说："老方，你别说，你的酒量就如同海水一般不可斗量啊，也算为国争光啦。"

老方嘿嘿一笑，说："喝酒算什么争光！年轻人，你好好学习，学成以后，为国家的航天事业做出贡献，那才是为国争光。"

老方说到这儿，一下子就触碰到了宋小兵的软肋。

他的神色有些尴尬，低下头，眼睛也不知该看向哪里，心想："唉，就学习这些基础知识，还争什么光啊，连自己的颜面都争不回来。"

方文彬看出了宋小兵的尴尬和无奈，什么话都没有说，转过身去的时候，嘴角却露出了一丝狡黠的微笑。

"小宋，早点休息吧，明天还要早起，第一天上课，可不能迟到哦。"方文彬说完，就进卫生间洗漱去了。

宋小兵躺在床上，听着卫生间传来的哗哗流水声，怎么也高兴不起来。

第二天一早，两人去餐厅匆匆吃了几块黑面包、一个鸡蛋，喝了一杯牛奶，就到大厅集合去了。

这次来参加培训的学员不算太多,也就十来个人,除了中国,每个国家只派了一个人来。

虽然其他国家航天业均是一片空白,但是,一点也不影响他们对这个事业的憧憬和向往,都派了本国的一位科技精英前来,梦想着能培养出航天业的未来之星。

除了中国。

至少在宋小兵眼里,他是这么看的。

第一天的第一堂课,讲授的是火箭发动机原理,由设计研究院知名的马斯科夫教授授课。

大家一起来到只能容纳20人的小教室里,自己找位置坐好。

宋小兵按照学生时代的习惯,选了第一排的一个座位坐了下来。而方文彬径直走到了最后一排,在一个角落里坐下。

宋小兵坐好以后,左右找不见方文彬,回头看了半天,才在一个角落里看到了他,他还冲着宋小兵笑了笑。

宋小兵叹了一口气,更加确定了方文彬边缘人的身份。

当大家坐好以后,马斯科夫教授走了进来。

他站在讲台前,笑脸盈盈,扫视了一下整个教室。当他的目光落在一个角落里的时候,突然,他的笑容凝固了,随即露出不可思议的惊讶神色。

方文彬连忙冲他摆摆手,示意他不要声张。教授这才立即恢复了之前的镇定。

而这电光石火般的一瞬,宋小兵并没有注意到,因为那一瞬间,他正低头认真翻看着教学材料。

教授开始上课,宋小兵连忙戴上耳机,耳机里是同声传译。

虽然火箭发动机原理这门基础课,宋小兵早就烂熟于心,不过,他仍然听得津津有味。

马斯科夫教授并不是单纯地讲授基础知识,他还结合设计研究院做过的很多案例,把当初的设计构想和思路、遇到过的关键问题等也融入课程之中,给了大家非常直观的感受。

宋小兵还抽空回头看了看方文彬,只见他斜靠在墙上,似睡非睡,小眼睛微闭,也不知道到底有没有睁开,不过,他并没有戴耳机,不知道是能听懂E国的语言,还是根本就不想听。

唉，凑数也凑得如此凑合，宋小兵摇摇头，回过头来继续认真听课。

上午的课程结束后，大家兴高采烈地一边议论纷纷，一边去餐厅吃饭。

方文彬切了一块牛排，问对面的宋小兵："小宋，学了一上午，感觉怎样？"

宋小兵兴奋地说："大师果然是大师，把枯燥的基础理论课都讲得如此生动，真的有点意外啊。而且，虽然这门课程我早就学过，但是，今天听完之后，又有了些不一样的感悟。设计研究院在设计上的一些大胆构想和开拓创新，很值得我们学习啊。"

方文彬点点头，说："没有一点真功夫，怎么能成为行业翘楚呢。再说了，马斯科夫教授本来就是火箭发动机方面的权威专家，他今天讲的固体发动机的前沿科技和他自己的一些看法，我认为很有前瞻性，说不定以后会成为新一代固体火箭发动机的主流。"

宋小兵惊讶地问道："老方，你……你都听了？"

方文彬收起笑容，假装生气道："你这是什么话？国家是派我来学习的，又不是来喝酒的，不听课，怎么对得起国家？"

宋小兵挠挠头，露出了不好意思的笑容："老方，抱歉抱歉，我不是这个意思。课堂上，我还偷偷回头看了你一眼呢，我看你靠在墙上，耳机也没戴，还以为你在睡觉。哦，对了，你能听懂E国的语言？"

方文彬有些骄傲地说："当然。E国可是我们的老大哥，当我们的航天业还是空白的时候，E国的卫星都上天了。不学点老大哥的语言，怎么向老大哥学习讨教呢？"

这么看来，方文彬并非江湖混子，还是有两把刷子的。宋小兵首次在心里对他有了一些佩服。

接下来的三天时间，专家们轮番上场，为学员们讲授各个专业的相关课程，课余很大一部分时间，还带着大家实地参观设计研究院的设计中心、航天实验室的工作环境和工作流程，并现场讲解正在进行的一些实际案例。

宋小兵难得有这样的机会近距离参观这所久负盛名的设计研究院，不仅对他们的设计工程表现出了浓厚的兴趣，还抓紧时间和各个领域的专家进行深入的交流探讨。而方文彬一直默默地跟在宋小兵身后，他很少开口，与宋小兵的兴趣点也完全不同。

宋小兵对航天器的设计感兴趣，而方文彬只对宋小兵感兴趣。所以，他饶有兴致地看着宋小兵在这儿看看,去那儿问问。

而其他国家的学员,基本就插不上什么话,也问不出什么有针对性的问题,毕竟,航天对他们来说,八字还没一撇呢。

每天晚上回到房间,宋小兵都显得格外兴奋,连睡在床上时都一直和方文彬谈论当天的学习感悟。

方文彬一直表现得很淡定,也不多言,只是微笑着倾听宋小兵迸发出的各种新奇观点,有时候还附和着点点头。

越往后,宋小兵心里越有些骄傲,还感叹道:"老方也算老科技工作者了,这个年纪虽说不小,但也不算老,依然还是当打之年,怎么感觉有些不思进取、当一天和尚撞一天钟呢?学完就完了,也不多花点心思想想,对我们国家相关的航天领域,有没有一些好的借鉴和新的思路。"

有一次,他说到兴头上,还忍不住教育了一下方文彬:"老方,你是不是把这次培训当作推不掉的任务啊,感觉你根本没怎么花心思学习哦。"

方文彬咧嘴一笑,露出标志性的憨厚模样,说道:"小宋,我老啦,不比你这个年轻人啦。你基础扎实,脑子又活,能举一反三。我学半天都反应不过来呢,不得不服老啊。"

宋小兵笑着说:"老方,你这是借口,我能感觉到,你的底子还是很不错的,只要把心思用在工作上,肯定能成就一番事业,可千万不要自暴自弃啊。"

方文彬倒是一点也没生气,反而笑着点点头:"小宋,你指点得对。我呀,就是有点老气横秋的感觉,做什么事都觉得没有心力了,不像年轻的时候,敢闯敢拼。"

宋小兵心想:老方其实也怪可怜的,闯了这么久,拼了这么多,也就混到了这个地步。唉,千里马常有,而伯乐不常有啊。

不知道他是在感叹老方,还是在哀叹自己。

第五天的早上,两人在餐厅吃完早饭,按照之前的惯例,本该结伴一起去教室。可今天,老方却说:"小宋,你先过去,我有点东西忘在房间里了,得先回去取,你不用等我。"

宋小兵看了看表,点点头,说:"那好,你可要快点哦,不然要迟到了。"

说完,就匆匆赶往教室。

今天的课程,讲的是"小型航天器脉冲发动机的布局与控制"。

宋小兵看到这个课程题目时，异常兴奋，真的是想什么来什么、缺什么讲什么啊，拦截器的飞行复合控制问题一直困扰着他，想不到E国的阿斯诺夫航天设计研究院也在开展这方面的研究。

虽然他也十分清楚，这个课程估计也就是泛泛而谈，不会有什么核心技术的讲解，但毕竟这项顶尖的智能飞行控制技术，代表着一个研究机构在飞行控制领域的最高水准。所以，他宁愿不等方文彬，也不能迟到。

他依然坐在第一排，静静地等待专家过来授课。

这堂课其实是作为选修课临时加进去的，在发给学员们的培训计划表里是没有这堂课的。

设计研究院的解释是，原本安排的"燃料科学"课程由于授课专家临时有重要任务出差，所以就重新安排了新的课程。

选修课没有强制要求学员必须来听课，可以自由安排时间。

很多学员由于听了几天天书，脑子里早就是一团糨糊了，好不容易逮着一个机会可以自由安排，都把自己安排得明明白白的，纷纷选择到E国的首都游览。

于是，教室里，只坐着稀稀拉拉的三四个人。

等了一会儿，方文彬出现在教室门口，和之前不同的是，这次他的学习态度非常端正，不仅拿着手提电脑，胳膊下还夹着一本厚厚的笔记本。之前，他可是连一个字都没写过。

看见方文彬站在门口踌躇不前的样子，宋小兵还以为他怕打扰老师授课，不方便进来。于是，他赶紧冲方文彬招招手，示意他快进来，老师还没来呢。

方文彬看见他的手势，笑了笑，认真地整理了一下衣服，走了进来。

下一秒，宋小兵就惊得张大了嘴巴。因为方文彬并没有回到那个他之前一直待着的角落里，而是毫不犹豫地走上了讲台。

第22章

神级授课

方文彬是疯了吗？

他的反常举动，不仅让宋小兵大吃一惊，连教室里仅有的其他国家的三名学员也露出了不可思议的表情。这个几天来从不显山露水，和他们同吃同住，同在一个教室上课……不，上课单独摸鱼的老学员，怎么突然就偷偷摸到讲台上去了呢？也太自不量力了吧。

不过，方文彬神色如常，依然一副标志性的憨态可掬的模样，显得一点也不尴尬。

他迎着大家诧异又怀疑的目光，咧嘴微微一笑，大大方方地说道："各位同学，今天这一课，由我来给大家上。"

只要自己不尴尬，尴尬的就是别人。

他接着说："这一课，讲的是小型航天器多个脉冲发动机的布局和控制问题。从题目上，大家其实就看得出来，这是在大航天领域里一个细分的小领域。当然，如果连火箭都还没有上过天的，学习这一课，其实意义不大，就如同爬都还没学会，就开始学跑了。"

方文彬意味深长地瞟了一眼三个外国学员，目光中的深意呼之欲出。

他接着说道："所以，设计研究院邀请我讲这一课，就把它定义为选修课。要是让我来说，我更愿意把它定义为高阶进修课！当然，这就完全背离了此次培训的初衷和意义，因为我们这次培训，主要还是讲解基础知识。所以，在我讲的过程中，有不太感兴趣或是听不懂的朋友，可以随时离开，毕竟，难得的自由时光不可浪费……"

方文彬说到这儿，笑了笑，看了看台下的四人，立马就有一个P国的学员站起来，冲方文彬笑着挥了挥手，打开教室门，头也不回地走了出去。

剩下的三人，别看如老僧入定一般平静如常，其实心里都想看看，这方文彬的葫芦里到底卖的是什么药。

方文彬打开葫芦……不，打开笔记本，开始讲课。

宋小兵听了一会儿，总觉得有什么地方不对，但自己又说不出来到底是哪儿不对。

他看了看另外两名学员，他们的表情好像是同一个模子打造出来的，均皱着眉头，神情显得有些痛苦。

坚持了一会儿，他们纷纷举手示意，然后双双起身，给方文彬敬了个礼，说道："方先生，你说的话我们实在是听不懂，不好意思，很想学，但只能离开了，祝你好运！"说完，就离开了教室。

宋小兵这时才恍然大悟，原来，老方是山东人，平时都说着一口流利的普通话，今天上课不知为何却带着浓重的家乡口音，估计同声翻译也听不明白，当然也无法翻个究竟。

这就苦了那两个学员，基础本就薄弱，现在语言上又存在障碍，纵然有一颗好学之心，也无济于事。

罢了罢了，与其在这里痛苦地边听边猜方文彬那说不清道不明的"山东快板"，还不如出去领略一下北国风光。

现在教室里就只剩下宋小兵一个人了。

方文彬笑了笑，眯缝着眼随意看了一眼教室后方一个不起眼的角落。

那里的屋顶上，安装着一个微型摄像机，一般人根本看不出来。

方文彬合上自己的笔记本，平静地说："走吧。"

宋小兵十分诧异："不上课了？去哪儿？"

方文彬笑着问道："刚才讲的，你都听懂了吗？"

宋小兵摇摇头："老方，你这唱的是哪出戏啊？我看不明白，也听不真切。"

方文彬转身走下讲台，说："走吧，回房间。"

宋小兵揣着一肚子的问号，跟在方文彬的身后，回到了房间。

方文彬转身关好门，说："你去沙发上坐好，拿出笔和笔记本，我们继续上课。你用心听，认真记，我的课程只讲一次，这堂课，你在哪儿都听不到！以后，如果遇到什么不懂的难题,你也不要来问我。就算问我,我也不会回答。"

方文彬这话说得莫名其妙,宋小兵刚想说:"老方,你这玩笑开得有点大。"可这时的方文彬,已收敛起笑容,平时的憨态可掬也早已不见踪影,取而代之的,是不怒自威。他的小眼睛,此时也变得炯炯有神,射出一股凌厉而睿智的光,让人有些不敢直视。

宋小兵仿佛被他的目光和神色震慑,像一个做错事的小孩,低着头,二话不说,赶紧从手提袋里取出纸笔,在沙发上正襟危坐,如同一个虔诚的信徒,等待着老法师的布道。

方文彬没有翻开笔记本,也没打开电脑,开始侃侃而谈。而这一次,他的口音又变回了纯正的普通话,再也没有夹杂着难以听懂的乡音。

两个小时的时间一晃而过,宋小兵连大气都不敢出。

方文彬讲的全是小型航天器的飞行复合控制问题,更为重要的,都是核心设计理念和智能算法设计的关键性问题。

这哪是什么基础课,完全就是最前沿的航天科技之光。

宋小兵的心里,顿生一种"山重水复疑无路,柳暗花明又一村"的感觉。

方文彬的这堂课,犹如及时雨一般,完全解决了宋小兵关于拦截器设计的重大困惑。

当初,他在国家航天器实验室做拦截器飘浮试验时,感觉自己就像困在了一个小黑屋里,完全没有任何头绪,也不知道该往哪个方向前进。

"尚在漆室之中,何时何处才能借来半点光亮?"他常常这样感叹。

而今天,就在异国他乡的这间小屋里,一个他之前甚至有些鄙夷的中年人,把他一直期盼的火种毫无保留地交给了他。

不,这哪是什么火种,完全是在漆室里升起了太阳!

宋小兵完全被此时神采奕奕的方文彬渊博的学识和独创性的设计折服,千言万语也表达不出此时他心中的崇拜和激动。

他甚至觉得,方文彬这次就是为他而来,为了国家的中段反导工程而来。

不过,他又立即推翻了这个想法,方文彬是航天科工委的人,如果真的掌握了这项顶尖技术,早就通报给他们了,何必多此一举?

宋小兵对于方文彬的身份问题,并没有深究细想,他的心里,全部被方文彬刚刚讲的飞行复合控制理论占据,震撼于那别出心裁、超越时代的设计方法,根本无心考虑任何与之无关的事情。

讲完课后的方文彬又恢复了以前的模样,小眼睛里那锐利的精光不见了,又变得似闭非闭,蒙蒙眬眬,让人看不真切;微笑再次爬上脸庞,一个毫无雄心壮志、只求得过且过的中年人的灵魂,又重新占据了这个浑圆的躯体。刚才那一番博学而灵动的讲解,仿佛只是他的一次灵魂出窍。

不过,这次以后,不管方文彬再如何变化,在宋小兵眼里,他永远都会是那个光芒万丈的神!

吃过午饭,方文彬悠闲地擦擦嘴,说道:"小宋,我下午有事要出去逛逛,就不和你回房间了。"

宋小兵连忙点点头,恭恭敬敬地说:"方先生,您忙您的,下午我就在房间里好好学习您讲的知识。"

如果想知道一个人在别人心目中的位置,光看别人对他的称呼就可以了。

讲完课的方文彬,在宋小兵心中的形象愈益高大,宋小兵心甘情愿地抬头仰视,连称呼也不知不觉地起了变化。

方文彬皱了皱眉头,笑着说:"小宋,不必如此客气,还是叫我老方吧,听着亲切。"

宋小兵不好意思地抓抓头,说道:"好的,老方。也不知道为啥,就脱口而出了。可能是自我感觉如果不这样叫,凸显不出你在我心中的伟大。"

方文彬哈哈大笑,说道:"你这傻小子……好了,不多说了,我要出去了。"

说完,方文彬就踱着步子,慢悠悠地晃出了酒店的大门。

宋小兵匆匆回到房间,把上午记录的笔记又从头到尾仔细看了一遍,脑海里一直在重演方文彬讲课的每一个环节,连一个字都不愿放过。

他一边学习,一边不停地感叹方文彬设计思路的新颖和巧妙。

方文彬短短两个小时的授课,就像给宋小兵打开了一扇门,自己更多的想法和思路,从这扇门里源源不断地涌了出来。宋小兵赶紧把自己灵光一闪冒出来的新想法记录下来,生怕下一秒就会遗忘。

整个下午,他都待在房间,一边深入学习,一边认真思考。

方文彬深夜才回来,他一打开门,惊讶地发现宋小兵还端坐在书桌前,整个房间依然保持着他出门时的状态,连床单上的皱褶都保持着原样。

方文彬抬腕看了看表,已经深夜11点了,他问道:"你还没睡?"

他这突如其来的一句话,倒是把宋小兵吓了一跳。

宋小兵一直在专心致志地看笔记,连方文彬进屋都完全没有察觉到。

他这才从心无旁骛的学习状态回到现实生活状态,突然感觉肚中空空如也,强烈的饥饿感这时才铺天盖地地袭来,让他一阵眩晕。

他问道:"老方,几点了?"

方文彬笑着说:"你自己看看窗外。"

宋小兵拉开窗帘,窗外早已是漆黑一片。

方文彬说:"都11点多了,怎么,你还没吃晚饭?"

宋小兵不好意思地揉揉肚子,说:"学着学着就忘了时间,没觉得过了多久,怎么天就黑了……这一停下来,脑子休息了,肠胃却叫嚣着要复工了。"刚说完,肚子就咕咕地响了几声。

方文彬像变戏法一样,从身后拎出几个打包盒放在桌上,笑着说:"吃吧,这是E国非常美味的小吃,我还想着一起吃点宵夜,看来,得作为你的晚餐了。"

方文彬依次打开饭盒,挨个介绍说:"这是白菜卷,用白菜叶把肉和蔬菜裹成小卷蒸熟,有点韩式烧烤的意思。

"这是他们这儿的特色饺子,馅料儿非常丰富,除了传统的猪牛羊肉配上洋葱和蘑菇,还有奶酪馅的和水果馅的,我专门买了奶酪馅的让你尝尝。

"这是布利尼薄饼,中式煎饼和法式煎饼集大成者,口味可咸可甜。饼皮是用面粉、牛奶、奶油、糖或盐调制成面糊,在特制铁锅上快速煎熟,简直和我们的山东煎饼同宗同族。咸饼通常加上熏三文鱼、蘑菇或鱼子酱,甜饼则抹上果酱和炼乳。鱼子酱的太贵了,我就买了点果酱的给你尝尝。

"这最后一道菜,红菜汤,其实吧,也就是杂菜汤,以甜红菜头为主料,所以汤色大多为红紫色,加入土豆、胡萝卜、洋葱和牛肉块,然后一锅乱炖而成。这里的人在喝汤的时候,通常会加入一勺酸奶增加风味。我都给你加好了,看你喝得习惯不。"

看着丰盛的晚餐,宋小兵不禁流下了贪婪的口水。

"老方,想不到你对E国的美食都这么有研究,你简直……对,简直是宝藏中年! 你到底还有多少能让我瞠目结舌的特殊技能啊?"宋小兵赞叹道。

"哈哈,你啥时候这么贫嘴了? 我不是告诉过你吗? E国是航天业的老大哥,当年,为了学习他们的皮毛,我可没少来。"方文彬笑着说。

"皮毛?"宋小兵有些诧异。

"你会把这种能够踏进强国之门的精髓传授给别国?"方文彬反问道。

这也从另一个侧面更加说明了老方把飞行复合控制技术讲授给宋小兵,是多么的无私。

这本足以称霸武林的"武功秘籍",就算不是世代单传,也得有跌落悬崖、九死一生的奇遇,才能得一遇。而方文彬,就这样毫无缘由、轻飘飘地说给宋小兵听了,不求交换、不求报答,无欲无求。

"老方,你太好了。"宋小兵由衷地感谢道。

方文彬不仅给他送来了精神食粮,这会儿,还非常体贴周到地送来了物质食粮。

宋小兵也不客气,开始吃起独食来。可能是肚子太饿,每一个小吃,他都觉得是天底下最美味的食物,吃得津津有味。

方文彬这时却坐在书桌旁,翻看着宋小兵写了整整一个下午和晚上的笔记,越看越心惊。

他目光复杂地看了正大快朵颐的宋小兵一眼,心里想道:"这小子真是个天才,我只是在每个关键环节上稍微点拨了一下,也没太过深入,想不到这小子竟能举一反三,有些想法甚至超越了我以前认为的最优解,确实不简单。"

于是,他干脆翻出自己的笔记本,拿起笔,一边认真地看着宋小兵的笔记,一边把他认为独特又非常有用的新思路,一一誉抄了下来。

这真是一次奇妙的旅程,一会儿学生变成老师,一会儿老师又变成学生。

在E国首都郊外这样一个普通的夜晚,酒店里的几盏孤灯把两个勤奋的背影映在了窗户上,一个少年郎在专心吃着美食,一个中年人在认真记着笔记,这是奋斗的印记。

后面的两天课程,两人照常去教室里听课。不过,宋小兵听得更加认真,而方文彬则听得更加散漫。

一个星期的培训结束了,设计研究院组织了告别晚宴。

欢迎晚宴的原班人马再次出席。

这次,是方文彬带着宋小兵,挨个去向设计研究院的各位领导和专家敬酒致谢。

宋小兵心悦诚服地跟在方文彬身后,看着他和各位专家觥筹交错,相互拥抱着,眉飞色舞地交谈着。

他的心境已和第一次大不相同,他终于明白为什么阿斯诺夫航天设计研究院的领导和专家们,对方文彬非常客气和尊敬,就像他现在看待方文彬一样。因为光凭他的学术造诣,就完全值得!

他非常懊恼一开始自己对方文彬是那样的态度,现在想起来,简直后悔得想扇自己几个耳光。

他相信,方文彬此前肯定感受到了自己掩饰不住的恶意,不过,即便如此,方文彬还是没有一丝怨气,依然把他最关心也是亟待解决的问题答案,传授给了他。

就凭这份雪中送炭的真诚,他觉得,要是以后方文彬有什么用得着他的地方,他肝脑涂地都在所不辞。

他知道,方文彬讲的那些东西,随便放到一个研究机构,价值都是以亿元人民币来计算的。

所以,他给自己倒了满满一杯伏特加,等方文彬和专家们喝尽兴以后,他捧着酒杯,恭恭敬敬地碰了一下方文彬酒杯的下沿,真诚地说道:"老方……不,方先生,谢谢您,把那些无价之宝毫无保留地授予我,我真不知道该怎么向您表达谢意! 这次E国的培训,就是因为遇到您,才不虚此行。我嘴笨,感谢的话真的不太会说,只好连干三杯,表达对您的敬意和谢意。"

说完,宋小兵一口气喝完了整整三杯伏特加。胃里虽翻江倒海,但心里却十分舒坦。

方文彬看着宋小兵喝下三杯酒,并没有阻止他。有些话,不用多说;有些事,也不必阻止。

看着宋小兵眼中泛起的晶莹泪花,他心里也有些感动,张了张嘴,却欲言又止。他也给自己斟满了一杯酒,不发一言,喝了下去。

一个星期的培训圆满结束,到了回国的日子。

宋小兵拖着行李箱走出大门,有些依依不舍地回头看了一眼设计研究院那古老的建筑群。倒不是因为舍不得离开,他觉得这里也许是他的一块福地,航天事业开创者的古老气息始终笼罩在这里,生生不息的脉搏在绿树掩映之下仍不停地跳动。

从这里仰望星河,宇宙的浩瀚与博大,让人类充满了无穷的想象和无尽的向往,也让他似乎受到了宇宙的感召,吐纳了天地的灵气,迸发出了蓬勃的创造灵感,而心中也同样激荡起了探索奥秘的冲劲。

最为重要的是,他在这里遇到了上天馈赠的礼物,也许能够让他的反导拦截弹真正上天!

事情的发展总是会有令人意想不到的转折,改变事情进程的,可能是一个想法、一套理论、一个创新、一种技术、一个关键性的人物。而上天适时送来的大礼包,好像把这些都统统囊括其中,毕其功于一人:看起来低调、平凡的方文彬!

也许自己上辈子不是拯救了银河系,就是拯救了他。

宋小兵望着身后散发着古朴气息的建筑,古贤圣人关于成事所具备的必要条件的箴言又在脑海里浮现,天时地利人和,缺一不可。

照如今的形势来看,他已集齐了这些"龙珠",就等着召唤神龙了。

方文彬拍了拍他的肩膀,说:"小宋,别看了,走吧。"

两人转身才走了几步,后面就传来了急促的呼唤声。回头一看,只见设计研究院的两位高管正疾步走来。

他们走到方文彬的面前,脸上堆满了笑容,正欲开口,方文彬瞟了身旁的宋小兵一眼,冲着两位高管用手指了指旁边,示意他们到一旁说话。

两位高管心领神会,和方文彬来到一旁,悄声地说起话来。

宋小兵装出一副若无其事的样子,其实耳朵竖得比雷达天线还高,用力听着他们的窃窃私语。

其实,宋小兵并非想偷听他们讲了些什么,只是对方文彬有些扑朔迷离的身份和平凡身躯下高得出奇的地位非常好奇,想从他们的对话中窥得一丝天机而已。

不过,稚嫩的宋小兵实在是无能为力,因为方文彬他们不仅用E国话交谈,而且声音压得很低。看两位高管的神情,仿佛是在请示方文彬什么重要的事情。

最后,只见方文彬掏出手机,开始打电话。

这个时候,宋小兵终于断断续续地听到他说:"……结束了……按照你的要求……那就答应他们? ……好的。"

方文彬挂掉电话,又和两位高管继续说着什么。

两位高管的情绪明显高涨了,笑容变得非常灿烂,激动地搓着手,一直不停地点着头,像是在道谢。

最后,他们轮流紧紧握住方文彬的手,满脸的感激和兴奋,像是方文彬给予了他们莫大的恩惠一般。

在方文彬的再三挥手致意下,他们才依依不舍地转身离去,连走路的步伐都变得异常轻快,有点欢欣跳跃的感觉。

方文彬走到宋小兵身旁,淡淡地说了一句:"走吧。"

宋小兵好奇地问道:"老方,这两位可是设计研究院的实权派人物,在国际航天领域也算得上地位尊崇。不过,看他们对你的态度,仿佛你的地位更在他们之上啊。"

方文彬笑着说:"小宋,我们是礼仪之邦,人家同样也是。再说了,不看僧面看佛面,人家尊敬的,是我们背后的那尊佛!"

宋小兵问道:"哪尊佛?"

方文彬没有说话,只是望向远处高耸的雪山。

雪山的山尖上,覆盖着薄薄的雪,那些灰色的石头在雪化后显露出来,与白雪或交融,或相互点缀,或分隔,形成若隐若现的过渡。半山腰以上的那些白、灰相间的世界,单调地享受着阳光的照耀、白云的托浮,悠悠地反射着刺眼的白光。

而半山腰以下,各种树木参天而上,试图跨越那条看不见的雪线,梦想着高傲地站上山峦之巅。然而,树们的努力都是徒劳的。只有雪,只有那纯白如初的天上来客,才能受尽天之恩宠,孤独而神圣地占据那离天最近的地方,俯视万物在脚下臣服,绝不让一丝绿色染指那片洁白圣土。

只有站得够高,才能睥睨群雄!

过了好一会儿,方文彬收回目光,用一种十分庄严的语气说出了两个字:"祖国!"

方文彬和宋小兵坐同一个航班回到了北京。

还没出机场大厅,方文彬就叫住了宋小兵:"小宋,我还有一些事,要飞去其他的地方,就不和你一起了。我在E国给你讲的那些课程,你一定要注意保密,我能够预感到,这些内容肯定对你很重要,而且可能会事关一些重要的国防工程。

"保密规定我是清楚的,你不必和我讲具体什么工程,但是,如果事关祖国的安危,你一定要慎之又慎! 不要轻信一件事,也不要轻信一个人! 我想讲的就是这么多。一个星

期的时间很短,不过和你在一起,我也很有收获。我期盼着,以后有机会,能够和你一起共事!祝福的话就不多说了,后会有期。"说完,方文彬伸出了手。

宋小兵突然感觉自己的眼眶有些湿润,那些不争气的泪花又一涌而上,让他看起来像个眼泪汪汪的大姑娘。

他很讨厌这样的情绪,毕竟男儿有泪不轻弹;他又很期待这样的情绪,因为平淡的人生中,谁都想多遇到点感动的人和感动的事。

他只好低下头,不想让方文彬看出他的情绪和难堪。

他紧紧握住方文彬的手,说:"老方,谢谢你。能够认识你,也是我的幸运。你给我的帮助,我可能今生都难以报答。你放心,我会谨记你的嘱咐。"

方文彬满意地点点头,抽回手,转身离去。

宋小兵忍不住在后面又轻声问了一句:"那……我们还会再见面吗?"

方文彬没有回头,也没有停下脚步,不知道他到底有没有听见。不过,他脸上浮现的一丝笑意,宋小兵是再也看不见了。

第23章

突破

宋小兵一回到37号,就兴奋地敲开了王剑秋办公室的门。

王剑秋看着门口这个风尘仆仆却又兴高采烈的下属,一时有点摸不着头脑。明明一开始是极不情愿地去参加培训,怎么一回来,情绪就变得如此高涨? 看来还是外来的和尚会念经啊,不仅给他镀了个金身,还给他渡了个精神。

"主任,拦截器的飞行复合控制问题,我有解决思路啦。"宋小兵兴奋地说道。

"真的? 快讲讲!"宋小兵的一句话,瞬间也点燃了这门老炮的引信。

于是,宋小兵拣最关键的环节给王剑秋也上了一课。

课后的王剑秋,眼睛也放出光彩,并频频举手发问。

辅导老师宋小兵对答如流,不断地被动拖堂,有效解决了这个不耻下问的好学生所有的问题。

最后,王剑秋兴奋地一拍桌子:"好好好! 想不到E国的阿斯诺夫航天设计研究院在小型飞行器的精准控制方面竟有如此深厚的造诣,而且还藏得挺深。更加难能可贵的是,他们还如此大公无私,把这么关键的高新技术讲授出来。"

不过,他又转念一想,觉得事情不可能如此简单,毕竟,这样的技术,放在哪个国家,都绝对是秘不外传的"杀手锏"技术,不可能轻易泄露。

于是,他又说道:"小宋,你不是说,这次培训主要是讲解基础知识吗? 怎么涉及这样高深的领域?"

宋小兵笑着说:"主任,E国才不会这么无私呢,怎么可能讲这方面的内容!那是……"

他刚想说,都是机缘巧合,是航天科工委的方文彬讲给他听的。不过,他又立即想起了方文彬分别时语重心长的叮嘱:"不要轻信一件事,也不要轻信一个人。"

于是,他改口道:"那是我自己悟出来的。"

王剑秋虽然对宋小兵的话有所怀疑,他在国家航天器实验室悟了那么久,一点头绪都没有,怎么出国短短一周,就立刻参透了天机?土豆烧牛肉的疗效这么好,一下子就打通了任督二脉?

没这么巧吧?

不过,宋小兵既然不愿提及,他也就不好再继续追问了。

过程不重要,达到目的才重要。

"主任,我想立即回校,争取尽早完成试验!"既然有了思路,宋小兵不想耽搁分秒。

"事不宜迟,那你明天立即起程。"王剑秋也是果断下令。

宋小兵开心地敬了个礼,转身要走。

王剑秋又继续说道:"小宋!这次,一定要成功!"

宋小兵郑重地点点头。

2006年8月,根据反导工程的紧迫形势,上级开始密集召开专家组和军方联席会议,多次审议了专家组关于第二次靶试的报告,并结合两次靶试的实验数据,参考多位权威专家的意见,特别是组长李立长、副组长吴文斌的意见,基本形成了初步决议。

2006年8月23日,上级经过慎重考虑和权衡,于北京正式下达命令,放弃基于定向破片拦截弹的反导拦截系统,改为重新研发以动能拦截弹为主的新型拦截系统。

宋小兵在电话里听到王剑秋向他转达的这个命令后,兴奋得差点手一松,把手里贵重的试验仪器跌落地上,惊出了一身冷汗。

2007年5月,在宋小兵的主持下,国家航天器实验室建成了拦截器模拟试验的半实物仿真系统。

仿真系统由气浮平台和气浮导轨组成,采用高压气瓶模拟真实状态下的脉冲发动机,使拦截模拟器具有2个平动、3个转动、5个飞行自由度。通过精确释放高压气体,使拦截模拟器飘浮于气浮平台之上,成功完成了室外和室内两种方式的拦截试验。

　　而重要的地面侧喷试验，则采用真实的拦截器侧喷发动机进行侧向机动，并结合完善后的侧向喷流气动干扰流场模型进行验证，进一步调整侧向机动的准确性，达到侧向力与气动力深层次的智能联合控制。

　　根据数次试验的结果，2007年12月，在胡奋虎教授的直接指导下，宋小兵联合王海波团队，设计出了拦截器飞行控制安全可靠的智能化控制分配算法，实现了复合控制力最大程度的连续可调。

　　2008年6月，王海波团队将算法写入芯片中，成功研发出拦截器的控制芯片，完美解决了动力智能化分配的问题，并由此追平了实验室飞行控制验证的最高纪录：轨控精确度99%！

　　而这段时间，音速航空也没有闲着，他们送检的最新型号的飞行控制芯片，又把轨控精确度提升了0.2个百分点，达到了惊人的99.2%！

　　短短不到三年的工夫，音速航空就在极限之上再次突破极限，展现了恐怖而惊人的研发能力。

　　千万不要小看这0.2个百分点的提升，喷力的超精细化控制、横向和侧向的精准联动、发动机的智能点火控制……这些对算力的要求极高。

　　提高0.2个百分点，算法的复杂程度至少要提高一倍以上，对芯片制程技术、晶体管数量等要求，都是难以想象的。

　　总而言之，音速航空的这个提升速度，太快了，比火箭还快。

　　而最令人感到震惊的是，这个领域所有的专利，几乎都在音速航空这一家公司手里。也就是说，它完全垄断了世界小型航天器飞行控制单元的研发和生产。

　　这是民用航空航天业最好的时代，随着空间资源的逐步放开和开放，更多的高科技商业航天公司得到了高速发展的机会。

　　飞速膨胀的市场，大量航天科技人才的涌入，日新月异的科技，让这个领域的先驱们，迅速积累了强大的资金实力、技术实力和人才实力。

　　而音速航空在它所在的细分领域，完全呈现出一家独大的态势，也就是说，这套独步武林的控制技术，树立了它在这个领域无法撼动的地位，拥有了当仁不让的话语权和定价权。

　　严学礼看着各个国家的航天公司在自家门口，就像那首歌唱的一样："我听见钱来自地铁和人海,大家排着队,拿着交钱的号码牌……"估计心里应该乐开了花吧。

而胡奋虎教授在看完拦截器的验证试验报告和音速航空的试验报告后,却皱着眉头,陷入了沉思。

"是否太顺利了?"他的心里,突然产生了一种隐隐的担忧。

胡奋虎把宋小兵叫了过来,把验证报告的详细数据递给宋小兵,说:"小兵,这个你看过没有?"

宋小兵看了一眼,回答道:"老师,这个我之前就仔细看过了,没有什么问题啊。拦截器模拟试验的所有数据都是真实可靠的。"

胡奋虎摇了摇头,说:"我不是怀疑数据的真实性,你把两份数据再仔细对比着看看。"

宋小兵这才仔细看了起来。

看完之后,他依然不明白老师的用意,于是问道:"老师,这两份数据只能说明一个问题,就是音速航空的控制逻辑可能比我们的更先进,反应更迅速,控制更精准,对于一些实时的微小变量,都能进行全面的应对。所以,他们的精准度比我们高,也合情合理。这也是我们下一步将要努力的方向。"

胡奋虎叹了口气,说:"小兵,你还是没完全明白我的意思。你没有发现吗?其实,我们和音速航空在飞行控制方面,从数据上来看,有很多惊人的相似!"

宋小兵闻言,大惊失色,连忙把两份试验报告从头至尾仔细地看了一遍。

老师的目光何其锐利,大的数据上其实根本看不出什么,但是在一些小细节上却能发现一些端倪。

比如侧向力和前进推力的使用逻辑上,使用顺序其实是无序的,主要根据飞行时的实时状况进行灵活处理。但是,在同样的试验条件下,拦截器和音速航空的产品,在处理顺序上竟然完全一致!

比如发动机智能点火的开关时机,如果设计的思路和底层逻辑不同,任何两款产品绝对是存在差异的。为了达到同一个效果,点火时机和推力大小是成正相关关系的,也是完全不固定的。也就是说,点火较早,相应分配的推力也会变小;点火较晚,分配的推力就会较大。但是,拦截器和音速航空的产品,在点火时机控制这个存在极端不确定性和实时差异性的地方,竟然也保持了惊人的相似!

这就不得不令人怀疑,这两款产品是否具有相似的内核,或者说,就是同一款产品!

宋小兵看得越仔细，越惊出了一身冷汗。

要真是这样的话，内情一旦外泄，音速航空如果能拿出无可辩驳的证据，完全可以以专利侵权来阻碍拦截器的研发工作，那中段反导工程又将面临被迫停滞的命运。

胡奋虎看着宋小兵有些失魂落魄的样子，知道事情也许并没有那么简单，可能正朝着他担心的方向在发展，于是他语重心长地说道："小兵，这里面……是不是有什么事情，你还没有如实讲出来？"

下一秒，宋小兵就快要把方文彬的事和盘托出了，但是最后一刻，方文彬分别时的嘱托，又一次占据了上风。

宋小兵摇了摇头，说道："老师，我没有隐瞒什么。拦截器的模拟试验，的确是我和王海波团队自主开发的。如果数据上存在吻合，我认为，应该是巧合！毕竟在精确控制方面，思路有时候难免会发生碰车。"

胡奋虎说："如果真是那样，就最好。但是在这个领域发生碰车，我认为是小概率事件，当然，也不排除会有这种可能。下一步，我们还要仔细求证啊。"

说完，胡奋虎又意味深长地注视着宋小兵，缓缓地说道："小兵，你跟着我不仅学到了很多知识，也做出了很多成果。对于这一点，我深感欣慰，也一直对你另眼相看、重点培养。但我觉得，这些都不是最重要的。你跟了我这么久，你应该知道我最看重什么。

"我在传授你们知识的同时，也一直在潜移默化地教你们做人的道理，帮你们树立做学问的正确态度。而治学的态度，决定了学问的高度；如何看待成功、怎样追求成功，又决定了人生的高度。科学来不得半点虚假，也没有任何捷径可走啊。"

宋小兵认真地听着，默默地点了点头，他知道，老师看重的向来都是人的品质，哪怕天资差一点，老师都从不认为这是做学问的缺陷。

老师的话，他听懂了，但是有些事，他在没有弄清楚之前，还是不打算说出来。于是，他说道："老师，请您放心，您的教诲我一直牢记在心，从不敢轻易忘记。我决定去军事科学院航天器研究所再做一次仿真试验，对每一项数据再做一次仔细的验证。"

胡奋虎点了点头，拍了拍宋小兵的肩膀，把话说得更直白了："小兵，我不是信不过你，也不是怀疑你。我知道，这项技术绝对是音速航空的核心技术和核心竞争力，他们也一定会严加看管、层层防范，根本不可能让人有可乘之机。

"但是，我就怕有些别有用心的人，知道我们对这项技术的渴望，了解这项技术对我们的重要性,于是就利用你的求之心切,把一些精心设计的漏洞和后门植入进去,再通过你的手,转嫁到拦截系统中。如果真是这样的话,那就铸成大错了! 本该铸在苍穹之上的防御之盾,在他们认为必要的时候,就能瞬间变成我们头顶的特洛伊木马,这才是真正的灭顶之灾!"

听完老师这一席毫不掩饰的话,宋小兵才真正意识到了问题的严重性。但是,对方文彬的信任,又使他觉得老师的顾虑可能过于谨慎了。

方文彬仅仅是给他提供了一条思路和一套方法,所有的算法和芯片,都是基于自身的技术和团队来打造的。也就是说,方文彬连画了一张图纸都算不上,只是启发了一下思维而已。所有的工具,都是宋小兵他们亲手做的。

与其说是对方文彬的信任,不如说是对他自己的自信。

不过,老师的担心也并非多余,小心一点总没有坏处。

和老师分开后,宋小兵找了个无人的角落,悄悄拿起了桌上的电话:"喂,请问是航天科工委组织部吗? 你好,我是军事科学院的宋小兵。我想问,方文彬是在哪个部门? 有部门的联系电话吗?"

电话里传来了一个女人的声音:"哦,那请你稍等,我查查。"

等了一会儿,电话里又问道:"你确定是这个人? 我查过了,没有你说的这个人。"

宋小兵突然感觉脑子里轰的一声,宛若一声晴天霹雳,他焦急地说道:"他是你们单位的啊,我此前还和他一起参加过你们组织的培训!"

电话里沉寂了一下,应该是在进一步核对。

过了一会儿,一个坚定的声音传来:"宋小兵同志,我又仔细查询过了,你说的那个人,我们这里的确没有!"

宋小兵一下就蒙了,他完全接受不了这个事实:曾和自己朝夕相处一个星期、学识渊博、为人低调的方文彬,就这样凭空消失了? 那他在那个时刻,出现在那个地方、讲授那堂课程,到底是为了什么? 难道真像老师说的那样,这是一个蓄谋已久、精心策划的圈套? 那他为这个圈套付出的代价也太大了吧。

不仅要让从不受人摆布的E国阿斯诺夫航天设计研究院的高管团队和著名专家们集体出演这个请君入瓮的剧目,还要从各个第三世界国家找一帮具有相当科技专业基础、演技出众的群众演员配合,还要费尽心力地把主要舞台布置在难以把控的国外,关键是,演出时间还拉得很长。一周的演出时间,不能出现任何破绽,否则就功亏一篑。

费这么大的劲,做这么大一个局,就是为了告诉他宋小兵一个飞行复合控制的思路?明明是无偿地送大礼,但这大礼也送得太费尽周折了吧。

再说了,方文彬既没有给他完整而详尽的设计方案,也没有直接交给他一个成熟可用的产品,光一个思路,就能安插后门?

宋小兵认为,这也太天方夜谭了,完全是一个无法完成的任务。

但是,方文彬这个人,却又不在他嘴里所说的航天科工委。这又做何解释?要是心里没鬼,为什么要欺骗他?

宋小兵挂掉电话,愣在原地。

想了一会儿,他又抓起电话,打给了航天科工委培训部:"你好,我是军事科学院的宋小兵。有个事想咨询一下,2006年6月19日,是不是有个在E国阿斯诺夫航天设计研究院组织的培训班?"

电话那边愣了一下,随即问道:"请问你有什么事?为什么要咨询两年前的培训?"

宋小兵早已想好了对策:"我是参加那次培训的中方人员,我在找另一位和我一同参加的中方人员。我们当时在设计研究院有个需要共同配合的研究课题,一直没有完成。前几天,E国负责课题验收的教授专门打来电话,询问我们完成情况。可那个同学的联系方式我已经找不着了,我想,你们那应该有报名登记表,所以想麻烦你帮我找找他的联系方式。"

电话那头沉默了一会儿,估计是在考虑应对之策,然后听筒里终于传来了声音:"两年前的文件已经归档了,应该在档案室里,如果你确实想找,那就稍等一会儿,我找到了给你回电话。"

宋小兵连忙说:"谢谢你,那麻烦你了。"

宋小兵给他说了一个电话号码,那边记录下来之后,就挂上了电话。

宋小兵便又接着去忙他的工作。

不过,自从老师点明了关键所在,而方文彬又查无此人之后,宋小兵工作起来一直心不在焉,总是心绪不宁地盯着电话。

过了两个小时,电话铃急促地响起,宋小兵抓起电话:"喂,请讲。"

"请问宋小兵同志在吗?"

"我就是。"

"你好，我是航天科工委培训部的。我刚才查了一下两年前的文件，的确在2006年6月19日，有一次在E国阿斯诺夫航天设计研究院的培训。但是参加那次培训的中方人员，只有你一个人！"

"那次培训是你们组织的吗？"

"不是。"电话里毫不犹豫地回答道。

宋小兵心里一惊："我还记得，是你们通知军事科学院，点名要我参加的啊。"

"点名让你参加的，不是我们，是阿斯诺夫航天设计研究院。他们发来的邀请很明确，专门邀请军事科学院的宋小兵前往E国参加为期一周的航天器设计研讨交流会。当时，领导认为，能和国际一流的设计研究院研讨交流，对我们航天事业的发展是一个很好的促进，于是就答应了他们的请求。而且在邀请函里，阿斯诺夫航天设计研究院还提到了会组织最新航天技术的相关培训，进一步拓宽与会者的眼界，提升专业的设计技能。"

原来，他们打着研讨交流的幌子，行的却是基础培训之事。

"没有一个叫方文彬的人？"

"没有看到这个名字。"

宋小兵挂上电话，心里已经大致有了主意。

事情已经很明朗了，那次培训，大概率是方文彬策划的，而阿斯诺夫航天设计研究院则是全力支持和密切配合。

但是，他们为什么会对方文彬言听计从？

一定是从方文彬那里，得到了他们完全无法拒绝的条件。

那这条件又是什么？

方文彬到底是谁？怎么会有如此巨大的能量，让国际一流的设计研究院俯首称臣？

也许能解开这个谜团的，只有阿斯诺夫航天设计研究院的那帮高管和专家们。

不过，他们既然都能全力配合演戏，又怎么可能张嘴给外人说戏呢？

宋小兵的脑子里，现在已经是一团糨糊，混乱不堪、千头万绪，也不知该从哪开始梳理。

拦截器飘浮试验成功的喜悦，这时早已完全没了踪影，剩下的全是那些难解的谜团和无穷的困惑。

不过，虽然和方文彬只相处了短短一周，但宋小兵对他很是信任，宛如已相知一生的知己。他不相信方文彬是老师口中的那种人，因为他能感觉到方文彬胸中跳动的那颗心，是一颗真正的爱国之心。

不过，拦截弹的开发，已经到了最关键的时期，容不得他花费时间、精力在一些无意义的事情上。

既然路已走通，至少说明，指路人方文彬并没有瞎指路。至于路怎么走，路上还会遇到什么潜伏的危险，还会出什么幺蛾子，主要还是看走路的人，而与指路人再无关系。指完路，指路人就完成了他的使命，也不可能在途中安插机关了。

想通这一点，宋小兵也就不再像先前那样担心了。

不过，老师的要求也是必须做到的。

宋小兵拿起电话，拨了几个数字："喂，你好，我是宋小兵。"

"宋小兵?！你终于想起我啦!"电话里，一个语调兴奋的女声传了出来。

听得出来，那是一种久旱逢甘霖般的喜出望外。

"我……"宋小兵发现，刘玲现在的每一句话，都让他有些难以应对。

电话里，刘玲银铃般的笑声传了出来："宋小兵，和你开玩笑呢，看把你给吓的。无事不登三宝殿。说吧，求我什么事?"

刘玲直率开朗的模样，和宋小兵刚认识她时判若两人。

当年，她陪着李立长在教室里听宋小兵答辩，那可是秀丽端庄、沉稳大气，宋小兵的目光都不敢往她身上招呼。

而现在，宛如邻家的……大顽童，嬉笑怒骂经常往宋小兵的脸上招呼。

宋小兵露出了一丝无奈的笑容："刘姐，您老神仙料事如神，我还真有事求您!"

刘玲哈哈大笑："说吧，什么事?"

宋小兵说道："刘姐，情况是这样的。我这边建设了一套仿真系统，刚刚完成仿真试验。但是对于试验数据，我们还是不太放心。您老可是这方面的权威专家，经您手的试验不说上千，也得上百吧。俗话说，老将出马，一个顶俩。所以啊，我想冒昧邀请您这位老将出马，替我把把关，再做一次试验。我想把两次试验数据对比一下，看看还有哪些需要改进的地方。"

一切涉及反导工程的试验，不仅要在试验过程和结果上慎之又慎，还要牢牢控制知情范围。

刘玲作为李立长的助理，是知道反导工程的存在的，但是，她并没有参与其中，所以，不能给她透露所有相关的具体情况。

因此，很多话不能明说，更不便说透。

宋小兵经过严学礼老师的教诲和范平老鬼的教训之后，对于人性和保密的认识，步入了更高的境界。

当然，凭刘玲的聪明，她立刻就知道了肯定与反导工程的试验有关。因为宋小兵这个人物身上，早已打上了中段反导系统这个深深的烙印。

刘玲笑着说："看不出来，你嘴巴还挺甜哪。好吧，是什么仿真试验呢？在哪儿开展？什么时间合适？"

宋小兵一一回答。

刘玲想了一会儿，说："那我尽快安排时间，我知道，你的事情耽误不得。我马上找李所长报告一下，我相信，他肯定会大力支持。时间定好以后，我打电话通知你。"

说完，还没等宋小兵表达谢意，她就赶着挂掉了电话。

宋小兵盯着"嘟嘟嘟"作响的电话听筒，感叹道："刚给马儿吃了几颗甜枣，还没来得及喂草，就欢快地跑了。这女人真要干起事来，比男人还风风火火。"

刘玲很快就确定了来国家航天器实验室的时间：明天。

看来只要是有关反导工程的事情，李立长不仅开绿灯，还一路绿道。

本来刘玲还想带两个同事一起，想着大家共事多年，彼此配合默契，可以尽快完成任务，不过，李立长立即驳回了她的请求。

刘玲也是瞬间就明白了关键所在：控制知情范围。

没办法了，只有宋小兵当帮手了。

两人在实验室忙活了大半个月，不得不说，刘玲对仿真系统的认知和实操，都远远强于宋小兵。

她在整个仿真试验中，给了宋小兵有效的指导和有力的支持，让整个试验过程非常顺利，得到的数据也十分准确，趋于完美。

宋小兵再一次仔细研读了试验数据。

这一次的数据，不仅在精确度上更加精准，而且在采样数量上更为庞大。

对比的结果表明，这一次的数据和第一次大体一致，不过，可以清晰地看出和音速航空的细小差别。

正是这些细小的差别，决定了音速航空的更胜一筹。

刘玲感叹道："这家公司的产品，已经把精细化和智能化做到了这种程度，在国内……不，即使在国际上来看，都是出类拔萃的！"

宋小兵笑了笑，没有说话，心里却说道："自信点，把'出类拔萃'换掉，换成'绝无仅有'。她要是知道这家中国公司在国际上的地位，估计会惊掉下巴吧？"

看完对比结果以后，宋小兵的内心非常高兴。

这充分说明，拦截器和音速航空的产品其实是存在差别的。

虽然这个差别说起来很尴尬，但也不得不说，那就是好与坏的差别。

音速航空的各个性能参数，都完胜拦截器。

不过，就动能拦截弹对拦截器的精准度要求来看，这个精度已经能满足拦截需要了。

宋小兵兴冲冲地把最新的仿真数据交给老师，说道："老师，您快看看，最新的数据出来了，我们逊于音速航空的产品啊，并不是完全一样。"

胡奋虎闻言，看他的目光就变得有些复杂了：第一次有人把差评说得如此兴高采烈……

胡奋虎看完以后，点点头。

他走到实验室旁的一个档案柜里，又拿出一份资料认真翻看。

看完以后，他走了过来，把资料放在桌上，说："小兵，你过来看。这是音速航空最初一代产品在这里的测试数据。你看看这两份数据，又有什么差别呢？"

宋小兵心里嘀咕着："老师还没完没了了，这样的比对有什么意义呢？该用的，还不是得用。"

不过，他心里虽这样想，做还得按老师的来。

他又仔细看了看。

这一看，他又惊讶地发现，拦截器的最新数据和音速航空初代产品的数据，几乎一模一样。

他愣在原地，半天没说话。

刘玲看到他奇怪的表情，问道："小宋，怎么了？自从你踏入实验室这道门，就跟中邪似的，总是一惊一乍的！快，说话。"

呆了半天，他才深深地吸了一口气，浅浅地吐出几个字："我们的数据，和一家公司的产品数据高度吻合。"

刘玲好奇地问："那又能说明什么问题？"

"说明我们和人家的产品，就是同一个产品！"宋小兵艰难地说道。

胡奋虎也在一旁摇了摇头。

刘玲说："如果数据吻合，就是同一款产品，这个说法毫无科学依据。只要算法和内核不同，它们就是不一样的产品。就如同两款电视机，表现出的性能完全一致，你能说两个品牌相互抄袭吗？"

宋小兵知道刘玲的话没错，但是，至于算法和内核是否相同，他现在心里完全没底。因为这些东西的形成，不是来源于研发，而是源于启发。

方文彬，才是那万物之源，或者说，万恶之源。

宋小兵的表情变得有些复杂，而胡奋虎的目光更加复杂。他一直在注视着宋小兵，仿佛想从他的表情上看出点什么来。

"小兵，你是在私底下和音速航空达成了什么协议吗？"胡奋虎终于开了口。

老师的这一开口，就让宋小兵的内心一震，也开了一道豁口，鲜血淋漓。

听到老师的话，宋小兵很是诧异，他不明白老师为何要如此发问，而且还语带怀疑。

于是，宋小兵说道："老师，我可以负责任地说：没有！您不会认为我和他们有什么危及国防安全的私下交易吧？"

胡奋虎摇摇头，说："小兵，你从硕士开始就一直跟着我，我对你的品性还是很了解的，你不会去干那种违反原则和政策的事。不过，你太实诚，我是怕你被别有用心的人利用，不经意间就犯下了一些本不该犯的错误。"

胡奋虎说到这儿，停了下来，从口袋里掏出一根烟点上，轻轻地吸了一口，表情凝重地说道："毕竟，你曾孤身一人去过音速航空。"

宋小兵听到这儿，内心翻江倒海，老师的话，已经再明白不过了。

他激动地辩解道："老师，我去音速航空的初衷，的确是想了解一下他们的核心技术，也曾想过借鉴一下，尽快实现拦截弹的突破。不过，他们的老总严学礼，根本就没有给我这个机会，一听完我的来意，当场就回绝了，更不可能有什么交易！再说了，我一个刚出校门的博士，能有什么资本做交易？"

胡奋虎点点头，说："小兵，你不要怪老师多想，毕竟，这关系到国防重点工程，开不得半点玩笑！"

宋小兵说："老师，我能理解您的苦心，您想保反导安全，也想护我周全。老师，您就放心吧，我心里有数，做事也有分寸，知道什么能干，什么不能干。"

"那现在怎么干？"一直待在旁边没说话的刘玲突然插了一句，把两人都问得愣住了。

看师徒二人暂时没有什么好的对策，刘玲试探着问道："要不请示一下李所长？"

"对，对，我怎么突然忘了我的师兄呢，他才是能够拍板的人。"胡奋虎一拍脑门，有些懊悔地说。

"小兵，快，给李所长打个电话，赶紧把详细情况报告给他。"胡奋虎嘱咐道。

宋小兵拿起电话，打给了李立长。

"喂，我是李立长。"李所长的声音传来，让实验室的三人，心一下就安定了下来。

权威就是能给予人力量！

这时，刘玲找了一个上厕所的理由，主动回避了。

宋小兵简明扼要地把整个试验经过和情况向李立长做了汇报。

宋小兵说完以后，电话里是长久的沉默。

等了好一会儿，李立长的声音终于悠悠地传了出来："试验数据几乎相同，并不能说明什么问题，更不能定性为抄袭。这是我们团队自主研发的，不管是总体还是细节，都有一整套完整的研发构想和实施方案，完全经得起推敲和验证，和音速航空也就是在最终结果上殊途同归罢了。我认为没有什么问题，飘浮试验的成功，为我们拦截器的定型提供了一个很好的模型。

"小宋，师弟，不要有顾虑，成功来之不易，不要用莫须有的猜测，来禁锢我们的思想，阻挡我们前进的步伐。反导工程是一个综合性的大工程，涉及很多专业和技术，如果每一个技术都需要反复考量得失，那将耗费我们大量的时间和精力，还会导致反导工程进展极其缓慢。大工程不必拘泥于小节，非常时期就是要用非常手段，成功一个，就考虑怎么攻克下一个难题，而不是回过头去衡量成功是否合情合理。"

李立长的话一针见血，不仅肯定了宋小兵取得的成果，还给他们提供了一个抓大放小的科研方法论。

胡奋虎有些不好意思地说："师兄，看来是我多虑了，你的一席话，令我茅塞顿开，下一步，我们知道该怎么做了。"

挂了电话，胡奋虎说："既然飘浮试验没有问题，那下一步就可以给王海波提供数据，让他开始进行拦截器的研发和定型了。"

宋小兵点点头，说道："老师，那我就先回37号了，动能拦截弹最重要的一环拦截器既然已经尘埃落定，就仿佛给我吃了一颗定心丸。不过，还有一个问题，我和王主任依然争论不休，就是关于拦截弹的动力推进系统。我主张用一级固体火箭和二级液体火箭替代原来的三级固体火箭方案，但是，王主任至今也没同意。老师，您认为哪一种方案更好？"

胡奋虎思考了一下，说："这个我就不发表意见了，两种方案都可以用，但各有利弊。具体采用哪一个，还是那句话，基于想达到什么样的效果。这个，你还是要和王主任进一步沟通才行。"

胡奋虎的意见和李立长如出一辙，果然是师兄弟啊，连出牌的套路都像同一个模子里刻出来的。

"我可以进来了吗？"刘玲这时出现在了门口。

宋小兵一边招手示意让她进来，一边冲着她说："刘姐，我这边的工作暂时就告一个段落了，我打算这两天就回37号。我记得你之前不是一直说想去看看航天城吗？要不结伴同行？"

刘玲的双眼放出光来，这可是她一直梦寐以求的。

不过，去西北，总要有个什么借口……不，理由。

宋小兵早帮她想好了："可以告诉李所长，仿真数据还存在一些疏漏，需要去现场结合一下设计方案和图纸继续整理。"

刘玲笑着说："太过于牵强，不过，试试吧。"

于是刘玲拿起电话，给李立长说了一下去37号的事情，想不到，李立长竟然爽快地答应了。

经过一番长途跋涉，两人终于来到了37号，宋小兵的办公室。

宋小兵惊奇地发现，多日不归，办公室里竟然又多了一个女人。那个女人仿佛也察觉到了背后有人进来，转过头来。

就在宋小兵看到女人的脸的一刹那，他突然感觉到：我的春天来了。

第24章

航天城之旅

刘玲见宋小兵的眼神突然变得有些呆滞，一副魂不守舍的样子，连忙拉了拉他的胳膊，问道："宋小兵，这位是？"

宋小兵这才回过神来，不好意思地说道："我也是第一次见，不认识。"

虽然两人的说话声音很小，但那个女人应该是听到了。

于是，她微笑着走了过来，礼貌地伸出手，说："你就是宋小兵？久闻大名。老听唐一梦提起你，说你不仅人品好、学历高，而且做事执着踏实，她对你可是赞不绝口啊。本来在75号第二次靶试结束晚宴上就能见到你，无奈临时有急事，所以遗憾错过。想不到今日竟然能在此偶遇。现在认识一下，我叫张佳颖，雷达研究所的。"

"啊，她就是张佳颖。"宋小兵的心里先是一惊，后是一喜。

唐一梦那日的话突然在耳旁响起："宋小兵，别以为你是个单身贵族，见了张总，你呀，估计也要变成单身脆族！"

宋小兵此刻就觉得自己的双膝似乎有些发软，有点站不住脚，因为张佳颖真……真美。

他用一只手假装潇洒地扶住办公桌的一角，颤巍巍地伸出另一只手，握住张佳颖柔若无骨的纤纤玉手，用一种自己才能听到的细小声音，语无伦次地说道："张总你好，唐一梦也经常提起你，幸会。"

刘玲看出宋小兵的害羞和窘迫,撇撇嘴,笑着说:"想不到一向镇定自若、清心寡欲的宋大博士也会自乱阵脚,依然逃不过英雄难过美人关的魔咒啊,果然是狭路相逢美女胜!"

她这句话一说完,张佳颖和宋小兵连忙松开手,两人的脸上都浮现出一丝难堪的红晕。

刘玲倒是大方地伸出手,热情地冲着张佳颖说:"你好,我就不等因为回味还没回过神来的小宋介绍了,先自我介绍一下,我叫刘玲,军事科学院的。"

张佳颖也赶紧伸出手和刘玲握了握,说道:"刘工一看就是心直口快之人,很高兴认识你。"

三人刚刚自我介绍完毕,身后又传来一个女人的声音:"宋小兵你回来了!来得正好,我给你们介绍一下……"

张佳颖看着唐一梦,会心一笑,说道:"小唐,你这个介绍人来晚了。"

张佳颖话一出口,立马就知道自己说错话了,脸一红,还好,周围的人并没有察觉。

唐一梦一下子就明白了,笑着说:"看来你们都彼此认识了?也好,省得我多费口舌。"她看了一眼宋小兵身旁的刘玲,接着问道:"这位是?"

宋小兵连忙说:"这位是军事科学院的刘玲,我请回来帮我做仿真试验的。刘姐,这位是唐一梦,我同事。"

唐一梦笑着说:"宋博士,你真是能力越强,面子越大啊,身边不仅花团锦簇,大家还上赶着过来协助你。我们的大恩大德,你可要记住了,以后,军功章上有你的一半,也有我们的一半哦。"

刘玲一下子笑岔了气,上气不接下气地说:"小唐,你这好妹妹,为了军功章,可把姐姐们都卖了。什么叫军功章上有你的一半,也有我们的一半啊,你以为是占了小宋的便宜?是我们吃亏啦,他何德何能,能一下子抱得三个美人归?哈哈。"

张佳颖也在旁边捂着嘴,偷偷笑着。

唐一梦这才意识到自己说错话了,吐了吐舌头,好像一点也不在意似的,笑着说:"刘姐,是我说话不过脑子,只图一时爽,却污三世名啊。抱歉抱歉,让你们跟着受委屈了。军功章我们不要他的了,我们自己来!"

三个女人同时都笑了。

都说三个女人一台戏,这刚搭的草台班子唱起"三美战小兵"的现代剧目来,不仅一拍即合、一见如故，而且也没给宋小兵留什么戏份。

三个女人于是凑在一起，热火朝天地聊了起来，倒把宋小兵冷落在一旁，像是杵在戏台上的一个牵线木偶。

为别人牵完线，自己倒成了一个木偶。宋小兵叹了口气，心里想道："这戏刚开始，就不知道唱的是哪一出啊。"

张佳颖平时几乎不会到37号来，大部分时间都是唐一梦过去找她。

这次不请自来，肯定是有什么重要任务，她才会亲自出马。

宋小兵瞅准三人暂时停下休息的空当，悄悄把唐一梦拉到一旁，小声问道："张总怎么来了？"

唐一梦一脸严肃地说道："知道宋大博士工作繁忙，只好委屈自己、奔赴千里，专门来见你一面哪。"

宋小兵羞红了脸，说道："小唐，能不能不要开这样的玩笑？我说正经的呢。"

唐一梦露出一丝邪恶的笑容："哟，你看看你，正经起来的样子，倒像个红人，快摸摸自己的脸，看是不是一块烫手的山芋，哈哈。"

宋小兵不说话了，假装生气。

唐一梦也觉得自己玩笑开得有点过分，于是说道："好啦好啦，不逗你玩了。张总这次专程过来，是为了大X雷达的选址问题。"

宋小兵有些惊讶："你们预警系统的推进速度这么快？马上就要建设固定阵地了？"

唐一梦有些不无得意地说："宋博士，不是我批评你，你就是坐井观天！眼睛只盯着你那块上天的东西，总是忽视地上的东西。你什么时候能睁开眼睛留意一下你的身边？虽然我们只是为拦截系统提供保障，但是，你们的发展速度已经远远落后于我们的保障速度啦。相当于保姆们的服务技能早已炉火纯青，可以带3岁小孩了，可你们这些孩子还没长大，才刚满周岁。虽然知道你很努力，但是也得加油啊。时间不等人，总不能让我们老是等着伺候你们吧。"

宋小兵的脸又红了，这次倒不是因为害羞，而是害臊。

唐一梦的话，深深地刺痛了他。

中段反导系统毫无争议的拳头产品，现在却成了毫无悬念的拖后腿产品。苍穹之盾本该最坚硬的部分，现在却成了最薄弱的部分。

虽然这种局面并不是宋小兵一人造成的，但是作为拦截系统现在实际上的研发负责人之一，宋小兵依然感到心中有愧，仿佛主要责任都在自己。

客观上讲，拦截弹的设计开发是整个中段反导系统的核心，也是最难的部分。但是，预警系统的大X雷达不难吗？

张佳颖回国后，只用了很短的时间就把大X雷达提升到了一个新的层次，现在已经在着手准备建设固定台站了。

人，才是决定事物发展的关键。

再看看自己，到目前为止，拦截器也才在方文彬的启发下，刚刚完成模拟试验，要真正完成实弹定型，还有很长的一段路要走。

宋小兵突然感觉到自己很失败。他有些落寞地找了一个靠墙的椅子坐下，而三个女人仍在热烈地聊着天。

宋小兵抬头看了她们一眼，而此时正好也有个目光瞥向了角落里的他。

宋小兵也感受到了张佳颖的目光，不知道为什么，一向心如止水的他，竟然被这随意的一瞥，激起了无数的波澜。

莫非上天垂怜他这个大龄单身青年，要给他一次一见钟情的机会？

他看了看张佳颖那冰清玉洁的绝世容颜，深感机会可能只会留给有准备的人。

对，被错过的机会。

反正宋小兵不用照镜子，就知道自己已经做好了准备。

对于两个美女的到来，最高兴的是王剑秋。用他的话说，37号已经很久没有第二个女人来过了。这次不知道是什么机缘，二位仙子竟同时下凡，让这个早已被女性遗忘在戈壁上、灰头土脸的弹丸之地蓬荜生辉。

晚上，依旧是王剑秋的老科目，他做东，邀请大家尝尝西北的美味。

他带着大家走进"老徐羊肉汤"那简陋的店铺，冲着老徐喊道："老徐，6个人，你这儿一张桌子坐不下，帮我拼两张桌子。这些可都是我的重要客人，你的拿手菜全都上，让外地尊贵的客人们都尝尝。"

老徐一看是王主任，脸上立刻堆满了笑容，说道："主任，里面请，你就放心吧，我老徐的羊肉，从来没有失过水准。"

老徐一边说话，一边打量着王剑秋带来的客人，当他看到宋小兵的时候，有些惊讶：

"主任,这个年轻人还在这里干活?"

王剑秋笑着说:"那当然,现在已经独挑大梁了。怎么,你有印象?"

老徐笑着说:"当然,印象深刻,我还记得是个博士。唉,你的手下走马灯似的换过多少人了,除了老家西北的,其余地方的,基本就没留下。这个年轻人你带来吃过羊肉,那会儿好像还不在这里干活吧。不过,当初从他的眼睛里,我就看到了一种干事情的执着,想不到,不仅被你挖过来了,还留下来了。"

老徐说到这儿,冲宋小兵竖起了大拇指。

宋小兵有些不好意思地笑笑,他完全想不到,在一个老西北的心里,能够留下来就是英雄。

其实,今天的主角,是张佳颖和刘玲。

女人在军队里本就是凤毛麟角,在茫茫戈壁上,更是难觅倩影。

所以,当张佳颖和刘玲出现在37号的地盘上时,表面上虽波澜不惊,实际上却暗流涌动,战士们都像看国宝似的,偷眼看着她们。

今晚,总体室可以说是人员齐整,除了老范家里有事请假,王剑秋把总体室的全部人马都带出来为美女保驾护航了。

而女人对美食的诱惑是没有任何抵抗力的,即使是再注重身材的女人,当美食摆在自己面前的时候,都在极力欺骗自己:"就吃一点,不会长胖的。""我就尝一下,应该没什么问题。"

这一尝,就常常停不下来。

特别是大家刚一进门,大铁锅里炖着的大块羊肉飘散出来的特殊香气,就轻飘飘地攻破了女人们心中那条看似坚不可摧的减肥防线。

明明锅里的羊肉汤还漂着一层淡黄的油星,肥瘦相间的羊肉在浓郁的羊汤里欢快地沉浮,那乳白色的肥肉看起来都让人想大叫一声"好肥",但众人就是忍不住咽下口水,情不自禁地说"好香"。

当老徐把大盘的手抓羊肉端上桌后,王剑秋说:"欢迎张总和刘工百忙之中抽时间来37号指导工作。你们既是稀客,也是贵客,说实话,我不用绞尽脑汁,也知道该拿什么招待你们,因为没得选。哈哈。不过,我也敢保证,这里没得选的羊肉,绝对是天选的美味。在所有的羊肉里,西北的羊肉最是鲜美可口,有一股奶香味和淡淡的甜味。这羊肉出了西北的地界，你们在哪儿都吃不到。来吧，客气话就不多说了，大家放开吃。"

张佳颖和刘玲一听手抓羊肉，还真上手了，引得大家一阵窃笑。

美食当前，她俩倒是面不改色、从容应对，吃自己手上的肉，让别人笑去吧。

这一晚，因为美女们的加入，气氛很活跃。

酒至半酣，王剑秋问道："张总、刘工，这几天你们有什么工作安排？"

张佳颖先开口："我主要是和唐一梦一起去考察几个预备阵地。上级的批复已经下来了，根据我们上报的参数，选了几个符合条件的地点，我们还得去实地好好看看。"

刘玲说道："主任，我的任务很简单，就是应你上次之约，打着公干的旗号，来航天城逛逛。你还记得那次离开北京时你说过的话吗？当时你可答应的，说要宋博士亲自陪同参观。"

刘玲的话，倒把宋小兵整得不好意思了。他偷眼看了一下张佳颖，张佳颖正大口地吃着烤肉串，好像并未留意。

宋小兵松了一口气，但又很失落。他不明白自己为什么心情会如此复杂，刘玲随意的一句话，就能让自己患得患失。自己到底怎么了？为什么被一个张佳颖搅得方寸大乱？这是方寸大乱，还是芳心大动？

宋小兵不敢再往下想，夹了一大块手抓羊肉，默默地啃了起来。

王剑秋呵呵一笑，说："刘工，我可没忘记哦。我还记得，当时你还嫌弃小宋人生地不熟呢。这样，明天我陪你去转转。"他又冲着张佳颖说："张总，要是明天你也有空的话，大家一起？"

张佳颖想了想，勘察预备阵地的准备工作已经和唐一梦基本完成了，虽然到西北的机会很多，但有时间出游的机会却很少，难得遇到两个投缘的姐妹，结伴同游也无妨。

于是，张佳颖说："主任，明天有空，那我就恭敬不如从命啦。"

王剑秋很高兴，说道："那就说定了。对了，小宋，你也一起，你来了这么久，也该去航天城走走了，去参观一下那里的'两弹一星'纪念馆很有意义。每当我迷失方向或失去信心的时候，就会去纪念馆看一看，出来以后，又充满了无穷的斗志。"

宋小兵一听，兴致更高了："这么神奇？"

王剑秋郑重地点点头："都说没有对比，就没有伤害。其实，没有对比，就更没有激励。好好去看看先驱们的事迹吧，那将激励我们，不管面对什么样的困难，都将无所畏惧！"

大家原以为王剑秋只是随口一说，毕竟作为总体室主任，每天的工作任务很多，专门抽出一天时间来陪着大家闲逛，基本只存在于闲聊时的信口开河，不太现实。所以大家也都没太当真。

谁知第二天在饭堂吃过早饭，领队兼导游王剑秋同志，就已经坐在唯一的那辆丰田霸道的副驾驶座位上盯梢了。

他一边注视着饭堂进进出出的人，一边悠然自得地抽着烟。只要看到目标乘客从饭堂出来，他就微微一笑、大手一挥，指指后车门，喊道："快，抓紧时间，上车。"

这架势，就差举着一面小红旗，拿着扩音小喇叭，冲着乘客们高喊："各位游客，赶紧上车坐好，今天的行程很紧，我们马上就要出发了。今天我们的行程安排是……"

这会儿，宋小兵、张佳颖、刘玲正并肩坐在霸道的后排。

虽然车窗外的景色非常单调，但久居此地几十年的野导游王剑秋同志用自己丰富的当地人文地理知识有效弥补了自然景观的不足，他生动的沿途讲解可一点也不单调。

游览的第一站，毫无悬念地安排在了航天城的卫星发射基地。

巨大的发射架矗立在一望无际的戈壁上，显得非常高大雄伟。

中国的第一枚运载火箭、第一颗人造地球卫星，都是从这里腾空而起、冲破苍穹，开启了我们探索太空奥秘的新篇章，也让我国从此昂首挺胸地跨进了航天强国之列。

由于近期没有发射任务，发射架周围除了几个安全保卫人员，一个人也没有。

发射架大部分时间是这样孤独地耸立在西北戈壁腹地，只有在执行具有里程碑意义的发射任务时，它才会吸引全世界的目光。

当那最耀眼的时刻过去以后，一切又即刻归于平静。

习惯被人遗忘，偶然令人仰望，长期聚集力量，就是它的常态。当然，这也是所有伟大而平凡的科技工作者的常态。

大家一起站在发射架下，当目睹这个钢铁巨人的伟岸雄姿、亲手触摸它冰冷的骨骼时，那摄人心魄的震撼，就会从掌心如潮水般奔涌而来。

当年，前辈们在如此恶劣的自然条件下，在生产力和生产工具都极其落后的情况下，竟能在这里创造一座这样的奇迹！强烈的民族自豪感在每个人的心中勃然升腾。

参观完发射架，王剑秋还带着他们参观了总装车间。

所有的火箭在发射前，都会在这里完成最后的组装，然后通过车间和发射架之间几百米的轨道,把火箭整体垂直运送到发射架上。

总装车间宽敞明亮,所有进入的人员,都要穿上厚厚的防尘服,以确保车间里始终保持无尘的绝对洁净状态。

这里同样空无一人,巨大而空旷的车间,让人瞬间感觉到自身的渺小,同时,也惊叹于这里的自动化和智能化程度之高。

从发射基地出来,大家都有点意犹未尽。

刘玲感叹道:"太震撼了,平时在电视上也观看了无数次火箭发射,说实话,作为电视机前的观众,也就一看而过,并不觉得有什么。今天在现场,见到的还只是静止状态下的发射架,就让人叹为观止。可以想象,如果现场观看真实的火箭发射场景,一定会令人血脉偾张、心潮澎湃吧。"

大家都纷纷点头,内心的激动,和刘玲别无二致。

王剑秋回过头来,笑着说:"那下次的火箭发射任务,就邀请各位来现场观摩,一起为祖国的航天事业加油!"

两个女人的脸上露出了欣喜之色,张佳颖说道:"王主任,君子无戏言,下次你可要提前通知我们。"

王剑秋点点头,说:"我的原则就是,言出必行。你们就放心吧。"

这次的航天城之行,让刘玲对王剑秋的话深信不疑。王剑秋不像有的领导,只是随口说说,客气客气,他真的是从不客气,也从不蒙人。

这时,宋小兵说话了:"两位,我们的拦截弹,也算是小一圈的火箭。看拦截弹上天,现场不仅同样震撼,而且目睹自己亲手培养的孩子上天作战,还会格外欣慰。所以,我们大家多多努力,密切配合,争取多来几次成功的靶试,让反导系统早日定型、早担大任。"

王剑秋说:"小宋这个总结陈词不错,我们都是为了同一个目标而共同奋斗的战友。其实,我今天还想表达另外一层意思,感谢两位的鼎力支持和全力配合,毕竟,反导工程是一项复杂的系统化工程,光靠一个部门、一个机构、一个系统的努力,是远远不够的。多亏了你们的辛勤工作和大力支持,才有了现在这样一个良好的局面,希望我们以后能够一如既往地密切协作,喝庆功酒的时候,我可要多敬两位几杯。"

王剑秋的赞誉,让两位美女都有点不好意思,张佳颖说道:"王主任过誉了,我们其实也就是尽量做好本职工作,职责所在,没那么高尚。"

刘玲怕两位东道主再说下去，不仅自己头上的高帽子会如重峦叠嶂一般，而且还会触碰安全保密这条高压线，毕竟自己并不是反导工程的成员，于是赶紧转移话题："主任，我们下一站去哪儿？"

王剑秋笑着说："下一站，也就是此次行程的终点站，'两弹一星'纪念馆。"

刘玲有些遗憾地问道："这……这就结束了？"

王剑秋说："航天城虽被冠以'城'之名，其实无'城'之实。实际上，它还没有一个镇的行政区域大。能看的就这两个地方，其余的地方不仅没什么好看的，而且也不能看。"

王剑秋这么一说，大家便都明白了。

"两弹一星"纪念馆建造得非常简约，而且朴素得简直和戈壁滩浑然一体，灰黄的整体色彩和格调，让它能够很好地隐没在戈壁之中。

大门倒还装点得气势磅礴，让人还没进到门里，就能感受到庄严肃穆的气氛。

一进大门，就看见几枚硕大的金黄色勋章镶嵌在一面雪白的墙上，非常引人注目。

每枚勋章的下面，都用文字记录着航天城每一次重大的事件和历史性的突破。

第一枚运载火箭上天；

第一颗人造地球卫星上天；

第一颗原子弹爆炸；

第一枚战略弹道导弹试射成功；

…………

无数个第一，铸就了这面金光闪闪的勋章墙。

纪念馆通过大量丰富翔实的文字资料、图片资料和实物展示，紧紧围绕如何铸就"两弹一星"这项艰巨而伟大的工程，真实而生动地反映了老一辈国防事业的奠基人，隐姓埋名、前仆后继，在渺无人烟的茫茫戈壁之中，从零开始，从无到有，建设这样一个伟大的国防和航天工程的奋斗历程。

越往后走，几个人内心受到的触动就越大，眼眶也渐渐湿润起来。

他们久久伫立在一幕幕图文墙前，看着那些珍贵的黑白照片，仿佛随着它们穿越了历史，看到了前辈们舍生忘死地奋斗在国防事业的第一线，为航天城的逐步壮大，付出了心血乃至宝贵的生命。

最后一面墙，密密麻麻地挂满了科学家的照片。这些都是为我国的"两弹一星"事业做出过杰出贡献的人。

很多人在世的时候，他们的丰功伟绩无人知晓，逝世后若干年，他们的名字才被世人传颂。

功名利禄，对他们而言，如浮云一般，只有国家的生死存亡，才是他们心中最重要的宝藏。

宋小兵、张佳颖、刘玲三个人，在这面墙前凝视了很久，从左到右，从上到下，仔仔细细地看着每一位科学家的简介。

宋小兵惊喜地发现，李立长院士、吴文斌院士、胡奋虎教授竟都赫然出现在墙上。吴文斌院士和他只有几面之缘，不甚了解，但李立长院士、曾朝夕相处的老师胡奋虎教授，他是十分了解的。

就算对于宋小兵这样亲近的人，他们也从未在他面前提起过自己曾经的光辉历程。他们早已放下了无数的荣誉和显赫的声名，依然默默地奋斗在国防科研事业的第一线。

他们的人生仿佛永远都在清零，也永远都在从零到一的路上，循环往复，乐此不疲。

他们是幸运的，还能继续为祖国的国防事业贡献余生。而很多遭受过严重核辐射的科学家，却早早与世长辞、英年早逝。

他们来不及看到自己为之奋斗终生的祖国，屹立于世界军事强国之林；更遗憾无法再为深爱的祖国，贡献自己的聪明才智。

"咦，这位科学家怎么没有照片？"刘玲有些好奇地轻声说道。

第
25
章

我的父亲?

大家闻言,都聚拢了过来。

既然是科学家们的照片墙,理应在每一位科学家的简介之上,挂上照片。

那个年代摄影技术比较落后,照片保存起来也更有难度,所以很多挂在墙上的黑白照片显得很模糊,只能依稀看清人物五官的轮廓。即使是这样的情况,照片也都挂上去了,唯独右上角有个科学家,他应该悬挂照片的位置,却空空如也。

是纪念馆忘了? 应该不可能!

毕竟,这里是国防和航天领域的一方圣地,每一位来航天城工作的人员、到此参加各种演习演练任务的部队官兵、外地游客,都会到这里朝圣,接受国防教育,其重要性不言而喻。所以,纪念馆不会犯这种低级错误。

那是这位科学家没有拍摄过照片? 也不太可能,那个年代虽然条件比较艰苦,但是基本的证件照应该还是会有一张的吧。

刘玲接着小声地念出了声:"宋时仁,浙江绍兴人,生于1945年,卒于1979年,物理学家,我国航天动力学奠基人之一,'两弹一星'功勋科学家,曾参与我国第一枚导弹核武器的试验工作。1966年,宋时仁带领的核导弹动力系统研发小组,协同其他研发小组一道,完成了我国第一枚导弹核武器的试验任务。导弹按预定轨道准确飞向靶区,核弹头在靶心上空距地面569米的高度爆炸,试验取得圆满成功,宋时仁也由此奠定了我国航天动力系统带头人的地位。由于试验工作中的一些突发状况，宋时仁过早暴露在核辐射区域，导致身体受到核辐射的严重伤害……"

刘玲念到这儿，声音一度有些哽咽，不知为何，心中一种不可名状的悲痛突然袭来，为科学家的英勇顽强、奋不顾身的精神而赞叹，又对他们所受到的那种痛不欲生的伤害而痛心。

刘玲扭头看了一眼身旁的宋小兵，他正呆呆地看着那空无一物的相片框，仿佛陷入了无尽的沉思。

刘玲说道："小宋，你看，这位科学家和你还是老乡，而且也姓宋，就连所从事的专业都和你一样，莫非你们之间有什么潜在的联系……"

说到这儿，刘玲忽然捂住自己的嘴巴，这……也太巧了吧。

她为自己的突发奇想感到震惊。

"不可能，宋小兵的家族里要是有这样一号人物，早就应该尽人皆知了吧。"刘玲又转念一想，否定了自己刚刚得出的结论。

"小宋，小宋……"刘玲刚才的话，宋小兵好像根本没听见，于是，她又急促地叫了两声。

此时的宋小兵，像一个呆立的木偶，听不见周边的声音，也看不见周围的事物。他的眼睛，死死盯着墙上的那个位置。

刘玲听到他小声地念叨着："宋时仁……浙江绍兴……航天动力系统带头人……核辐射……1979年……"

刘玲非常好奇，为什么宋小兵老是在重复着这些词语？这些关键词到底代表了什么意义？

突然，宋小兵像是受到了什么巨大的震动，他的脸色变得苍白起来，嘴角也有些不由自主地抽动，眼睛里透着一股惊恐，只听到他喃喃自语道："不会是他吧……不会的！"

他好像又突然恢复了镇定，转过身，快步走到王剑秋身旁，指着照片墙上宋时仁的位置，问道："主任，那位科学家，你了解吗？"

王剑秋看着满满一墙的照片，不知道宋小兵到底说的是谁："你是想问哪位啊？"

"宋时仁！"

王剑秋说："哦，就是那位唯一没有相片的功勋科学家？"

"对。"

王剑秋好奇地问道："你怎么突然对他感兴趣？"

宋小兵说："我也不知道，冥冥之中，好像感觉他和我有莫大的关系似的。"

王剑秋说："哦，那你是怎么得出这个结论的？"

"直觉。"

王剑秋摸摸宋小兵的头，装出一副非常惊讶的样子："咦，没发烧啊，怎么会胡言乱语呢？"

然后，他笑着说："小宋，直觉这玩意儿是女人的专属，专门用来哄骗自己和男人的。对于男人来说，直觉基本等同于错觉。宋老不仅没有照片，据说还没有子嗣，所以，你想认亲，可能连门在哪儿都找不着，上帝早就关上了这道门，而且连窗缝都糊上了。"

宋小兵不好意思地问道："主任，你言下之意，就是和宋时仁很熟？"

王剑秋摇摇头，说："我和宋老不熟，但我们都认识的几个人和他很熟，而且熟透了。"

宋小兵连忙追问道："是谁？"

王剑秋笑而不答，重新转头盯着照片墙，然后用手一指，宋小兵小声地念道："李立长。"

王剑秋停顿了一下，再用手一指，宋小兵又小声地念道："胡奋虎。"

王剑秋放下手臂，顺势拍了拍宋小兵的肩膀，说道："宋老、李老和胡老，这三人当年可称得上火箭动力装置的铁三角。"

他突然像想起什么似的，又用手指了指吴文斌的位置，说："还有吴老，也是这方面的权威专家。只要有这四个人在，所有动力装置的问题，就都不是问题。不过，铁三角的三角关系更显得密不透风，因为宋老是我的老师李立长并肩作战的战友，同时也是你的老师胡奋虎的相交挚友。吴老可能在某些层面与他们有些意见不合吧，所以，关系要稍微淡一些。"

宋小兵问道："那他们四位老科学家，谁的造诣更高？贡献更大？"

王剑秋笑着说："这个我倒要考考你，你觉得会是谁？"

宋小兵先看了看李立长的简介，又看了看吴文斌的，再看了看胡奋虎的，最后，目光朝上，停留在了宋时仁的简介上。

他有些拿不准，试探性地问道："我觉得应该是李所长吧，或者是吴院士，你看他们俩，最为年长,不仅学识渊博,更得益于经验丰富吧。"

王剑秋说道:"我相信,让100个人猜,也会猜错100次。"

宋小兵闻言,有些惊讶,他又回过头仔细看了一遍,心里想道:"按照李立长和吴文斌中国科学院院士的地位推断,即便放在当年,实力也应该不容小觑吧。宋时仁和胡奋虎从年龄和经历上来看,只能算他俩的小弟,想超过前辈的成就,应该还有很长的一段路要走。"

王剑秋见宋小兵默不作声,知道他肯定猜不出答案,于是说道:"在这四人里面,要数宋时仁的成就最大……"

说完,王剑秋的目光久久地停留在宋时仁的简介上,那眼神中分明透出了无限的敬仰和崇拜。

宋小兵大吃一惊,宋时仁的年岁,比李立长和吴文斌都要小,但他却是成就最高者?!

宋小兵问道:"主任,他可是年纪最轻的啊。"

王剑秋说道:"难道你没有听说过吗? 英雄出少年! 很多时候,年龄并不是成功最重要的因素。"

王剑秋说完,意味深长地看了宋小兵一眼。

宋小兵说道:"那他……却很早就逝世了,和他一同奋战的战友们,到现在为止,还依然生龙活虎,为何他……我看简介,好像是因为受到了严重的核辐射。按理说,对于研发动力装置的小组,是根本不可能接触到核辐射的。李老、吴老还有我的老师,完全没有直面过核辐射,唯独这位宋时仁,却因核辐射而英年早逝。当年在他身上,到底发生了什么不可思议的事情?"

王剑秋摇摇头:"这个我也不清楚,我曾问过我的老师当年到底发生了什么事,他的神色瞬间变得很悲伤,绝口不提一个字。而那一次给我印象最深刻的,是他转身走到了窗户旁,久久地凝望着窗外出神。我本以为他是在回忆陈年往事,可当我无意间看到窗户上他的影子时,才惊讶地发现,老师早已泪流满面……看来事过多年,老师不仅从未忘记,还依然没有释怀。我很自责,是我的问题勾起了他痛苦的回忆,所以从那以后,我就再也没有问过此事。"

王剑秋的话语中,带着懊悔与忧伤,宋小兵虽然心中还有很多疑问,但暂时也问不出口了。

他只是觉得,自己和这位宋时仁教授,有太多不可思议的巧合。同是绍兴人,都姓宋……而且……

宋小兵死死盯住宋时仁的逝世年份:1979年! 而那一年,他刚满周岁!

打他记事起,就没见过自己的父亲。如果这位宋时仁真是他的父亲,那一切好像都说得通了。

他为自己能有如此大胆的假设而感到非常惊讶,他也不知道自己为什么会突然产生这么强烈的认人作父的妄念和冲动。就因为他是"两弹一星"功勋科学家吗?

别人会怎么看他? 找准一切机会往自己的脸上贴金吗?

不,就算是"两弹一星"功勋科学家,他的名字,甚至连航天城这么小的一块地方都飘不出去。自己在这里工作了这么长时间,也完全没有听说过宋时仁这个名字!

不过,名声对宋小兵来说,一点都不重要,他想要的,仅仅是一个名义。

这是他从小以来的心愿。

这个心愿对常人来说,根本算不得心愿,只能算作日常生活。他的小小心愿,就是能听到父亲叫他一声"儿子",以父亲的名义,哪怕只是名义上的父亲!

世界就是这样,对每个人并非公平以待,你竭尽全力追求的,可能只是别人毫不在意抛弃的。所以,偶然间能遇到这样一个看起来无限接近于自己父亲的人,宋小兵不想错过。

于是,他掏出手机,拨了一个号码。

电话接通了,他兴奋地问道:"妈,宋时仁,你认识吗?"

电话里,宋小兵母亲的声音传了出来,没有丝毫犹豫:"宋时仁? 这是谁? 不认识啊。"

宋小兵原本兴奋的心情,瞬间跌落谷底:"妈,你再仔细想想,到底认不认识这个人?"

宋小兵说出这句话的时候,其实心里就已经知道了答案,只是依然不甘心。如果这人真是宋小兵的父亲、他母亲的丈夫,怎么可能连名字都还要再想一想?

母亲的话,其实已经非常明白无误地告诉了他最终的答案。

"宋时仁? 小兵,你今天是怎么了? 这个人,我不认识,而且这个名字,我也是第一次听说。他……是谁?"母亲很纳闷,小兵今天是怎么了,为什么突然问她一个并不认识的人的名字。

"妈,没什么,我就是随便问问,今天在这里碰到这个人,他也是绍兴人,我还以为你认识呢。"

"哦,绍兴可大了,你知道的,我几乎没有什么交际,圈子也小,很多人都不认识。小兵,你在外面,可一定要照顾好自己。如果真的有同乡能够相互关照的话,也是很不错的。"母亲叮嘱道。

宋小兵这时可以完全确定母亲并不认识宋时仁。她说话的时候,表现得那么自然、坦然、直言不讳,根本不像是故意装出来的。

看来,他认人作父的期望,真的只是自己的一厢情愿。

他的目光终于从宋时仁的那处简介上移开,目光游移,也不知道该看向何处。

王剑秋听到了他和他母亲之间的对话,问道:"小宋,你……你没见过自己的父亲?"

宋小兵摇摇头,神情沮丧。

他和王剑秋之间,只有工作上的交集,对于自己的家庭,他一个字都没提过。

而王剑秋心里,却有些懊恼和失落。

和宋小兵相处这么久,自己只知道这个孩子工作非常努力,对于反导系统,他完全倾注了所有的时间和心力,从不叫苦叫累。就算遇到天大的困难,都想办法自己克服;遇到再大的委屈,都选择一个人默默承受。而自己作为他的直接领导,竟然连他最基本的家庭情况都不清楚,对他的关心实在是太少了。

王剑秋心痛之余,更多的是自责。

所以,对于宋小兵这次异常的举动,对于他坚定的目光中所深藏的那种希望,王剑秋终于能够理解了。

他搂着宋小兵的肩膀,动情地说:"小宋,就算宋老不是你的父亲,也没有关系。我们以后慢慢找,我相信,终有一天,他会出现在你面前的。"

宋小兵的眼眶湿润了,他缓缓地点了点头。

好一会儿,他忽然又抬起头,看着王剑秋,问道:"主任,宋老为什么没有照片?按照常理来说,这并不科学啊,至少,工作证上的照片应该有吧。"

王剑秋摇摇头:"纪念馆决定做这面墙的时候,就已经四处搜集各位科学家的照片了,唯独宋老的照片经多方探寻,依然没有找到。其中的缘由,也许永远都没人知道了。"

看来,宋小兵还没有死心,他还想从照片上寻找点端倪。

"那……宋老既然是李老同生共死的战友,那李老那儿有没有他的照片呢?"宋小兵问道。

"如果有的话,现在就已经印在上面了。"王剑秋用手指了指照片墙。

见宋小兵再次变得沮丧,王剑秋又不忍地说道:"不过,李老每年都会亲自到这里来,在这里独自一人,默默地站很久,然后,他会消失两天,谁也不知道他去了哪里。"

宋小兵好奇地问:"每年?"

王剑秋说:"对,每年,而且每次都是同一天。"

宋小兵问:"哪天?"

王剑秋说:"5月21日。"

宋小兵若有所思地说:"那天,一定就是宋老的忌日吧。"

"或许是吧。"

"那我找个机会,问问李所长关于宋老的事。"宋小兵说。

王剑秋连忙劝阻道:"小宋,你在李所长面前,什么事都可以提,唯独这件事,千万不能提。我刚才不是告诉过你吗? 我之前提过一次,现在还后悔不已。

"有的事过去了就过去了,有的人逝去了就逝去了,但是,我们不能让还存于世的人,继续活在他们的阴影里、在悲痛中走不出来。

"我相信你也看得出来,李所长是重情重义的人,而且,他现在已是70多岁的高龄,再也经不起折腾了。我们的中段反导工程需要他,更离不开他,不能让他为了你一个凭空臆想的事情去分心、去伤心。而且,完成中段反导工程、铸就苍穹之盾也是你我共同的心愿和目标,我想,你也不想因为这些事,影响到工程的进展吧?"

王剑秋的话不无道理,但寻找父亲的梦想也无法舍弃,如果此事不弄个水落石出,宋小兵永远也不会甘心。

不达目的不罢休,这是宋小兵的优点,在某些时候,也是他挥之不去的梦魇。

见宋小兵没有任何反应,王剑秋叹了口气,他轻声说道:"小宋,时候不早了,走吧。"

离开照片墙的时候,宋小兵又回头看了一眼右上角的那一片空白,就如同他的人生中,始终都会有的那一片空白。

四个人坐在回37号的车里,没人开口。

这时的气氛和来时的欢乐大不相同。

张佳颖和刘玲也听到了宋小兵和王剑秋的对话,她们对他的身世有了一些了解,心底也产生了更多的同情。

这个时候，安慰也许是多余的，因为宋小兵早已适应了家的残缺。

这个时候，他最期望的，是有人能够告诉他，他刚刚找到的希望，到底是不是真希望。而这个答案，没有人知道。

所以，没有人开口说话，当然，也不知道该说什么。

气氛变得有些沉重。

临近傍晚的戈壁，风沙逐渐大了起来，天地之间，变成了灰蒙蒙的一片。

车门打开，风沙钻了进来，终于吹走了车里的沉重，吹来了一丝慌乱。

特别是两个女人，连忙慌乱地拉紧衣领，用围巾缠住头脸，把自己遮蔽得严严实实，只露出一双眼睛。

宋小兵却头也不回地独自下了车，迎着风沙，也不遮挡，昂首挺胸地朝着宿舍的方向走去，毫不在意那些打在脸上生疼的小沙砾。

也许是因为心中的痛楚盖过脸上的痛楚，身体才感受不到那种疼痛。

王剑秋冲着宋小兵的背影大喊："小宋，不去饭堂吃完饭再回去？"

宋小兵头也不回，只是伸出手在风沙中摆了摆。

"唉，这个小宋。"王剑秋赶紧关上车门，叹了口气。

"他的母亲不是已经回答他了吗？根本不认识那个人！他为啥还要去探寻前因后果，莫非连自己母亲的话都不信？"看着宋小兵在风沙中已变得模糊不清的身影，刘玲不解地问道。

"执念太深，并非已成魔障，只是因为思念太久。"张佳颖轻声道。

第二天一早，张佳颖和刘玲一同坐在饭堂吃早饭。

每一个进入饭堂的战士，都偷偷看向她俩。

毕竟，在这个偏远戈壁的偏远站点，难得同时出现两大美女，即使饭菜并不算丰盛美味，但好在秀色可餐，战士们这一餐仍吃得津津有味、交头接耳、喜笑颜开。

两位美女倒显得从容淡定，并不十分在意。她俩常年出差，也经常深入基层，早已习惯了战士们虽炽烈但淳朴的注目礼。

不过此时，她们都有些心神不宁，一边吃着早饭，一边偷眼瞄向门外，仿佛在等待着谁。

门口终于出现了那个迟来的身影,两人的心终于安定下来,嘴角露出一丝笑意。刘玲招招手,示意宋小兵过来坐。

宋小兵冲她俩微笑着点了点头,算是打过了招呼,然后拿起餐盘,去取餐窗口拿了两个馒头、一个鸡蛋、两盘小菜,打了一碗稀饭,走到张佳颖和刘玲的对面坐下,笑着问道:"两位美女,昨晚睡得好吗?"

刘玲说:"想不到西北的风沙真是厉害,整夜地吹个不停。呼啸的风声就够瘆人的了,吹起的小沙砾还敲打在窗户上沙沙作响。我可是一宿没睡着,光倾听这深夜的流沙奏鸣曲了。如果再配上一段歌词'是谁在敲打我窗,是谁在折断琴弦,那一段被遗忘的时光,渐渐地回升出我心坎',那就更妙了,哈哈。"

宋小兵问道:"这歌词听着有点耳熟,歌名是什么?"

刘玲眨着眼睛,露出狡黠的目光,说道:"好像叫'折断的时光',又好像叫'遗忘的角落'。反正,唱的都是你们这里。"

张佳颖捂着嘴偷笑道:"老天爷专门为你这个远道而来的客人哼唱的西北小调,不仅没能催你入眠,到头来还催你领'兵'造次啊。哈哈。"

刘玲立即反击道:"莫非你昨夜睡得很香? 反正啊,我是听见隔壁的床榻之上,辗转反侧之声频起,料想卧榻之侧的'佳'人也并未酣睡吧。昨夜雨疏风骤,试问卷被人,是绿肥红瘦,还是铁马'兵'河入梦来呢?"

刘玲笑眼盈盈地看着张佳颖,故意把"兵"字拖得很长。

张佳颖有点不好意思,捶了刘玲一拳,说道:"叫你贫嘴。"

两人虽然认识不久,在同一个屋檐下也只住了两晚,但志趣相投,俨然已如姐妹一般。

刘玲笑着说:"哟,看来不好意思了啊,哈哈。"

她们说这些话的时候,宋小兵一直在埋头吃饭,对她俩聊天的内容,既不关心,也不关注。

刘玲瞧了一眼宋小兵,然后偷偷地对张佳颖说:"你看,这小子,完全是凭实力单身啊。"

张佳颖忍不住笑了起来。

她们见宋小兵状态不错,好像昨天的事根本没有发生过一样,也感到很欣慰。

毕竟,昨天宋小兵离开的时候,失落、悲痛、伤心到了极点,她们也一直担心他短期内不能从悲伤中走出来。今天看到他能吃能喝,也就放心了。所以,谁也没有再提他父亲的事。

宋小兵吃完早饭,问刘玲:"刘姐,后面的工作你怎么安排?"

刘玲假装生气道:"怎么?试验做完了就开始谈工作了?我还没玩够呢。"

宋小兵连忙解释道:"不是这个意思。我是想看看你后续有什么安排,我好配合你。"

看着宋小兵有些慌乱的神态,刘玲的心里竟生出一丝高兴,她说道:"和你开玩笑呢。我打算今天就回去了。"

宋小兵惊讶地问:"这么着急?为什么不多待几天?"

刘玲说:"仿真试验也做完了,试验数据也基本拿到了,我的任务也就结束了。这次西北之行,还是托你的福,赠给我的福利呢。谢谢你,终于让我完成了自己的一个心愿。

"说实话,这两晚我都没睡好,这里不光条件简陋,而且自然环境非常恶劣。就拿昨晚来说吧,风沙一起,整夜肆虐的狂风刮得让人睡不着觉,而且浓烈难闻的土腥味随风而来、无处不在,充斥着整个房间,让呼吸都变成一种痛苦。细小的沙粒不屈不挠地挤进窗缝,钻入眼睛、鼻子、嘴巴、耳朵,简直是无孔不入。第二天早晨一起床,镜中的自己,就像一个出土文物……'风尘仆仆'四个字,我终于算是真切体会到了。

"说实话,这么快就想走,一方面是单位的工作耽误不得,另一方面就是确实不适应这里的环境。很汗颜哪,两个晚上就让我们想要逃离,而你们,一待就是几年、十几年,这不得不令人敬佩。其实,哪怕待在这儿什么也不做,我都觉得,是一种奉献。"刘玲深有感触地说道。

她看了看饭堂里那些还在一边吃饭,一边偷眼看她们的战士,真心觉得这些远离故土、远离父母的孩子,很可爱。

宋小兵听完刘玲的感慨,只是淡淡地说了一句:"习惯就好了,也没什么值得敬佩的。"

当别人眼中的艰苦生活,成为自己的日常生活,就是苦尽甘来的时候。

宋小兵又扭过头去,问张佳颖:"张总,你后续的工作安排是……"

张佳颖说道:"我今天计划和小唐一起,把所有预备阵地的资料和数据整理好,从明天开始,就按照顺序进行实地勘察,选出最适合建设大X雷达的地方。"

宋小兵点点头,说:"那我们走吧。一会儿我送刘姐去机场,张总,我就不陪你了,对于你的专业,我是门外汉,帮不上什么忙,小唐在就行。"接着,他用一种充满敬佩的语气说道:"张总,你们的预警系统已经远远地走在了我们的前面,小唐之前已经批评我了,让我感到颜面无存哪。以后,你们就是我们追赶的目标,我还要多多向你学习呢。"

宋小兵的这番话,说得很真诚。

虽然他并不了解张佳颖那段曲折的、历经生死的传奇经历,但就凭着她将预警系统迅速地提升到了一个崭新的高度,就值得他敬佩和学习。

张佳颖倒有点不好意思了,连忙说道:"宋博士太谦虚了,你据理力争、舌战群儒的光辉事迹,我也早有耳闻。科研,需要的就是你这种坚持真理,并坚持到底的精神。"

刘玲在一旁看不下去了,说道:"好了好了,你俩不要互吹了,再吹下去,估计就要互动了。小宋,你不是说要送我吗?快,跟我去宿舍拿行李。"

三人于是互道珍重,张佳颖去了办公室,和唐一梦整理资料;宋小兵帮刘玲提上行李,送她去机场。

第26章

主任的秘密

送走刘玲后,宋小兵回到办公室。

办公室里空无一人。张佳颖和唐一梦不知去了哪里,老范和熊锐也不在,正好给了宋小兵一个独处的空间。

他坐在自己的座位上,托腮凝思。倒不是在想父亲的事,想的依然是拦截系统的事。

他对这段时间自己的工作还是满意的,毕竟拦截器的飘浮试验取得了成功,而且李所长的支持也解决了他的后顾之忧,拦截器的定型设计也在航天二院王海波的带领下,正有条不紊地进行着。

下一个难题,就是他和王剑秋之间最重大的分歧——拦截弹的动力装置。

作为国防技术大学首位航天动力学专业的博士,他对自己的方案是有足够信心的。

他是在充分研究国外反导系统的发展趋势,并根据我国对反导系统的需求和自身技术实力,来制定动力系统构造方案的:一级固体,二级液体。

液体火箭发动机与固体火箭发动机相比,有个绝对的优势,就是更高的比冲,更大的推重比。而且,液体火箭发动机燃烧速度更均匀,燃烧时间更长,所以发动机关机更晚。

火箭在推力恒定的情况下,关机越晚,关机点速度越快。这一点对于动能拦截弹来说,特别重要。

关机点速度越快,就会使拦截弹头的动能越大,拦截器撞向来袭弹道导弹的势能和破坏力就越强,就越容易彻底摧毁来袭的目标弹道导弹。

正是基于动能拦截弹这至关重要的一点,宋小兵才决定把第二级火箭的动力系统,改为液体火箭发动机。而且,液体火箭发动机还可以根据作战意图,通过增减燃料来调整火箭推力大小,使拦截弹具有预先设定好的弹道特性,具有极强的发射灵活性。

当然,液体火箭发动机的缺点也很明显:制造成本高、结构复杂。

液体燃料和氧化剂具有剧毒、易燃易爆、强腐蚀性的特点,加注后如果不及时使用,会腐蚀燃料箱,所以一般在发射前十几个小时才开始加注燃料。如果发射任务取消,即使立即清空燃料,这枚液体火箭的燃料箱也不能再次使用。因此,液体火箭发动机只能做到严格"按计划"发射,而不能做到"按需要"随时发射。

由于液体燃料的这些特性,科学家们倒是找到了一种能在高温下保持基本物理特性的金属来制造发动机喷管和燃料泵。

这种稀有金属叫铼,不过铼也有一个缺点,就是贵。

研发、制造、使用成本的居高不下,直接制约了液体火箭发动机的普及。

相比之下,固体火箭发动机不仅结构简单、储存方便、使用成本低,造价只有液体火箭发动机的1/20～1/10,而且可以做到"想射就射"。发射前只需要装载固体火药柱就行。

所以,"ST-1"的设计方案,在权衡了液体火箭和固体火箭发动机的优劣之后,毫无争议地使用了固体火箭发动机。

这也就是王剑秋赞同拦截方式的变更,却始终反对动力方式改变的重要原因。

从客观上讲,宋小兵的方案,其实更加适合动能拦截弹。因为最后一级火箭采用液体火箭发动机,可以获得更高的比冲和飞行速度,进一步提升拦截弹的威力。

比冲高,通俗来讲就是喷火速度更快,推力更大。

在起飞阶段,比冲高没什么优势,但到了高空加速阶段,高比冲可以使拦截器达到非常理想、高速的关机速度。

而第一级火箭采用固体火箭发动机,恰好弥补了液体火箭发动机起飞阶段推力不足的缺陷,能给动能拦截弹提供更加强大的起飞推力。

两种不同特性的火箭发动机一旦结合起来,就能做到优势互补、强势尽显,让拦截弹发挥出最大的威力。

所以,宋小兵认为自己的设计方案充分发挥了动能拦截弹的效能,提高了它的杀伤能力，而且两套不同性质的动力装置形成互补、相得益彰，完全是动能拦截弹最完美的动力装置方案。

那为何王剑秋要死守着老方案不放呢？因为老方案在安全性和发射便捷性上明显要优于宋小兵的方案。

但是，中段反导系统其实就是刀口舔血，以图一击必中，所以在攻击性和安全性的选择上，宋小兵认为，攻击性应该放在首要的、最重要的位置。

反导系统已经是祖国军事防御的最后一道防线了，如果这时还选择安全第一、明哲保身，显然是极其不合适的，背水一战、殊死一搏才是正确的选择。所以，无限制地提升拦截弹的杀伤力，才是最高的优先级。

宋小兵就这样在办公室里思考了很久，越想越觉得自己的动力方案，才是匹配动能拦截弹的最优方案。

于是，他站起身来，匆匆下楼，敲开了王剑秋办公室的门。

王剑秋看见宋小兵行色匆匆的样子，以为他又要开口询问宋时仁的情况，于是说道："小宋，你的心情我能够理解，但是……"

宋小兵打断了王剑秋的话，说道："主任，我的心情你恐怕不能理解，我现在的心情很激动。"

王剑秋说："涉及这么重要的事，换作其他人，同样也会激动，说不定，做出来的事，比你还夸张。"

宋小兵惊喜地问道："主任，那……你是同意了？"

王剑秋点点头："昨晚，我也想了很久，决定还是请示一下李所长吧，虽然可能会让他不悦，但是，如果能让我们都安心，也值得试一试。"

宋小兵简直不敢相信自己的耳朵，本还想着如何据理力争，王剑秋竟然主动缴械投降了。成功也来得太突然了吧。

宋小兵高兴地说："那……我把方案再仔细完善一下，争取让李所长能支持我们的新方案。"

王剑秋有些纳闷："这还需要方案？"

宋小兵更纳闷："这么重大的改进，难道不需要方案？"

"改进什么？"王剑秋完全蒙了。

"改进动能拦截弹的动力系统啊。"宋小兵更蒙。

王剑秋瞬间清醒过来,原来,两人说的不是同一件事。

王剑秋坚定地说:"动力系统不变,还是按照三级固体火箭的原方案执行。"

王剑秋出尔反尔的言论,让宋小兵瞪大了眼睛:"主任,不带这么玩的啊,俗话说,君子一言,驷马难追。你可是刚刚答应的啊。"

王剑秋露出尴尬的神色,说:"小宋,对不起,刚才是个误会。我以为你说的是宋时仁的事,谁知你说的却是拦截弹动力系统的事。"

不过,虽然是误会,但王剑秋还是很欣慰,这说明宋小兵已经完全从昨天的失落情绪里走出来了。

王剑秋还一直担心,宋小兵会因为这件在明眼人看来已水落石出、在他这个当局者心里却还悬而未决的事,而深陷其中无心工作。

如今看来,他的担心是多余的。

昨天那件滴泪认亲的事,看来充其量只能算是个小插曲,经过一夜的调整,今天他就重返反导系统的主旋律上了。

王剑秋的误会,也给宋小兵的心里带去了一丝暖意。

想不到,平时眼里只有工作的王主任,原来心里还是在默默地关心着自己。

不过,一想到拦截弹动力系统的设计方案,他马上又从战友情深中挣脱出来,进入唇枪舌剑的战斗状态。

"主任,动能拦截弹为了获得最强大的拦截能力,必须具备两个方面的重要条件。一是精准度。拦截器的飘浮试验我们现在已经成功,在飞行复合控制方面也取得了突破,拦截器的精准飞行操控成为现实,这个最重要的条件已经具备。

"二是杀伤力。这就要求拦截弹头具备高速飞行的动能。显而易见,在大气层外的高空,最后一级火箭如果采用液体火箭发动机,将完全发挥出它大比冲、高推重比的特性,这种无可比拟的优势将使动能弹头具有远远超过固体火箭发动机的关机速度。快剑一出鞘,必定势不可当。

"主任,一级固体,二级液体,这么明显的优势,你为什么就视而不见呢?"

其实,宋小兵在心里对王剑秋的决定还是很不理解的,作为一个在弹道武器科研第一线奋战多年、经验丰富的老兵,这些最基本的原理、最显而易见的选择,他不可能不清楚。

也就是说，闭着眼睛也知道该怎么选。然而，他就睁着眼睛偏偏选择了最平庸的动力组合方式。

根据木桶理论，整体性能取决于最短的那块木板，所以此消彼长，动力系统的不合理设计，将使动能拦截弹头的速度大大减慢，拦截效率大打折扣。

如果说之前的老方案是专家组的集体决定，王剑秋仅凭一己之力，很难改变既定事实；那么现在，整个拦截系统已经推倒重来，而且上级也明确指示，重新研发动能拦截弹。

这就意味着，只要是有利于动能拦截的改进，都可尝试。

配合拦截系统的新生，动力装置完全可以改天换日，而且理由充分、事实清楚。

在拦截方式变更的交锋中，连面对最困难的局面尚且能拼死一搏的王剑秋，怎么在动力系统顺势而为的大好形势之下，竟选择逆势而退呢？

宋小兵的确不能理解。

"小宋，"王剑秋走到窗边，凝视着窗外，缓缓点燃一根烟，说道，"你又为什么对液体火箭发动机更大的不稳定性和风险性视而不见呢？"

的确，相对于固体火箭发动机来说，液体火箭发动机由于结构复杂和各种液体燃料的特性，导致了它的故障率更高，出现不可控风险的概率也更大。

"小宋，还有更重要的一点，固体火箭发动机结构简单，发射便捷。这对于要时刻应对各种突发情况、紧急状况的导弹武器来说，尤为重要。现代战争不可能让我们有充足的时间做准备，别人一出剑，我们就必须第一时间举起盾，而不是手忙脚乱地去拼接盾。液体火箭发动机发射前的准备时间太长，燃料加注的风险性也高，而且，非常依赖于情报部门掌握敌情的准确性和及时性，受制约的因素太多，不利于现代战争对快速反应、快速应对的要求。"

王剑秋说的也并非完全没有道理。

但是，他忽略了反导武器的一个重要前提，宋小兵在自己的博士毕业论文答辩中，就提到过这样的问题。

宋小兵胸有成竹地说道："主任，反导武器的首要目的是提高政治威慑力，然后才是军事威慑力。威慑力，才是它最重要的作用。也就是说，构建反导系统，并不是指望它能随时投入战斗，而是随时投放威慑，必要时才投入战斗。

"在如今的世界形势和军事发展趋势下，作战样式也发生了深刻的变化。战争，不是要拼个你死我活、山穷水尽，而是战略威慑、精准打击。

"所以，真正使用弹道导弹攻击和反导系统防御的机会少之又少，毕竟，那是最后的手段。反导系统是防御最后的屏障，屏障可不是用来随时快速出击的，而是需要时刻屹立在那儿的。关键是解决有无的问题，解决防御力度的问题。不是要快，而是要坚固、准确、威力巨大。与威慑力相比，反应速度的快慢，反而并不是那么重要。"

王剑秋依然望着窗外，没有说话，只是不断地抽着烟。

"小宋，我刚才说的话，你好像并没有听懂。你在部队工作的时间也不算短了，有的话，我也说过很多次了，现在看来，你仿佛仍然毫不在意。不错，你说得很有道理，但是，风险性更大，你明白'风险'这两个字的含义吗？我始终相信，收益越多，风险越大，触及安全底线的改进，宁可不做。"

宋小兵这才完全明白王剑秋反对固液结合的真实意图，又是那两个毫无新意却极具破坏力的字眼："安全"。

所以，王剑秋宁愿选择以前那个平庸但安全的方案。

宋小兵的心凉了。他以为和王剑秋共同经历了那么多争论和争议、波折和风浪，应该算是同一战壕里并肩战斗的亲密战友了。但现在，他好像明白了，上下级之间，仍然隔着一道无法逾越的鸿沟。这道鸿沟的名字，叫层级。

这道鸿沟注定了他们只能有限制地握手合作，而永远不可能无距离地亲密拥抱。

他看不懂王剑秋。

也许唐一梦之前说过的话，才是真正读懂了王剑秋："作为一个负责全局的总体室主任，四平八稳，比什么都重要。"

在宋小兵的心里，安全永远只是底线，而不是出发点。如果一切都是从安全出发，那终点也一定就是安全，而不是战斗力。

那一刻，宋小兵对王剑秋好不容易建立起来的好感，又消失不见了。

宋小兵还想继续解释，但王剑秋并没有给宋小兵这个机会。

他转过身，掐灭烟头，摆摆手，说："小宋，我现在还要赶去航天城开个会。动力系统的事，就这么定了，你也不要再争辩了。既然我做出这个决策，一切后果我来负责。"

"还是沿用'ST-1'的动力装置方案，毕竟，这套系统已经经过了两次靶试的检验，效果还是不错的，安全可靠。"他又想了想，继续说道，"小宋，你现阶段的主要任务，不是动力装置的改进，而是拦截器的研发和定型，航天二院那边，你要重点跟一跟，有必要的话，亲自过去指导配合一下，争取尽快完成实弹定型。"

王剑秋把话都说到这份儿上了，宋小兵也无话可说。

王剑秋不仅下了逐客令，还同时下了驱逐令，意思是让他暂时离开这里，免得妨碍总体室的工作安排。

宋小兵无奈地向王剑秋敬了个礼，离开了他的办公室。

对于动力装置的改进方案，他之前是信心满满，但现在却孤立无援。

他向李立长提过，但李所长并没有表达出明显的倾向性意见，让他和王剑秋商议。

他也和自己的老师胡奋虎教授探讨过，老师也没有发表意见，毕竟，这应该是总体室拿主意的事。

现在，王剑秋既然已经拍板，那就是最终的裁决，已经没有任何回旋的余地了。

宋小兵十分痛心和惋惜的是，李立长和胡奋虎竟然对原方案明显的缺陷无动于衷。

他猜测，两位教授之所以放任动力系统的方案制定，是因为轻视了动力系统对动能拦截弹的重要作用。他们也许只看到了拦截器对拦截弹的重要性，认为只要拦截器够精准，拦截的成功率就能得到保证。动力系统在他们眼里，可能只是辅助系统，只要能够安全稳定地把拦截器送上拦截轨道就行。

从安全、稳定、可靠这个角度出发，说不定，他们更支持三级固体火箭发动机方案呢。

一个星期后，宋小兵去了北京，按照王剑秋的安排，进驻航天二院，正式加入王海波的研发小组，进行拦截弹的定型研发。

一开始新的工作，宋小兵就全身心地投入进去，暂时把动力系统改进的事放到了一旁。

他计划等拦截器定型以后，再重点进行动力系统的改进。他连斗争方案都想好了：撇开王剑秋，直接进京向李立长所长重点阐述动力系统的重要性，引起他的足够重视。只要李立长转变观念，其他的一切困难都能迎刃而解。

在斗争中逐渐成熟起来的宋小兵深刻地认识到：解决问题，首先要找出关键所在，只要抓住了主要矛盾，就找到了解决问题的钥匙，只需轻轻一拧，问题就能迎刃而解，不仅省时省力，还能事半功倍，各个击破。一句话：擒贼先擒王。

所以,他现在并不急于求成,先安心完成拦截器的定型工作,后面,他有足够的信心和耐心,说服李立长。

2009年5月,初夏时节,气温逐渐攀升,温暖而湿润的空气,让人的心情变得舒畅而愉悦。

这天,宋小兵坐上了回西北的飞机。

拦截器的研发工作正紧锣密鼓地按照原定计划进行,整个进程还算顺利,虽然中途也遇到了一些小问题,但都很快得到了解决。

飘浮试验的成功太重要了,试验得到的数据和经验,不仅给整个研发指明了方向,而且解决了很多落地的问题。

正所谓磨刀不误砍柴工,宋小兵虽然花费了一年多的时间来建设仿真系统、进行仿真试验,现在看来,都是非常有预见性和指导意义的。

对于这点小成绩,宋小兵闲暇之余想起来,心里也挺自豪的。

今天,他是临时决定回37号的,谁也没告诉。

他的主要目的还是想给王剑秋汇报一下近期拦截器研发的一些阶段性成果,顺便给他一个惊喜。

当他走近王剑秋办公室的时候,里面传来了两个人说话的声音。看来,王剑秋办公室里还有其他人。

宋小兵缩回准备敲门的手,静静地等在办公室的外面。

屋内,两个人说话的声音很大,还伴随着笑声,像是在闲谈。

"老王,最近怎么样?"一个声音问道。

"我还不是老样子,你怎么样? 最近见你很少过来,怎么,是在这里待腻了,还是嫌弃了?"王剑秋说道。

"最近虽然也有试验任务,但我主要都交给我的学生来跟了,年轻人,还是要多给他们压担子,让他们在实践中去学习。"

"你偷懒也偷得这么冠冕堂皇,哈哈。"王剑秋笑道。

"听说你手下也有一个得力干将? 估计你也没少偷懒吧,哈哈。"那个声音寸步不让。

"唉,我们老了,也该退位让贤了,把舞台让给年轻人。"王剑秋感叹道。

"怎么,感受到威胁了?哈哈,老家伙,还有点自知之明。对了,你的得力干将不也是个年轻人吗?小伙子很有闯劲,也有冲劲,听说经常火力全开,从不给你们这些老家伙留面子,甚至连吴老的面子都不给,据说在一次会议上,让吴老都下不来台。"

"你说的应该是小宋吧,别瞎说,他可不是无理也要搅三分的主,人家那都是据理力争,有理有礼有节呢。说实话,我很敬佩他的精神,有骨气有担当,还有股别人没有的傲气,只要他认为在理的,绝对力争到底,管你是谁!对于他这种干事业的人,我们应该爱护好,更该保护好。不过,话虽如此,但有时候,他咄咄逼人的气势,确实让人难堪。我这个直接领导,也经常被他怼得体无完肤,也常常被逼入绝境,左也不是,右也不是。他让我深深体会到了,什么是左右为难的感觉,哈哈。"王剑秋说话的语气,竟然还有一丝自鸣得意,不知是为自己骄傲,还是在为宋小兵自豪。

那个声音分明来了兴致,催促道:"赶紧说说。"

王剑秋说:"就拿前段时间导弹动力系统的事来说,本来专家早就已经定型了,而且也经过两次试射验证过稳定性。结果,他提出了反对意见……"

宋小兵听到屋里谈论的是与他有关的事情,赶紧把耳朵贴近了一些,仔细地听着。

王剑秋大致说了一下来龙去脉,大概对面的人,并不是反导工程相关的人员,所以,对于拦截弹,他没有提一个字。

王剑秋说完以后,里面沉默了很久,只听见两人间歇性重重地呼气的声音,大概是在抽烟。

那个声音叹了口气,说道:"老王,这么多年过去了,看来,你心里还是没有将楚彰放下啊……"

这一声叹息,让门外的宋小兵有些摸不着头脑。

王剑秋明明讲的是动力系统,讲的是他宋小兵干的事,怎么突然冒出一个不相干的人?

这个楚彰,是谁?

房间里又是一阵长久的沉默。

宋小兵的耳朵几乎已经贴到门上了,仍然没有听到里面有任何动静。

莫非他们已经发现门外有人,所以故意沉默不语?

过了很久,才听到王剑秋的声音:"唉,一朝被蛇咬,十年怕井绳啊。"

另一个声音当即响起："老王，当年那件事，我始终认为根本不是设计出了问题。当年你做的那套设计方案，放在那个年代，不论是从设计理念，还是从设计的实际效果来看，想法虽然很大胆、很超前，但从大方向来讲，没有任何问题。不过，谋事在人，成事在天，谁也没料到会发生那样的事，只能说天有不测风云。那其实就是一场意外，小概率事件。你缺少的，只是一点运气而已。你当年不应该因为那场意外，而全盘否定整个方案。世上可没有万全之策，想得再周到，都有可能百密一疏。"

王剑秋问："老李，你可是著名的导弹专家，你说说，当年那个方案，可行吗？"

被称作专家的老李轻轻地笑了起来，说："可行？我是觉得可惜！就算放到现在，我仍然觉得是很好的方案……"然后，老李的声音明显故意压得很低，宋小兵竖起耳朵仔细听，也只能听到个模糊的大概，"……很适合你做的那个工程……"

他就听到这几个字。

小声说了一会儿，老李的声音又大了一些。这下，宋小兵都能听清楚了。

"可惜呀，那个事件对你打击很大，你好长时间都一蹶不振，也彻底放弃了那个方案，实在是可惜。不过，我也能够理解你当年的心情，那就像一根刺，时时刻刻刺在你的心里，提醒着你那是一块禁区。只要看到它，哪怕只是想到它，都会隐隐作痛。最好的办法，就是连根拔起！"

老李用了好几个"可惜"，看得出来，老李已经不是惋惜了，而是痛惜，这恰到好处地激起了宋小兵的好奇心。到底是什么工程、什么方案，能令一个著名的导弹专家扼腕叹息？

王剑秋朴实的面孔之下，到底还深藏了多少不为人知的秘密？

宋小兵发现自己从来就没有真正了解过王剑秋。之前对他是看不懂，现在，更是看不透。

随着王剑秋一声长长的"唉——"，仿佛给自己的过往和现在画上了一个句号。房间里就再也没有任何声音了。

过了一会儿，随着房间里的脚步声响起，宋小兵知道他们要出来了。这会儿进去，容易让他们怀疑自己听到了他们的谈话，只好先退了。

宋小兵赶忙踮起脚尖，轻声快步地顺着楼梯，往三楼跑去。

就在他刚闪身转过楼道的当口，王剑秋办公室的门开了，里面走出两个人。

两人的脸上都有一丝凝重的表情，宋小兵顺着楼道的缝隙，终于看清了老李的面容。

苍穹之盾

这是一个精瘦的老头儿,戴着一副圆圆的黑框眼镜,镜片后的眼睛虽看着有些慵懒,但有一股掩藏不住的睿智和精气。

他须发花白,但精神矍铄,伸出手和王剑秋握了握。

老头儿手指修长,整个手看起来有些干枯。

然后,他转身下楼,走路脚下带风,一点都没有这个年纪的人应该有的蹒跚步履。

他打开办公楼前一直等着他的别克商务车的车门,回头看了王剑秋一眼,那目光中有着复杂的含义,是心疼,是不舍,是惋惜。

王剑秋冲他挥了挥手,他微微点了点头。

然后,他钻进车里,小车轻声发动,开出了37号的大门。

王剑秋又在楼道里站了一会儿,目送小车走远,这才又点燃了一根烟,深吸了几口,走回到办公室,关上门。

宋小兵在三楼的楼道里待了好一会儿,一直在想着王剑秋和老李的对话。

他在记忆里拼命搜寻着有关老李的资料,这人看着很面熟,仿佛在哪儿见过,但一时又想不起来到底在哪儿见过。反正肯定不是反导工程专家组的成员。所有专家组的成员,宋小兵基本都见过,而且都有印象。

"著名的导弹专家?"宋小兵回想起王剑秋的话,突然想起一个人来。

李光斗,航天研究院著名的地空导弹专家。

20世纪60年代仿制和改进从E国进口的"SMG-2"型防空导弹任务,就是李光斗任副总设计师组织开展的。

80年代,他又作为总设计师,担纲研制国产新型防空导弹的任务。

他组织设计研发的"利剑9A"型国产防空导弹,采用当时最先进的冷弹射垂直发射方式,将最大射程扩大到125公里,最大射高18000米,铸就了新一代的防空之盾。

宋小兵在大学的时候,还学习过他编纂的《防空导弹概论》这本教材,教材的扉页有他的照片,难怪看起来有些面熟。

原来是他!难怪经常会到这里来!

这里是全国唯一的导弹试验基地,所有防空导弹的试射,都是在这里完成的。

虽然是防空导弹领域的专家,但李光斗并没有成为中段反导工程的专家组成员,所以王剑秋没有向他透露太多关于中段反导工程的事情。

其实，中段反导系统从大概念上来讲，也算是防空武器的一种形式。不过，一般意义上的防空导弹，主要指的是中低空近程地空导弹，它的主要作战目标是中低空进袭的飞机和导弹，当然，也可以完成有限的反导任务，主要是中低空末段反导。

一般由空军的地空导弹部队装备这样的防空导弹，负责中低空空域的防空反导任务。而中段反导，主要是大气层外对进袭弹道导弹的对抗，这样的反导武器一般都装备战略导弹部队。

所以，李光斗虽然也身为导弹专家，涉及的领域看似相同，却差别极大，没有进入中段反导工程的专家组，最主要的也就是这个原因。

不过，原理都是相通的。

王剑秋的设计，能令李光斗都连说三个"可惜"，毫无疑问，这一定是项出类拔萃的设计。

那么，这到底是个什么设计呢？

宋小兵在三楼的楼道里正望着远方出神，一个声音突然在他背后炸响："老鬼，你在想什么呢？什么时候回来的？"

宋小兵吓了一跳，连忙回过头，看见了一张笑盈盈的脸。这张俏脸的主人除了唐一梦，还能有谁？

唐一梦偏着头，像打量一个外星生物一样盯着宋小兵。

他惊魂未定的样子，看起来实在令人忍俊不禁。

宋小兵气急败坏地叫道："唐一梦，你干吗呢？吓我一跳！吓尿了你兜得住底吗？"

唐一梦捂着嘴笑个不停，一副幸灾乐祸的表情，笑着说道："宋大博士，我还没问你呢，你鬼鬼祟祟地干吗？突然回来了也不到办公室和大家打个招呼！一个人静悄悄地站在这里，行如鬼魅一般，可把我吓得着实不轻。我还没兴师问罪呢，你倒好，还反咬一口！"

唐一梦的无理取闹，宋小兵早就见识过了，他自忖在辩论环节战胜她的可能性微乎其微，与其张嘴自取其辱，还不如闭嘴苟且偷生。

可是唐一梦还不依不饶，一本正经地胡说八道："宋博士，我看你这凝望远方的神态和表情，是有什么想不开的心结，还是有什么想开却打不开的心上人的心扉？"

说完，她自己倒忍不住先笑了。

宋小兵索性不搭理她，思忖着时间也差不多了，这会儿下楼找王剑秋汇报情况再合适不过了。于是,他背包也没放进办公室,没和唐一梦说一句话,扭头走下楼去。

身后传来了唐一梦略显焦急的声音:"老宋,你干吗呢? 生气啦? 和你闹着玩儿呢……哼,小气,玩笑都开不起。"

唐一梦的声音消失了,应该也是假装生气地走回了办公室。

宋小兵露出了胜利者的微笑。

这会儿,他站在王剑秋办公室的门口。

他仔细听了听,门里没有任何动静。他轻轻地敲了敲门,王剑秋的声音传了出来:"请进。"

宋小兵推门进去,看见王剑秋正伏案疾书,敬了个礼,说道:"主任好。"

王剑秋抬眼一看,见是宋小兵站在面前,感到既惊讶又疑惑。随即,他露出了欣喜的笑容,连忙起身,热情地说道:"小宋,你怎么回来了? 怎么不提前打个招呼? 我好派车去接你啊,来来来,快坐。"

王剑秋拍了拍宋小兵的肩膀,帮他把背包取下来,让他坐在沙发上。然后拿出杯子,从抽屉里取出一盒包装精美的茶叶,一边倒水泡茶,一边说道:"小宋,来,尝尝这上好的明前西湖龙井。我杭州战友送我的,据说来自龙井核心产区的核心:狮峰山上。每年产量非常少,他也是费了好大功夫才搞到了这么一点,我可是一直舍不得喝。正好你回来了,来,一起品尝一下。"

说完,他往自己的杯子里也撒了几片茶叶。

龙井翠绿的嫩芽在翻腾的沸水中舒展开来,嫩芽几乎都是一枪一旗或一枪二旗,芽头饱满,吸饱水的嫩芽顷刻间在水中根根倒立起来,绕着杯壁轻轻起舞。透明洁净的开水被茶叶扩散出来的淡黄色渐渐浸染,升腾而起的水蒸气带出龙井茶独有的浓郁奇香,飘出阵阵沁人心脾的香气。

由于同在浙江,绍兴也是西湖龙井的非核心产区,宋小兵虽然并非爱茶之人,但从小耳濡目染,对茶的好坏也略知一二。

当他闻到这缕茶香,品到这口茶汤,特别是鼻翼间久聚不散的香气,唇齿间缠绵生津的回甘时,就知道王剑秋所言非虚,这必定是极品好茶。

王剑秋端起自己的茶杯,轻轻吹了几口气,浅浅尝过后辄止,然后闭上眼睛,细细品味了一番,赞叹道:"好茶! 小宋,你这个浙江人差不多从小就是在茶水里泡大的吧,应该更有发言权。说说看,感觉怎么样?"

宋小兵微笑着摇了摇头,说:"主任,你太看得起我了,穷家子弟,能有一碗白饭充饥,一杯白水解渴,就心满意足了,哪有福分品尝这种极品好茶? 不过,即使像我这种不懂茶的人,喝上一口,都知道这绝对是好茶。"

王剑秋笑着点点头,说:"确实是好茶。对了,你怎么突然回来了? 是有什么急事,还是遇到了无法解决的困难?"

宋小兵这才放下茶杯,把最近一段时间拦截器的研发工作向王剑秋做了详细汇报。

王剑秋越听越高兴,想不到北京的工作,竟出人意料地顺利,从头至今,都没有让王剑秋操过心,完全按照原定计划……不,应该是超过原定计划,超预期地向前发展。

中途遇到的几个困难,航天二院也完全依靠自身的力量解决了。

在解决问题的过程中,还顺带出了几个科技成果,受到了上级领导的表扬。

王剑秋感觉杯中的茶水,都飘荡着非比往常的异香。

宋小兵汇报完工作,端起茶杯,喝了几口,然后注视着王剑秋的脸,等待他的下一步指示。

其实,宋小兵刚进门的时候,就端详过王剑秋了。

见他依然醉心工作,神色如常,和往日无异,好像先前和李光斗的谈话,并没有影响到他的心情。

不知是因为他们谈论的那件往事已尘封多时,早已泛不起任何涟漪,还是因为王剑秋刻意压抑自己的情绪,装作毫不在意。

而这会儿,听完宋小兵的汇报,他的脸色泛起了压抑不住的喜色,笑逐颜开地说:"好! 很好! 非常好!"

然后他站了起来,在办公室里低着头来回踱着步,不知在思考着什么。

突然,他停住脚步,扭头看着宋小兵,眼睛放出光来,兴奋地说:"小宋,看来我们之前的飘浮试验不仅没有耽误研发时间,反而省去了很多骑驴找马的无效浪费。之前我还一直担心把宝贵的时间用于建设几套仿真系统,完成数次仿真试验,会不会耽误了进度,如今看来,担心都是多余的。以试验指导实践,用实践来修正试验,形成一种良性循环,光从这一点来说,我不如你,还是你看得准。

"这样看来,整个动能拦截弹的研发定型,可以大大提前了。如果我们的拦截系统能跟上甚至赶超其他系统的研发进度，中段反导整套系统的联调联试就能提前开展，全系统的实弹靶试也将大大提前。非常好！小宋，我可要给你记大功。"

王剑秋的兴奋和开心溢于言表。

然后，他走到窗边，平复了一下激动的情绪，缓缓地小声说道："希望在我退休之前，能亲自参与中段反导系统的靶试，能目睹它的成功！那此生将再无遗憾。小宋，谢谢你。"

说完，两滴清泪忍不住从眼眶滑落，无声无息地跌落在他的脚边。

而这一切，宋小兵并未看到。他也沉浸在王剑秋仅凭一己之力营造的喜悦氛围中。

可能是被幸福冲昏了头脑，他不识时务地又顺口抛出了那道送命题："主任，万事俱备，只欠动力的风。你看，动力系统的问题，你是不是再斟酌一下……"

本来心情不错的王剑秋，一听到宋小兵这句话，脸上瞬间阴云密布，翻脸比翻书还快："小宋，这个问题你不用再纠结，以后也不要再提了，我已经无数次给你讲过了，就按照原方案执行！"

看来，就算再大的喜悦，也无法夺走王剑秋的清醒和坚持。

宋小兵还想再说什么，王剑秋摆摆手，示意他就此打住。然后端起茶杯，轻轻吹了口气，脸上又恢复了平静，淡淡地说："小宋，喝茶。这茶，得趁热喝，千万别浪费了这好茶。"

说完，他就再也没有开口，只是品茶。

宋小兵坐在那儿，如坐针毡，只得端起茶杯，装模作样地掩饰一下尴尬。

两人就这样默默地坐着，什么话也不说，只能听到杯盖与杯身偶尔碰撞的声音和两人轻轻吸水的声音。

电话铃声突然急促地响了起来，就像给两人突然递过来一根救命稻草，化解这要命的尴尬。

两人都如释重负地吐出一口气，相视一笑。

王剑秋说道："小宋，你坐会儿，我接个电话。"

宋小兵连忙起身，推辞道："主任，你先忙，我就不打扰你工作了，先行告退。后面有什么情况，我及时向你汇报。"

王剑秋爽快地说道："那行吧，你旅途劳顿，先去休息，晚上我做东，请你喝羊肉汤，给你接风，也庆祝一下我们拦截器研发取得的成果。对了，把唐一梦他们都叫上，一起高兴高兴。"

宋小兵点点头,离开了王剑秋的办公室。

一出办公室的门,宋小兵的笑容就消失了,换上一脸的愁容。他真不知道王剑秋到底是怎么想的。之前一直能够虚心听取各方意见,而且常常在争议中保持中庸的一个人,怎么就在这个显而易见的送分题上如此专横独断,分都不要了,一条路走到黑呢?

他回到办公室,大伙儿都在。

也许唐一梦已经把他回来的消息透露出去了,大家对他的到来并没有表现出过多的惊讶,相互问候了一声,就埋头干自己的事情。

宋小兵拍了拍手,说道:“各位,晚上王主任请客,老地方,还是老徐羊肉汤。”

老范照例请假,说爱人有事。

熊锐嘟囔了一句:“能不能有点新意?又是羊肉汤。”

唐一梦倒是什么话也没说,只是瞥了宋小兵一眼,就又在电脑前忙碌起来。

宋小兵知道她心里有气,这会儿自己心里的气还没处撒呢,所以,也没心情去搭理她,把背包放在办公桌上,坐了下来。

他铺开纸,拿起笔,想把下个月的工作计划梳理一下,但总是集中不了注意力。

拦截弹动力系统的配置问题,就像一根胡乱飞舞的针,在脑子里左冲右突,胡乱游走,牵起千条线,最后搅成了一团乱麻。

越来越烦躁的宋小兵索性把笔和纸张往桌上一推,身子往后一仰,两只手托住头,闭上眼睛,假寐起来。

没过多久,被强迫放空的脑子,突然照进一束光。

宋小兵腾地站了起来,由于重心不稳,差点摔倒,椅子也侧倒在一旁,发出巨大的声响。

椅子撞在办公桌的声音把前排的唐一梦吓了一跳,她气鼓鼓地回过头来,冲着宋小兵吼道:“你干吗?!从你进来以后,我就一直觉得背后冷飕飕的,原来,是你在背后使阴招。不就吓了你一下吗?又不是故意的,有必要这样睚眦必报吗?小气!”

宋小兵连忙道歉:“小唐,不好意思,我道歉,我不是故意的,突然想到一件事,一时高兴得忘乎所以了。抱歉抱歉,都是我的错,你大人有大量,原谅我一次。”

唐一梦噘着嘴,一副余怒未消的样子,不过听着这话,心里的气倒是消了一半。

熊锐这时阴阳怪气地说了一句:“唐大小姐,你就省省吧,人家宋大博士可是从来不向任何人低头的,能在你面前这般卑躬屈膝了,你就得饶人处且饶人吧。"

宋小兵皱了一下眉头,熊锐这话说得,听起来像是向着他,但又特别别扭。

老范回头看了一眼这三个年轻人,什么话也没说,转过头来的时候,嘴角泛起了一丝轻蔑的笑容。

自从拦截弹改弦易辙、重新设计以后,老范就如同置身事外的高人,再也没有往拦截系统上使出半分力。

用他的话说,他没必要再在这上面白费力气,就算做得再多,在上级看来都是过时的无用功。

现在留给他的,就一个字"等",而不是"干"。

等就要有等的心态和样子,与事无争,与人无争,这是心态;吞云吐雾,喝茶看报,这是样子。老范把这个"等"字诀修炼得形神兼备,也离"干"字诀渐行渐远。

对于老范如今的工作状态,王剑秋倒没有说什么。每一个临近退休的人,身未退,心已退,这也许是一个老科研工作者最后的体面吧。

按照惯例,王剑秋应该保全下属的这种体面,对这种出工不出力的常态装作视而不见。而办公室的年轻人就没有王主任的这种觉悟和站位了。

他们对老范这种消极怠工的工作态度颇有微词,毕竟他工资拿得最多,活却干得最少,难道不应该按劳分配、多劳多得吗?这也太不公平了吧。

但碍于情面,他们对老干部也不便当面表现出什么来。他们只是觉得,老范这小日子,过得太舒适了。

宋小兵放好自己的椅子,重新在座位前坐好。

刚才心头闪过的那束光越来越亮,好像已经照亮了他应该去往的路,也让他更加清醒。

他忽然想起在门外无意听到李光斗和王剑秋的谈话时,隐隐约约听到李光斗说道:"很适合你做的那个工程。"

王剑秋始终深耕在弹道导弹领域,那他参与的工程,一定也与导弹有关。

而李光斗也一再感叹,王剑秋的设计领先于那个时代,而且已经把设计变成了现实。是一个出人意料的意外终结了那次超前的尝试。

是什么意外?李光斗并没有说。

但是王剑秋在说到与宋小兵关于动力系统的争论时,李光斗又提到了一个从未听说过的人:楚彰。

那这个人肯定与动力系统的事有关。而动力系统的事,一定又与王剑秋参与的那个工程设计有关。

宋小兵赶紧铺上纸,把这些千丝万缕的联系,在纸上画了一个逻辑关系图。

看着那些或平行、或交叉的线条在纸上游走,最后指向了解决这些谜团的关键所在:王剑秋当年到底参与了一项什么工程? 做了一个什么设计?

如果能找到这些问题的答案,就一定能破解这些谜团。

说不定,王剑秋对拦截弹动力系统那坚定得有些反常的态度,也能从中窥见端倪。

第27章

寻找答案

理清了思路，宋小兵马上就开始行动。

他立即起身走出了办公室，一路小跑，跑到了保密室。

保密室的小陈一看到宋小兵，连忙站起身来，笑着说："宋博士，好久不见。你最近到哪儿去了，总是神龙见首不见尾。你不在的日子，还挺想念你的，什么时候加班？提前告诉我，一定服务好。"

宋小兵哈哈大笑，说道："小陈，你这服务态度没的说。就冲你这态度，别说加班，就算不加班，我也得投桃报李啊。去服务社抱一箱泡面回来，就记在我账上，兄弟们晚上饿了加加餐。对，再拿两袋火腿肠。"

小陈的脸都快笑烂了，连忙说："宋博士，你太客气了，无功不受禄啊，不过，我争取立功，哈哈，谢谢宋博士。你这次来，肯定有事。说吧，兄弟定当全力以赴。"

宋小兵说道："小陈，还真有事，想查点资料。"

小陈立即打开电脑，说："宋博士，小事一桩，说吧，想查哪一年的资料。"

宋小兵想了想，说："哪一年的我不清楚，我就想查查发文人署名是王剑秋的文件。"

宋小兵心想，既然是王剑秋主导的设计，那设计方案一定是王剑秋签发的上报文件，按常理推测，这样的文件，一定是报给上级机关的。只要查查王剑秋发文的文件，就一定能够找到。

一听要查37号领导发文的资料，小陈面露难色，有些犹豫。保密室保密员特有的政治敏感性和保密意识，让他有些左右为难。

毕竟大话刚才已经说出去了，覆水难收，而王主任发文的材料，有一些涉及机密内容，会严格控制知情范围，具体有什么要求，小陈自己也不太清楚。

不过，谁都不给看，永远都不会错。

如果就这样给宋小兵看了，会不会出现什么问题？

保密无小事，如果真出现问题，那都是大问题，小陈一个小小的保密员，可担负不起这么重大的责任。

宋小兵也看出了小陈仿佛正面临一个艰难的选择，问道："小陈，是不是有什么难处？"

小陈尴尬地笑笑，说："宋博士，不是我不想给你看，确实是政策不允许。保密规定有要求，像这种上报上级机关的文件，除非分管保密的首长签字，否则，是不允许随便查阅的。"

宋小兵虽然知道保密规定，但是保密文件管理规定的具体细则他也并不是很清楚，听小陈这么一说，才知道查阅文件也是要走流程的。

他想了想，说："小陈，不能难为你，规定就是规定，按规定来。"他刚转身要走，又像突然想起什么似的，说："小陈，这样行不行？ 具体的文件内容我不看，能不能帮我查一下文件标题？"

"这个……"小陈想了想，查查文件标题应该没什么，于是说道，"什么标题呢？"

宋小兵说："标题关键词有'设计方案'的。"

小陈说："那你稍等，我查一下。"

于是，小陈输入关键词，开始查询。

过了一会儿，他说："宋博士，我帮你查询了近几年的文件，有这个关键词的文件倒是有几份，但没有王主任的。"

这个结果有点出乎宋小兵的预料，那个方案明明是王剑秋自己向李光斗提出来的，怎么可能没有？

一般涉及这种重大工程的设计方案，保密室按理说应该是有存档的。不过，听小陈的语气，又十分确定。

那这又是怎么回事？

"不应该啊,怎么会没有呢?"宋小兵喃喃自语道。

"宋博士,你为什么要找王主任的文件呢?如果真要找,直接问他不就行了吗?"小陈感到很纳闷。

大家平时都看得出来,王剑秋非常关照宋小兵,对他的工作都是大力支持的。

小陈觉得,像查阅文件这种小事,只要宋小兵提出来,王剑秋不可能不答应,何必多费周折。除非……除非宋小兵不想让王剑秋知道,那事情的性质就变了。这就不叫查阅,而叫偷看。

所以,基于这点考虑,小陈也是不敢擅自做主的。

对于小陈的问题,宋小兵也不知道该怎么回答,只好含糊其词:"主要是我也不知道文件的具体内容和编号,所以想问问你,先确定好了,再去找王主任审批。不然,连哪份文件都不知道,贸然开口的话,把主任搞糊涂了,还会责怪我工作不细致呢。"

小陈想想,也是这个道理,于是又强调了一遍:"宋博士,你要找的文件,我这里还真没有。"

宋小兵点点头,说:"没关系,麻烦你了。对了,泡面记得去拿。"

说完,转身走了出去。

"那王主任的设计方案,到底在哪儿呢?"宋小兵心里默默思索着。

就在这时,他听见背后有人叫他。

宋小兵回头一看,叫他的人不是别人,正是小陈。

小陈追了出来。

他走到宋小兵面前,像下了很大决心似的,说道:"宋博士,我刚刚把时间范围扩大了一些,又查询了一下。没想到,还真查到了王主任6年前上报的一份文件,确实含有你说的那个关键词。"

宋小兵的心突然剧烈地跳动起来,一种抑制不住的兴奋从心中升腾而起,他两眼放光,两手抓住小陈的胳膊,急忙问道:"真的?"

小陈点点头,嘴张了张,但没有说出一个字,一副欲言又止的模样。

宋小兵沉浸在意外之喜中,完全没有注意到这些,他问道:"我……我能看吗?"

小陈不假思索地说道:"抱歉,不能。"

见宋小兵有些失望,小陈连忙解释道:"宋博士,不是我不想给你看。原因我刚才已经和你解释清楚了。另外,这份文件,我们这里也没有存稿,6年前的文件,在数次安全大检查中根本没有幸存下来的可能,已经销毁了,我查到的,也只是一份文件销毁目录中的文件名。"

原来,空欢喜一场。

按照部队的文件保密规定,超过一定时限的文件,是会被保密室根据时效性的要求,按照过期文件的标准注销,然后物理销毁的。别说纸质文件了,有些存放电子版文件的电脑硬盘,也会按照时限,进行物理销毁。也就是说,电子版文件,也不一定能找到。

宋小兵刚刚燃起的希望之火,又被无情地浇灭了。

见宋小兵的笑脸,变成了一张哭丧着的脸,小陈安慰他说:"宋博士,别灰心,这至少说明,王主任确实上报过这样一份文件。那么,他自己的电脑里,大概率会留有存档。你问问他不就清楚了。"

小陈的办法的确说得通。

但是,如果这份方案真是与动力系统的改进有关,与王剑秋坚定的反对态度有关,那这个办法一定行不通。

王剑秋连反对的真正理由都只字不提,你要让他直接公布答案,还附上解题过程,那简直就是痴人说梦、天方夜谭。

不过,小陈并不清楚其中的原委,所以,他对宋小兵总是采用农村包围城市的迂回战术很不理解。这么简单的事,单刀直入不就好了?

宋小兵摇摇头,原因不好明说,只能说道:"小陈,还有其他方法吗?"

小陈歪着头想了想,说:"还有一个办法,不过,得碰碰运气,也不一定能找到。既然你不愿意找当事人,那就只能找当事单位了。去王主任呈报的上级机关保密室问问,说不定他们那边还有存档。"

宋小兵高兴地一拍脑袋,说:"对啊,这么简单的道理,我怎么就没想到呢?"

"纵火犯"小陈刚让宋小兵的心里燃起一团火,瞬间又化身成消防员,一盆冷水紧接着又泼了出去。

小陈说:"宋博士,我说了,上级单位也不一定能找到。不同级别的单位,对文件保存时效的规定是不同的,大机关要求的保存时间肯定比我们长,所以,我们销毁了,他们不一定会销毁。但是,谁也不知道他们的时效是怎么规定的,说不定也在销毁的时效之内呢?"

小陈短短的时间之内，就让宋小兵感受了几次冰火两重天的酸爽感觉。

没有浸淫老坛酸菜牛肉面几年的功力，是干不出这事的。

那一刻，宋小兵有了一种"养虎为患"的感觉，甚至想去服务社注销自己的账户。

"小陈，你看这样行不行。你直接告诉我文件的题目，我自己去查查，其他的事，就不用你费心了。"宋小兵觉得，被小陈牵着鼻子走还是其次，被他拽着心脏走的感觉才真正令人窒息，自己的小心脏再也经受不住这种大起大落了。

谁知小陈再一次不假思索地拒绝了："不行。"

宋小兵又绝望了，为那些经自己的手，最终牺牲在小陈嘴里的老坛酸菜牛肉面鸣不平。

"不过，我可以告诉你文件的发文字号，这样，也方便你查找。"

"小陈，你能不能一口气把话说完？非要把心情弄得跌宕起伏吗？"这是宋小兵的心声。

"小陈，你说吧。"宋小兵摸了摸衣袋，没带纸笔，于是轻轻推了推小陈，"走，到你保密室去，给我纸笔，我得记下来，别到时忘了。"

重新回到保密室，小陈递给宋小兵纸笔，再一次仔细查阅了文件目录，说道："发文字号是：2003试训字第32号文件。"

宋小兵如获至宝，这下，心终于安定了下来。他说了声谢谢，快步走回自己的办公室，连脚步都变得轻快起来。

晚上，总体室人员又齐聚在"老徐羊肉汤"，大家从主任的口里，得知宋小兵在北京取得的新成果，都有些欢欣鼓舞，一起举杯庆祝这些来之不易的成绩。

王剑秋心情不错，说不定就能实现退休前的心愿，一开心，忍不住多喝了几杯。

唐一梦笑着说："宋博士，看来，你可是反导工程的福将啊，才来没多久，竟然带着多年来停滞不前、未有任何突破的拦截系统一路狂奔。左冲右突、四处碰壁之后，还真被你找到了一条破壁之路，不仅跳出了之前的困境，还大大加快了工程的进度。我由衷地钦佩啊，来，敬你一杯，一是祝贺你，二是希望你们能迎头赶上。"

唐一梦话说得真诚，宋小兵一感动，一激动，一仰脖，就把满满一杯酒喝光了。

唐一梦笑着凑近宋小兵的耳朵，悄声说："老宋，还得再告诉你一个消息，我们预警中心的位置已经确定了，都在做设计和施工方案了，希望你迎头赶上的话，可不是随便说着玩的……还有……算了，以后再说。"

宋小兵很惊讶唐一梦和张佳颖的工作效率，平时总是默不作声，不显山不露水，但总是悄无声息地在关键时刻令人大吃一惊。

这时，熊锐不咸不淡地冒出一句话："福将……就是运气好呗。"

大家也许都听到了，但没人在意。

这年轻人阴阳怪气的，也不是这一天两天了，老喜欢放大自己的成绩，而轻视别人的努力。

王剑秋其实私下里已经和熊锐谈过好几次了，但他就是改不掉自己的这个毛病，不知道是性格使然，还是嫉妒使然。

也许他到现在都还没意识到，嫉妒别人，其实就是在孤立自己，总是把自己封闭在自我陶醉之中，孤芳自赏。

如果没有一个虚心的态度、开放的心态，是没办法取得进步的。

熊锐的现实状况，无不在证明这一点。

所以，宋小兵对他的话完全没有放在心上，这会儿他心里想的全是军事科学院的事。

小陈在取走那箱方便面之后，又热情洋溢地给他打来了一个电话："宋博士，面我已经拿了，谢谢啊，这会儿正吃着呢。对了，忘了告诉你，王主任那份文件，是上报给军事科学院航天器研究所的。你看我，之前都忘了说，这刚吃几口就想起来了。"

看来，吃人不仅嘴软，还能强化记忆力。

按照原来预想的计划，宋小兵本来是打算多待几天的。

他这次回来，除了向王剑秋汇报拦截弹的进展情况，其实还有一个目的，就是劝说王剑秋听取他的意见，把三级固体火箭发动机的动力方案，改成一级固体、二级液体。

就算暂时不能如愿，至少也要引起王剑秋的关注和重视，重新认真审视和斟酌一下。

这是目前他能想到的最适合也是最优的动能拦截弹动力系统方案。虽然存在一定程度的风险，但风险程度并没有王剑秋想象中的那么大。

风险概率小，可控，优势远远大于劣势，完全没有不选择的理由。

这是宋小兵对这套方案的评价。

可惜，冥顽不化的王剑秋，没有给这个远道而来的说客任何张嘴的机会，倒是给了一次无声的掌嘴机会。

那继续待在这里，就变得毫无意义。

而且，从小陈那里又获知了新的情报，说不定能就此了解王剑秋铁石心肠的真正原因，来他个围魏救赵、对症下药，兴许还能攻破王剑秋的心理防线。

于是第二天，宋小兵早早就来到王剑秋的办公室，向他道别。

王剑秋也没有挽留，只说工作要紧，一切按照宋小兵自己的安排来，还勉励了一番，把他送出了门。

宋小兵到了北京，一下飞机，就直奔军事科学院。

一进院门，他就径直去了仿真室，拍了拍正在电脑前忙碌的刘玲的肩。

刘玲看到他，一脸惊讶，自从西北一别，两人还从未见过面。

她知道，宋小兵不会平白无故地跑来找她，毕竟，在宋小兵这个理工科直男的眼里，根本不存在"你若盛开，他便自来"的浪漫。他永远都是"他若有事，他便自来"。

所以，刘玲开口的第一句话，也没有故作客气的寒暄，而是直奔主题："小宋，你这次不请自来，又有什么事要麻烦我？"

宋小兵挠挠头，尴尬地笑笑："刘姐真是料事如神，我……"

"别拍马屁，也别玩虚的，有事说事，没事就请吃饭。"刘玲也没打算跟他客套和客气。

宋小兵最欣赏刘玲的就是这点，直爽大气，和她说话，永远都不需要旁敲侧击，绕半天圈子，只需要敞开心扉，有一说一。

"我想查阅一份文件。"

"文件？"刘玲皱了皱眉头，"回你37号查不就行了？"

"6年前的，我们那儿已经销毁了。"

"哦，什么文件？上级下发的？"

"不，37号报给研究所的，王剑秋撰写的。"宋小兵特意强调了"王剑秋"三个字。

刘玲露出惊讶的神色："王剑秋？那还不简单，你直接问他不就行了，还专门跑我这儿给我添麻烦？你要是想见我，就算找不着合适的理由，也没必要这么长时间，就绞尽脑汁地想出这么蹩脚的工作理由来吧。你要真想见我，请我吃饭，我这儿可是一路绿灯，你大可放马过来就行，姐都接招，嘻嘻。"

宋小兵的脸又红了。每次和刘玲说话,很痛快,不过,脸红得也快。

宋小兵急了,连忙解释道:"刘姐,不是你想的那样!"

"意思是我自作多情了? 你根本就没打算请我吃饭? 哼。"

宋小兵越解释,越让自己解释不清。

每次看着宋小兵被自己逼得脸一阵红一阵白、舌头打结、百口莫辩的样子,刘玲的心中就有一阵莫名的窃喜。

宋小兵索性也不解释了,说道:"刘姐,这事,我不方便告诉王主任。"

"你这是查文件,还是查他? 而且,还是偷偷查他?"刘玲何其聪明,一下就明白了宋小兵的意思。

宋小兵点点头。

这个时候如果不把事情的缘由告诉刘玲,估计她也不会帮忙。于是,宋小兵把事情的来龙去脉简略地说了一下。

刘玲听完,沉思了一会儿,说:"这个事,其实也不算什么大事,查阅一份资料很正常。"她起身拿起桌上的军帽,顺势捋了捋滑落在额前的几缕青丝,戴上帽子,说:"走,我陪你走一趟。"

宋小兵这时终于露出了一脸灿烂的笑容。

刘玲见他兴高采烈的样子,笑道:"瞧你那嬉皮笑脸的样子,一顿饭是跑不了了。"

宋小兵连忙答应道:"必需的,它就是刘姐已经蒸熟的鸭子,飞都飞不掉。别说一顿,三顿都没问题!"

刘玲笑着说:"那就吃鸭子吧,北京烤鸭。"

"好,好,你说了算。"宋小兵笑脸盈盈地跟在刘玲后面,就差躬身举手,扶老太后出宫了。

刘玲和宋小兵来到研究所的保密室,两个保密员正在给收到的文件盖章、编号,同时,把要发到上级机关和下属单位的文件装袋整理好,分门别类地放在对应的文件盒里。

一个打字员正在帮机关的一名助理打印红头文件。

"小关!"刘玲冲着一个正在整理文件袋的保密员叫道。

那个被唤作小关的保密员立即抬起头,从保密室的玻璃窗后探出脑袋,一看是刘玲,笑着答道:"刘助理好,不好意思,没看到是你,你亲自过来,有什么指示?"

刘玲虽在仿真室工作,但同时作为李立长所长的专职助理,在研究所还是被人高看一眼的。

刘玲也笑着说:"小关的嘴就是甜。哪有什么指示,就是帮姐查个文件。"

小关看了看桌上堆积如山的文件,有些不好意思地说:"姐,你看能不能稍等一会儿?今天要发的文件特别多,我们两个人都忙了好一阵子了,一会儿车就要送走,时间比较紧。你看,等我这边忙完了,再帮你查,可好?"

刘玲伸头往里看了一眼,桌上的确堆满了文件,另一个保密员始终连头都没抬过,手上一直在重复着盖章这个机械动作。

刘玲看了看宋小兵,眼神似在询问。她怕宋小兵等不及。

宋小兵冲她点点头。

刘玲心领神会,说道:"没事,我就在这儿等,你先忙。"

小关如释重负,说道:"好的,刘助理,我们尽量快点。"说完,就埋下头继续整理文件袋了。

那个打印文件的助理拿到文件后,和刘玲打了个招呼就走了。

这会儿,保密室就只剩下刘玲和宋小兵了。

又等了二十多分钟,小关把所有的文件袋都封上口,抱出来交给在门口等待的一个参谋,这才算把今天的发文工作做完。

他一脸歉意地对刘玲说:"刘助理,不好意思,让你久等了,马上给你查询文件。文件标题是什么?"

刘玲看了宋小兵一眼,宋小兵马上说道:"标题不知道,只知道发文字号是:2003试训字第32号文件。"

"2003年的文件?"小关再一次从玻璃窗后探出头,看了一眼宋小兵,疑惑地问刘玲,"刘助理,这位是?"

刘玲笑着说:"也是我们研究所的,宋博士。"

小关"哦"了一声,继续谨慎地问道:"怎么从来没见过?"

刘玲说:"他在我们下属单位工作。"

小关半信半疑地缩回头,在电脑面前忙碌着。

过了一会儿,只听到小关说:"刘助理,不好意思啊,这份文件……你看不了。"

刘玲还没答话，宋小兵却着急地脱口而出："是被销毁了？"

小关摇摇头："没有销毁。"

宋小兵这才舒了一口气。

刘玲紧接着问道："为什么看不了？"

小关瞥了一眼宋小兵，然后看着刘玲，说道："刘助理，不好意思，这份文件保密级别不低……因为你没有权限！"

"我没有权限？"刘玲第一次遇到如此匪夷所思的事情。

虽然她在仿真室工作，看似只能查阅下发或上报给仿真室的文件资料，但她另一个身份——李立长所长的专职助理，却能查阅研究所几乎所有的文件资料。

李立长作为航天器研究所的所长，按理说已经担任了行政领导职务，就应该把大部分时间和精力用在行政管理上，而并不需要在科研上亲力亲为。

以理念促管理，用管理出成果，用成果出政绩。

但是，这位老科学家多年奋战在科研领域的第一线，让他只是在办公室里发号施令，这完全不符合他做事的一贯风格。

他还是喜欢身先士卒、带头冲锋，融入各个研究小组，带领他们共攀高峰。

这是他多年养成的习惯，想改变，也不是一朝一夕的事情。

所以，他大部分精力还是用在了科研上，很多事务性的文件，都是刘玲帮着处理，拟制承办意见。

连刘玲都看不了的文件，那这文件里，一定隐藏着重大的秘密。

宋小兵的心情变得很复杂，有些失望，但又充满了希望，这说明，他的方向找对了。

"那……谁能看？"宋小兵问出这句话的时候，就感觉不妥，毕竟以他现在的身份，连查阅文件都已属越权之举，但话已出口。

果然，小关看了他一眼，没有说话，毕竟，对他来讲，宋小兵只是一个毫不相关的外人，对于这样的文件，他没有义务，更没有权利告诉他太多的东西。

刘玲也看了宋小兵一眼，眼神中略带责备，仿佛是在告诫他不要太心急。

然后，刘玲的眼睛瞟了瞟门外，示意宋小兵先出去。

宋小兵会意，自觉刚才自己的鲁莽举动也给刘玲造成了不便，连忙转身走出了保密室的门，在门口静静地等着。

过了一会儿，只听到刘玲在里面说道："小关，谢谢你了，这次麻烦你了，后面可能还要麻烦你，你可别嫌烦哦。"

小关的声音也飘了出来："刘助理，你太客气了，这是我的本职工作。后面有什么指示尽管吩咐。"

紧接着，刘玲就走了出来。

宋小兵赶紧迎上去，焦急地询问道："刘姐，怎么样？"

刘玲白了他一眼，什么话也没说，径直朝前走去。

宋小兵赶紧跟上去，厚着脸皮继续问道："刘姐，你倒是说话啊。"

刘玲脚步没停，扭头瞪了他一眼，说："就你会着急？回去再说！"

回到仿真室，刘玲带宋小兵进了一个小会议室，随即关好门。

她这才开口："小关都给我说了，这份文件按照规定，本来是应该销毁的。不过，李老亲自跟院里做了工作，据说是很有价值的科研成果，可能以后用得着，这样才保存了下来。不过，李老也专门交代了，只有经过他的同意和审批，才能查阅，否则，任何人都无权查阅。"

刘玲给自己倒了一杯水，接着说："小关猜测，可能是因为这项成果意义重大，需要控制知情范围，也可能是因为保留这样的文件本来就是违反政策规定的，不能过于声张。所以，当你不合时宜地问出那些问题时，小关很警惕，要不是见我在身旁，他早就一句'没有这份文件'把我们打发走了。"

宋小兵感激地看着刘玲，说道："刘姐，这次太感谢你了。"

刘玲又白了他一眼："感谢我有什么用？还不是没看到。"

宋小兵说："至少我们知道了，该用什么办法去看？"

刘玲说："莫非……莫非你是想找李所长？"

宋小兵笑着说："那你还有什么更好的办法？"

刘玲摇摇头。

宋小兵说："那就只能去李所长那里试试了。"

刘玲说："看来也只有这个办法了。不过，李所长现在不在，开会去了，估计要晚点才回来。"

宋小兵说："那只能等了。"

刘玲突然像想起什么似的,问道:"对了,你知道张佳颖去哪儿了吗?"

一提到张佳颖,宋小兵心中有些淡淡的触动。不过,他很纳闷,为什么刘玲会提到这个人:"不知道啊,我也没关注过。"

刘玲神秘地一笑,说:"听说,也去西北了。"

宋小兵的眼睛明显亮了一下,随即又恢复了正常,故作平静地说:"这……跟我有什么关系。"

刘玲何其聪明,宋小兵这些微妙的小动作,根本逃不过她的眼睛,她说道:"哦,也是,那也没什么好说的了。"

接下来,两人都没说话,只是端着各自的水杯,静静地喝水。

过了一会儿,不知是不是宋小兵经过内心的挣扎,终于下定了决心似的,小声地问道:"那她……去哪儿了?"

刘玲故意装傻充愣:"她? 谁啊?"

宋小兵说:"就是你刚才说的那个人。"

刘玲装作恍然大悟的样子:"张佳颖啊。我只知道去西北了,具体去哪儿不知道。她们那个工程也很神秘,我一个小人物,怎么可能知道得那么详尽。不过,都在大西北,离你更近了,以后见面也容易些。"

刘玲说完,目不转睛地盯着宋小兵,仿佛他的脸上长出了一朵花来。

宋小兵躲着刘玲的目光,说:"哪能啊? 也就一面之缘、泛泛之交,见什么面呀。"

刘玲哈哈大笑,说:"你现在满脸写着失望,还嘴硬。唉,喜欢就去追呗,你俩一见面,我就看出来了,两人都很倾慕彼此。"

宋小兵突然勇敢地迎上刘玲的目光,外强中干地说:"刘姐,这可不能乱说,没有的事。"

刘玲说:"活该你大龄单身,连自己内心的真实感觉都不敢承认。你干工作时睥睨一切的勇气去哪儿了? 为了工作倒是挺勇敢的,敢与全世界为敌,在爱情面前,怎么就怂了呢? 你要是把工作中一半的勇气,用在爱情上,估计你妈早已抱孙子了。"

说完,刘玲自己先笑了起来,停了停,继续说道:"其实,我很喜欢你。从在大学里看你论文答辩的那一刻起,我就觉得你是我要找的人。只可惜,你对我并没有这样的感觉,一个巴掌拍不响,爱情可不能勉强。所以,我也乐得做一个顺水人情,见你和张佳颖郎情妾意的，就差捅破那层窗户纸了，今天，我就帮你捅一捅，让你顺着光，能看到窗外的明亮。"

宋小兵完全没想到刘玲的表白来得如此突然，连当红娘的旁白都如此直接，他只能靠低着头不停地喝着杯中的水来全力应对了。

只要不和刘玲的目光短兵相接，他就有把握让自己的羞涩只藏于心，而不显于脸。

不过，他心里也一阵嘀咕："唉，这是个什么事啊，我是来找刘玲帮忙找文件的，怎么成了被牵线的。李所长，你要是再不回来，我就要被刘玲塞上花轿了。"

刘玲看着对面的鸵鸟，又好气又好笑，说："宋小兵，你还是个爷们不？抬起头来回话。"

刚说完，门外就回话了："刘助理，李所长让你去趟他的办公室。"同事在会议室门口通知完，就走开了。

宋小兵如蒙大赦，赶紧起身，催促道："刘姐，我们赶紧去，李所长回来了。"

刘玲幽怨地看了宋小兵一眼，无奈起身，说："走吧，这次先放过你。"

两人走到李立长办公室的门口，刘玲敲了敲门，门里一个熟悉的声音传来："请进。"

刘玲推门进去，宋小兵跟在她身后，见李立长正聚精会神地看文件。

他头也没抬，说道："小刘，把今天这个上级会议纪要简略摘抄一下，抄送全所学习吧。"

刘玲答应了一声。

这时，宋小兵小心翼翼地叫了一声："李所长。"

一听还有别人，李立长连忙抬起头来，见来人是宋小兵，随即露出欣喜的笑容："小宋来了，你怎么不提前说一声？来，请坐。"

李立长也起身走了过来，三人一同坐在沙发上。

李立长开门见山地问道："小宋这次来，是有事？"

宋小兵先看了一眼刘玲，刘玲微微地点了点头。

宋小兵这才说道："李所长，我这次来，是想查阅一份文件。"

李立长露出疑惑的神色："查文件？到我们这里查？"

宋小兵点点头，说："也许，只有所长这里才有。"

李立长惊讶地"哦"了一声，追问道："那是什么文件呢？"

宋小兵盯着李立长的眼睛，说道："2003试训字第32号文件。"

李立长略一沉思,依然不解,说:"你说这个发文字号,我可记不住,具体什么题目,或者什么内容?"

宋小兵说:"王剑秋,王主任2003年撰写的某个工程的设计方案。"说完,他觉得还不够详细,又补充了一句:"李所长,你还专门交代过,只有经过你的批准才能查阅。"

李立长身躯一震,眼中闪过一丝痛苦的神色。他没有说话,只是把身子往后靠了靠,全身都靠在沙发上,闭上了眼睛。

过了好一会儿,他才缓缓睁开眼睛,望着天花板,说:"终于,还是被你找到了。"

第28章

破解谜团

宋小兵和刘玲闻言,都有些惊讶,仿佛这是一个被刻意隐藏的事件。

李立长终于坐直了身子,看着宋小兵,认真地问道:"你是怎么想到要查这个文件的?"

宋小兵说:"我只是觉得在动力系统改进这个事情上,主任的表现有点反常,不像他一贯的作风,有点让人看不懂。"

李立长问:"怎么反常?"

"反对态度异常坚定。当然,并非那种正常争论下的赞成与反对,而是不问缘由、不顾利弊、不分青红皂白的反对,就像是……为了反对而反对。"

"所以你就觉得在这个问题上,他有一些难言之隐?"

"一开始我并不这样认为,主要是一直没有深究,也就是内心隐隐的感觉而已。直到有一天,我无意中听到了主任和李光斗的谈话。"

"李光斗?防空导弹专家李光斗吗?"

"是的,就是他。"

"哦,他是剑秋的好朋友。那你听到什么了?"

"他们谈论起主任以前参与的一项工程,谈到他设计的一个方案,连李光斗都赞叹道,那是一个超出预期,但实属可惜的方案。"

李立长的眼睛似有泪光闪烁,轻轻地说:"这个评价,确实中肯。剑秋的智慧和灵气,在那个设计上表现得淋漓尽致。如果……唉，如果成功，那他能够达到的成就，绝不止现在这样。"

听到李立长的话，宋小兵惊讶地问道："所长，你的意思是，主任的那个设计最后失败了？"

李立长问："他们没有谈到？"

"没有，只是说出现了一个小概率的意外。"

李立长目光有些游移，叹了一口气，说："小概率的意外？嗯，其实，几乎是零概率的意外。不过，意外并不代表设计失败了，只能说明，那个试验失败了。"

"试验哪有一帆风顺的，失败不是很正常吗？既然李光斗教授和您都认为设计独到超前，那试验的一次失败只能算是前进路上的一洼水坑，下次小心跳过去就是了，怎么能因噎废食呢？不能因为一次试验失败，而否定设计的科学性和合理性吧？"

李立长说："你说得都没错，但是，有的事可以重新再来，有的人却再也回不去了。"

宋小兵仔细品味着李立长的话，但是，想了半天，也不明就里。

他只好问道："所长，那到底是个什么设计？和动力装置有关吗？"

李立长没有再开口。

过了一会儿，他缓缓起身，走到办公桌旁，从桌上拿出一张纸，在上面草草地写了几个字。

"小刘，你过来。"李立长叫道。

刘玲走了过去，李立长把纸递给刘玲，说道："你们去吧。"

刘玲看了一眼手中的纸，朝宋小兵使了个眼色，说道："小宋，走吧。"

宋小兵正纳闷，什么话都还没问出来，倒是李所长反客为主，问出了自己刺探情报的过程，这怎么就要无功而返了呢？

刘玲见宋小兵无动于衷，依然呆坐在沙发上，眼中满是疑虑，提高音量又叫了一声："小宋，走！"

随即，她晃动了一下手中的那张纸。

宋小兵这才不情不愿地起身，和李立长道了个别，跟在刘玲的身后走了出来。

一出门，宋小兵就埋怨道："刘姐，你干吗呢？看不出来吗？李所长对这件事肯定清楚，我还没开始问呢，你把我叫走干吗？"

刘玲把那张纸塞到宋小兵手里，生硬地说："你看看。叫你走，错了吗？"

宋小兵一看，这是一张制式表格，表格上方的标题写着"文件借阅审批表"。

在"首长审批"那一栏，已经签上了李立长的大名，而文件名那一栏虽然空着，但在发文字号那一栏，已经填上了宋小兵告诉李立长的那个发文字号。

宋小兵心中暗自高兴，想不到自己三言两语，就说动了李所长，本来还以为是块更难啃的硬骨头。毕竟，王剑秋那儿都啃不动，李所长这儿就更会一笑而过，事不关己，高高挂起。

他喜笑颜开地回头看了看李立长办公室的门，在心里默默地道了一声感谢。

两人再次来到保密室，刘玲把审批表递给小关。

小关仔细看了看表格内容，李所长的签名没错，又探头看了看两人，问刘玲："刘助理，这文件，是借阅给你自己看的吗？"

刘玲用手指了指宋小兵，说："还有他。"

小关说："可借阅人只填了你一个人的名字。"

刘玲说："这还不简单，来，你把表给我。"

她拿起笔，在表格借阅人那一栏，唰唰几笔，填上了宋小兵的名字。

小关面露尴尬，小声说道："刘助理，这……不好吧。"

刘玲大大咧咧地说："有什么不好，已经签完字了，有什么责任我来负。再说，这文件是他向李所长申请看的，和我没关系，我只是带路和跑腿的。"

话都说到这份儿上了，又有借阅人的签名，小关也不好再说什么，只说了一句："那你们稍等，我要找找，2003年的文件了，得翻好一阵子。"

刘玲说："小关，不急，我们就在这里慢慢等。"

等了好一会儿，终于听到小关兴奋的声音远远地传了过来："找到了！"

他拿着一个文件袋走了过来，只见那个文件袋上落满了灰尘。他用手掸了掸，又吹了吹，灰尘升腾起来，化成笼罩在文件袋上方的一团迷雾。

小关从玻璃窗后把文件袋递出来，说："刘助理，你在这文件借阅本上签个字就可以了，对了，文件名就不用写了，还有，这文件比较特殊，除了借阅表上的借阅人，可不能给第三个人看到。"

作为保密员，心都异常细。

刘玲点了点头,说:"小关,谢谢你了。"随即拿上文件袋,和宋小兵一同走出了保密室。

这一次,宋小兵吸取了上次的教训,全程一个字都没说,一个动作都没做。

两人再次回到仿真室的小会议室,刘玲把文件袋交给宋小兵,就静静地走到一个角落里,坐了下来。对于这份神秘的文件,她并不是十分感兴趣。

而宋小兵就不一样了,他脸上露出如获至宝的欣喜,迫不及待地打开文件袋,抽出文件。

泛黄的纸张发出清脆的声响,不再光洁的纸面还有许多褶皱,所有的痕迹都表明,这份文件曾被人多次认真地翻阅过。

当宋小兵看到文件的标题时,倒吸了一口凉气。虽然他之前就预感到了什么,但当它终于露出庐山真面目的时候,依然令他万分震惊。只见文件的标题用醒目的大字写着《关于优化反导拦截弹动力装置的设想:采用固体发动机与液体发动机结合设计的方案》。

宋小兵默默地翻看着这份尘封已久的文件,眼神中流动着越来越浓的惊讶。

时间过得很快,在刘玲看来仿佛又过得很慢,当墙上的分针转过一圈之后,宋小兵合上了文件。

他就那样呆呆地坐着,一句话也没说,眼神茫然。

刘玲站起身走了过来,问道:"怎么样? 有什么发现吗?"

宋小兵漠然开口:"原来,6年前,王主任早就想到了……唉,可是,又为什么……"

刘玲刚想说话,宋小兵突然站起身来,头也不回地冲出了会议室的门。他这怪异的举动吓了刘玲一跳,她也紧跟着追了上去。

宋小兵不管不顾地推开李立长办公室的门,焦急地问道:"李所长,当年到底发生了什么事,才要放弃这个方案?"

他这种近似破门而入的举动,把跟在后面的刘玲惊出了一身冷汗。

不过,好在李立长并不在意,他看了看宋小兵手中拿着的文件,说:"都看到了吧? 来,坐下说。"

三人重新在沙发上落座。

"我说过,因为第一次试验失败了,第二级液体火箭因为燃料泄漏,发生了爆炸,所以就放弃了。"李立长平静地说道。

"可是,这样的意外,以后是完全可以避免的。"宋小兵争辩道。

"是的,但是,那次意外,却导致了一位优秀的发射连连长的牺牲。"

见宋小兵和刘玲都沉默不语,李立长接着说:"动力系统故障,导弹失控,飞向了已经撤离到安全区域的发射连操作手。连长急忙命令战士们跳进隐蔽壕里隐蔽,但是现场过于慌乱,声响又太大,有一名战士没有听见命令,还站在原地。连长冲过去,一把把他推倒在地,又扑在了他的身上,就在这时,导弹炸响了……战士得救了,而那位连长却……"

李立长说不出话来。

三人都陷入了悲痛,宋小兵能想象出当时现场的惨烈。

过了好一会儿,宋小兵轻轻地问:"楚彰?那个连长叫楚彰?"

李立长点点头,说:"王楚彰……王剑秋唯一的儿子。"

原来如此。

答案,就是这么简单,而又鲜血淋漓。

李立长叹了口气:"所以,对于动力系统的方案,我和你的老师都不表态,也不能表态,我们相信剑秋可以做出最好的选择。"

从李立长的办公室出来,刘玲问道:"你现在有什么打算?"

宋小兵说:"我要再回一趟37号,和主任好好谈谈。"

"主任,我都知道了。"这会儿,宋小兵正坐在王剑秋的对面。

"知道什么了?"王剑秋正往茶杯里放茶叶。

"知道你为什么反对一级固体火箭、二级液体火箭的动力方案,因为一个人,您的儿子,王楚彰。"

王剑秋倒开水的手明显震动了一下,开水洒在了茶杯外。不过,他很快就恢复了镇定,把茶杯放在宋小兵的面前。

"过去很久的事,没必要再提了。"他平静地说道。

"主任,我就一句话,说完我就走。"宋小兵站起身来。

"开创性的工程,必定会有牺牲,但是,我们不能让英雄的血白流。热血,就应该让它把这面苍穹之盾浇铸得更加坚韧。如果下一个是我,我也在所不辞!"说完,宋小兵就走出了王剑秋的办公室。

王剑秋颓然地坐着,看着办公室门被轻轻合上,他痛苦地用双肘支撑着桌面,抱住头,闭上了眼睛。

两个星期后，正在航天二院忙碌的宋小兵接到了王剑秋的电话："小宋，我想好了，动力装置的方案，就采用一级固体火箭、二级液体火箭。"他顿了顿，叮嘱道："务必要谨慎些，最好有安全预案，一定要做到万无一失。"

"嗯。"宋小兵答应了一声，没有庄严的承诺，也没有特别的兴奋。

他知道，王剑秋做出的这个决定，比他的承诺更庄严，比他的兴奋更特别。

这个艰难的决定，就是对他最大的信任！

他看了看手边那份2003年文件的复印件，经过李立长的特别允许，小关帮他复印了出来。

他感觉自己没有什么可以沾沾自喜，自鸣得意的。6年前，王剑秋就已经完整地设计出了这个方案，他需要做的，只是在前人的基础上继续完善、不断改进，确保万无一失。

当宋小兵把方案改变的事通知王海波时，这个航天二院的项目老总并没有说什么。作为一个坚定的执行者，只要是有益于项目的任何变化，哪怕重新开始，他都毫无怨言。

宋小兵有这样一位搭档，既幸运又欣慰。

第二天，宋小兵专门去了趟军事科学院航天器研究所，他要把这个最新的情况汇报给李所长。

李立长并不在办公室，他让刘玲陪着宋小兵在办公室稍坐片刻。

就像第一次来这里报到的时候一样，两人又坐在了办公室的沙发上。不过这一次，宋小兵的心态却有了很大的变化。

因为刘玲之前的表白，宋小兵感觉两人坐在一起很尴尬，于是他站起身来，在李立长的书架旁转悠。

一眼扫过去，书架上的书目并没有什么变化，宋小兵的目光于是在书架中间的各种相框上来回打量。

其实很多照片，他第一次来时就已经看过了，当时并不觉得有什么特别。而这一次，正中央的那张照片，却令他再也挪不开眼睛。

这张照片，他当时印象就很深，所以这次，他又仔细看了看。

那张李老和一个病人的合影!

当时他就猜想,这一定是一个对李老来说十分重要的人物,不然不会把这样一张照片,放在一个回头就能望见的地方。

之前,他并没注意到右下角的几个小字,而这一次,这几个字不仅证明了他的猜想,而且让他的心狂跳不止。那里分明写着:"与挚友宋时仁"。落款是:"摄于1979年"。

刘玲见宋小兵手里拿着一个相框,呆立不动,也好奇地走了过去。她看到了照片上的文字。

这个名字她也熟悉,在"两弹一星"纪念馆的时候,她清楚地记得,就是这个名字让宋小兵像变了一个人。

她一再端详着照片上那个半躺在病床上的病人,他已消瘦得不成人形,显得十分苍老,一点都不像纪念馆简介上记载的那个真实年龄。

不过,病容并不能掩盖他眉宇间透出的那股睿智,而且那种感觉,刘玲似曾相识。她又仔细看了看宋小兵的脸,惊讶地发现,原来似曾相识的感觉,来源于此:他和照片上那人的面目神似。

"你们……"刘玲反复看了好一会儿,才吐出后面两个字,"好像!"

就在这时,李立长推门进来,见两人正在书架旁看照片,面色凝重。

他看见了宋小兵手中的那个相框,眼中闪过一丝惊慌。

宋小兵走了过去,盯着李立长的眼睛,说道:"李所长,照片上的那位病人,就是宋时仁?"

"是的,你认识?"李立长故作镇静。

"不认识,在'两弹一星'纪念馆里见过,不过,只见到了一段文字,在这儿,才第一次见到了照片。听主任说,您是他的好友?"

"嗯。"

"所长,他是我父亲吗?"

李立长的嘴角微微抽动,脸上泛起痛苦的神色。他没有说话,看得出来,内心极度挣扎。终于,他像下了极大的决心似的,说道:"是的,本来我以为,这个秘密永远都不会再有人知道了,想不到……唉。"

"可是,我妈告诉我,她根本不认识这个人。"

"她不认识的是宋时仁,她认识的叫宋志忠。"

"你是说,那是他的假名?"

李立长点了点头:"你父亲和母亲是在1974年认识的,在那之前,他一直隐姓埋名,没有留下任何影像,更没有人知道他在做什么。而在他们相识的那个特殊年代,为了保护你们母子,他不敢透露丝毫有关他身份的信息,只告诉你母亲,他在从事一项伟大的事业,国家需要他。

"你母亲是个坚强的妻子,更是一位伟大的母亲,她含辛茹苦,一个人把你拉扯大。你出生后,你父亲匆匆回家见过你一面,就回了单位。我想,从未陪伴过你的成长,这也许是他今生最大的遗憾吧,当然,也是你的遗憾。

"这张照片,是我最后一次见他,让人拍下来的,只为给自己留个念想。当时,他全身已经疼得不能自已,还强行挤出一丝笑容。现在想起来,那日的情景还历历在目,令人心疼。"李立长的眼中泛起泪花。

"你父亲是我见过的最有灵气的年轻科学家,睿智、坚韧,可惜也是因为一次意外暴露,沾染了核辐射。谁也没想到,那件防辐射服破了一个针眼大小的孔,而应该穿那件防辐射服的人,是我,是我啊。"李立长说到这儿,老泪纵横。

"他是替我去死的! 本来,根本用不着他,那是我的工作……"李立长泣不成声。

宋小兵终于找到了自己的父亲,也终于失去了自己的父亲。

他说:"李所长,我能拍下这张照片吗?"

李立长点点头。

宋小兵拿出手机,认认真真地拍下了这张父亲弥留之际的照片,也是他留给人间唯一的照片。

他很想发给母亲,可也不想让母亲看到父亲的模样伤心。

他拨通了母亲的电话:"喂,妈,我的爸爸叫宋志忠?"

电话那头,长久地沉默着,然后,轻轻的抽泣声传来:"你……找到你爸了?"

"嗯。"宋小兵哽咽着说道,"妈,你早就知道他不在了?"

"你不要怪他,国家需要他……"母亲哭得更厉害了。

2010年10月,动能拦截弹全新动力系统的雏形已经设计出来,宋小兵和王海波团队按照王剑秋的指示,对二级液体火箭发动机进行了全新设计,不仅在燃料和氧化剂的选择上突出安全性,而且加装了几层保险装置,就算在极端条件下出现状况,也能紧急刹车,确保二级火箭不会出现任何问题。

2010年12月,总体室在科研战线上奋战了一辈子的老干部范平达龄退休,最终,他的级别也没有再进一步,也许这是他的一个遗憾。

宋小兵专门回了趟37号,参加了老范的送行宴。

老范不知道是高兴,还是难过,喝多了。

王剑秋说:"小宋,我派个车,你送老范回去吧。"

老范的家在航天城里,是部队分的一个普通的两室一厅公寓。

宋小兵和司机扶着老范上了楼,到了他家门前,宋小兵敲了敲门。

门里传出了一个女人的声音:"谁呀?"

宋小兵说:"嫂子,我是老范的同事,今天他一高兴喝多了,我们送他回来。"

"哦,请稍等一会儿。"

然后,宋小兵听到屋里一阵东西碰撞的声响。

等了好一会儿,门开了,一个女人坐在轮椅上。

宋小兵和司机同时愣住了。

女人看了看醉得不省人事的老范,心疼地说:"这么多年了,还从来没看到过他喝这么多酒,今天一定很高兴吧。"

宋小兵点点头,说不出话来。

"也难为他了,天天要伺候我这个行动不便的人。"

"嫂子,我叫宋小兵,那我们把他扶进去吧。"宋小兵说道。

女人点点头,宋小兵和司机把老范放到了床上。

"嫂子,你的腿……"宋小兵问道。

"十几年前的一场车祸,断了……唉,也难为老范了,这些年,他可受了不少罪。今天,他高兴,肯定也难过。他舍不得部队,部队培养了他,也给了他一切。他老想着再进一步,退休后就可以分到条件更好的省会城市西安,也更方便照顾我。这里的条件太艰苦,他说不想让我再受罪了。

"小宋,他老提起你,说你很优秀,还说曾经对不起你。我不知道他对你做过什么,但他现在已经退休了,还请你不要怪他,他这都是为了我啊。"女人说得很真诚,也很难过。

宋小兵看着她空空的裤管,眼睛有些湿润。

其实,之前的事情,他根本没有放在心上,也从没有真正恨过老范:"嫂子,你是不是姓艾?"

女人点点头。

"嫂子,你腿脚不便,我们帮你把老范安顿好。"宋小兵也不知道该说什么,只能力所能及地做一点事。

他们帮老范脱掉衣服,用热毛巾给他擦了擦脸,倒了一杯凉开水放在他的床头柜上。然后和嫂子道了个别,轻轻地关上门走了。

曾经,他们一直以为老范只是个精致的利己主义者,想不到,他却如此重情重义。

第
29
章

苍穹之盾

2012年2月,航天二院张灯结彩,准备欢度春节。但其中一个项目组,却丝毫没有过节前喜庆、松懈的迹象。

他们的办公室仍然整夜亮着灯,在雪夜里显得孤寂、清冷,但项目组人员的内心是火热的、激动的。因为就在除夕前的几天,有一个跨越了几十年的秘密项目,完成了最终的定型生产。

"ST-2",这是它的新名字,也代表了一个新征程。

动能拦截器经过王海波项目组的反复试验、数次改进,重量已经缩减到42公斤,进一步减轻了有效载荷。再配上升级过后的双色导引头、飞行复合控制芯片,不仅提升了飞行时的灵敏度、制导的精确度,而且拦截更加精准。

在最近的一次模拟拦截试验中,命中精度锁定在1米之内。

除夕夜,阖家团圆的日子,王剑秋邀请宋小兵到自己家里过年。

王剑秋的家属没有随军,夫妻两人一直处于两地分居状态。

这个年,家属选择回了娘家。王剑秋因为要值班,所以就留在了驻地。

他刚弄好了几个菜,宋小兵就提了两瓶酒,敲开了房门。

这是宋小兵第一次来到王剑秋的家中,一进门,他就看见了一张挂在客厅墙上的照片。那是一张年轻而英俊的脸,在军装的映衬下,显得那么孔武有力。

两人都心照不宣地没有谈论这个话题，只是坐下来，边吃菜边喝酒，热烈地讨论着反导工程的下一步计划。

而所有的话题和喜悦，都是"ST-2"给他们带来的。它就像一个丰厚的新年礼物，奖赏给了这些坚韧执着、奋斗不息的人，让他们变得像盼望过年的小孩子一样兴高采烈。

那晚，王剑秋很高兴，喝了很多酒。

宋小兵扶他起身的时候，叮的两声清脆的声响，仿佛有什么金属材质的东西落在了地上。

宋小兵俯下身子，发现从王剑秋外套的内衬口袋里掉落下来的，是两枚勋章。他捡起来，立刻瞪大了眼睛。

这是两枚黄铜制作的纪念章，上面的图案是一只雏鹰正奋力扇动着翅膀，它的头顶，一枚导弹破空而过。

这，不是和自己的那枚一模一样吗？

宋小兵赶紧掏出自己那枚随身携带、胡奋虎送给他的纪念章，和王剑秋的这两枚放在一起。

除了底下的那一行数字，其余部分完全一样。

宋小兵的是"2005—2013"，王剑秋的是"1994—2002"，还有一枚是"2002—2010"。

"主任，这是？"

王剑秋睁开惺忪的醉眼，说："现在告诉你也无妨了，这是雏鹰勋章。当初，上级将中段反导工程的代号定为'823'工程，同时，为了培养专门的反导人才，也制订了相应的人才培养计划，这个计划，就是'雏鹰计划'。

"国家准备用几代雏鹰人的艰苦努力和奋斗，托起我们头顶的苍穹之盾。每一个被挑选出来的雏鹰人，都会发给这样一枚雏鹰勋章，可以出入任何与反导工程相关的场所。

"为防止泄密，每一批被严格挑选出来的年轻人，彼此都不知道对方的存在，可能连这枚勋章是用来做什么的都不知道。不过，在上级那里，这枚勋章代表了每个人的代号：雏鹰X号。而下面那一行数字，就是执行反导工程的任务时长：8年。只不过，每个人参与计划的年份不同而已。

"8年之后，雄鹰相聚，搏击长空。这批年轻人从此分散，有的被送到了西北航天城，参与反导系统的总体设计；有的直接隐去军人身份，送到航天研究院和中电集团，参与反导导弹和指控系统设计;有的直接进入导弹部队,按照反导指挥官的标准培养。他们深入反导工程的各个领域,在自己的岗位上为反导事业倾注心力,同时,伴随着反导工程的每一次进步,个人也在茁壮成长。"

"我……我就是那批被挑选到航天城的?一开始就是这样的安排?"宋小兵惊讶地问道。

王剑秋点点头,说:"我看到你的时候,第一眼就看到了你胸前那枚醒目的雏鹰勋章,我就知道,你注定是我们的人。所以,你离开的时候,我才信心满满地对你说,我们还会立刻再见面的,哈哈。"

"所以,你才会在第一次见我的时候,就把整个反导工程的情况告诉我?"

"嗯,你要相信,一个向来把安全看作生命线的老党员,是不可能仅凭一面之缘,就把如此绝密的工程和盘托出的。"王剑秋和颜悦色地说道。

"那我的代号是什么?"宋小兵惊奇地问道。

"你看看勋章的背面。"

宋小兵挑出自己的那枚勋章,翻过来仔细看了一下,才看到了一个小小的、容易被忽视的数字:"1"。

"1号?"宋小兵问。

王剑秋点点头:"所以,你才会到我们总体室来,负责整体的设计工作。"

"那8年时间到了,任务没完成,会怎样?"

王剑秋的目光变得深邃起来,他看了看墙上的照片,说:"反导工程,凝聚着每一代科技工作者、一线指战员的心血和智慧,每一代都有每一代的使命和任务,这不是一蹴而就的。只要取得了哪怕一点点成果或进步,推动了工程的不断前行,就是英雄。8年之期一过,可以继续从事反导工程的相关工作,任务就自动变成了传帮带,带领下一批年轻人继续奋斗。当然,也可以选择退出,从事其他领域的工作。"

王剑秋说完,眼中似有泪光。

顺着王剑秋的目光,宋小兵也注视着墙上的那张照片,动情地说:"两枚勋章,一枚是你的,一枚是楚彰的?"

王剑秋没有说话。

沉默,是悲伤,更是回答。

宋小兵低头看了看自己的那枚勋章,最后的那个数字,生动地跳跃了起来,并且逐渐变得硕大:"2013"。也就是说,留给他的时间,真的不多了。

他把那枚勋章紧紧地抓在手里,似有千斤分量。

2012年6月,西北的初夏,风沙很大。

预警中心大X雷达那夺人眼球的造型,让它在一望无际的戈壁上显得异常醒目。

在这里已经工作两年多的张佳颖,就像变了一个人似的。洁白的肌肤已经变成了小麦色,脸上也留下了常年被强烈的紫外线暴晒和西北风刮过的痕迹。

不过,大X雷达终于完成了从试验状态进入实战状态的准备。

2012年9月,"ST-2"完成了最后的静态测试,技战术性能良好。

中电集团81所和预警中心联合开发的反导指控系统,也完成了调试。

整套系统不仅把地面的预警雷达和武器装备的制导雷达等雷达信号融合了进来,还通过北斗定位系统,从空中到地面,全方位掌握来袭目标的各种方位、距离、速度参数。

指控中心、武器平台和预警中心,在系统中实现了完美的融合,达到了数据共享、指挥控制一体化的目的。

上级决定,拟定于2013年5月,进行中段反导系统的第三次靶试。

而这次靶试,与前两次靶试截然不同,非常特别,因为靶试是和一次演习同时进行的。

中国和E国军队,计划在2013年5月,进行一次联合军事演习,演习名称:"红盾使命-2013"防空反导演习。

这次演习的主要任务,是检验中E两国的防空部队对弹道导弹的末段拦截能力。

其实,这次演习的性质,更倾向于以试验为主,主要是试验末段反导能力。毕竟,E国现有的防空武器,只具备末段反导的能力,他们也想通过联合演习,试验他们最新研制的"SU-5"防空导弹。

这个最新型号的导弹,射程达到了恐怖的400公里,具有比上一代更优秀的反导能力。

不过,这些数据还没有经过实战检验,所以,他们想通过演习进一步验证,同时,也给世界各国带来震慑。

而我国,同样也是本着检验最新型号的防空导弹"利剑9B"反导能力的目的,来组织这次大规模的防空反导演习的。

不过，从数据上来看，我国的"利剑9B"和E国的"SU-5"相比，在反导能力上，还是稍逊一筹。

这次演习，E国出动了15个防空军地空导弹营，为公平起见，我们也同样派出15个空军地空导弹营参加。

这与其说是一场势均力敌的演习，倒不如说是一次真刀真枪近距离肉搏的比赛。

就在演习前夕，有一支神秘的部队在深夜行军，开设指挥所，展开兵器，也悄无声息地进入演习区域。没有人发现。

星空下，在演习区域几十公里以外的反导中心，是一片忙碌的景象。

宋小兵看到，这次坐在指挥大厅指挥位置上的，是他的一个老熟人。

那人看起来依然文质彬彬，但已经变得更加成熟。他精神抖擞、信心满满地坐在指挥位置上，气定神闲，有一种处变不惊的大将风范。他就是战略导弹军第一旅新任副旅长冯一峰。

宋小兵连忙走过去，开心地说道："几年不见，都升副旅长啦。怎么，这次由你指挥？"

冯一峰见是宋小兵，连忙站起身来，笑着说："兄弟见笑了。这次上级把重任交给我，我真的是诚惶诚恐啊，不过，也不能辜负领导们的信任，只能全力以赴了。宋博士，你的光辉事迹，我早有耳闻，如果反导成功，你功不可没啊。"

说完，两人的手紧紧地握在了一起。

宋小兵不经意间瞥见，冯一峰的右胸上，别着一枚熠熠生辉的勋章——雏鹰。

他会心地笑了。

凌晨5点，所有导弹的发射架都已竖起，对着深邃的夜空。

"ST-2"藏身在一个隐秘的角落，它巨大的弹体也缓缓竖起，像一支蓄势待发、直指苍穹的利箭。

天边已渐渐发白，反导中心预警席位上，一名参谋一阵急促而响亮的"报告"声瞬间打破了指挥大厅的宁静："报告指挥员，弹道导弹已发射！"

为了突出实战化的特点，这次演习发射的目标导弹，使用E国现役的中程弹道导弹，从E国本土发射，落点选择在西北的战略导弹军的某个靶场。

也就是说，这不是一枚被阉割后的弹道导弹，弹道导弹应该具有的所有功能齐备，根本不存在理想弹道,弹道导弹在飞行过程中有变轨,有电磁干扰,有真假弹头。

突防手段全部拉满!

这是对"ST-2"的极大考验,全面检验苍穹之盾能否在真正的战争中防御住弹道导弹的进袭,在我们头顶的那片蓝天上筑起安全的防御屏障。

指挥大厅随着预警参谋的那一声报告,瞬间进入战斗状态,气氛变得极度紧张,大家牢牢盯住空情显示屏幕上那不断前进的亮点。

而在几十公里开外的地面防空群指挥所,气氛同样紧张。

在目标导弹升空后,E国和中国的联合指挥员,就已经下达了战斗号令。

30个地空导弹营的目标指示雷达已经全功率开天线,搜索发现目标,不过,目标导弹现在还在大气层之外,武器平台的雷达系统根本无法发现目标。

远程预警雷达屏幕上,本来那个前进的亮点,突然像发生了一次猛烈的爆炸,分解成无数个闪烁的点。白花花的一片,根本无法分辨哪一个才是真正的弹头。

地面防空群指挥所是这样,反导中心同样如此。

冯一峰大声地询问:"大X雷达,是否发现目标?"

预警席位的大X雷达辅助参谋立即回答道:"大X雷达正在分辨真假弹头,可能需要几秒钟。"

大家的心,都提到了嗓子眼。

现在,所有的希望都寄托在了这部最先进的雷达上,如果大X雷达也无法分辨,那么不管是中段反导,还是末段反导,都将面临失败。

拦截弹的制导雷达,是需要预警雷达提供准确的目标指示的,它自身孱弱的分辨率,是无法分辨真正的弹头的。可现在,制导雷达屏幕上,是一片雪花。

弹道导弹释放的干扰太强了。

"报告指挥员,大X雷达已经分辨出真弹头,目标01,真弹头的概率82%;目标02,真弹头的概率56%;目标03,真弹头的概率45%!"雷达参谋急速地报告口令。

这个时候,就需要指挥员根据目标特性,精准地判明真弹头,下达射击决心。

所有的压力,全部集中在了冯一峰一个人的身上。整个指挥大厅,都在焦急地等待着他最后的口令。

每一秒都十分难熬。

雷达辅助参谋已经在空情显示系统上，把满屏的干扰目标点全部清除，只留下大X雷达分辨出的真弹头概率最高的三个疑似弹头目标。

这就要指挥员凭经验，根据对弹道目标的特性掌握，再加上预警系统给出的辅助决策，做出精确的判断。

成长到导弹旅旅长这个级别的指挥员，都在一线导弹营营长这个位置上历练过很久。他们每天都带领着部队，进行模拟训练，也经历过大大小小的实战演练，对雷达屏幕上出现的不同性质的目标，有着极其敏锐的洞察力和当机立断的决断力。

到底是小型机、大型机、巡航导弹、弹道导弹的哪一种，经验丰富的指挥员，瞟一眼飞行轨迹和各种飞行参数，就能立刻得出结论，并立即选择最优的战法进行抗击。

这不是一朝一夕就能练就的本领，数年甚至数十年之功才能成就那一秒钟的精确判断。

冯一峰，虽然曾是位优秀的营级指挥军官，但这是他走上副旅长的位置以来，第一次指挥中段反导这种难度极高的靶试。

他能行吗？

这个问题，其实连他自己心里都没底。他表面上非常镇定，但内心依然惶恐。虽然都是作战指挥，旅营两级军事主官的自主指挥权限差别还是很大的。

当营长那会儿，他可以大胆地提出自己的作战建议，至于最后怎么来，还是要依照上级的命令行事，毕竟，上面还有个把关的，所以自己的心理压力小。但副旅长和营长就有着天壤之别了。

战场态势瞬息万变，下面各个营的作战建议又千差万别，这就要求他必须考虑周全，慎之又慎。

下错一个命令，就有可能导致全盘皆输。

不过，他上面还有个旅长把关，所以心理压力虽大，但也还没达到顶峰。而这一次，冯一峰作为中段反导唯一的指挥员，所有的作战命令都是他一个人下达。

再也没有什么人可以帮他把关了，这是一次真正的独立指挥战斗。

所以，他聚精会神地盯住那三个目标的运动轨迹，连大气都不敢出。

"报告指挥员，发射窗口期还剩54秒！"作战参谋的语气有些急促，更有些焦急。

错过了发射窗口，就意味着导弹将完全失去最好的拦截机会，如同直接投子认输。

冯一峰没有答话。

过了几秒钟,他镇定的语气通过对讲系统,在整个大厅回荡:"将目标02输入目标指示通道,指示'ST-2'。"

各个席位的人员,同时齐刷刷地抬起了头,眼中露出了统一的神色:惊讶!

输入拦截弹的目标指示通道,就意味着将目标02作为拦截目标进行拦截。

冯一峰判断,目标02才是真弹头!

他疯了吗?

大X雷达明明已经把三个目标的概率值清晰地反映了出来,冯一峰竟然选择了真弹头概率56%的目标02,而不是概率高达82%的目标01?!

这完全超出了所有人的预判。

在这千钧一发的时刻,军令如山,冯一峰坐在那个位置,就代表他现在拥有最高的指挥权,就算众人心中有异议,都得先执行完命令再说。

方向参谋立即将目标02输入"ST-2"的目标指示通道。

"ST-2"发射营回答道:"收到目标指示,制导雷达已跟踪截获目标02!"

同一时刻,在联合演习的主战场,联合指挥大厅同样收到了大X雷达的目标识别结果。

中E两国联合指挥员,在目标的判断上达成一致,将目标01作为真弹头。

"我判断,目标01是真弹头! 命令,将目标01输入各营的目标指示通道,注意搜索发现。"两国联合指挥员,分别给各自国家的导弹营下达命令。

地面防空群30个地空导弹营,同时收到了目标指示,所有的地空导弹对准了目标01。

30个营还在跟踪监视的时候,反导中心指挥大厅,一个平静的声音响起:"目标02,'ST-2'导弹一发,立即发射!"

发射营发射军官的大拇指,毫不犹豫地按下了发射键。

一声石破天惊的巨响,"ST-2"吐出长长的火舌,在天空中画出几道扭曲的曲线,冲向苍穹。

"哪个营? 是哪个营发射了导弹?"联合指挥所里,两个国家的指挥员同时气急败坏地发出惊呼。

他们突然发现空情显示屏幕上,出现了一个亮点,迎着目标,飞了出去。

没有下达发射命令,是哪个胆大妄为的导弹营未经请示,擅自发射?

"报告指挥员,地面防空群所有30个营,没有发射导弹!"作战参谋在检查了所有营的战斗状态后,回答道。

大家都知道,在这个距离和高度发射地空导弹,连弹道导弹的影子都看不到。

"那……这是怎么回事? 立即请示上级,是否掌握未知导弹!"指挥员命令道。

而在反导指挥大厅,大家都屏住呼吸,紧张地看着代表"ST-2"的那个亮点飞向三个亮点。

固体火箭发动机已脱落,液体火箭发动机在高空点火,强劲的推力将"ST-2"的飞行速度提高了一个层级。

目标02突然做了一个微小的变轨动作,改变了当前的飞行轨道。

大X雷达迅速捕捉到了这个细微的动作变化,三个目标的真假概率也随之立即发生大幅变动。

雷达辅助参谋急促地报告:"目标02,真弹头概率96%;目标01,真弹头概率12%;目标03,真弹头概率10%。"

有人忍不住鼓起掌来。

这个数据,已经基本判明目标02就是真弹头。

要不是冯一峰谨慎判断,冷静下令,没有完全遵从计算机得出的结论,那这次反导就已经宣告失败了。

液体火箭发动机脱落,拦截弹获得了最大的关机速度。

拦截弹头开始独立飞行,迎着来袭导弹撞了上去。

雷达屏幕上,"ST-2"和弹道导弹的雷达信号同时消失。

指挥大厅欢呼雀跃,爆发出一阵雷鸣般的掌声。连战略导弹军的基地领导也情不自禁地站起身来,热烈地鼓掌。

这一次拦截,没有给他们留下任何争论的空间。

"ST-2"彻底摧毁了来袭导弹。

这时,联合指挥所内,两国的指挥员也得到了上级的通报,中段反导拦截弹捷足先登,已经先于他们摧毁了进袭的弹道导弹。

E国的指挥员惊讶地张大了嘴巴,中段反导这项防空反导的顶级技术,连他们都还未完全掌握。

而所有的中方指战员，随即起立，热烈地鼓起了掌。

一个月后，军事科学院大礼堂。

主席台上，挂着鲜艳的横幅："823"工程表彰大会。

宋小兵整理了一下胸前鲜红的绶带，刚要迈步进入礼堂的大门，身后一个声音叫住了他。

宋小兵回过头来，看见严学礼正笑脸盈盈地看着他。

他正惊讶地想问"你怎么来了"，却一眼看见了严学礼身旁的那个人。

看到这个人的一刹那，宋小兵更惊讶得说不出一句话来。

那人笑了笑，说："小宋，你好，许久不见，别来无恙？"

"方……方老师！"宋小兵的眼中，闪烁着晶莹的泪花。

严学礼笑着说："小宋，错了，这不是方老师，是李总。"

"李总？"宋小兵问道。

方文彬点点头，郑重地说："我是音速航空技术总监李铭，原航天科工委设计研究院的高工。"

"音速航空？"宋小兵疑惑地对严学礼说，"严总，我上门求教，遭你一口回绝，怎么私下里……"

严学礼答道："抱歉，盯着我们的国外公司太多，多有不便。"

"E国那次培训，是你的手笔？"

严学礼笑了笑，没说是，也没说不是。

"E国阿斯诺夫航天设计研究院，国际顶尖知名研究院，怎么会听任你的摆布？"宋小兵大惑不解。

"他们有求于我们。而且，那次培训，只是借了他们一个壳而已，用他们的名义，用他们的场地，而所有的花费和组织工作，都是我们自己来。"李铭笑着说，"他们还顺便赚了一笔，哈哈。"

"有求于你们？求你们做什么？"宋小兵追问道。

严学礼拨弄着手中的串珠，平静地说道："你想要什么，他们也就想要什么。"

"也就是说，那一次培训，其实，是专门为我组织的？"宋小兵有点惊讶于严学礼的大手笔，费了那么大劲，绕了一大圈，就是想换个地点、换种方式传授他绝世武功。

"不是为你，是为了一个承诺，更是为了一个国家。"严学礼语气淡然。

"一个承诺？"

"三个学生，对一个老师的承诺！"李铭语气沉重。

"三个学生？你们俩都是？"宋小兵问道。

严学礼点点头："我们先后求学于老师的门下，不是同一批的学生，学生时代，相互之间也并不认识。直到有一天，老师把我们三个人叫到了一起，说，高技术行业，特别是航天所代表的高精尖技术，需要两条腿走路。有国家的主导，也应该有民营的补充。

"军工大企业瞄准的都是大方向、大战略，宏观的布局和设计，不过，也需要有人去做小而精的领域，做得更细、更深。鲇鱼效应知道吗？老师就想让我们做一条航天领域的鲇鱼。

"最后，他问我们三个人：辞去你们现有的工作，离开你们舒适的岗位，让航空航天技术在市场中也能谋得一席之地。你们愿意吗？

"看着我们三个人都不说话，他又加重了语气：我会在背后支持你们。我又问道：航空航天那么多细分领域，我们从哪里开始？老师说：就从我最擅长的领域开始！

"于是，我们便投身于航空动力学专业！"

在那个年代，有人能如此高瞻远瞩，把行业现状和前景看得如此透彻，并提前进行产业布局，不得不说是深谋远虑。

严学礼短短几句话，就让宋小兵对他们的老师刮目相看。

再说了，就凭音速航空目前在航空领域的地位和成就，三人的老师也绝非等闲之辈。

"严总，你们的老师是谁？我可以冒昧请教一二吗？"宋小兵虔诚地说道。

严学礼和李铭对视了一眼，李铭摇了摇头，说："恐怕不行了。"

"为什么？"

严学礼盯着宋小兵的眼睛，说道："因为，我们的老师，叫宋时仁。"

顷刻间，严学礼和李铭的身影在宋小兵的眼里变得模糊起来。

他的眼眶里，不知何时泛起了泪花。

"走吧，进去吧，表彰大会要开始了。"严学礼拍了拍宋小兵的肩膀，搂着他进入了会场。

主席台上,已经端端正正地坐着两排人。

宋小兵看到了几张熟悉的面孔。

李立长、吴文斌、王剑秋、张佳颖、唐一梦、冯一峰、王海波……他们和他一样,戴着一个红色的绶带,绶带上写着:突出贡献奖。

宣传干事手中的照相机咔嚓一声,白光闪过,他们的胸前,同时反射出一阵耀眼的金灿灿的光芒。

宋小兵这才看见,每个人的胸前,都佩戴着一枚同样的雏鹰勋章。

这时,他身旁的严学礼,也从怀里掏出一个雏鹰勋章来,郑重地别在了自己的胸前。

"上去吧。"他拽了拽宋小兵的胳膊。

两人一同走上主席台。

所有的人,脸上都带着自信又骄傲的笑容。

他们胸前那不同年份的雏鹰勋章,熠熠生辉。

第
30
章

终成眷属

表彰大会在很小的范围内举行，也在很短的时间内结束。

雏鹰计划的挑选原则果然是不拘一格降人才，而且保密性极高，直到大家都戴上这枚勋章站在台上，很多人才知道曾朝夕相处的师长、挚友甚至是"敌人"，竟同是被中段反导工程选中的雏鹰人。

根据各自的专长被送到不同的岗位，为了保密不知道彼此的存在，正是雏鹰计划的内核。

特别是音速航空总裁严学礼和技术总监李铭的出席，让李立长、胡奋虎和王剑秋都大感意外。

"老伙计，很惊讶吧？"表彰大会后，赵胜将军从台上走下来，来到李立长身旁，笑容颇有深意。

李立长点点头，笑着说："老兄弟，你们这手段确实出乎我的意料，完全没想到啊。当然，我不是没想到和民营高科技公司有着千丝万缕的联系，而是没想到我们的雏鹰计划，竟孵化出了一只在小型航天器飞行控制这个高度精细化、复杂化的前沿细分领域傲视全球的雄鹰！最后，还以一种'曲线救国'般的隐秘迂回路线，颇具戏剧性地实现了里应外合、胜利会师，的确是高明！没有战争年代积累下来的丰富斗争经验，是想不出这招的吧？不过，从此以后，军民融合之路，还真被你们踏踏实实地踩出了几个坚实的模范脚印。这条路,再也不是飘浮在半空中只能观望、无法触及的天路了。对了,老兄弟,凭我对你的了解,这种跨领域军民融合的大手笔,这种超越时代的眼光和深谋远虑的布局,应该不仅是你的杰作,背后应该还另有高人吧? 哈哈,快说,是谁?"

赵胜哈哈一笑,说道:"你这个老头儿,看来什么都躲不过你的眼睛,都这把年纪了,老眼一点儿也不昏花。的确,这个高人在几十年前就有了这种设想,我不过是按照他设计的路径,帮他变为现实而已。至于具体的情况,你得问其他当事人。"

"谁?"

赵胜笑而不语,只是冲着准备离开的严学礼招了招手。

严学礼左右看了看,这才连忙小跑着过来,恭敬地问道:"赵将军,有什么指示?"

赵胜拍了拍他的肩膀,笑着说道:"小严不错,在这里还保持着一贯的谨慎。放心吧,能来这里参会的,都是经过严格审核的。不过,你最好也不要久留。"

严学礼点点头,神情立刻严肃起来,挺直腰板,并拢双腿,收起了手上一直在把玩的串珠,立正答道:"是,首长。"

"这位是……"

赵胜刚要给他介绍李立长,话头立刻就被严学礼打断了。

"首长,这位一定就是李立长院士了,李老,是我老师的亲密战友。"

"我的亲密战友?"李立长惊讶地问道,"是谁?"

"宋时仁。"严学礼说出这个名字的时候,一脸郑重。

"那这个在航天领域军民融合的大胆设想……"李立长转过头,看着赵胜。

赵胜轻轻地点了点头。

"江湖上盛传的音速航空起步时的'四大金刚',并不是空穴来风。老师当年坐镇幕后指挥,我们三个就在台前表演。说实话,当年我们三个挺不理解的,在那个年代,我们三人的工作还是相当令人艳羡的,有身份有地位,而老师的要求,是要我们放弃当年的所有,人生全部清零,从零开始! 说出来不怕李老笑话,我当时想都没想,一口就回绝了,没同意。"严学礼说起往事,目光深邃。

"我也没有同意!"李铭也走了过来,站在严学礼身旁,微笑着说道,"要是知道老师擅长家长制的做派,一手遮天,我还不如当时就从了他。"

"家长制做派?"李立长满脸的疑惑。

　　李立长自认为很了解他的这位挚友，宋时仁向来都是谦逊有加，从未显露过霸道的一面。

　　"嗯，当年，以莫须有的'罪名'将我逐出部队的，正是这位赵胜将军。而赵胜将军，又是听从了老师的建议，根本没给我辩驳挣扎的机会，哈哈哈。"严学礼笑得很开心，看得出来，他早已释然，"想不到老师当年的一剑封喉，还真的助我们在航空领域一剑封'侯'！求学的时候，佩服老师的学识；音速航空崛起的时候，才真正从心底佩服老师的眼光！"

　　"是啊，现在想来，我们只是放弃了已经取得的身份地位，至少还能抛头露面。而老师曾经连姓名都不能拥有……"

　　李铭说到这儿，四个人都沉默了。

　　"时仁的眼界和魄力在我之上啊，他的英年早逝，是我们国家航天事业的巨大损失。"李立长长长地叹道。

　　"李老，要是没有你，中段反导的进程至少还要再延后几十年！"严学礼真诚地说道。

　　"好了，你们快走吧，别从礼堂大门出去，从侧门出去，我安排了车送你们。"见大家都沉浸在对故人的无限怀念中，赵胜催促道。

　　严学礼点点头，转身刚要走，宋小兵疾步走了过来。

　　"宋博士……"严学礼刚开口，就被宋小兵紧紧抱住，然后是他身旁的李铭。

　　依次松开两人后，宋小兵见他俩行色匆匆的样子，问道："你们这就要走？"

　　"是啊，公司一堆事还等着我们呢。"

　　"不行，得吃了饭才能走，我还要好好敬严老师、方老师两杯酒！"

　　严学礼和李铭笑了起来："以后机会多的是，又岂在这朝朝暮暮！"

　　"严老师……"宋小兵拉住严学礼的胳膊，不依不饶。

　　"小宋，他们真有事，让他们走。"赵胜语调平静，但在宋小兵听来，却有一种不容辩驳的威严。

　　他如触电一般，立刻就松开了手："那我送送你们。"

　　走了几步，宋小兵发现不对："怎么不走正门，非要走侧门？"

　　李铭笑着说："这就如同反导系统一样，你始终走的都是正门，是主线，更是正统，关注的人多，当然，阻力大，压力也大。而我和老严走的就是侧门，是细枝末节，也可以说是旁门左道，但隐蔽性强，灵活机动，是主线有力也有益的补充。为什么这硕大的礼堂有大气磅礴的正门,也有丝毫不引人注目的侧门呢? 说明缺少谁都不行! 哈哈哈。我俩啊,就擅长走这侧门,走得名副其实!"

严学礼也微微一笑,手里把玩着串珠,笑容显得高深莫测。

宋小兵还在默默回味李铭话中的深意,严学礼和李铭已经悄然走出了侧门,消失在了门外明媚的阳光中。

"当年你挑选他,是因为他父亲的缘故吧。"赵胜看着还依然呆立在原地的宋小兵,意味深长地对李立长说。

"你觉得呢?"

"哈哈哈哈。"两人相视一笑。

"你后面有什么打算?"

宋小兵鼓起勇气,追上正走在去停车场路上的张佳颖,红着脸问道。

张佳颖停下脚步,惊讶地看着此刻正低着头不知所措的宋小兵,笑道:"你是问我工作,还是生活?"

宋小兵的脸更红了,说道:"都有吧。"

张佳颖于是故意换上一副一本正经的表情,说道:"工作上嘛,主要还是围绕大X雷达进行。后续,我们还要对大X雷达进行进一步的改进和调试。这次靶试,是大X雷达的第一次实战化运用,还是暴露了很多问题。最为严重的,就是对真假弹头的第一次研判,为什么会出现错误。要不是指挥员经验丰富,没有盲从雷达数据,不然,这次靶试就已经失败了。所以,关于研判的标准、参数、维度,我们还需要进一步分析、补充和调试,这是一个不断修正改善的过程,很漫长也很复杂,不可能一蹴而就。"

一聊到工作,宋小兵脸上的红霞尽褪,瞬间焕发出兴奋的光芒:"能在强烈的电磁干扰下,从上百个假目标里迅速锁定三个目标,而三个目标里就有真弹头! 大X雷达这样的表现,已经相当厉害了,完全处于世界领先水平。这次,我们拦截弹的弹头仅安装了一个拦截器,如果按照实战标准,至少会安装数十个拦截器,不然拦截系统的战力就太弱了,而且也是对拦截弹极大的浪费。你想想,如果安置数十个拦截器的话,可以分别攻击数十个弹头。所以,哪怕雷达识别精度不够高,只能筛选出可能性最大的十枚来袭弹头,也完全够了,全都在拦截弹的攻击范围之内。其实,这次能准确识别出三枚弹头,特别是在来袭导弹做出机动动作后,能迅速捕捉到、调整好,还是大大出乎我的意料。按照我此前掌握的国外公开数据,这次我们的大X雷达如果能提供10枚弹头的参考,我就觉得已经大获成功了!想不到,范围竟缩小到3枚!张总,对你的崇拜之情,滔滔江水绝对不够,得是浩瀚大海才行!"

"这么肉麻的话,你还说得如此冠冕堂皇,哈哈,有进步。"张佳颖捂着嘴笑了起来。

宋小兵闻言,崇拜之情立马变成了害羞之意,心不由得怦怦直跳,心想:"她……能明白我这词不达意、声东击西的意思吗?"

张佳颖倒完全没有注意到宋小兵表情的微妙变化,接着说道:"你是站在拦截系统的立场上来看待雷达问题的,不可否认,雷达这次的表现,的确已经领先于世界,也给指挥员的指挥决策起到了很好的辅助作用。但站在我的专业角度来看,还有很多可以改进的空间。如果我们能把雷达的探测距离做得更远,就能为指挥员和拦截部队提供更多的战斗准备和研判指挥的时间;如果能把雷达的识别精度做得更高,几乎没有误判的话,你们的一枚拦截弹,就可以防御多枚弹道导弹,形成以少打多的优势,而不是做无谓的消耗和浪费。"

宋小兵心中的崇敬更甚:"看来,张总对自己的要求很高,根本不满足于现状,还要攀登更高的高峰啊!"

但他说出来的话,却充满了善意的劝阻:"其实吧,没必要太过于苛求自己。矛与盾的较量,是亘古不变的永恒话题,也是永远没有止境的较量。从单弹头到多弹头,从无干扰到电磁干扰、伴飞假目标,从单一弹道飞行到空中机动、变轨,以后,不知道还会有什么新的突防技术出现。水来土掩,兵来将挡,只要我们的坚盾能防御住这个时代所有的利矛,就已经完成了时代赋予我们的使命。"

张佳颖盯着宋小兵的脸看了好一会儿,像在看一个从未谋面的陌生人,也像要极力看穿眼前这人的内心,然后轻轻地摇了摇头,叹了口气,问道:"这是你心中的真实想法?你是认真的?"

宋小兵立刻就明白了张佳颖话中的意思,这时才猛然一震,心里暗暗羞愧:"我到底是怎么了?怎么能说出这样现实、毫无进取之心的话?这……还是我吗?当初坚持动能拦截弹的设计方案,不也是着眼于未来吗?"

张佳颖见宋小兵低头不语,也就没有再穷追猛打,而是轻声说道:"未雨绸缪、永不止步,是一个科技工作者的基本素质。"

她这话就完全不是穷追猛打了,而是杀人诛心。

意思很明白,宋小兵连一个科技工作者的基本素质都还不具备。

张佳颖本意是想用一个教育工作者语重心长的口吻,说出一个科技工作者时不我待的意思,竟阴差阳错地成就了一个武术工作者当头一棒的刺激。

其实,张佳颖心里知道宋小兵这话不是出于本心,而是出于心疼。

心疼她!

但她不自觉说出来的话,却在感情和工作的天平上,往工作那边加了一块金砖,往感情那头加了一块板砖,倾向何方也就不言而喻了。

看着眼前被板砖击中、正头破血流愣在原地的宋小兵,张佳颖的心中也十分后悔,连忙慌不择言地说道:"宋博士,我不是那个意思……你不要误会……如果没什么事,我就先走了。"说完,就要夺路而逃。

谁知宋小兵立刻就擦干了泪痕和血痕,拍马赶来,拦住去路,问道:"刚才说的是工作,那生活呢?"

张佳颖认真地想了想,说道:"前段时间,一直忙着靶试,身心的确有些疲惫,我想休个假,回老家看看,顺便休息几天。"

宋小兵眼睛一亮:"回老家? 我记得你老家是四川吧?"

张佳颖点点头。

"那我能和你一起去吗? 以前去过一次,太美丽了,很怀念呢,还想故地重游。"宋小兵迫不及待地说道。

张佳颖没想到宋小兵会提出这种"非分之想",不过看他期待的表情,好像的确出于真心,只好点头说道:"结伴同行也不是不可以,你说的故地是哪儿?"

"稻城亚丁。"

"哦,那离我老家的确不远。"

"答应了?"

张佳颖点点头。

宋小兵开心地笑了起来,用下意识的使劲搓手来掩饰心中的欢欣雀跃。

他看了看停车场边一直等着张佳颖的车,不好意思地说道:"耽误你这么久,那……你快走吧,一会儿都赶不上二路汽车了,时间我们电话里约。"说完,转身跑开了。

等宋小兵一路带着火热的冲动回到房间冷静下来后,立刻就后悔了。

和一个现在自己颇有好感的女人,去到与一个曾经自己颇有爱意的女人的相会地,到底是去拥抱未来,还是去向过去永远道别?

但当时的情况下,急于找机会和张佳颖多接触的宋小兵,并无其他更好的选择。

人家回四川老家,他总不可能厚着脸皮说:那我能跟你回家吗?

四川,他也只去过稻城那一个地方。

情急之下,他只能搬出曾经留有旧伤的故地,作为发动爱情攻势新的阵地。

毕竟,他曾经在那里战斗过,留下了精彩而浪漫的战斗故事。看似凯旋,实则只是虚假的胜利。

成功,很多时候也是失败这个儿子,喜欢乔装打扮的母亲。

"王雪翎!"

此时,宋小兵惊讶地发现,这个名字,好像已经很久没在他心里出现过了。

宋小兵躺在床上,闭上眼睛,在脑海里极力想要拼凑出记忆中王雪翎那张俏丽的脸庞,感觉自己忘记她,就是在背叛那段纯真的感情。可是,拼凑出的,为什么是张佳颖的脸?!

宋小兵痛苦地睁开眼睛,想要用光明驱散那挥之不去的倩影。可是,他越是这样,那影子就越是萦绕不去。

宋小兵叹了口气,放弃了努力。

过去的就是过去了,该来的始终都要来,自己又何必患得患失,纠结于过往和未来呢?

所谓故地,也可以理解为故事发生的地方。

总有些老的故事被抛进了历史,也总会有新的故事诞生于未来。

想到这儿,宋小兵才有了些释怀。

他用这种近似于阿Q般的"故地新解",轻轻敲落了心中那把锈迹斑斑、形式大过内容的枷锁。

稻城这天阳光和煦,微风轻拂,张佳颖回老家看望完自己和林月笙的母亲后,来到这里和宋小兵会合。

当她看到宋小兵独自坐在野花遍地的大草原上时,突然有种恍如隔世的感觉,眼前一下恍惚起来、明媚起来。

她的家乡,也有一片大草原,读书的时候,她常常和林月笙坐在草地上,谈天说地,憧憬未来。

林月笙每次都会来得很早,等在那里。当看到她如一只轻盈飞舞的蝴蝶从草原上翩然而来的时候,他的脸上,总会立刻绽放出温暖的笑容,像草原上的野花那般灿烂。

正如眼前的宋小兵此时看到她一样。

她使劲揉了揉眼睛,确定是宋小兵后,心中有了点失落,却多了一份憧憬。

她想起林月笙的母亲在分别时,紧紧握住她的手,动情地说:"佳颖,月笙已经牺牲好几年了,我知道你对他的感情很深。可你还那么年轻,生活总要继续,有的时候,忘记并不等于背叛,而是卸下沉重的包袱,轻装上阵,奔赴更美好的未来。我了解月笙,想必你也了解他,月笙并不希望你这样……"

林月笙的母亲仿佛说了很多,又好像什么也没说。

张佳颖知道,这么多年来,林月笙就是自己心中那座虽无法刻上正式头衔,却始终屹立不倒的丰碑。

它让她的爱情原野,寸草不生。

不知何时,老天在这片原野上偷偷撒下了一颗草籽,它竟倔强地从丰碑下钻了出来,让这片毫无生机的土地,萌发了一丝春意。

张佳颖装作看不见它,想要忽视它,却总忍不住在寂寥无声的时刻悄悄关注它。

世上哪来永恒,有逝去,就会有重生。

直到林月笙的母亲说出那段话,张佳颖才顿悟般释怀了。

那一刻,她心中那座无字的爱情丰碑,也许才算真正刻上了永别的墓志铭。

这应该算是两人第一次单独的约会。

两个都有故事的人坐在草地上,竟不知该从何说起。

"要不去冲古寺逛逛?"宋小兵提议道。

张佳颖点点头。

在冲古寺里,张佳颖虔诚地跪在地上许下了心愿。

那一刻,宋小兵的眼睛也有些湿润,很多年前的那个背影,也好似今天这般虔诚。

宋小兵还偷偷找到了当年和王雪翎刻下文字的那棵树。

"你干吗爬那么高?"树底下的张佳颖担心地叫道。

"放心吧,没事。"宋小兵不敢告诉她自己爬树的真正目的。

"小心些。"说完这句话,张佳颖就坐在了草地上,饶有兴趣地看着树上爬着一只猴。

树干上早已经爬满青苔,宋小兵费了好大力气才找到那些浅浅的文字。它们就如同丢失在荒原中很久的爱情,被其他东西渐渐侵蚀,只留下了些淡如青痕的印记。

不过,值得欣慰的是,这棵树还真长高了许多,就如王雪翎当年所期望的那样,渐渐伸向云霄。

"你是在找什么东西吗?"树下的张佳颖问道。

"没有没有,就想登高看看风景。"宋小兵慌张地回答道。

当他的目光再次看向那些字的浅痕时,便在心里默默念道:"王雪翎,你看到了吗?这么多年来,它从来没停止过生长,你的心愿正被它努力送上云端。当初许下心愿的你,难道是忘了吗?怎么就不回来看看?"宋小兵的心里,顿时生出许多惆怅。

他不确定自己是否还爱着王雪翎,但王雪翎肯定早就不爱自己了。

王雪翎和他的那些浪漫的过往,此刻也变得不真实起来,也许当年只是她的一时兴起。

所以,王雪翎刻在树上的,永远只有前半句话。当初深陷其中的他,竟完全没有体会到。

爱对于每个人来说,本来就是不公平的。

潮水退却后,才知道谁站得最坚定。

有的人可以随之全身而退,有的人却始终站在原地。

"今晚住哪儿?"当宋小兵从树上爬下来,颓然地在草地上坐了好久后,张佳颖看着落日的余晖,不好意思地问道。

毕竟,她是第一次来这里,对一切都很陌生。

宋小兵这才从回忆的旋涡里挣脱出来,笑了笑,说:"走,我带你去个地方。"

张佳颖跟在宋小兵的身后,想起他刚才有些失魂落魄的神情,暗暗想道:"所谓故地重游,其实,都还期盼着能找回曾经留下的痕迹,但永远都不可能再找回当年的心绪了,留下的都是遗憾和悲伤。唉,这又是何必。"

宋小兵带着张佳颖，住进了当年他和王雪翎住过的那间客栈。

客栈的变化不大，依然古朴，却透着一丝时尚的新鲜气息。

与以往不同的是，客厅的墙上，挂满了世界各国的风光照片。

照片很漂亮，看得出来，老板摄影技术很高明，是个很有情调的人。

宋小兵和张佳颖正一张张仔细欣赏着，前台小妹笑着走了过来，有些自豪地说道："我们老板酷爱旅行和摄影，以前去过很多地方，这些全是她拍的，选了一些最喜欢的挂在客栈里。"

"风景拍得很漂亮，但照片里怎么唯独不见你家老板的身影？"张佳颖好奇地问道。

"她喜欢独来独往，常常是独自旅行！"

"一个人几乎走遍了全球的山山水水，你家老板很厉害啊。"宋小兵惊叹道。

"这算啥，她的人生更是精彩呢，只不过跌宕起伏得让人有些痛心罢了。她本有个最爱的人，可惜自己被查出了绝症，为了不拖累爱人，她从此就如同人间蒸发一样，连以前的同学、朋友都再也找不着她了。唉，许多年后，才发现是被误诊，根本就不是什么绝症！可是这么多年失去的东西，却再也找不回来了。"

听到这样的故事，宋小兵和张佳颖都有些莫名的伤感。

"那他为什么不回去找到爱人再重修旧好、再续前缘呢？"张佳颖问道。

"她当然去啦。可是，那人也像与世隔绝了一般，消失不见了。她找了很久也没找到，于是独自一人去了很多地方，后来便买下了这里，说是给自己一个念想和寄托。"

人不会因为一件喜事，高兴一整年，却能因为一个创伤，郁郁终生。

痛苦给人的刺激，总是远远大于快乐。

所以人们宁可得不到，也不愿再失去。

每一个静静留下来开客栈的人，也许都有一段只埋葬在自己心底的故事吧。

小妹给他俩各倒了一杯茶："来，尝尝我们客栈独有的清茶，特别消暑解渴。"

张佳颖喝了一口，表情痛苦，连连摆手："我喝不了这茶。"

宋小兵一边笑话她连茶都不会喝，一边自己喝了一口，却流下了眼泪。

这可把前台小妹吓坏了，不知道宋小兵吃错了什么药，喝杯热茶还能喝出热泪。

宋小兵出神地盯着手中的茶杯，只见浓黑的茶汤里，几朵晒干的梅花和桂花在水中沉浮。

"有客人了?"门口传来了人声。

三人同时望向门外。

小妹站起身来,冲着门口大声说了一句:"有两位新客人呢。老板,你回来啦?"

只见一个男子大步走了进来,脸上挂着和善的笑容。

宋小兵见他年纪不大,应该和自己差不多,于是用力擦了擦眼睛,不想让人看出他的异样。

"老板,您好,今晚叨扰啦。"张佳颖笑着说。

"不,不,我不是老板,她才是。"

男子刚一说完,一个女人银铃般的笑声就在小院里响起:"客气啦,哪有叨扰,客栈不就是开门迎客吗? 欢迎远道而来的朋友。"

门口,宋小兵曾经最熟悉、曾时刻萦绕在梦中的那道身影,就这样从艳阳中披着光芒走了进来。

王雪翎看着屋里的宋小兵,愣住了。

张佳颖看见几滴泪珠从她脸上滑落。

宋小兵目不转睛地盯着王雪翎看了很久,突然,冲着她大声吼道:"王雪翎,你这么多年死哪儿去了?! 这么难喝的茶,折磨我就够了,还敢拿出来招待客人!"

两个人都笑了,却泪流满面。

张佳颖和那个男子都惊讶地站在原地,没有动,也没有发出任何声响。他们俩不用问都知道,眼前这两人之间,一定有一个美丽而残缺的故事。

曾经的王雪翎很懂事,却不懂爱。她隐忍、退避、谦让,太为别人考虑,就失去了追求自己幸福的权利。

爱本来就是自私的,哪怕死,也要死在爱人的怀里,毕竟有的时候,遗憾会比痛苦更痛苦。

他们从稻城出发,在他乡迷失,又在稻城的客栈重逢,兜兜转转,回到了曾经的原点,只可惜早已物是人非。

每一个美丽的地方,都会有一个美丽的故事,只要一直在路上,也许就会与曾经遗失的美好不期而遇。

本以为再也见不到的某人,也会在某个路口,又被生活带回到身边。

曾经,王雪翎只是从宋小兵的全世界路过,却成了他不愿错过的全世界。

"这位是我老公,曾宏,去年我们结婚了。"王雪翎终于打破沉默,笑着向宋小兵介绍道。

其实,当男子和王雪翎同时进来的时候,宋小兵心里就猜到了答案。

"这位就是我常给你提起的宋小兵。"王雪翎给曾宏介绍道。

曾宏立刻露出了恍然大悟的笑容,伸出手紧紧握住宋小兵的手:"幸会幸会,常听雪翎说起你,说起你们的故事,我是深受感动。你后来去了哪里,她都找不到你了。"

宋小兵尴尬地笑了笑,说道:"职业特殊,身不由己。"

"哦,理解理解。"

看得出来,曾宏知道他们很多事。

"这位是你爱人吧? 很漂亮。"王雪翎看着张佳颖的脸,笑道。

宋小兵和张佳颖的脸瞬间变得通红。

"不不,只是同事。"张佳颖还没来得及答话,宋小兵就连忙解释道。

张佳颖很惊讶自己的心里竟闪过一丝不快和失落。

而她表情的微妙变化并没有逃过王雪翎的眼睛,王雪翎笑着说道:"这小兵啊,这么多年了,还是不开窍,总喜欢被动挨打。走,大家别站着了,坐着喝茶。曾宏,去,切盘水果过来。"

尴尬的气氛这才烟消云散。

四个年轻人很快就熟识了,特别是王雪翎和张佳颖,在第三天分别的时候,竟有些依依不舍。

"你要回研究所了吗?"离开客栈后,宋小兵问道。

"嗯。"张佳颖点了点头。

两人沉默地走在林间小路上,谁都不说话,都在想着各自的心事。

"对了,我看你这几天和王雪翎形影不离,老是在那儿窃窃私语,她都给你说了什么?"宋小兵无话找话。

"说你笨哪,一点儿也不主动什么的……"张佳颖说完,扑哧一声笑了出来。

宋小兵低头不语。

"怎么,生气啦? 人家雪翎说得不对吗?"张佳颖见宋小兵又一声不吭地埋头走路,故作生气地说道。

"我喜欢你。"宋小兵猛地抬起头,停下脚步,拉住张佳颖的手腕,目不转睛地盯着她的眼睛。

张佳颖的脸红了。

下一秒,她就被宋小兵拥进了怀里……

一年后,分居两地、各自忙碌的宋小兵和张佳颖结了婚,工作忙得连婚礼都没时间办。

婚姻对他俩来说,形式大过内容,依然聚少离多,毕竟两人都是反导工程关键项目的负责人,好不容易抽空打个电话,都能打成技术研讨会和进度汇报会,完全是工作电话会议的延续和补充,根本不涉及一点儿儿女情长。

但两人都乐此不疲,毫无怨言。果然,只有共同的目标和爱好,才是爱情常青、婚姻常新的润滑剂。

两年后,王剑秋退休了,在他的推荐下,总体室主任由宋小兵接任。

解甲后的王剑秋并没有马上归田,而是在严学礼的盛情邀请下,去了趟广州。

严学礼给的理由是,退休了,总得先旅游旅游,看看祖国的大好河山。

"广州真是不错,四季如春,严总和李总太热情了,把工作全推掉了,天天陪着我,我打算在这里待上一段时间。以前在西北啊,风吹日晒的,一点儿感觉都没有,这人一旦退下来,肩上的担子卸下来,好像立马就老了十岁。人一老,就喜欢待在这种风和日丽的地方……"在打给宋小兵的电话里,王剑秋这样兴奋地说道。

宋小兵笑了笑,心里很清楚,王剑秋的性子是闲不下来的,严学礼的锄头也停不下来。

至于两人是否一拍即合,宋小兵没有问,也不需要问。

反导工程的进展也很顺利,第三次靶试已经进入倒计时阶段。

这次靶试,主要验证多个拦截器应对多个目标的拦截有效性。

"成功的话,就算我判断错了真弹头,也没有任何影响吧。"靶试开始前,旅长冯一峰坐在指挥席位上,笑着和宋小兵说道。

"理论上是这样,没错,但你这个优秀指挥员好意思吗?"宋小兵笑道。

"你媳妇好意思,我就好意思。"冯一峰眨巴着眼睛,露出狡黠的目光。

"冯旅长,我可听见了啊,看来,是对我们大X雷达很没有信心嘛。"冯一峰的身后,突然出现了一个优雅的女声。

冯一峰吓了一跳,惊得连忙站起身来,不用回头都知道是谁。

他准备了一下表情,回过头去的时候,是一脸的谦恭:"张总,我这不是开玩笑吗? 我哪能信不过大X雷达,更哪能信不过你啊。"

张佳颖冷哼了一声,看也不看冯一峰一眼,径直走到了预警保障席。

冯一峰吐了吐舌头,小声对宋小兵说道:"你家母老虎太凶了,你在家里的地位看起来风雨飘摇啊。"

"谁叫你背后说人坏话了? 她对这大X雷达啊,比对我都亲! 活该。"宋小兵笑骂道。

这三人的关系在表彰会后进一步升温,人虽不能常常聚在一起,但经常军线联系,讨论技术难题,所以彼此之间说话也就非常随便,毫无顾忌。

"24小时倒计时了,宋主任,还不归位?"冯一峰看了看墙上的计时器,表情立马严肃起来,下了逐客令。

"哼,说不过就来这一套,走啦!"宋小兵说完,也立刻转身走向自己的席位。

"雷达发现目标!"

"目标识别完成!"

"拦截弹信息装填完毕!"

"拦截弹发射!"

"ST-3"型拦截弹吐出巨大的火舌,冲天而起,剑指苍穹!